Camilla Sten

EIN GEFÄHRLICHES TALENT

Thriller

Aus dem Schwedischen
von Justus Carl und Nina Hoyer

HarperCollins

Die Originalausgabe erschien 2022 unter dem Titel
En farlig talang bei Norstedts, Stockholm.

1. Auflage 2024

Deutsche Erstausgabe

Gesetzt aus der Stempel Garamond und der Radikal
von GGP Media GmbH, Pößneck
Druck und Bindung von GGP Media GmbH, Pößneck
Printed in Germany
ISBN 978-3-365-00478-4
www.harpercollins.de

Druckprodukt mit finanziellem
Klimabeitrag
ClimatePartner.com/15109-2009-1001

MIX
Papier
FSC FSC® C014496

Für meine Mutter,
die, als ich mit sieben Jahren meine
allererste Seite geschrieben hatte, sagte:
»Ich glaube, daraus könnte ein Buch werden.«
Aus jener Geschichte wurde kein Buch.
Dafür aber aus dieser hier.
Ohne dich wäre das nie geschehen.

Prolog

Der Wein hatte Zimmertemperatur, und Louise spürte das wohlige Ziehen der Tannine weit hinten am Gaumen. Es war eine teure Flasche, eine von Williams besten, die er eigentlich als Investition und nicht zum Trinken gekauft hatte.

Eine der Eigenarten an ihm, die ihr schon immer ein wenig auf die Nerven gefallen waren.

Inzwischen war es eine Stunde her, seit sie die SMS abgeschickt hatte, 55 Minuten, seit sie in den Keller gegangen war, den Weinkühlschrank einige Sekunden lang angestarrt, ihn geöffnet, eine Flasche heraus- und mit nach oben in die Küche genommen hatte. Noch an der Küchenarbeitsplatte hatte sie den Wein entkorkt und einen Schluck direkt aus der Flasche getrunken. Nachdem sie ihn im Mund hin und her gespült und heruntergeschluckt hatte, stellte sie ernüchtert fest, dass er nicht mehr nach einer Geldanlage schmeckte als der Rioja, den sie am Vortag für 119 Kronen im Systembolaget gekauft hatte.

Jetzt war die halbe Flasche geleert, aber ohne, dass sich die innere Ruhe eingestellt hätte, auf die sie gehofft hatte. Einen kurzen Moment überlegte sie, ob sie etwas Stärkeres brauchte als Wein, etwas, das sie noch mehr beruhigte, doch sie wischte den Gedanken beiseite. Heute Abend brauchte sie einen klaren Kopf.

Früher hatte sie sich immer über die Filmszenen lustig gemacht, in denen jemand vor einer Konfrontation Lippenstift auflegte. Jetzt allerdings spürte sie, dass diese Art der Kriegsbemalung gar nicht so abwegig war.

Sie war geduscht, hatte die Beine sorgfältig rasiert, bis auch das letzte Härchen entfernt gewesen war, Arme, Beine und Gesicht mit drei verschiedenen Lotionen eingecremt, jede aus je einem kleinen weißen Glastiegel. Hatte sich Parfüm an die Schlüsselbeine und unter das Kinn getupft. Für ihr Outfit hatte sie eine weiße Seidenbluse und eine passende weiße Hose gewählt. Hätte sie das Haus verlassen wollen, wäre ihre Wahl auf etwas anderes gefallen, aber die Klimaanlage, die sie im letzten Sommer hatten installieren lassen, hielt die Temperatur unter 20 Grad, trotz der klebrig-feuchten Augusthitze, die sich von draußen gegen die Fenster drückte.

Mit leichten Fingern hatte sie sich geschminkt und sich Zeit gelassen, ihre Hände zitterten nur ein wenig, als sie die Spuren der braunen Mascara von ihren Augenlidern wischte.

Und dann hatte sie gewartet.

Louise schenkte sich noch etwas Wein ins Glas und setzte sich an den Küchentisch. Jede Minute war es so weit.

Sie hatte es nicht als Frage formuliert, sondern als Frist.

»20:00 Uhr. Bei mir zu Hause. William ist nicht daheim.«

Die Uhr am Herd zeigte jetzt 19:56 an.

War sie nervös? Sie wusste es selbst nicht so richtig. Es musste Nervosität sein, die das Adrenalin durch ihren Körper strömen ließ, aber so fühlte es sich nicht an. Vielmehr kribbelte es unter ihrer Haut, als wäre sie zum ersten Mal seit einer langen, langen Zeit wach.

19:58.

Unten bog ein Auto um die Kurve am Wasser und näherte sich.

Louise stand vom Tisch auf und strich sich die Bluse glatt. Ihre Hände waren mit einem Mal vollkommen ruhig, keine Spur mehr von einem Zittern.

Es war so weit.

Kapitel 1

Ich wache davon auf, dass Marias Wecker klingelt.

Sie stellt sich immer vier oder fünf Wecker, den ersten eine Stunde, bevor sie sich aus dem Bett wälzen muss, und selbst diese Lösung ist ein Kompromiss. Als wir zusammenzogen, waren es noch elf oder zwölf Wecker.

»*Maria*«, stöhne ich, »*would you please, for the love of god, turn off that alarm?*«

Sie antwortet nicht.

Ich presse den Kopf ins Kissen und ziehe die Decke über mich, versuche, das Geräusch zu ignorieren. Aber die Decke ist zu schwer, das Kissen hat den falschen Geruch, und niemand schaltet das Weckerklingeln aus.

Ich setze mich auf. Im Zimmer ist es dunkel, aber nicht dunkel genug. Vor den Fenstern hängen nicht meine sonderangefertigten Verdunklungsgardinen, und das hier ist nicht mein Bett. Maria liegt nicht neben mir auf der Matratze, keine wilden Locken schauen unter der Daunendecke hervor, keine leise schnaufenden Atemzüge sind zu hören.

Es ist mein Handy, das klingelt.

Ich strecke mich danach, es liegt auf dem Nachttisch, und die Vibration droht die ganze Wand einstürzen zu lassen, als ich auf das Display schaue. Kein Wecker, sondern ein Anruf. Die Nummer kenne ich nicht, schwedische Vorwahl.

Wäre ich eine optimistischere Person, hätte ich wohl vermutet, es sei die Klinik, bei der ich vor einigen Wochen zum Vorstellungsgespräch war.

Einen Moment zögere ich, dann drücke ich mir das Handy ans Ohr. Meine Stimme klingt noch immer ganz verschlafen, als ich sage:

»Ja, hallo, hier ist Rebecca.«

»Hier ist Leo«, stellt sich die Person in der Leitung vor, und ich setze mich augenblicklich noch ein Stück weiter auf.

»Leo?«, wiederhole ich, wie um sicherzugehen, dass ich mich nicht verhört habe.

Er und ich haben seit ... Gott, bestimmt fünf Jahren nichts mehr voneinander gehört. Wir waren keine Freunde, nur Kollegen, die gut miteinander auskamen und ebenso gut zusammenarbeiteten. Nach langen Tagen gingen wir gelegentlich in einem Pub etwas trinken, ansonsten hatten wir privat nichts miteinander zu tun.

»Kannst du reden?«, fragt er, und ich fahre mir halb unbewusst mit den Fingern durchs Haar, als könnte er mich durchs Telefon sehen. Auf eine bizarre Art ist es mir peinlich, dass ich vom Schlaf verschwitzt bin, meine Haare durcheinander sind und ich nichts anderes anhabe als ein 17 Jahre altes T-Shirt, das ich irgendwo weit hinten in einer Schublade gefunden habe.

»Klar doch«, sage ich. »Was gibt's denn?«

Es ist nicht nur der Umstand, dass er mich früh an einem Sonntagmorgen anruft, obwohl er sich ansonsten nie außerhalb der Arbeit bei mir gemeldet hat, nicht nur, dass unser einziger Kontakt in den letzten fünf Jahren aus sporadischen Likes von Facebook-Posts bestanden hat.

Es ist sein Tonfall. Dieser gedämpfte, zurückhaltende Ton in seiner Stimme. Ich habe ihn schon einmal gehört.

»Die Zeitungen werden heute darüber schreiben«, sagt Leo. »Ich weiß, dass du zu Hause bist, und ... wir haben die

Angehörigen bereits informiert. Du bist zwar nicht unbedingt eine Angehörige, aber ich dachte, du würdest es trotzdem gern wissen. So musst du es nicht aus den Schlagzeilen erfahren.«

»Wer ist es?«, frage ich. Längst sitze ich kerzengerade im Bett und nehme vage, in einem anderen Teil meines Gehirns, wahr, dass sich mein Puls erhöht hat, sich meine Schultern anspannen, dass sich gerade mein gesamter Körper in Alarmbereitschaft versetzt.

Stille in der Leitung. Dann höre ich Leo sagen:

»Es ist Louise von Ascheberg.«

Mein Mund wird trocken. Eine Erinnerung flackert auf, so deutlich und lebendig, dass sie mir für einen Moment wirklicher erscheint als der Raum rund um mich.

Ein Strickpullover, schwacher Vanilleduft, vermischt mit Salz und Algen. Dämmerlicht über feuchtem blondem Haar.

»Wie?«, frage ich, aber meine Stimme klingt, als wäre sie weit entfernt.

»Du weißt, dass ich dir das nicht sagen kann«, erklärt Leo mit entschuldigender Stimme. Ich nicke vor mich hin, sicher, natürlich, das weiß ich, ich sollte nicht danach fragen, und trotzdem kann ich mich nicht daran hindern:

»Aber ihr ermittelt in einem Mordfall?«

Sein Schweigen bestätigt alles, was er nicht zugeben kann.

Ich sollte etwas sagen. Muss etwas sagen. Kann nicht.

»Ich muss los«, unterbricht Leo meine Gedanken. »Ich wollte es dir nur erzählen. Keine Ahnung, ob es dir wichtig ist, aber … ja.«

»Das ist es«, bringe ich schließlich heraus, meine Kehle ist wie zugeschnürt. »Danke.«

Leo zögert noch aufzulegen.

»Ja«, sagt er schließlich, »dann pass auf dich auf.« Es klickt in der Leitung.

Mehrere Sekunden bin ich wie gelähmt, sitze in den durchwühlten Laken, das Handy ans Ohr gepresst. Ihr Name pocht in meinem Kopf.

Louise.

Vor sechs Wochen hatte sie sich bei mir gemeldet. Wir sind weder auf Facebook befreundet noch auf LinkedIn vernetzt, auch bei Instagram folgen wir einander nicht, deshalb bekam ich ihre Nachricht als Anfrage, auf die ich nicht antwortete. Aber ich habe sie Dutzende Male gelesen. Habe versucht, etwas zwischen den Zeilen herauszulesen.

Louise von Ascheberg
Hej, Rebecca!
Ich habe gehört, dass du zurück in Djursholm bist, und wollte wissen, ob du die Tage mal Zeit für einen Kaffee hast? Es gibt da etwas sehr Spannendes, über das ich gern mit dir reden würde!

Kapitel 2

Ich spreche nie über Louise. Wäre Miriam Hedlund nicht gewesen, hätte ich auch Leo nie von ihr erzählt.

Es war ungefähr ein Jahr, bevor ich in die USA zog. Leo und ich arbeiteten da seit ein paar Jahren regelmäßig zusammen. Ein eingespieltes Duo wie in den Fernsehkrimis waren wir aber nicht: Er war kein dunkler, düsterer Typ, ich nicht groß, schlank und ohne BH, und ein Alkoholproblem hatten wir beide nicht. Ich trank überhaupt nicht, und Leo war so fokussiert auf sein Training, dass er jeden Drink verabscheute, sofern er kein grüner Smoothie war oder Kreatin enthielt.

Doch der Fall mit Miriam Hedlund brachte uns weit genug aus der Fassung, um uns einander zu öffnen.

Da sie erst 15 Jahre alt gewesen war, beschloss er, eine externe Beraterin hinzuzuziehen. Meine Chefin Laetitia hatte früher in der Jugendhilfe gearbeitet und kümmerte sich normalerweise um Fälle mit Kindern und Jugendlichen, aber Leo und ich hatten zu diesem Zeitpunkt schon mehrfach zusammengearbeitet und wussten, dass wir als Team gut funktionierten, weshalb er mich anrief und fragte, ob ich Zeit hätte.

Damals war ich knapp über 30 und hatte gerade ausreichend Erfahrung als beratende Vernehmungsexpertin, um irrtümlicherweise zu glauben, ich wüsste, was ich tue. Leo hatte ein gutes Jahr hinter sich und fühlte sich allmählich richtig wohl in seiner Rolle als Ermittler. Der Fall schien simpel: ein Einbruchdiebstahl, der schiefgegangen und aus dem Ruder gelaufen war. In der Gegend, in der Miriam und ihre Eltern wohnten, hatte es eine Reihe von Einbrüchen gegeben, und Miriam war eine aufmerksame Zeugin.

Zu aufmerksam, aber daran dachten wir damals nicht.

Leo holte mich dazu, um sie als Zeugin zu befragen, nicht um sie als Verdächtige zu vernehmen. Sie tat ihm leid. Er bat mich, auf Anzeichen für ein Trauma zu achten, denn welche 15-Jährige wäre schließlich nicht traumatisiert, wenn sie mit ansehen müsste, wie ihr Vater von einem Einbrecher schwer misshandelt wird?

Wir beide trugen Schuld. Doch das begriffen wir erst danach. Hätte Leo sich den Tatort genauer angesehen, wäre ihm aufgefallen, dass das Schloss an der Haustür in Wahrheit nie aufgebrochen worden war, sondern dass die groben Spuren rund um das Schloss eher aussahen, als hätte jemand mit einem Messer auf die Tür eingehackt, und nicht auf einen ernst zu nehmenden Einbruchsversuch schließen ließen.

Und wäre ich nicht so beschäftigt damit gewesen, nach Anzeichen einer posttraumatischen Belastungsstörung zu suchen, hätte ich erkannt, wie ungewöhnlich Miriams Aussage ausfiel, wenn man sie mit typischen Zeugenaussagen von Verbrechensopfern verglich. Sie erinnerte sich an jedes Detail, zögerte nicht, verhaspelte sich nie oder suchte nach Worten. Ich interpretierte ihren Affektmangel als Schock, ihre Sicherheit als Verteidigungsmechanismus.

Noch heute frage ich mich manchmal, ob meine Chefin Laetitia gesehen hätte, was mir damals entging. Ebenso wenig kann Leo wissen, ob ein anderer Ermittler hätte ahnen können, dass etwas nicht stimmte. Womöglich wäre ein anderes Team zu den gleichen Schlussfolgerungen gekommen wie wir. Aber nichts konnte die Schuld im Nachhinein mindern, nachdem Miriams Mutter ihre Geschäftsreise abgebrochen und ihre Tochter auf dem Polizeirevier abgeholt hatte und Miriam, eine knappe Stunde später, denselben Spaten nahm, mit dem sie ihren Vater ins Koma geprügelt hatte, und ihn ihrer Mutter in den Schädel rammte.

Dieses Mal im Badezimmer. Nicht in der Küche.

Später erhielt sie eine Diagnose, die meist nur bei Erwachsenen angewendet wird. Ich wurde gebeten, in dem Team mitzuarbeiten, das die Untersuchung vornahm, aber ich lehnte ab. Noch immer kann ich nicht an sie denken, ohne dass mir schlecht wird. Ob aus Schuldgefühlen oder aus Abscheu vor dem, was sie getan hat, weiß ich nicht.

An dem Tag aber, an dem das Urteil verkündet wurde Jugendarrest –, gingen Leo und ich etwas trinken.

Mir wäre es lieber gewesen, er wäre zu mir in die Wohnung gekommen, damit ich uns einen Joint hätte bauen können, aber das hätte Leos Freundin nicht gefallen, weder das Gras noch wir beide allein. Damals konnte sie ziemlich eifersüchtig sein. Für sie spielte es keine Rolle, dass ich Männer höchstens als Bekannte oder Kollegen mochte und anderweitig kein Interesse an ihnen hatte. Vielleicht hat sich die Eifersucht mit der Zeit ja gelegt. Heute haben die beiden zwei Kinder und ein kleines Haus in Solna.

Wir gingen in einen heruntergekommenen Pub, der sehr praktisch in der Nähe der U-Bahn gelegen war. Ich bestellte ein Tonicwater mit Zitrone und Eis, Leo ein großes Bier.

Eine ganze Weile lang sagte keiner von uns ein Wort. Wir saßen nur schweigend an dem schweren, dunklen Holztisch und tranken.

»Der Vater hat es überlebt, immerhin«, sagte Leo schließlich, und ich lachte bitter auf.

»Mhm«, sagte ich. »Wenigstens etwas.«

Leo schüttelte den Kopf.

»Scheiße«, fluchte er leise und fasste die Situation damit auf seine eigene Weise zusammen.

Es war das erste Mal, dass wir uns außerhalb der Arbeit verabredet hatten, und wir sollten es noch ein paarmal tun, bis ich Stockholm verließ und nach Houston ging. Leo hatte es vorgeschlagen, und ich hatte zugesagt, aber weder er noch ich sprachen aus, was wir beide wussten: Wir brauchten jemanden, der das furchtbare und bittere Scheitern verstand und uns nicht wie alle anderen weiszumachen versuchte, wir bräuchten es nicht zu spüren.

»Ich hätte es sehen müssen«, meinte ich leise, während ich den einsamen kleinen Eiswürfel in meinem Tonicglas mit dem kurzen schwarzen Strohhalm schwenkte. »Hätte ich mich an die Regeln für eine Erstvernehmung gehalten, hätte ich es bemerkt.«

»Wir wussten nicht, dass es eine Vernehmung war«, erwiderte Leo, aber seine Stimme klang schwer.

Ich sagte nicht, was ich dachte. Das war nicht nötig. Ich wusste, dass er das Gleiche dachte.

Stattdessen stellte ich ihm eine unbeholfene Frage über seine Freundin. Wie sie sich kennengelernt hätten. Über solche Dinge redeten wir für gewöhnlich nicht, und das Gespräch lief ein wenig schleppend, aber es half gegen die Stille. Nachdem Leo sich ein zweites Bier bestellt hatte, veränderte sich die Atmosphäre im Raum. Die Schuldgefühle, die Erschöpfung und der stickige Geruch nach altem Alkohol legten sich wie eine Decke um mich.

»Und du?«, fragte Leo dann. »Datest du jemanden?«

Ich schüttelte den Kopf und lachte kurz.

»Nein«, antwortete ich. »In so was bin ich nicht so gut. Und die Arbeit ist immer ein Problem. Entweder finden sie es unheimlich, oder sie interessieren sich ein bisschen zu sehr dafür.«

»Aha«, sagte Leo mit einem Nicken. »Krimifans, oder was?«

»Nein, das wäre wahrscheinlich einfacher. Ich spreche von Menschen, die eine Privattherapeutin wollen. Vielleicht ziehe ich diese Art von Frauen einfach an.«

Leo zog die Augenbrauen nach oben, und ich sah, wie er die Information verarbeitete, ehe er nickte. Schön. Zwar hatte ich Leo nicht für einen dieser Typen gehalten, mit denen solche Situationen anstrengend wurden, aber ich hatte mich auch in der Vergangenheit schon geirrt. Hatte zu oft erlebt, dass scheinbar vernünftige männliche Bekannte dieses charakteristische Funkeln in den Augen bekamen, sobald ich mich sicher genug fühlte, ihnen zu erzählen, dass ich lesbisch bin. Genau diesen Blick, stellte ich mir vor, trugen auch Missionare in sich.

Ich kann sie bekehren.

»Ich verstehe«, sagte Leo. »Ich glaube nicht, dass es an dir liegt. Es ist einfach schwer, jemanden kennenzulernen, wenn man in diesem Bereich arbeitet. Bevor ich Linda traf, hatte ich schon so gut wie aufgegeben.«

Ich lächelte schief.

»Sollte ich etwa auch anfangen, an der Ruderbank im Fitnessstudio abzuhängen? Warten, bis meine Prinzessin auftaucht und meine Technik korrigiert?«, fragte ich.

»Vielleicht«, entgegnete Leo und grinste. »Mir hat es gefallen, als Linda das getan hat.«

Ich spürte, wie mein Lächeln erstarb. Plötzlich war sie wieder in meinem Kopf.

Damals tat sie das gelegentlich. Tauchte wie aus dem Nichts auf. Manchmal habe ich mich gefragt, ob es dabei wirklich um Louise ging oder ob sie zu einer Art Symbol für etwas anderes geworden war. Vielleicht für mein Scheitern oder meine Einsamkeit.

Während meiner obligatorischen 25 Therapiesitzungen im Psychologiestudium war ich sämtlichen Fragen nach Beziehungen und Bindungen, so gut es ging, ausgewichen, weil ich wusste, dass ich dann über sie hätte sprechen müssen. Ich hatte mir eingeredet, mich zu weigern, weil es irrelevant für mich war, aber auf irgendeiner Ebene fragte ich mich trotzdem, ob es nicht die Angst davor war, was mein Psychologe darüber gesagt hätte.

»Ich weiß nicht«, hörte ich mich sagen, leicht erstaunt, als mir bewusst wurde, was ich gleich erzählen würde. Vielleicht lag es an der unerwarteten Intimität zwischen uns, die durch unser geteiltes Scheitern entstanden war.

»Ich hatte schon immer eine Schwäche für ein wenig komplizierte Mädchen«, erzählte ich. »Meine erste Freundin war auch so jemand. Ich habe versucht, sie zu therapieren, aber sie wollte nicht therapiert werden. Du weißt, wie so was ist.«

Leo, der mit Blick auf seine bodenständige Frohnatur von Freundin wahrscheinlich keinen blassen Schimmer hatte, nickte.

»Ja«, stimmte er mir zu. »Es ist nicht leicht, jemandem zu helfen, der keine Hilfe will.«

»Ach, vielleicht hab ich's auch einfach nur verbockt«, meinte ich. »Man sollte nicht glauben, man könnte die ganze Welt retten. Und wahrscheinlich ist es nicht so toll, mit jemandem zusammen zu sein, der einen als Projekt betrachtet.«

Ich biss mir auf die Wange. Mir fiel unser letztes Gespräch ein.

Verpiss dich, Rebecca. Ich will dich nie wieder sehen.

Leo konnte gut zuhören. Nicht auf die Art, wie man es in

der Ausbildung lernte, mit viel Augenkontakt, Nicken und Spiegeln, sondern er hörte einfach zu. Saß ruhig und entspannt, fast träge da und wartete darauf, dass ich die Stille füllte.

Und das tat ich. Ich erzählte von Louise.

Kapitel 3

Auf dem Bild sieht sie nicht aus wie sie selbst.

Ihr Facebook-Profil ist öffentlich, und ihr Foto lässt sich anklicken. Es ist ein professionelles Porträt, Kopf und Schultern vor einem weißen Hintergrund.

Das dicke, strubbelige, hüftlange Haar, an das ich mich erinnere, reicht ihr nur noch bis zu den Schultern, ist geglättet und hat Strähnchen. Sie hat diskrete Perlenstecker in den Ohrläppchen und ein leichtes Grübchen am Mundwinkel.

Ich weiß noch, wie ich den Daumen in dieses Lachgrübchen gelegt habe, wenn sie sauer auf mich war, damals, vor einer halben Ewigkeit. Jetzt kommt mir diese Erinnerung wie ein schlechter Witz vor, jetzt, da ich hier in meiner durchgeschwitzten Bettwäsche sitze, während ein wenig Sonnenlicht neben der Gardine ins Zimmer sickert.

Wie kann Louise tot sein?

Ich habe mir immer vorgestellt, dass sie irgendwo da draußen ist. Manchmal habe ich an sie gedacht, mich gefragt, was für ein Leben sie lebt, wie es ihr geht. Ob sie jemals an mich denkt, so wie ich an sie.

Meistens tat ich das, wenn ich mich ein wenig verloren fühlte, ratlos, gescheitert. Wenn ich über das Leben nachdachte, gegen das ich mich entschieden habe.

Nachdem ich Maria kennenlernte, passierte es immer seltener, bis es irgendwann kaum noch passierte.

Als ich wieder nach Hause kam, wurde es wieder schlimmer. Noch schlimmer, als ich zurück nach Djursholm musste, und viel schlimmer, als Maria diese letzte Mail schickte.

I think you should get a lawyer.

Danach suchte Louise mich wieder heim. Aber ich blieb stark. Googelte sie nicht, suchte sie nicht auf Social Media. Nicht einmal nach ihrer Nachricht.

Als ich auf ihrem Profil nach unten scrolle, sehe ich das Übliche. Geburtstagsglückwünsche, Meilensteine, Jobwechsel.

Keine Fotos von Kindern. Was allerdings nicht bedeuten muss, dass sie keine hat. Vielleicht ist sie eine dieser Mütter, die versuchen, die Privatsphäre ihrer Kinder zu schützen, und nichts davon halten, Fotos hochzuladen.

War. War eine dieser Mütter.

Mein Gott.

Ich halte inne, versuche nachzuspüren, was ich fühle. Trauer? Schock? Nein, nichts in der Art. Jedenfalls noch nicht.

Warum sollte ich überhaupt trauern? Ich kenne diese Frau nicht. Ich kenne Louise von Ascheberg nicht, die im Juni vor drei Jahren William von Ascheberg geheiratet hat, die gebügelte Ralph-Lauren-Blusen trägt und auf Mädelswochenenden nach Nizza fliegt, um dort mit einem Aperol Spritz in der Hand für Selfies zu posieren. Sie ist eine Fremde. Als ich mich nach vorn beuge, um die verpixelten Gesichtszüge auf den Fotos genauer zu studieren, so nah, dass meine Nase gegen den billigen Laptopbildschirm stößt, erkenne ich nicht einmal einen Abglanz der Louise, die ich einmal kannte.

Meine Louise ist schon lange tot, sie lebte nur noch in meiner Erinnerung. Und vielleicht hat sie sogar nie existiert. Nicht wirklich. Vielleicht war sie nur mein Bild von Louise, all die kleinen Details, die ich sammelte, um glauben zu können, sie gehöre mir, dass irgendein geheimer Teil von ihr mir gehöre.

Da. Jetzt kommt die Trauer. Wie ein dumpfer Hieb in die Magengrube.

Ich klappe den Laptop zu und bleibe aufrecht im Bett sitzen. Höre leichte Schritte über mir.

Sie sind wach.

Ich sollte nach oben gehen. Mit dem Frühstück helfen. Mama muss heute zum Arzt, und Papa wird jemanden zum Anlehnen brauchen, damit er stark sein kann. Deshalb bin ich hier, trotz allem.

Aber ich kann mich nicht richtig bewegen. Eine Erinnerung taucht auf, weit hinten im Kopf nagt dieses Bild an mir.

19 Jahre sind seit diesem Abend vergangen, aber die Erinnerung ist nach wie vor klar. Die zerschlissene Jeansjacke mit dem Loch am linken Ellbogen, der struppige Pferdeschwanz, die Sicherheitsnadel in ihrem einen Ohr.

Ich will dich nie wieder sehen.

Warum also hat sie sich jetzt bei mir gemeldet?

12. November

Als der Wecker klingelte, schaltete Louise ihn aus. Dann legte sie sich wieder ins Bett, ließ den Kopf ins Kissen sinken und starrte an die Decke.

William würde nicht vor morgen früh zurück sein. Sie hatte das ganze Haus für sich allein.

Das Haus war so still. Anfangs hatte sie es gemocht, es erinnerte sie an die Stille ihrer Kindheit.

In der Stadt hatte sie sich nie wohlgefühlt. Als Louise und ihre Eltern sich nach ihrem Examen Wohnungen ansahen, hatte sie eigentlich Vasastan im Blick gehabt. Sie hatte von einer Wohnung im Zentrum Stockholms geträumt, davon, die Geräusche der Stadt zu hören, wenn sie sich abends schlafen legte. Sie hatte ein Leben voll von schönen Freunden, vollen Bars und langen Nächten vor sich gesehen.

Aber zu Hause hatte sie sich nie gefühlt.

Es war, als seien alle anderen im Besitz eines geheimen Regelbuchs gewesen, das man vergessen hatte, ihr zu geben. Als hätten sie ganz automatisch gewusst, welche Kleidung man tragen musste, wie man sich benahm, welche Bücher man las und in welchen Restaurants man aß. Louise hatte all das mühsam lernen müssen. Sie studierte ihre Kollegen, lud sich selbst zu Abendessen und Afterwork-Events ein, wo sie dann mit feuchten Handflächen versuchte herauszufinden, wie man sich so gab, als gehöre man dazu.

Wie ironisch es doch war, dass sie als Teenager Djursholm verabscheut hatte. Groß hatte sie damals getönt, sie würde nie dorthin zurückkehren, wenn sie erst einmal von dort weggezogen war. Djursholm sei eine Klonfabrik für unterkühlte Frauen und konservative Männer, kein Mensch mit halbwegs vernünftigen Ansichten könne jemals dort bleiben, hatte sie gesagt.

Doch als sie William wiedertraf, als sie ein Paar wurden und über eine gemeinsame Zukunft sprachen … da bekam sie Heimweh. Heimweh nach Djursholm, wo sie und William ihre Jugend verbracht hatten, dem Ort, an den sie geschworen hatte, nie wieder zurückzukehren.

In ihr muss es eine Sehnsucht nach ihrer Kindheit gegeben haben, nach der Zeit, bevor alles so kompliziert wurde. Nach den uralten Eichen und den kalten Wogen an der Strandpromenade. Nach den hohen, stillen Räumen in den alten Villen, die einen 100 Jahre in der Zeit zurückzuversetzen schienen.

Sie hatte die ungeschriebenen Regeln in Djursholm nie leiden können, aber dort hatte sie die geltenden Gepflogenheiten wenigstens gekannt. Trotzdem hatte sie versucht, außerhalb davon zu existieren, sich ein eigenes Regelwerk aufzubauen, aber sie war erschöpft. Sie war es leid, es zu versuchen.

Also heirateten sie, kehrten zurück in die hohen stillen Räume aus der Zeit der Jahrhundertwende und versuchten, sie mit Kindern zu füllen. Und jetzt lag sie hier in dieser Stille. Sie wusste nicht, wohin mit sich, und hatte niemanden, mit dem sie hätte reden können.

Wieso überhaupt das Bett verlassen?

Sie hätte frühstücken können, aber in der letzten Zeit fehlte ihr immer öfter der Appetit. Nach der letzten fehlgeschlagenen Befruchtung hatte der Arzt ihr eine Pause empfohlen. Die Hormone hatten ihren Bauch anschwellen lassen und sie sehr emotional gemacht, beim kleinsten Anlass brach sie in Tränen aus, und sie hasste es. Sie verabscheute, wie fremd sich der Körper anfühlte, in dem sie steckte.

Doch jetzt fühlte sie sich nicht mehr aufgedunsen und aufgewühlt. Sie fühlte sich klein, geschrumpft, hart und allein.

Vor einigen Tagen hatte sie beim Abendessen gesagt, dass sie überlege, wieder arbeiten zu gehen. Es war ihr wie etwas vorgekommen, das man eben sagte. Wenn der Arzt empfahl, Stress zu reduzieren, weil das helfen könne, schwanger zu werden, dann kündigte man seinen Job – wenn man dann aber damit scheiterte, schwanger zu werden, wieder und wieder und wieder, dann ging man eben wieder arbeiten. Man nahm es nicht zu schwer, stand auf, richtete sein Krönchen und lebte sein Leben weiter. So ging man damit um.

Man blieb nicht jeden Morgen länger unter der Decke liegen und spürte die Leere in der eigenen Brust wachsen, bis man glaubte, der Wahnsinn fresse einen von innen auf.

Louise rollte sich zur Seite und griff zum Handy. Vor einigen Jahren war sie morgens noch aus dem Bett gesprungen, eine Runde am Wasser laufen gegangen, hatte einen Smoothie am Küchentresen getrunken, während sie die 15 bis 20 Mails durchgegangen war, die sie in der Nacht bekommen hatte. Ihr Alltag war immer so schnelllebig gewesen. Nie war genug Zeit übrig gewesen, alles zu schaffen, und sie hatte sich ständig darüber beklagt, auf diese selbstgefällige Art, obwohl man eigentlich wusste, dass man sich zu den Glücklichen zählen durfte.

Sie vermisste das. Vermisste es so sehr, dass es wehtat. Aber sie wusste nicht, wie sie dahin zurückfinden sollte.

Manchmal fragte sie sich, ob sie je Louise von Ascheberg gewesen war, Marketing Consultant mit eigener Firma, mit perfekt gestyltem Haar und makellosen Nägeln. Das klang gut. Hatte ein gutes Bild abgegeben.

Warum also fand sie nicht zurück, warum konnte sie nicht wieder diese Louise sein?

Woher war diese endlose graue Misere gekommen?

Sie war auch in der Vergangenheit schon gescheitert, aber sie hatte es immer wieder auf die Beine geschafft. Hatte weitergekämpft. Ein neues Projekt gefunden, einen kniffligen Klienten, einen Halbmarathon, ein Renovierungsobjekt, mit dem sie sich beschäftigen konnte, bis der neue Triumph das alte Scheitern vergessen machte, als wäre es nie geschehen.

Mit trägen Fingern schaltete Louise ihr Handy ein. Novembergraues Licht sickerte durch die dünnen weißen Gardinen ins Zimmer, wie das Versprechen auf eine Nacht, die nie weit entfernt war.

Eine Guten-Morgen-SMS von William. Meldungen von den großen Tageszeitungen, die über die Ereignisse der Nacht berichteten. Eine Erinnerung ihrer Fitness-App, ihr letztes Training war schon eine Weile her.

Danke, weiß ich selbst.

Als sie bis zum Ende der Liste gekommen war und ihr Blick auf eine Facebook-Nachricht fiel, runzelte sie die Stirn. Zuerst erkannte sie nicht einmal den Namen, doch dann fiel es ihr wieder ein: Lykke Haraldsson. Sie hatten sich vor ein paar Jahren bei einem von Williams Geschäftsessen getroffen.

Hallo, Louise!
Ich hoffe, dir geht es gut. Hast du Lust, in der nächsten Zeit mal einen Kaffee trinken zu gehen? Ich würde gern mit dir über eine Geschäftsidee sprechen.

Kapitel 4

Es gibt zwei typische Missverständnisse, bei denen ich immer den Verdacht hatte, dass sie das Resultat von Wunschdenken sind.

Das Erste ist, dass Menschen, die es besser wissen, auch besser handeln. Im Grunde wollen wir gern glauben, dass Menschen Fehler begehen, weil ihnen nicht klar ist, dass sie bessere Optionen haben, dass sie unfassbar schlechte Entscheidungen treffen, weil sie es schlicht und ergreifend nicht besser wissen.

Die Wahrheit aber, nach meinen zwölf Jahren als professionelle Psychologin, ist, dass die absolute Mehrheit ganz genau weiß, was sie tut. Besonders, wenn sie schlechte Entscheidungen trifft. Über eine positive, konstruktive Entscheidung braucht man sich nicht den Kopf zu zerbrechen. Niemand durchleidet eine schlaflose Nacht, um zu hinterfragen, ob es wirklich eine gute Idee ist, sich mit jemandem zu verabreden, der lieb und aufrichtig wirkt, oder weil er sich um die Konsequenzen sorgt, die es hat, dreimal pro Woche Sport zu treiben. Nur wenige Entscheidungen sind so wohlüberlegt wie die schlechten. Wer sich dazu entschließt, etwas richtig, richtig Dummes zu tun, hat diese Entscheidung aller Wahrscheinlichkeit nach aus sämtlichen Perspektiven betrachtet, bevor er oder sie diese tatsächlich in die Tat umsetzt.

Das zweite Missverständnis ist, dass Psychologen besser als jeder andere schlechte Entscheidungen identifizieren können.

Genau deshalb befinde ich mich gerade vor dem Haus im Njordevägen 4, die alte Tenniskappe meines Vaters auf dem Kopf und die Haare zu einem Pferdeschwanz zusammengebunden. Die gleißende Augustsonne schmerzt in den Augen, und ich wünsche mir, ich hätte eine Sonnenbrille aufgesetzt, als ich von der Straße aus in Richtung Fassade blicke.

Es ist ein schönes Haus. Die meisten Häuser im Njordevägen sind bis zur Unkenntlichkeit renoviert worden, sind jetzt viereckiger und offener, um mehr Licht hereinzulassen. Aber dieses Haus hier sieht aus wie die Villa Kunterbunt. Es ist drei stattliche Stockwerke hoch, mit gelben Holzwänden und sattgrünen Fensterrahmen.

Ohne die Polizeiabsperrungen hätte es sogar pittoresk ausgesehen. Dem Haus, in dem Louise und ihre Familie wohnten, als ich sie kannte, gar nicht so unähnlich. Ob sie es wohl deshalb ausgesucht haben?

Ich bin nicht die Einzige, die vor dem Haus stehen geblieben ist, um zu schauen. Es ist ein warmer Augustsonntag, auf der Strandpromenade tummeln sich Familien für einen kurzen Spaziergang, um so viel ihrer Sommergarderobe wie möglich noch einmal auszuführen, bevor der Herbst Stockholm in seinen grauen Würgegriff nimmt. Die coolen Latte-Macchiato-Mamas bleiben ab und zu stehen, heben die Augenbrauen und gucken, dann schieben sie ihre Kinderwagen weiter am Wasser entlang. Ein paar Teenager auf Rädern halten an und machen Fotos, bis sie mir einen argwöhnischen Blick zuwerfen und weiterradeln.

Ich stehe schon eine Weile hier, ohne dass jemand aus dem Haus gekommen ist. Womöglich ist in diesem Moment gar niemand dort. Bei meiner Suche im Internet bin ich in der

Zeitung von gestern auf einen Artikel gestoßen, in dem von einem Mord an einer Frau Mitte 30 berichtet wird, die man am Samstagmorgen entdeckt hat. Seit sie gefunden wurde, sind mehr als 24 Stunden vergangen. Die Spurensicherung war bereits vor Ort und hat ihre Arbeit erledigt, und die Leiche wurde in einem Krankenwagen ins Leichenhaus gebracht.

In der Auffahrt stehen keine Streifenwagen.

Aber dort parkt ein unscheinbarer Volvo, der mehr als ein paar Jährchen auf dem Buckel hat.

Und wenn ich Leo richtig einschätze, dann ist er am Tatort. Ich habe zweimal versucht, ihn anzurufen, ohne dass er abgenommen hat.

Oder das ist lediglich das, was ich mir einrede. Ich bin Psychologin, keine Hellseherin, und das hier ist kein stundenlanger Fernsehkrimi mit Platz für vier Werbeunterbrechungen. Leo könnte gerade an tausend Orten sein. Das Auto könnte irgendjemand anderem gehören.

Ich hoffe einfach, dass es seins ist. Ich hoffe, dass er hier ist, denn ich will mit ihm reden.

Nein, das stimmt nicht.

Es hat keinen Sinn, mich selbst zu belügen.

Ich will den Tatort sehen.

Ich will, dass sie mich als Beraterin beauftragen.

Ich will an dem Fall arbeiten.

Eine schwache Brise weht über den Sund und wiegt die hohen Kronen der alten Bäume über den exakt getrimmten Rasenflächen.

Als ich vor acht Monaten nach Schweden zurückkehrte, hatte ich zunächst nicht vor, länger als ein paar Tage zu bleiben. Papa rief mich mitten in der Nacht an – jedenfalls war es für mich mitten in der Nacht, in Schweden war schon der nächste Tag angebrochen –, um mir zu sagen, dass Mama die Treppe hinuntergestürzt war und sich die Hüfte gebrochen hatte. Für mich war es selbstverständlich, nach Hause zu fliegen, da zu sein, mich zu kümmern, zu zeigen, dass ich mich sorgte. Maria dagegen hatte Zweifel; wir hatten oft genug über meine Kindheit gesprochen, dass sie es für eine schlechte Idee hielt. Aber ich bestand darauf, und sie hinderte mich nie daran, etwas zu tun, das ich wirklich wollte.

Also packte ich eine kleine Reisetasche, buchte ein Last-Minute-Ticket und setzte mich in den Flieger.

Nach einigen Tagen begriff ich, dass es mit Mama nicht zum Besten stand. Es lag nicht nur an der gebrochenen Hüfte.

Manchmal war sie genau wie sonst. Wahrscheinlich ist es mir deshalb nicht früher aufgefallen. Es war schwer, so etwas bei kurzen transatlantischen Telefongesprächen zu bemerken. Aber als ich dann dort war, erschien es mir unbegreiflich, wie ich es vorher hatte übersehen können.

Ihre Aufmerksamkeit verschwand von einer Sekunde auf die nächste. Sie sah mich mit einem verwirrten Blick an, als wüsste sie auf einmal nicht mehr, wer ich bin. Manchmal redete sie mit mir, als würde ich immer noch zu Hause wohnen.

Ich telefonierte mit Maria, erklärte ihr, dass ich ein wenig länger bleiben musste. Sie verstand mich. Ich glaube, wir waren beide ein wenig erleichtert darüber. Waren froh über eine Pause von den ständigen Streitereien, die allmählich unseren Alltag bestimmt hatten. Darüber, ein wenig Luft zum Atmen zu haben.

Ich konnte die Diagnose nicht wirklich glauben, bevor der Arzt sie uns verkündete, und vielleicht nicht einmal da. Vielleicht begriff ich es erst viel später. Zu meiner Verteidigung muss ich sagen, dass es wirklich seltsam ist, wenn man derart ernste Neuigkeiten von einem Arzt erfährt, der aussieht, als hätte er gerade erst den Schulabschluss gemacht. Er war ein dünnes und bartloses Kerlchen, das eine schwere Brille trug, wahrscheinlich um älter zu wirken. Nur hatte das den entgegengesetzten Effekt.

Demenz mit unklarer Ursache. Wahrscheinlich nicht Alzheimer, so viel konnte er sagen, aber es ließ sich nicht ausmachen, was genau es war. Ihre Symptome waren ebenso weit verbreitet wie vage, sodass sie nicht besonders gut auf irgendeine bestimmte Diagnose passten. Ihm zufolge käme das häufiger vor, als man meinen könnte. Sie wollten sie weiter im Auge behalten, die Entwicklung beobachten, um vielleicht später eine Diagnose stellen zu können.

Aber es spielte keine Rolle. Nicht wirklich. Was für einen Unterschied machte es schon, ob Lewy-Körperchen oder Blutgerinnsel verantwortlich waren? Das Urteil war bereits gefällt. Teile meiner Mutter waren längst im Begriff, einfach zu verschwinden. Und so würde es weitergehen, stückchenweise, bis von meiner Mutter nichts mehr übrig sein würde.

Ich durchlief all die klassischen Stadien. Suchte nach anderen Erklärungen, anderen möglichen Ergebnissen, nach Behandlungsmethoden, die zu verhindern imstande waren, was unausweichlich war, ich mir aber nicht eingestehen wollte. Woche um Woche rief ich Maria an, sagte ihr, dass ich nur ein wenig mehr Zeit bräuchte, ein klein wenig mehr Zeit, um zu verstehen, was gerade passierte, um meiner Mutter zu helfen, meinem Vater. Und sie verstand es.

Irgendwann sagte sie nicht mehr, dass sie mich vermisste.

Irgendwann sagte sie nicht mehr, dass sie mich liebte.

Ich weiß nicht, ob ich es hätte verhindern können, wenn es mir früher aufgefallen wäre.

Der Todesstoß kam, als ich sie fragte, ob sie sich vorstellen könne, nach Schweden zu ziehen, und sie mir die Gegenfrage stellte, ob ich mir die Scheidung vorstellen könne.

Ich hätte mir hier eine neue Arbeit suchen sollen. Alte Kontakte anrufen, mich bei ehemaligen Kollegen melden sollen, mich erkundigen, ob sie jemanden brauchten. Aber mit einem Mal war ich wie gelähmt. Ich wartete darauf, dass es vorüberging, dass ich eines Morgens aufwachen und mich wieder wie ich selbst fühlen würde.

Nur passierte das einfach nicht.

Worauf ich eigentlich wartete, war wohl, dass ich aus diesem Albtraum erwachte. In meinem eigenen Bett aufwachte, zu Hause in Houston, Maria leise schnarchend neben mir und meine gesunden Eltern viele Tausend Kilometer weit weg.

Aber als Leo Louises Namen ausspricht, lässt mich das zusammenzucken. Ich fühle so intensiv wie seit einer langen Zeit nicht mehr.

Mir erscheint es unmöglich, dass sie tot ist; was mich aber wirklich aufreibt, ist diese Nachricht. Dieser Kontaktversuch.

Ist es wirklich ein Zufall, dass sie so viele Jahre danach ihre Hand durch den Computer ausstreckte, nur Wochen, bevor sie ermordet wurde?

Was ging in ihrem Leben vor, bevor es zu Ende ging?

Ich sehe, wie sich die Haustür öffnet. Erhasche einen kurzen Blick auf ein kurzärmeliges weißes Hemd, eine schwarze Hose, kurzes weißblondes Haar, das in der Sonne aufblitzt. Ich habe ihn immer damit aufgezogen, dass er sich anzog wie ein typischer Nerd.

Mit schnellen Schritten laufe ich die geschotterte Auffahrt hinauf.

»Leo«, rufe ich. Er dreht sich zu mir um und fragt:

»Was machst du hier?«

Kapitel 5

Ich bleibe vor der Treppe stehen und schaue zu ihm hoch.

Leo sieht genauso aus wie damals. Er trägt noch immer die stachelige Igel-Kurzhaarfrisur, sein Gesicht hat die gleichen jungenhaften Züge wie das Bild auf der Kalles-Kaviar-Tube, und seine Schultern sind nach wie vor unproportional breit und muskulös im Verhältnis zu seinem eher kleinen Kopf. Ich weiß noch, dass ich ihm oft versicherte, er würde in sein Aussehen hineinwachsen und sich glücklich schätzen, sobald wir auf die 40 zuschreiten würden.

»Lange her«, sage ich.

»Was machst du hier?«, wiederholt er.

»Du bist nicht ans Telefon gegangen«, sage ich.

Leo schweigt, also gebe ich es zu:

»Ich will helfen. Bei den Ermittlungen.«

Leo reibt sich über die Stirn und schüttelt den Kopf.

»Komm schon«, drängele ich. »Ich kann helfen. Ich kenne mich in diesem Milieu aus. Ich kann mit den Leuten hier reden. Ich bin in Djursholm aufgewachsen, die sozialen Codes kenne ich aus dem Effeff.«

»Wir wissen beide, dass das eine schlechte Idee ist«, sagt Leo.

Er zieht eine kleine Grimasse, presst die Lippen zusammen und wendet den Blick ab. Eventuell ein Anzeichen dafür, dass er sich die Sache noch einmal überlegt.

Oder es ist ihm einfach unangenehm.

»Ich habe eine Lücke in meinem Terminkalender«, behaupte ich. Als hätte ich irgendwelche To-dos auf der Liste, von der Suche eines Anwalts (oder der Vermeidung derselben) einmal abgesehen. »Und ich bin mir wirklich sicher, dass ihr meine Kompetenzen gebrauchen könnt.«

Leo schüttelt erneut den Kopf.

»Das ist nicht diese Art Fall, Rebecca«, meint er. »Und du hattest eine Beziehung zum Opfer.«

»Ich würde euch lediglich beraten«, entgegne ich. »Das ist kein …«

Aber Leo unterbricht mich scharf: »Verdammt, ich sollte dir nicht erklären müssen, dass ich die Ex-Freundin meines Opfers nicht als Beraterin in der Ermittlung anheuern kann.« Er macht eine Pause. »Außerdem haben wir bereits einen Kriminalpsychologen, den wir hinzuziehen, wenn wir ihn brauchen. Du hast seit mehreren Jahren nicht mit uns zusammengearbeitet, weil du in die USA gegangen bist und Karriere gemacht hast. Ich habe keine Argumente dafür, dich plötzlich zu einer Ermittlung dazuzuholen, bei der ich ehrlich gesagt der Meinung bin, dass wir gar keinen Vernehmungsspezialisten benötigen.«

»Dann wisst ihr also, wer es war?«, frage ich unmittelbar und sehe, wie Leo zögert.

»Es ist eine laufende Ermittlung«, sagt er dann.

Das ist zwar nicht das Gleiche wie ein Nein. Aber ein Ja ist es auch nicht.

Ich wippe auf den Zehenspitzen.

Spüre diesen alten Funken in mir aufglimmen. Meinen Hunger nach Antworten. Aber jetzt ist er viel stärker als früher.

»Willst du mit mir besprechen, welche Spuren ihr habt?«, frage ich. »Ich kann dir ein Supervisionsgespräch anbieten. Gratis.«

Wieder schüttelt er den Kopf. Die Sonne brennt von oben, und meine Kopfhaut wird unangenehm warm.

Ich fürchte, ich kann nicht auf seine Antwort warten. Manchmal ist Schweigen die beste Lösung, manchmal bringt das die Leute zum Reden, aber Leo ist ein sturer Hund.

Wobei er immer noch hier steht.

Früher habe ich Leo einmal ziemlich gut gekannt. Auf diese spezielle Art, wie das nur bei Arbeitskollegen der Fall ist. Und der Leo, den ich kannte, war sehr pragmatisch eingestellt.

Sicher, möglicherweise hat er mich angerufen, um mich zu warnen. Aber ich glaube, es steckte mehr dahinter. Er will über etwas reden.

»Darf ich dich wenigstens auf eine Tasse grünen Tee einladen?«, frage ich.

Leo hebt die Augenbrauen.

Kapitel 6

Wir sitzen auf den Bänken an der Landzunge, ich mit einem Becher Kaffee in der Hand, Leo mit seinem grünen Tee.

Sonnenstrahlen glitzern auf dem Wasser, werden von den Wellen reflektiert und lassen die Fenster der Häuser auf Lidingö am anderen Ufer des Sunds aufleuchten. Die Strandpromenade ist gerade erst neu angelegt worden, aber diese Bänke sehen aus, als stünden sie schon seit den Siebzigerjahren hier. Es sind die gleichen Bänke, auf denen wir uns als Jugendliche darüber unterhielten, wie falsch und heuchlerisch alle in Djursholm waren und dass wir nichts lieber wollten, als von dort wegzugehen. Irgendwohin, wo die Menschen authentisch waren.

Lieber Gott, was für ein unausstehlicher Teenie ich war.

Aber manchmal vermisse ich diese Zeiten. So wie jetzt. Ein Echo von Louise, Wille und mir, auf dem Weg zum Strand, Plastikflaschen gefüllt mit teurem Whisky, den Wille aus dem überfüllten Barschrank seines Vaters geklaut hat, russische Zigaretten, frisch gewaschene Haare und stümperhaft geschminkt.

Wir zogen einander an, weil wir alle drei wütend waren, im Prinzip auf alles. Wir glaubten, uns zu verstehen, die Einzigen zu sein, die einander wirklich verstehen konnten.

Irgendwie ironisch, wie alles endete. Alles, was wir damals wollten, war, aus Djursholm zu fliehen. Und dann landeten wir am Schluss doch alle drei wieder hier. Louise und William zusammen und ich allein. Wir kamen zurück wie Vögel nach dem Winter, die es nicht besser wussten, als demselben Weg zu folgen wie ihre Eltern.

»Also«, sage ich und drehe mich zu Leo um. »Was wolltest du von mir? Eigentlich?«

Leo kneift die Lippen zusammen. Er ringt mit sich selbst, das sehe ich.

»Alles, was du sagst, bleibt unter uns«, verspreche ich. »Das weißt du. Ich kann dich als Klienten behandeln, inklusive allem, was dazugehört.«

Er verzieht den Mund, dann seufzt er. Über der Stirn stehen seine Haare hoch, was bedeutet, dass er mehrfach mit der Hand hindurchgefahren ist. Frustration.

»Du kanntest Louise von Ascheberg, als ihr jünger wart. Ihr wart ein Paar, richtig?«

»Als ich sie kannte, hieß sie noch Louise Rehnskiöld.«

»Hast du seit damals mit ihr gesprochen?«

»Nein«, antworte ich.

Ihre Nachricht zählt nicht. Ich habe nie darauf reagiert.

»Irgendetwas stimmte da nicht mir ihr«, sagt Leo.

»Was meinst du?«

Er trinkt einen Schluck von seinem grünen Tee. Schaut aufs Wasser.

»Das mit dem Klientenstatus. Was bedeutet das?«

Bullshit, das bedeutet es. Schließlich bin ich nicht seine Psychologin. Aber er muss über das reden, was an ihm nagt, und aus irgendeinem Grund will er mit mir darüber reden. Ich muss ihm nur die Erlaubnis dazu geben.

»Es bedeutet, dass alles, was du sagst, unter uns bleibt«, wiederhole ich.

Leo nickt langsam.

»Fang von vorn an. Was weißt du darüber, was passiert ist?«, fahre ich fort.

Die Worte strömen aus ihm heraus, als hätte er nur darauf gewartet, den Mund zu öffnen. Es erstaunt mich immer wieder, wie oft Leute nur einen kleinen Schubs brauchen, um zu reden. Das ist das Geheimnis hinter meinem ganzen Beruf, hinter jeder erfolgreichen Vernehmung, die ich je geführt habe.

Alle wollen ihr Herz erleichtern. Alles, was sie brauchen, ist jemand, der zuhören kann.

»Louise und ihr Mann William waren in die Schären rausgefahren, um dort das Wochenende zu verbringen. William gibt an, dass Louise am Freitagnachmittag eine SMS bekam und dann sagte, sie müsse an diesem Abend noch mal in die Stadt. Sie soll behauptet haben, ihrer Schwester gehe es schlecht und sie brauche Hilfe. Ihre Schwester ist schwanger und alleinstehend, deshalb hat er es nicht infrage gestellt. Louise nahm die Fähre um 16:40 Uhr nach Stockholm und holte ihr Auto. Ihre Nachbarn sahen den Wagen gegen 18 Uhr in der Auffahrt, weshalb es eher so scheint, als sei sie direkt nach Hause gefahren und nicht zu ihrer Schwester.«

»Was sagt Hedda dazu?«, will ich wissen.

»Sie hat seit über einem Monat nicht mehr mit Louise gesprochen, sagt sie.«

Ich runzle die Stirn.

»Hat sie erklärt, wieso?«

»Sie haben sich wohl gestritten. Aber bevor du fragst: Die Schwester hat ein Alibi. Nicht, dass sie eines gebraucht hätte. Sie ist im siebten Monat schwanger und hat offenbar eine schwere Symphysenlockerung. Ich halte es für unwahrscheinlich, dass sie irgendjemandem etwas angetan haben kann.« Nach einer Pause fügt er hinzu: »Sie schien extrem aufgewühlt über Louises Tod, hat fast während der gesamten Vernehmung geweint.«

»Kann ich mir denken.«

Ich kenne Hedda als hyperaktive Zwölfjährige mit übertrieben korrekter Aussprache und transparenter Zahnspange. Die gleichen blonden Haare wie Louise, aber ein völlig entgegengesetztes Temperament. Wo sich Louise geheimnisvoll und sarkastisch gab, war sie offenherzig und anhänglich. Trotzdem standen sie sich nahe. Wenn es um Hedda ging, war Louise unerwartet beschützerisch und verhielt sich oft mehr wie eine zweite Mutter als wie eine große Schwester. Kein Wunder bei den Eltern: Die Rehnskiölds, so schien es, hatten eigentlich nur Kinder bekommen, um diesen Punkt von ihrer Liste streichen zu können; besonders interessiert waren sie nie an ihren Töchtern.

Dass wir mit unseren Müttern nicht gut zurechtkamen, war eine der Gemeinsamkeiten zwischen Louise und mir.

»Hat sie gesagt, worüber sie gestritten haben?«, frage ich.

»Sie meinte, es ging um die Arbeit«, sagt Leo. »Sie stellte es so dar, als wäre es nicht ungewöhnlich, dass Louise sich wie ihre Chefin aufführte. Dass Louise es gern besser wusste, es gleichzeitig aber gut meinte.«

Ich lächle, aber spüre einen Kloß im Hals.

»Klingt nach Louise«, sage ich. »Okay, Louise kommt also gegen 18 Uhr nach Hause. Was passiert danach?«

»Die Nachbarn hören später am Abend Musik von der anderen Seite der Hecke. Wann genau, wissen sie nicht mit Sicherheit. Die von Aschebergs haben jemanden, der einmal im Monat kommt, um den Pool im Haus zu reinigen, und er hat einen eigenen Schlüssel. Er betritt das Haus um kurz nach neun am Samstagmorgen und findet Louise tot auf dem Wohnzimmerteppich. Sechs Stichwunden im Oberkörper.« Nach einer Pause sagt er: »Eine halb volle Flasche Rotwein auf dem Wohnzimmertisch, zwei gespülte Weingläser auf dem Küchentresen. Ihr Handy fehlt.«

Es dauert einige Sekunden, bis ich meine Stimme wiederfinde.

Ich gebe mein Bestes, um mir Louise nicht vorzustellen. Tot.

»Mordwaffe?«, bringe ich heraus.

»Wir warten immer noch auf die Bestätigung, aber eines der Küchenmesser war feucht, als hätte jemand es sauber gewischt und nass in den Messerblock gesteckt.«

Ich nicke langsam.

»Okay. Louise erhält also eine SMS, belügt William, sie sei von ihrer Schwester, und fährt in die Stadt. Bekommt nach sechs Uhr Besuch. Irgendwann im Lauf des Abends, nachdem einer oder beide Wein getrunken haben, nimmt der Gast ein Messer aus der Küche, ermordet Louise, spült die Gläser und das Messer und verlässt den Tatort.«

»So scheint es.«

»Und ihr seid euch sicher, dass es nicht der Poolreinigungstyp war? Der Louise ermordet und dann die Leiche ›gefunden‹ hat?«

»Er hat ein Alibi. Seine Freundin und er haben am Abend vorher wohl eine Geburtstagsparty mit Übernachtung für ihre neunjährige Tochter veranstaltet. Ich habe zehn Mädchen und eine sehr müde Frau, die mir bestätigen können, dass er den ganzen Abend über im Haus gewesen ist.«

»Und ich gehe davon aus, dass ihr Williams Alibi ebenfalls überprüft habt?«, frage ich.

»Er hat mit seinen Nachbarn auf der Insel zu Abend gegessen«, sagt Leo. »Die letzte Fähre geht um sechs.«

»Hat er ein Boot?«

»Ein kleines. Ziemlich laut, behauptet er. Er sagt, die Nachbarn hätten gehört, wenn er damit losgefahren wäre.«

»Könnte sich lohnen, das nachzuprüfen. Du weißt ja: Es ist fast immer der Ehemann.«

Es fühlt sich eigenartig an, das über William zu sagen. Wille. Aber er ist nicht mehr der Teenager, den ich kannte, und was ich sage, ist wahr, auch wenn es heftig klingt: Es ist tatsächlich fast immer der Ehemann.

Leo nickt, aber er scheint auf etwas zu warten.

»Was stimmt nicht?«, frage ich, und es kommt mir wie ein Echo all der Male vor, die ich ihm diese Frage schon gestellt habe.

All die langen Abende, an denen wir in einem kleinen, dunklen Zimmer gesessen, Verhöre, Bilder und Beweise wieder und wieder durchgesehen haben, um ein Detail zu entdecken, das uns möglicherweise entgangen ist.

Es scheint genauso lange her zu sein wie die Spätsommerabende am Wasser mit Louise und William.

»Ich bekomme Louises Bild nicht zusammengesetzt«, sagt Leo. »Du weißt selbst, wie es in solchen Situationen normalerweise abläuft: Alle stehen unter Schock, jeder versucht, das Opfer als Engel darzustellen.«

»Klar«, stimme ich ihm zu.

Es ist natürlich. Nachdem jemand gestorben ist, verzerrt die Trauer um den Verstorbenen das Bild, das man von der Person hatte. Alles erscheint in helleren Farben. Zuerst die Sehnsucht, dieser schneidende Schmerz, der es einem unmöglich macht, an das Verlorene zu denken.

Danach kommt die Reue über all die nie geführten Gespräche, all die Konflikte, die nun niemals gelöst werden können. Manchmal auch Zorn, als sei der Verstorbene absichtlich gegangen, als sei er nur gestorben, um einer Konfrontation aus dem Weg zu gehen.

Nach einer Weile verblassen diese Eindrücke, und das Bild des Verstorbenen stabilisiert sich. Im Guten wie im Schlechten, fast so, wie die Person wirklich war im Leben. Nie ganz die- oder derselbe. Von drei Dimensionen bleiben zwei, aus einem bewegten Bild wird ein starres, unveränderliches. Aber ein gerechteres. Meistens zumindest.

In einer Mordermittlung kommt allerdings oft ein weiterer Faktor hinzu: Angst. Sie schürt den Trieb, das Opfer zu idealisieren, um ja nicht in Verdacht zu geraten. Und ein gewaltsamer Tod lässt das Opfer, ungeachtet aller menschlichen Fehler und Unzulänglichkeiten, wie eine Heilige dastehen, als völlig unschuldig im Hinblick auf die Schuld des Mörders.

»Weder der Ehemann noch die Schwester oder die Eltern haben so über Louise gesprochen, wie Angehörige sonst über das Opfer sprechen«, sagt Leo. »Sie wirkten … sauer. Auch traurig und geschockt, sicher, aber unter der Oberfläche schienen sie verärgert und ließen seltsame Bemerkungen fallen.«

»Was für Bemerkungen?« Jetzt höre ich genau hin.

»Schwer zu sagen. Nichts besonders Konkretes, es war eher ein Gefühl. Nichts, das sich als Beweis eignen würde, wenn du verstehst, was ich meine. Ich habe gefragt, ob jemand von ihnen Louise wegen irgendetwas böse war, aber das haben sie sofort abgestritten, haben sich über die Frage empört. Du kennst das. Deshalb habe ich versucht, sie zu beschwatzen, habe nach möglichen Feinden gefragt, ob Louise möglicherweise eine Affäre gehabt haben könnte, aber auch das führte zu nichts.«

»Sie hatte also keine Feinde«, halte ich fest. »Aber ihre Liebsten wirken trotzdem sauer und aufgebracht. Und sie weigern sich zuzugeben, dass sie sauer sind, auch den Grund für ihren Ärger nennen sie nicht.« Ich denke nach, versuche, eine mentale Struktur ausfindig zu machen, die diese Art von Reaktion hervorrufen könnte. »Irgendetwas fehlt«, sage ich schließlich, und Leo verdreht die Augen.

»Ja«, stöhnt er, »offensichtlich.«

»Du irrst dich.« Ich ziehe einen Mundwinkel hoch. »Ihr braucht definitiv eine Vernehmungsspezialistin.«

»Wir können dich nicht dazuholen«, sagt Leo, immer noch verärgert. »Du kanntest das Opfer.«

»Und ihren Mann«, ergänze ich. »Wir sind alle drei zusammen in die Oberstufe gegangen.«

Leo schnaubt frustriert und verschüttet dabei aus Versehen seinen Tee. Er flucht, als seine Hose einen Fleck abbekommt. Unmotiviert reibt er daran herum und sieht mich dann an.

»Ja, ja«, sage ich etwas widerwillig. »Schon klar.« Ich nehme einen Schluck von meinem fast kalten schwarzen Kaffee und verziehe das Gesicht.

»Also, was willst du von mir? Was soll ich sagen?«, frage ich.

»Ich muss ihre Nächsten dazu bekommen, sich zu öffnen«, antwortet Leo. »Sie machen komplett dicht. Ich habe den Eindruck, als wollten sie nichts sagen, das ihrem Ruf schaden könnte. Keine Ahnung, ob das so ein Oberschicht-Ding ist. Du bist mit diesen Menschen aufgewachsen. Hast du eine Methode, die ich anwenden könnte? Sie müssen verstehen, dass es in ihrem eigenen Interesse ist, sich zu öffnen. Alles zu erzählen, was sie darüber wissen, was mit Louise passiert ist.«

Das erklärt, warum er mich angerufen hat. Er wollte die Tür weit genug aufstoßen, um sich später noch einmal melden und diese Frage stellen zu können. Ich hatte geglaubt, ich hätte ihn dazu überredet, mit mir über den Fall zu sprechen, dabei wollte er mich benutzen.

»Ich kann dir garantieren, dass sie keine Presse mögen«, beginne ich. »Louises Eltern gehören zur echten Oberschicht. Sie legen Wert darauf, nicht in der Zeitung aufzutauchen. Wenn du ihnen da also entgegenkommst und ihnen versprichst, dass alles, was sie sagen, ausschließlich dazu dient, denjenigen zu finden, der Louise das angetan hat, dann könnte das bereits etwas bewirken.«

»Habe ich schon versucht.« Leos Tonfall ist scharf und frustriert.

»Beruhig dich, lass mich nachdenken.«

Er bleibt still. Ich versuche, mich zu konzentrieren, lasse die Gedanken um alles kreisen, woran ich mich über Louises Familie erinnern kann.

»Wie hart bist du ihre Schwester angegangen?«, frage ich zum Schluss.

»Nicht besonders. Sie ist hochschwanger und hat geweint. Und ist offensichtlich unschuldig.«

Eine gefährliche Annahme. Nur weil jemand schwanger ist, heißt das nicht, sie wäre nicht in der Lage zu töten. Es ist nur ein bisschen anstrengender. Aber das behalte ich für mich, denn ich will Leo nicht mehr als nötig verärgern, und außerdem ist er klug genug, niemanden von der Liste der Verdächtigen zu streichen, ohne absolut sicher zu sein.

»Mach weiter, aber ganz behutsam«, rate ich ihm. »Versuch, viel zu spiegeln. Weißt du noch, wie wir das früher angewandt haben? Bestätige, was sie fühlt, und sag, dass du nur versuchst, Louise besser zu verstehen. Setz sie nicht zu stark unter Druck, du willst nicht, dass sie zusammenbricht. Lass sie das Tempo bestimmen. Dann wird sie anfangen zu reden.«

Leo nickt, presst die Lippen aufeinander.

»Wisst ihr schon, wer ihr gesimst hat?«, frage ich.

»Nein, wir warten noch darauf.« Nach einigen Sekunden sagt er: »Hast du noch andere Ideen?«

»Zum Fall?« Bizarrerweise fühle ich mich geschmeichelt. »Ansonsten hast du doch immer einen spontanen Einfall, wie alles zusammenhängt?«

Leo zuckt mit den Schultern und lächelt schief. Verschlossen, aber nicht distanziert.

»Kann trotzdem nicht schaden«, meint er. »Du hast sie einmal gut gekannt.«

»Das ist lange her«, erwidere ich langsam. »Ich kenne Louise nicht mehr.«

»Aber?«, wirft Leo ein, der die Andeutung in meiner Stimme gehört hat.

Ich denke an die beiden Weingläser. Frisch abgewaschen und sauber neben der Spüle in der Küche. Denke an ein langes, schmales Küchenmesser, sicher am Stück geschmiedet, aus japanischem Stahl mit Wellenschliff. Ich ahne, dass es dem Messer ähneln könnte, das meine Eltern in der Küche liegen hatten, das jetzt aber in einer Schublade verschlossen ist, damit meine Mutter nicht plötzlich auf die Idee kommt, Gemüse zu hacken, und sich dabei schneidet.

»Die Tatortbeschreibung erinnert mich an einen Fall, an dem ich in Texas gearbeitet habe«, sage ich. »Hausfrau, zwei Schüsse in die Brust aus nächster Nähe, mit einer Schrotflinte.«

Leo verzieht gequält das Gesicht.

»Ja, es war eine verdammt blutige Angelegenheit«, fahre ich fort. »Man hätte das schlimmste Chaos erwarten können, aber die Täterin nahm sich einen Mopp und einen Eimer und schrubbte den Boden rund um die Leiche. Sie legte sogar die saubere Wäsche zusammen, die im Korb neben dem Sofa lag, und goss die Blumen, bevor sie ging.«

Leo wartet mit leicht nach oben gezogenen Augenbrauen.

Ich erinnere mich an den Tatort, als wäre es gestern gewesen. Sie hatten mich nicht hinzugezogen, um herauszufinden, ob sie schuldig war, denn sie hatte den Mord gestanden, sobald die Polizei vor ihrer Tür stand.

Sie hatten mich hinzugezogen, um aus ihrem Geständnis eine vorläufige Einschätzung ihres mentalen Zustands zu erarbeiten. Ihr Vorname war Eugenia, eine unglückliche Wahl ihrer Eltern, denn er passte nicht zu ihr. Sie war hübsch, ebenso adrett wie der Küchenboden rund um die zerfetzte Leiche, nachdem sie ihn sorgfältig gewischt und sogar die Fugen zwischen den Kacheln sauber gebürstet hatte. Ich erinnere mich noch an den abgebrochenen Nagel an ihrer Hand, und während wir sprachen, fragte ich mich, ob ihr das wohl beim Schießen oder beim Schrubben passiert war.

»Das Opfer hatte eine Affäre mit dem Mann der Mörderin gehabt«, erkläre ich. »Sie waren Nachbarn. Die Täterin war dem Techtelmechtel auf die Schliche gekommen, hatte ihre Nachbarin damit konfrontiert, in der Hitze des Gefechts zum Gewehr des Mannes ihrer Nebenbuhlerin gegriffen und abgedrückt. Aber sie hatte so etwas noch nie zuvor getan. Nicht einmal ein Gewehr in der Hand gehalten. Als ihr klar wurde, was passiert war, handelte sie wie ferngesteuert. Auf dem Boden war Blut, also wischte sie es auf, neben dem Sofa stand ein Korb mit einer Ladung sauberer Wäsche, also legte sie sie zusammen. Ihr fiel auf, dass manche Topfpflanzen vertrocknet aussahen, also goss sie sie. Aber sie machte nicht sauber, um ihre Spuren zu verwischen; überall hinterließ sie Fingerabdrücke. Sie machte sauber, weil das Chaos das Einzige war, das sie in Ordnung bringen konnte. Anschließend ging sie hinaus auf die Veranda, zurück in ihr eigenes Haus und wartete dort auf die Polizei.«

Während die Frau erzählt hatte, was passiert war, hatte ihre Stimme sonderbar geklungen, wie in Trance. Sie hatte nicht so getan, als könne sie sich an nichts erinnern, wie viele es taten. Stattdessen war es, als versuche sie, einen Film zu beschreiben, den sie vor langer Zeit gesehen und den sie bis ins letzte Detail in Erinnerung behalten hatte, weil er ihr nicht besonders gefallen hatte.

In meinem Gutachten schätzte ich sie als gesund genug für einen Gerichtsprozess ein. Was danach mit ihr geschah, habe ich aber nie erfahren.

»Okay«, sagt Leo, und ich schüttele den Kopf, während ich mich wieder aufs Hier und Jetzt zu konzentrieren versuche.

»Wer auch immer es war, diese Person hat Louises Handy mitgenommen«, fahre ich fort. »Aber die Weingläser und das Messer gespült, obwohl sie beides ebenso hätte mitnehmen können. Die Weinflasche genauso, wenn sie wirklich sichergehen wollte, keine Fingerabdrücke zu hinterlassen. Mein Tipp ist eine Frau, die in der Vergangenheit noch kein gewaltsames Verhalten gezeigt hat. Sie hat Louise erstochen und anschließend sauber gemacht, weil sie nicht wusste, was sie sonst tun sollte. Mir erscheint die Tat nicht durchdacht, sondern spontan und von Panik geleitet.«

Leo hält den Blick auf die Reste seines grünen Tees gerichtet, und ich zucke mit den Schultern.

»Das ist jedenfalls meine Vermutung«, schließe ich. »Aber du weißt ebenso gut wie ich, dass solche Täterprofile fast nie funktionieren, also verlass dich nicht darauf.«

»Danke«, sagt er lächelnd und hebt seinen Becher. »Auch für den Tee.«

»Keine Ursache«, erwidere ich. Ganz automatisch stehe ich gleichzeitig mit ihm auf. »Wenn du noch mehr brauchst, melde dich gern«, füge ich hinzu, aber ich weiß schon, dass er das nicht tun wird. Es ist nicht meine Ermittlung, und Leo will mich nicht dabeihaben. Er will bloß so viele Informationen wie möglich sammeln und alles finden, was ihm einen Anhaltspunkt liefern könnte. Bis jetzt deutet alles darauf hin, dass der oder die Schuldige jemand ist, der Louise nahesteht. Die Polizei wird den Fall in ein paar Tagen gelöst haben.

Das tun sie so gut wie immer.

»Es war schön, dich wiederzusehen«, verabschiedet sich Leo. »Pass auf dich auf.«

»Du auch«, sage ich und hebe die Hand zu einem schlaffen, unbeholfenen Winken.

Ein sonderbarer Schmerz sticht mir in die Brust, als ich sehe, wie er sich umdreht und geht. Als hätte sich eine Tür für mich geschlossen, von der ich nicht einmal gewusst habe, dass ich nach ihr suche.

Ich habe mich gescheut, Leo zu kontaktieren, mich gescheut, nach meinem alten Job zu fragen, weil ich nicht bereit dafür war.

Doch jetzt wird mir klar, dass mein alter Job nicht einmal mehr als Alternative für mich infrage kommt.

Ich sinke zurück auf die Bank und kneife die Augen vor der Sonne zusammen, spüre die Anspannung in meinem Kiefer.

Es nagt an mir. Immer noch.

Es ist nicht allein die Tatsache, dass Louise mir geschrieben hat. Manche Leute melden sich bei ihren Ex-Partnern, auch wenn es zwischen ihnen böse ausgegangen ist.

Nein, es war der Ton in der Nachricht.

Ich kenne ihn.

Als ich mir die Nachricht wieder und wieder durch den Kopf gehen lasse, denke ich an das, was Leo über Louises Schwester gesagt hat.

Bei ihrem Streit ging es um die Arbeit.

Zuletzt habe ich vor einigen Jahren etwas von Louise und Hedda gehört, und zwar von meiner Mutter. Meine Mutter, die nichts davon wusste, dass Louise nach wie vor ein sensibles Thema für mich war, hatte am Telefon erzählt, dass sie Hedda zufällig auf dem Marktplatz in Djursholm getroffen hatte. Hedda habe gesagt, Louise hätte eine gute Anstellung in einer Marketingagentur gefunden, während sie selbst, meiner Mutter zufolge, offenbar irgendein eigenartiges Studium absolvierte. Was genau, weiß ich nicht mehr, aber ich erinnere mich daran, dass meine Mutter von einem theoretischen Examen gesprochen hatte, das völlig nutzlos sei.

Es gibt da *etwas sehr Spannendes, über das ich gern mit dir reden würde.*

Etwas sehr Spannendes.

Ich stehe kurz davor, es zu kapieren. Ich kann es spüren.

Mit einem Mal schlage ich die Augen auf und lache.

Sie hat doch nicht etwa …?

Doch, sie muss es getan haben. Es passt viel zu gut.

Ich ziehe mein Handy aus der Tasche und installiere Instagram neu. Ich habe die App vor mehreren Monaten gelöscht, um nicht in Versuchung zu geraten, Marias Profil ständig zu überprüfen. Sie hatte mich damals überredet, mir auch einen Account zuzulegen. Maria hatte schon immer einen größeren Spaß an Social Media als ich.

Einen Augenblick lang, die App lädt noch, überlege ich, mir ihr Profil anzusehen. Will wissen, was sie treibt. Ob sie etwas gepostet hat. Eine andere Frisur trägt oder ein neues Tattoo hat.

Es ist, wie an einer Wunde zu kratzen, die gerade erst verheilt ist. Ich will eigentlich nicht, aber das pochende Jucken zwingt mich fast dazu. Es zu wissen, zu sehen, wie ihr Leben ohne mich weitergeht.

Aber ich schaffe es, mich auf etwas anderes zu konzentrieren.

Ich suche nach »Louise von Ascheberg« und bekomme sofort einen Treffer angezeigt. Ich öffne ihr Profil und lese die kurze Beschreibung ganz oben.

Gegen meinen Willen formen sich meine Lippen zu einem Lächeln.

Nur wenig kann sich mit dem Gefühl messen, recht zu haben.

17. Januar

Auf dem Weg in die Stadt war Stau.

Was auch sonst? Natürlich herrschte um diese Zeit viel Verkehr. Sie hätte es besser wissen und früher von zu Hause losfahren sollen, aber sie war nicht einmal sicher gewesen, ob sie überhaupt fahren wollte. William hatte sich darüber lustig gemacht, als sie im Badezimmer herumgewuselt war, in einer Hand den Föhn, in der anderen Wimperntusche: »Typisch Louise.«

Darüber war sie so wütend geworden, dass sie hätte schreien können.

Manchmal passierte das. Wie aus dem Nichts. Sie liebte William, aber er konnte sie in den Wahnsinn treiben, auf die gleiche Art, wie Hedda es gelegentlich tat. Dann fühlte sie sich plötzlich in ihre Jugend zurückversetzt und wollte irgendetwas nach ihm werfen, damit er sie in Ruhe ließ.

Vielleicht war es einfach so, wenn man verheiratet war. Oder wenn man mit jemandem eine Ehe führte, den man kannte, seit man 16 war. Ihr fehlte etwas, womit sie es vergleichen konnte.

Sie und Lykke hatten sich zweimal getroffen, seit diese Nachricht in ihrem Posteingang gelandet war. Zuerst auf einen »ganz entspannten« Kaffee, den Louise beinahe abgesagt hätte, beim zweiten Mal waren sie auf ein Glas Wein ins Monrads gegangen. Für dieses Treffen hatte sie sich erheblich leichter motivieren können, wegen des Weins, aber auch weil das Kaffeetreffen tatsächlich sehr entspannt und angenehm verlaufen war. Sie und Lykke kannten sich nicht besonders gut, und bei ihr entging sie den unbequemen Fragen, den suchenden Blicken. Das war schön.

Lykke hatte nicht nach den fehlenden Kindern gefragt. War nicht auf eine Adoption zu sprechen gekommen oder hatte, Gott bewahre, angefangen, von Freunden zu erzählen, die sich einen Hund zugelegt hatten und denen es ohne Kinder richtig gut ging, so gut sogar, dass man manchmal neidisch werden könnte, haha! Sie war nicht von der verzweifelten, unbehaglichen Aura umgegeben, die Louise allmählich bei all den anderen Freunden wahrnahm, die sie inzwischen immer mehr mied. Sie hatte nichts von dem gemeinsamen, stillen Wissen über all das gespürt, worüber sie nicht sprachen. Das Scheitern.

Stattdessen hatte Lykke von sich selbst erzählt. Nicht auf eine prahlerische Weise und auch nicht auf diese charakteristisch schwedische Art, mit dieser bemühten Bescheidenheit, die wie eine dünne Schicht Firnis die schlecht verborgene Überlegenheit überzog. Sie hatte einfach drauflosgeplaudert. Darüber, wie hart sie anfangs in ihrem neuen Job hatte schuften müssen, wie anstrengend es gewesen war, aber wie das Geld nach und nach hereingeströmt war. Sie hatte ihr ein Foto von dem neuen Auto gezeigt, das sie sich selbst zum Geschenk gemacht hatte, und von dem Teammeeting erzählt, bei dem sie erst nach der Hälfte den Spinat zwischen ihren Zähnen bemerkt hatte.

Lykke war anders gewesen, als Louise sie in Erinnerung hatte. Geradezu magnetisch. Sie kannte Lykke als eine dieser Frauen, die immer ein wenig zu bemüht waren, ein bisschen zu laut und an den falschen Stellen lachten, mit einem furchtbar langweiligen IT-Job und einem langen, unmodernen

Pony. Jetzt aber machte sie einen ausgeglichenen und selbstsicheren Eindruck. Als hätte sie ihren Platz gefunden.

Genauso hatte sich Louise früher vorgestellt, dass sie sich einmal an diesem Punkt in ihrem Leben fühlen würde. Als sie jünger war, hatte sie die vage Vorstellung gehabt, mit über 30 eines Tages einfach aufzuwachen und zu verstehen, wie alles funktionierte. Sie würde sich nicht länger unwohl in ihrem Körper fühlen, müsste sich nicht mehr so sehr anstrengen, um zu begreifen, was alle anderen intuitiv zu wissen schienen, und sie würde nie mehr aufwachen und feststellen müssen, dass sie schon wieder keine saubere Unterwäsche mehr hatte.

Noch war dieser Tag nicht gekommen. Auf Lykke schien das allerdings zuzutreffen.

Als Lykke schließlich kurz zu reden aufhörte, um einen Schluck aus ihrem Glas zu nehmen, hatte Louise sie nach ihrem Geheimnis gefragt. Sie hatte versucht, es als Scherz zu formulieren, aber sie bemerkte selbst den wehleidigen Unterton in ihrer Stimme, den Neid und die Sehnsucht, die sich nur knapp unter der Oberfläche verbargen.

Lykke hatte gelacht und dabei zwei leicht schief stehende Eckzähne entblößt, für die Louise sie bei ihrem ersten Treffen noch bemitleidet hatte. Jetzt ertappte sie sich selbst bei dem Wunsch, dass ihr eigenes Lächeln ein wenig mehr Charakter hätte.

»Ich bin so froh, dass du fragst, Louise«, *hatte sie gesagt.*

Jetzt saß Louise also in ihrem Uber, nur eine Minute vom Restaurant entfernt.

Ihr Herz raste so schnell, dass ihr ein wenig schwindelig war.

Sie wusste nicht, ob sie für das hier bereit war. Wusste nicht einmal richtig, worauf sie sich da eingelassen hatte.

Louise holte tief Luft. Dann kramte sie ihre Puderdose aus der Handtasche, prüfte schnell ihr Make-up im Spiegel und wischte einen Mascarafleck von der Augenbraue.

Das Auto hielt am Bürgersteig.

Sie war schon einmal in diesem Restaurant gewesen, fiel Louise auf, damals war es noch ein Thai-Fusion-Laden gewesen, jetzt war es ein vietnamesischer Pub. Durch die gläserne Tür erkannte sie die Silhouetten von Frauen, die Gläser in den Händen hielten.

»Vielen Dank«, sagte sie an den Fahrer gerichtet, öffnete die Tür und stieg aus. Blieb auf dem Gehweg stehen.

Sie konnte noch immer kehrtmachen und davongehen.

Aber stattdessen gab sie sich einen Ruck.

Sie schob die Tür auf und trat ein.

Kapitel 7

Louise und ich lernten uns an unserem ersten Tag in der Oberstufe kennen.

Das Viktor-Rydberg-Gymnasium hatte einen guten Ruf. Mein Vater hatte eine große Nummer aus meinem ersten Tag dort gemacht und war früh aufgestanden, um seinem »großen Mädchen« ein üppiges Frühstück zu machen, bevor er ins Büro fuhr. Es gab Waffeln oder Pfannkuchen, ich erinnere mich nicht mehr genau. Jedenfalls etwas, das er ansonsten nur am Wochenende machte, ein süßes und fettiges Frühstück, das einem wie ein Stein im Magen lag und meine Mutter die Augenbrauen heben und die Lippen zusammenpressen ließ. Nicht, dass sie es weiter hätte erklären müssen, ich wusste genau, was sie dachte. Wahrscheinlich reagierte ich wie immer und aß ein wenig zu viel, um ihr zu demonstrieren, was ich von ihren Blicken hielt.

Ich wollte nicht zugeben, dass ich nervös war. Noch in der Mittelstufe, als ich auf die Gesamtschule von Djursholm gegangen war, hatte ich gedacht, ich würde dazugehören. Ich hatte meine kleine Clique, eine Gruppe Mädels mit der komplizierten Dynamik der frühen Teenagerjahre, doch nur ein paar Jahre, nachdem die Pubertät uns in ihren Würgegriff genommen hatte, wurde die eine Hälfte von uns plötzlich auf Partys in großen leeren Häusern mit unverschlossenen Barschränken eingeladen, während die andere Hälfte entdeckte, dass wir uns nicht sonderlich leiden konnten, und auseinanderglitt.

Ich hatte versucht, mir einzureden, dass es in der Oberstufe anders werden würde. Dass wir jetzt erwachsener waren und es ein Neuanfang werden könnte.

Aber ich war nicht überzeugt. Ich war vor Kurzem 16 geworden, meine Hormone spielten völlig verrückt, sodass ich kaum in den Spiegel schauen konnte, ohne vor Zorn zu rasen oder in Tränen auszubrechen. Gerade erst hatte ich Zynismus und Sarkasmus als Verteidigungsmechanismen für mich entdeckt, und mir war bereits schmerzlich bewusst, dass ich anders tickte. Mein Problem bestand nicht in der Angst davor, dass die Leute auf mich herabsehen oder mich anders behandeln würden, sobald sie es herausfanden: Mein Problem war, dass ich schon damals so wütend auf alle um mich herum war, weil ich wusste, dass sie es nicht kapieren würden.

Mit all diesen Problemen im Gepäck kam ich also aufs Viktor-Rydberg-Gymnasium.

Ich sah sie nicht sofort, als ich den Klassenraum betrat. Wenn ich ehrlich bin, habe ich niemanden gesehen. Den Blick auf den Boden gerichtet, suchte ich mir den erstbesten freien Platz, nestelte an der Lederschnur herum, die ich in einem peinlichen Versuch, punkig auszusehen, um meinen Hals gebunden hatte, und wünschte, ich wäre an einem anderen Ort. Meine gesamte rebellische Teenagerpersönlichkeit basierte auf Dingen, die ich aus Filmen und dem Fernsehen kannte. In Djursholm gab es nicht viele Rebellen, an deren Persönlichkeit ich mich hätte orientieren können. Das war das Schlimmste an meiner Jugend: Alle anderen wirkten immer so fröhlich, nett und angepasst. Niemandem schien es so zu gehen wie mir, niemand außer mir drohte unter all dem glänzenden, ordentlich gekämmten wohlhabenden Getue zu ersticken.

Ihre Stimme ließ mich aufblicken und sie ansehen. Eine tiefe, melodische Stimme, die sie viel älter klingen ließ als alle anderen in unserer Klasse. Später sollte ich mein Ohr auf ihren nackten Brustkorb pressen und sie bitten zu sprechen, nur um zu hören, wie diese Stimme in ihren Rippen vibrierte, aber an diesem ersten Tag hörte ich sie nur sagen:

»Louise Rehnskiöld.«

Ich hob also den Blick, und da saß sie am Fenster. Langes blondes Haar, das ihr in zerzausten Strähnen über den Rücken fiel. Ihr Oberkörper, in eine Jeansjacke gekleidet, war lang, sodass sie im Sitzen genauso groß aussah wie die Jungs in der Klasse. Ich sah sie im Profil, die blauen Augen strahlten im Sonnenlicht, das durch die Fenster hereinfiel, das kleine Grübchen am Kinn wie eine leichte Asymmetrie und auf so diskrete Weise auffallend, dass es absichtlich wirkte.

Nein, es war nicht Liebe auf den ersten Blick. So etwas gibt es nicht. Es gibt nur Lust und Wiedererkennen, eine so schwindelerregende Kombination, dass sie sich wie eine Droge anfühlen kann. Ich habe sie nur ein einziges Mal gespürt, und das war nicht bei Louise.

Aber Louise hatte etwas anderes an sich. Etwas, das mich den Blick senken ließ, bevor sich unsere Augen überhaupt treffen konnten.

Es war wie eine Vorahnung.

Du wirst mir das Herz brechen.

Kapitel 8

Ich wäre nicht hergekommen, wenn dieser Dienstag nicht gewesen wäre.

Eigentlich dachte ich, dass ich es auf sich beruhen lassen sollte. Es schien nicht einmal wirklich relevant für die Ermittlung. Außerdem war es kein Geheimnis, man fand es auf Louises Social-Media-Profilen. Ich hatte meine eigenen Gedanken dazu, aber das brauchte nichts zu bedeuten.

Leo hatte mir klipp und klar gesagt, dass er mich nicht als Beraterin anstellen konnte. Ich bin nicht dumm, ich arbeite seit sieben Jahren eng mit der Polizei zusammen. Es gibt einen guten Grund, weshalb Privatpersonen in der Realität nicht andauernd knifflige Mordfälle lösen, so spaßig und einfach das im Fernsehen auch aussehen mag. Einen Mordfall zu lösen, erfordert weniger individuelles Können als vielmehr Ressourcen: Zugang zu Laboren, Obduktionsberichten, Telefon- und Internetdaten.

Ich war bereit, die Sache hinter mir zu lassen. Hatte nicht einmal vor, auf die Beerdigung zu gehen. Sicher war es ein Schock für mich gewesen, von Louises Tod zu erfahren, aber wahrscheinlich hätte ich mir nicht erlaubt, noch einmal daran zu denken, wäre Dienstag nicht ein so furchtbarer Tag gewesen.

Zuerst: eine Mail meiner Bank in den USA über meine steuerliche Situation nach meinem Umzug nach Schweden, der im Prinzip die Hälfte meines Ersparten verschlingen würde.

Dann: Papa war nicht zu Hause, und Mama und ich saßen vor dem Fernseher. Ich mit einem zur Hälfte gelösten alten Kreuzworträtsel auf den Knien, Mama anscheinend intensiv in den Bann der Dokusoap auf dem Schirm gezogen. Insgeheim hatte sie solche Sendungen schon immer gemocht und sie heimlich geschaut. Sobald Papa oder ich ins Zimmer gekommen waren, hatte sie umgeschaltet und sich laut über den Verfall der Kultur empört. In letzter Zeit hat sie die Heimlichtuerei aber aufgegeben, sie leugnet ihre Faszination nicht einmal mehr, und das versetzt mir einen Stich.

Mitten in irgendeiner Version von *The Real Housewives* richtete sie sich auf, sah mich an, hob die Augenbrauen und fragte, was zur Hölle ich hier täte. Ich war so schockiert, dass ich nicht wusste, was ich sagen sollte.

Es dauerte nicht länger als ein paar Sekunden. Dann klarte ihr Blick auf, und sie schüttelte den Kopf, sodass ihre glänzenden nussbraunen Locken vor dem Gesicht tanzten, und sagte:

»Meine Güte, wie peinlich. Entschuldige, Rebecca. Ich glaube, ich muss eingenickt sein. Es ist so warm hier drin.«

Ich weiß nicht einmal, ob sie selbst das glaubte.

Dann wandte sie sich wieder dem Fernseher zu und schaute weiter, während ich mit pochendem Herz und trockenem Mund neben ihr saß.

Es war nichts. Eigentlich.

Aber dieser Tonfall … Er brachte eine so alte Erinnerung herauf, dass ich kaum gewusst hatte, dass sie existierte. Ein saurer Geschmack breitete sich in meinem Mund aus, meine Schultern zogen sich zusammen, Tränen stiegen mir in die Augen.

Innerhalb eines Augenblicks war ich wieder zwölf Jahre alt.

In meiner Kindheit verlor sie nicht sehr oft die Beherrschung. Nie offen. Stattdessen hatte ihre Stimme einen ständig verärgerten Unterton. Was immer ich tat, es war nie wirklich richtig. In Wahrheit war wohl ich diejenige, die nie wirklich richtig war. Ich war nicht die Tochter, die sie sich vorgestellt hatte: eine Tochter, die mit Leichtigkeit gute Noten in der Schule bekam, ohne dafür besonders viel lernen zu müssen. Eine Tochter, die die Gabel intuitiv in der linken Hand hielt, obwohl es mit der rechten einfacher war. Eine ordentliche folgsame Tochter, die von einer Karriere in der Finanzwelt träumte.

Wenn sie gute Laune hatte, nannte sie mich mit liebevoller Stimme ihr kleines Wechselbalg. Um das zu interpretieren, braucht man keinen Psychologen.

Meine Mutter war nie jemand, der seinen Zorn offen zeigte. Aber die wenigen Male, die sie es tat, fühlte ich mich wie ein Schandfleck im perfekten Leben meiner Mutter. Wie ein Problem, das sich nicht lösen ließ.

Ich glaubte, ich wäre über dieses Gefühl hinweg. Glaubte, ich würde es nie wieder durchleben. Aber ich erkannte diesen Tonfall wieder, kannte diesen Gesichtsausdruck so gut, die schmalen Augen, die angewiderte Stimme.

Was stimmt nicht mit dir, Rebecca?

Ich weiß nicht, was ich noch mit dir tun soll.

Ihre Wut war immer kalt. Manchmal glaube ich, es wäre mir leichter gefallen, sie zu verstehen, wenn sie laut geworden wäre und getobt hätte, wenn sie mich angeschrien und für ein paar Sekunden die Maske fallen gelassen hätte. Vielleicht hätte sie dann mehr wie ein Mensch gewirkt.

Ihre Demenzerkrankung ist wie eine verzerrte Version von etwas, das ich mir früher einmal gewünscht habe, in meinen einsamsten Stunden als Teenie. Als hätte mich irgendein böser Geist gehört und bis jetzt gewartet.

Ich wollte bloß, dass sie verstand, wie ich mich fühlte. Sie sollte erfahren, wie es ist, sich klein, unbedeutend und hilflos zu fühlen. Verwirrt. Sie sollte begreifen, wie es ist, eine Last für den Menschen zu sein, der einen am meisten lieben sollte.

Was ist Demenz, wenn nicht das? Wie durch einen Spiegel verzerrt?

Dieser Gedanke suchte mich den Rest des Tages heim. Ich unternahm alles, um wieder ins Gleichgewicht zu kommen, Atemübungen, Visualisierungen.

Aber dann beging ich den Fehler und schaute nach dem Abendessen auf mein Handy, lange nachdem Mama diesen kurzen Moment vor dem Fernseher schon wieder vergessen hatte.

Und da auf dem Handydisplay war er.

Ein entgangener Anruf von einer Nummer, die mit +1 anfing.

Als ich es sah, zuckten Blitze vor meinen Augen. Ich musste mich aufs Bett setzen, steckte den Kopf zwischen die Knie, zwang mich zum Atmen, obwohl es sich anfühlte, als hätte jemand einen Gürtel um meine Rippen gelegt und zugezogen.

Ich wollte die Nachricht nicht abhören. Ich wollte nicht hier sein. Ich wollte nicht, dass irgendetwas davon geschah.

Als ich auf die Nachricht drückte, um sie anzuhören, schloss ich die Augen.

»Becki, it's me.« Die Stimme klang tief und ein wenig frustriert. *»I don't know if you're busy, but I really think it's time we get this sorted. I can't keep dealing with both of our shit. Either you need to get a lawyer over there, or you need to fly over here so we can sort it out in person. I've been looking into what options we have, but this would be a hell of a lot easier if you would act like an adult and actually work with me to figure this out.«*

Nach einer Pause:

»I hope your mom is doing okay. Call me back.«

Klick.

Ich rief sie nicht zurück.

Ich hörte mir die Nachricht viermal an. Versuchte, einen Hinweis in der Stimme zu erkennen, der mir verriet, was sie dachte, wo sie war, was sich verändert hatte, seit ich sie vor acht Monaten zum letzten Mal gesehen hatte.

Sie hatte mich nicht zum Flughafen begleitet. Als mein Vater anrief, war unser letzter Streit zwei Tage her. Zu diesem Zeitpunkt hatten wir eine Art Rhythmus gefunden, tanzten einen Tanz, in dem wir beide die Schrittfolge kannten. Es fing immer mit einem Artikel an, den sie in der Zeitung gelesen hatte, oder einem Text, den jemand auf Facebook oder Instagram teilte. Sie schickte sie mir meist kommentarlos weiter, und ich versuchte zu widerstehen. Blieb auf dem Sofa oder am Küchentisch sitzen und tat so, als hätte ich ihre Nachricht nicht gesehen, bis ich es nicht mehr aushielt.

Wenn ich sie darauf ansprach, riss sie immer ihre großen haselnussbraunen Augen auf, als wüsste sie nicht genau, was sie getan hatte. Hin und wieder, wenn sie keine Energie zu streiten hatte, wenn sie zu müde war oder wir einen guten Tag gehabt hatten, passierte nichts weiter.

Aber manchmal löste sie ihr dickes, lockiges Haar und warf es sich über die Schultern, fuhr mit den Fingern durch die Locken, sodass sie ihre Form verloren, und dann wusste ich, dass es so weit war.

»I don't understand how you can do what you do. You have to see that.«

Zu Beginn unserer Beziehung hatte sie noch keine besondere Meinung zu meiner Arbeit. Jedenfalls hatte sie sie nicht geäußert. Was eventuell daran lag, dass ich ihr nicht in Gänze erklärt hatte, worin meine Arbeit eigentlich bestand.

Ich hatte ihr gesagt, ich sei Psychologin und arbeite mit der Polizei zusammen, darauf hatten wir es beruhen lassen. Vielleicht war ihr das Ganze schon damals nicht geheuer gewesen. Vielleicht war ich schlicht so verliebt gewesen, dass ich die Zweifel in ihrer Stimme nicht gehört hatte.

Nach ein paar Jahren änderte sich das. Nach unserer Hochzeit. Es war eine kleine Zeremonie, meine Eltern flogen aus Schweden her, sie trug einen weißen Jumpsuit, ich ein lavendelfarbenes Spitzenkleid. In ihrem Haar ein weißer Blumenkranz. Eine Überraschung. Sie sagte, damit wolle sie meiner schwedischen Herkunft die Ehre erweisen. Meine Mittsommernachtskönigin aus Puerto Rico.

Nach unserer Heirat stellte sie immer öfter Fragen. Nicht nur darüber, was ich auf der Arbeit tat, sondern, wie es mir damit ging.

Wussten die Verdächtigen, mit denen ich sprach, wer ich war? War ihnen klar, dass ich nicht auf ihrer Seite stand, sondern auf der der Polizei?

Hatte ich schon während meines Psychologiestudiums diese Art von Arbeit im Sinn gehabt? Hätte ich nicht lieber Menschen geholfen?

Wer saß da eigentlich in meinen Vernehmungen? Welche Hautfarbe hatten sie? Welche Sexualität? Litten sie häufig unter psychischen Krankheiten? War ich mir im Klaren darüber, wie groß das Machtgefälle in solchen Situationen war?

Wusste ich, dass sich die amerikanische Polizei aus einer rassistischen Organisation entwickelt hatte, die gegründet worden war, um geflohene Sklaven aufzuspüren und zurückzuführen?

Wie konnte ich es nur aushalten, für die Polizei zu arbeiten?

Wie konnte ich noch in den Spiegel schauen?

Der Ton wurde immer schärfer, und die Fragen kamen immer häufiger. Genauso wie die Artikel über schwarze Kinder, Jugendliche und Erwachsene, die erschossen worden waren, auf der Straße, bei der Arbeit, in ihrem Zuhause.

Jeder Text, den sie mir schickte, war eine Anschuldigung.

Ich versuchte, ihr zu erklären, dass ich nicht mit dieser Art von Polizei zusammenarbeitete, sondern mit der staatlichen Ermittlungsbehörde. Nicht mit Streifenpolizisten auf der Straße. Meistens hatte ich mit Mordfällen oder Wirtschaftskriminalität zu tun, meine Aufgabe war es, dafür zu sorgen, dass Menschen, die ein Gewaltverbrechen begangen hatten, niemand anderem schadeten. Ich schuf eine sichere Umgebung für diejenigen, mit denen ich sprach. Wenn ich mit ihnen redete, senkte das das Risiko für falsche Geständnisse. Ich versuchte, es den Verdächtigen so angenehm wie möglich zu machen, bedrohte sie nie oder belog sie, damit sie glaubten, die Polizei hätte Beweise, die gar nicht existierten.

I'm one of the good guys, Maria.

Ich weiß nicht, wie oft ich diese Worte wiederholte.

Genauso wenig weiß ich, wann ich aufhörte, sie selbst zu glauben.

Oder wann ich begann, mich selbst zu verachten – denn ich wusste, dass sie recht hatte, dass ich, was immer ich auch sagte, Teil desselben Systems war, das jeden Tag aufs Neue unschuldige Menschen niedermachte und ermordete, nur weil sie die falsche Hautfarbe, die falsche Sexualität hatten oder weil sie krank waren und nicht verstanden, was sie taten, sich nicht verhielten, wie man es von ihnen erwartete, weil sie verwirrt waren und man ihre Verwirrung als Aggression deutete.

Ich weiß nicht, was passiert wäre, wäre ich geblieben. Wie viel von unserer Liebe geblieben wäre.

Zumindest bei ihr.

Trotz all der Wut, all der Konflikte wollte ich immer noch mit ihr leben und sterben. Sie ist die einzige Frau, die ich seit Louise geliebt habe. Die einzige Person, die mich dieses Gefühl hat erleben lassen, das viele als Liebe auf den ersten Blick beschreiben würden.

Ich weiß nicht einmal, ob ich wirklich sauer auf sie war oder ob sich mein Zorn gegen mich selbst richtete.

Ich hörte ihre Nachricht viermal an, dann löschte ich sie, ohne darauf zu antworten. Danach konnte ich nicht schlafen, also surfte ich stundenlang planlos im Internet, bis ich unausweichlich wieder bei Louise landete.

Ich las alle Artikel, in denen die immer gleichen Fakten wiederholt wurden: Frau, 37 Jahre alt, in ihrem Zuhause ermordet, von Reinigungskraft gefunden. Manche Artikel enthielten kaum verhohlene Schadenfreude über den »Schock im Nobelstadtteil«. Eine Reporterin war noch ein wenig weiter gegangen und hatte zwei Passanten auf der Straße befragt, die meinten, sie »fühlten sich in ihren eigenen vier Wänden nicht mehr sicher«.

Du hast nichts zu befürchten, dachte ich, während ich den Text überflog und an einem Bild der affektierten rotblonden Frau mit der teuren beigen Lederjacke hängen blieb. Aber du wirst dein Sicherheitssystem trotzdem aufrüsten, für alle Fälle. Und dann alle Freunde einladen, um ihnen die neuen Überwachungskameras zu präsentieren.

Keine neuen Informationen.

Ob Leo noch einmal Kontakt zu Hedda aufgenommen hatte? Ich konnte nicht aufhören, daran zu denken. An Louises kleine Instagram-Präsentation.

An diese Nachricht, auf die ich nie geantwortet habe.

Und jetzt stehe ich hier und warte vor der Tür. Meine Hände sind feucht, und in meinem Mund macht sich ein metallischer Geschmack bemerkbar.

Die Tür öffnet sich.

Sie ist kleiner, als ich erwartet habe, kaum größer als ich, also knapp über 1,60 m. Unter ihren Rippen wölbt sich der große Bauch und spannt den Stoff um die Knöpfe ihrer cremeweißen Strickjacke. Ihre Augen sind geschwollen und rot vom Weinen, die Nasenspitze wund, aber sie sieht schön aus, auf diese Art, die die Trauer beinahe attraktiv wirken lässt, als wäre sie süß und melancholisch.

»Hallo, Hedda«, sage ich.

Kapitel 9

Die Küche ist klein, aber komplett durchorganisiert. Kühle Farben, blank geputzte Oberflächen. Es brauchte keine großen Überredungskünste, damit sie mich den Tee machen lässt und sich hinsetzt. Als ich den weißen Schrank öffne, ist er voll von verschiedensten Teesorten und natürlichen Nahrungsergänzungsmitteln: Eisen, Vitamin A, Vitamin B, Vitamin D, veganes Proteinpulver, Buchweizenmehl.

»Was für einen Tee möchten Sie?«

»Ingwer, bitte.«

Als ich zwei große Steingutbecher mit Tee gefüllt und ihr einen hingestellt habe, setze ich mich auf den anderen Stuhl und suche ihren Blick.

»Möchten Sie etwas zum Tee haben? Vielleicht einen Keks? Ich habe gehört, das soll gegen die Übelkeit helfen.«

Ich versuche noch immer, den richtigen Ton zu finden. Zu Beginn eines Gesprächs ist es immer ein Abwägen. Was für eine Person weich und sicher klingt, kann eine andere als irritierend und ausweichend empfinden.

»Danke, ich brauche nichts«, sagt Hedda. »Mir ist nicht besonders übel.«

Ich nippe an meinem Tee, verbrenne mir sofort die Zunge und versuche, es zu verbergen.

»Wann ist es denn so weit?«, frage ich, und Hedda legt eine Hand auf den Bauch.

»In sieben Wochen«, antwortet sie. »Es wird eine Hausgeburt. Das ist zumindest der Plan. Meine Schwester wird …« Sie verstummt, und ich sehe, wie ihr Tränen in die Augen steigen.

Ein paar Sekunden lang sitzt sie wie erstarrt da, ehe sie sich eilig mit dem Handrücken über die Augen wischt.

»Entschuldigen Sie«, sagt sie, und ich entgegne leise:

»Sie brauchen sich für nichts zu entschuldigen.«

Die meisten Menschen scheuen Trauer. Sie wollen sich nicht damit konfrontieren. Es ist, als hätten sie Angst, sich zu verbrennen. Oder als fürchteten sie, die Trauer sei ansteckend, als würde das Unglück auch sie wie aus dem Nichts erfassen, wenn sie auch nur zugeben, dass sie existiert.

Die einzige Möglichkeit, um weiterzuleben, besteht darin, sich in einen Kokon aus falscher Sicherheit einzuspinnen. Jeden Tag aufzuwachen und sich einzureden, dass man nicht in Gefahr sei: dass keine defekten Zellen sich in Lungen oder Leber teilen, dass niemand die Kreuzung eine Spur zu schnell überqueren wird, bevor die Ampel umspringt und es zu spät zum Bremsen ist, dass der Partner nicht auf die Idee kommen wird fremdzugehen. All das gilt auch für die Liebsten. Menschen bestehen von Kopf bis Fuß aus Schwachpunkten, man kann sie nicht schützen, und deshalb geben wir uns dem Glauben hin, es gäbe diese Schwachpunkte nicht.

Wenn es dann aber passiert – wenn das Schicksal zuschlägt, wenn die Fassade aufreißt –, geht mehr als nur ein Leben verloren. Die Sicherheit kommt abhanden.

Das Beste, was man tun kann, wenn Menschen mitten in diesem Mahlstrom aus Trauer und Schock stecken, ist, einfach für sie da zu sein. Sich zu ihnen zu setzen. Gemeinsam mit ihnen in der Trauer zu existieren, sie anzuerkennen.

»Wie geht es Ihnen, Hedda?«, frage ich, und ich glaube, die richtige Tonlage gefunden zu haben. Nicht übertrieben sanft, nicht so einfühlsam, dass es sich aufdringlich anhört, sondern direkt und gedämpft.

Sie lacht auf und wischt sich über die Augen.

»Ich weiß nicht, was ich darauf antworten soll«, sagt sie. »Alles fühlt sich so unwirklich an. Verstehen Sie, was ich meine?«

Ich nicke.

»Das kommt und geht«, sage ich.

Hedda räuspert sich und trinkt einen Schluck Tee.

»Woher kannten Sie Louise?«, fragt sie.

In meiner Nachricht an sie, bei der ich mir nicht einmal sicher war, ob sie darauf antworten oder sie auch nur lesen würde, hatte ich nur knapp geschrieben, dass ich Louise kannte und Psychologin bin. Und wenn sie mit jemandem sprechen wolle, sei ich gern für sie da, nicht als Psychologin, sondern als Bekannte. Ich hatte nicht erwartet, dass sie anbeißen würde, sondern war eher davon ausgegangen, dass sie entweder die Nachricht löschen oder mir eine verärgerte und distanzierte Antwort schicken würde.

Ich habe ihre und Louises Eltern 20 Jahre nicht gesehen, aber die meisten Menschen verändern sich mit dem Alter nicht mehr großartig, sie werden mit den Jahren mehr und mehr zu sich selbst. Die stärksten Charakterzüge treten immer klarer hervor, während die Nuancen in der Persönlichkeit nach und nach verschwinden.

Louises und Heddas Eltern, so wie ich sie in Erinnerung habe, waren beide ehrgeizige Menschen, sie hatten etwas Knallhartes an sich. Es fällt mir schwer zu glauben, dass sie sich in Personen verwandelt haben, die Hedda umarmen und ihr eine Schulter zum Ausweinen anbieten. Besonders nicht als alleinstehende werdende Mutter. Denn das dürfte kaum zu dem Plan passen, den sie für ihre jüngste Tochter hatten.

Deshalb kam ich auf die Idee, dass Hedda vielleicht jemanden zum Sprechen brauchen könnte. Jemanden, der gut zuhören konnte. Und für mich wäre es auch gut, den Fokus einmal auf etwas anderes zu richten.

Mein Gedanke war, dass wir uns vielleicht gegenseitig helfen konnten.

»Louise und ich waren in der Oberstufe gut befreundet«, erkläre ich. »Wir sind auf dieselbe Schule gegangen. Ich weiß nicht, ob du dich daran erinnerst, Hedda, aber wir sind uns sogar ein paarmal begegnet, du und ich, als ich bei euch zu Hause war. Damals warst du erst zwölf. Du hast eine Zahnspange getragen.«

Hedda schlägt sich die Hand vor den Mund, und ich sehe, dass sie lächelt. Ein kleines, wässriges Lächeln zwar, aber ein aufrichtiges.

»Mein Gott«, sagt sie. »Wissen Sie … weißt du, ich hatte diese Zahnspange fünf Jahre lang. Unsere Kieferorthopädin war nicht besonders gut.«

»Warst du bei Dr. Helminen?«, frage ich, als wüsste ich nicht längst, dass sie, genau wie wir, in die Praxis von Sanna Helminen gegangen war. Hedda nickt, noch immer das schwache Lächeln auf den Lippen.

»Sie war nett«, sage ich, »aber sie hat bei mir einen Milcheckzahn übersehen, der nicht ausgefallen war. Ich habe ihn dann erst mit 14 verloren und bin ein halbes Jahr mit einer Zahnlücke herumgelaufen.«

Auch darüber lacht sie, jetzt ein bisschen lauter, ehe sie abrupt verstummt. Ihr Gesicht wird bleich, als hätte ihr jemand das Lachen weggewischt.

Ich warte einige Sekunden, dann sage ich vorsichtig:

»Es ist okay.«

Sie legt sich die Hand auf den Bauch, streichelt vorsichtig über die Wolle und die Haut darunter. Es scheint sie zu beruhigen.

Dann atmet sie tief und bebend ein.

»Ihr habt seit der Schule also den Kontakt gehalten?«, fragt sie.

Ich erzähle ihr nur die halbe Wahrheit.

»Wir haben uns eine Weile aus den Augen verloren, die letzten Jahre habe ich in den USA gelebt. Aber als Louise vor ein paar Monaten davon erfuhr, dass ich hierher zurück gezogen war, hatten wir wieder Kontakt.«

Heddas Miene verändert sich. Nur für einen Moment, es ist ein Mikroausdruck, aber ich kann es deutlich wahrnehmen: Wut.

Das ist es, was Leo meinte.

»Wie schön«, sagt sie. Jetzt findet sich nichts als Höflichkeit in ihrer Stimme, aber ich weiß, was ich gesehen habe.

Mikroausdrücke sind im Prinzip unmöglich zu verbergen. Sie sind kleine Hinweise, die verraten, was unter der Oberfläche vor sich geht, sofern man lernt, sie zu erkennen. Meine erste Chefin, Laetitia, drillte uns regelrecht im Erkennen von solchen Ausdrücken, stundenlang mussten wir Videos ansehen, um diese Mikroexpressionen zu finden und zu identifizieren: Ekel, Schock, Freude, Wut, Verachtung.

Ich wage einen Versuch und warte ab. Lasse sie die Stille füllen. Nehme die Schultern ein Stück nach unten und falte die Hände locker in meinem Schoß, um ihre Haltung zu spiegeln.

Sie schiebt ihre Hand vom Bauch nach oben zur Brust, kneift die Lippen zusammen. Was ist es, das sie nicht sagt? Was behält sie für sich?

Es ist ein Risiko, aber ich entscheide mich dazu, es einzugehen.

»Ich bin nicht als Psychologin hier«, sage ich. »Ich wollte nur wissen, ob du Lust hast, ein wenig mit mir zu reden. Es kann hart sein, wenn man einen Menschen verliert. Man ist traurig, geschockt … manchmal wütend. Aber nicht immer fühlt es sich so an, als könnte man über die Wut sprechen.

Wenn jemand plötzlich stirbt, bleiben oft große und kleine Konflikte ungelöst. So geht es einem mit allen Menschen im Leben. Es gibt immer irgendetwas, worüber man noch sprechen wollte, man hat es vielleicht aber nicht geschafft. Schließlich kann keiner ahnen, dass die Person auf einmal nicht mehr da sein könnte.«

Wieder füllen sich Heddas Augen mit Tränen, und sie schließt sie. Ihre Atmung wird kurz und flach, sie schluchzt nicht, es ist eher ein Keuchen. Sie versucht, die Emotionen zurückzuhalten.

Hedda setzt zum Reden an, aber ihre Stimme trägt nicht.

Ich rücke mit dem Stuhl auf sie zu, er scharrt über den Fußboden, und lege ihr leicht eine Hand auf den Rücken, streichle darüber. Ich hoffe, dass ich damit keine Grenze überschreite, aber ich kann nicht anders; es ist einfach grundlegend menschlich zu versuchen, einen anderen durch Berührungen zu trösten. In den letzten Monaten habe ich mich schmerzlich danach gesehnt. Nach jemandem, der sich genügend um mich sorgt, um mich zu berühren.

Ich spüre, wie mir selbst Tränen in die Augen steigen, wie mein Hals zu brennen beginnt, aber ich schlucke sie herunter, konzentriere mich darauf, ruhig und gleichmäßig zu atmen. Ist es Heddas eigene, verwirrte Trauer, die ich da wahrnehme, oder bahnt sich alles, was ich unterdrückt habe, einen Weg nach oben?

Ich sage nichts. Lasse sie einfach weinen.

Schließlich bricht es aus ihr heraus.

»Ich begreife einfach nicht, dass sie weg ist«, schluchzt sie. Ich halte nach Küchenrolle oder Servietten Ausschau, aber entweder hat sie keine, oder sie hat eine Spur zu gut aufgeräumt. »Wer konnte ihr so etwas antun? Ich kann nicht aufhören, daran zu denken. Die ganze Zeit. Ich war so sauer auf sie, aber ich dachte nicht … dachte nicht …«

Ich nicke nur, streiche ihr weiter über den Rücken, bis die Schluchzer nachlassen und sie blinzelt.

Ich stehe vom Stuhl auf.

»Hast du irgendwo Taschentücher?«, frage ich, und Hedda deutet auf einen der glänzend weißen Hängeschränke. Ich hole eine schmale Rolle Küchenpapier mit Blättermuster heraus und reiche sie ihr, damit sie ein Stück abreißen und sich die Nase putzen kann.

Sie sieht mich von ihrem Platz aus an, und auf einmal wünsche ich mir, ich könnte ihr mehr bieten als nur ein offenes Ohr.

»Es tut mir so leid, Hedda.« Das ist die Wahrheit, ich spüre es am ganzen Körper. Es tut mir so leid. Das hier hätte nicht passieren dürfen. Louise war nicht nur ein Schatten aus meiner Vergangenheit. Sie war eine Frau, Schwester, Tochter und für viele vermutlich eine Freundin. Bis jetzt habe ich die Sache als etwas Schockierendes, Dramatisches betrachtet, aber sie war nicht realer als die Geschichten, die ich in der Zeitung lese.

Jetzt spüre ich das Loch, das Louise hinterlassen hat.

Zum ersten Mal begreife ich, dass sie eine echte Person, ein echter Mensch ist.

»Danke«, wispert Hedda und lacht zittrig. »Das ist mir richtig peinlich. Aber vielleicht erlebst du so was ja ständig, bei deinen Patienten und so.«

»Die meisten Menschen weinen weniger, als sie eigentlich sollten. Würden wir mehr und öfter weinen, ginge es uns allen besser, glaube ich.«

»Es ist nur, dass …«, beginnt Hedda. »Es gibt niemanden, mit dem ich reden kann. Ich habe es versucht, aber meine Freunde wollen nicht zuhören. Und ich traue mich nicht zu sagen, was ich in Wahrheit denke. Es klingt so falsch, dass ich sauer auf Louise war. Ich fühle mich so unerträglich schuldig.

Dass sie gestorben ist und dabei wusste, dass ich ihr böse war. Bei unserem letzten Gespräch habe ich gesagt … ich habe gesagt …«

Sie verzieht das Gesicht, aber diesmal bleiben ihre Augen trocken. Ihr Schmerz scheint beinahe physisch greifbar.

»Unsere letzten Worte an einen geliebten Menschen spielen eine kleinere Rolle, als man denkt«, beschwichtige ich. »Louise hat dich geliebt. Sie wusste, dass du sie liebst. Geschwister streiten sich, so ist es bei allen.«

Aber sie schüttelt den Kopf, den Mund entschieden zusammengepresst.

»Nicht so«, erwidert sie. »Ich habe es ernst gemeint. Ich habe ihr ins Gesicht gesagt, dass ich sie nicht wiedererkenne. Dass sie für mich kein guter Mensch mehr war. Ganz furchtbare Dinge habe ich ihr gesagt.« Inzwischen hat sie die Hände über dem Bauch gefaltet, so fest, dass ihre Knöchel ganz weiß sind.

»Du warst sehr, sehr verärgert«, halte ich fest. Allmählich verfalle ich in meine Psychologenstimme, die Dinge bestätigt und Pausen lässt, in denen der andere zu Wort kommt.

»Für mich war es, als sei ich ihr egal«, sagt Hedda. »Sie war nicht mehr richtig da, war nicht sie selbst. Sie war nicht Louise.«

Jetzt wirft sie mir einen herausfordernden Blick zu, will, dass ich ihr zustimme, dass sie das einzig Richtige getan hat, indem sie so aus der Haut gefahren ist.

»Du hast deine Schwester gebraucht«, sage ich, und sie nickt energisch.

»Ja. Es ist so schon alles schwer genug. Ich liebe mein Kind, aber es war … nicht geplant.« Sie stockt. »Mit dem Vater habe ich nichts mehr zu tun.«

Ich lasse sie weiterreden. Der Zorn ist immer noch da, aber in ihrer Stimme schwingen auch Scham und Erschöpfung mit.

»Vor ein paar Monaten hatten wir einen Riesenstreit. Louise hatte sich gemeldet und wollte sich mit mir treffen. Also, nicht, dass ich es von ihr erwartet hätte, aber … Sie wusste, wie schwer ich es in der letzten Zeit hatte. Ich arbeite freiberuflich, deshalb habe ich gedacht, sie würde mir vielleicht anbieten, mich eine Zeit lang finanziell zu unterstützen.« Hedda mustert mein Gesicht, als würde sie sich fragen, ob ich sie verurteile. Ich begegne ihrem Blick, mache ihr klar, dass ich verstehe, dass ich nicht auf sie herabschaue, und sie lässt ihre Schultern sinken, scheint sich ein wenig zu entspannen.

»Ich hatte solche Schmerzen in den letzten Monaten, ich war so müde. Diese Symphysenlockerung ist die Hölle. Louise meldete sich und meinte, sie habe einen Vorschlag, wollte wissen, ob ich mit ihr darüber sprechen wollte. Ich habe wirklich geglaubt …« Sie schüttelt den Kopf und verstummt.

»Du sagst, sie war nicht sie selbst«, wiederhole ich und ermuntere sie weiterzureden.

»Es waren nicht nur diese elenden Tabletten«, sagt Hedda, und ich muss mich anstrengen, mir meine Überraschung nicht anmerken zu lassen. »Ich dachte, sie würde mir ihre Hilfe anbieten, aber stattdessen hat sie versucht, mich davon zu überzeugen, bei Serendipity für sie zu arbeiten. Es war ein verdammter Sales Pitch. Ich …« Wieder unterbricht sie sich, presst die Augen so fest zu, dass es wehtun muss. Als sie sie öffnet, stehen wieder Tränen darin.

»Ich habe so entsetzliche Dinge gesagt«, flüstert Hedda. »Ich habe Louise angeschrien. Sie sei ein egoistischer, selbstsüchtiger Junkie, und ich wolle nichts mehr mit ihr zu tun haben. Ich habe gesagt, ich wolle nicht, dass sie die Tante meines Kindes wird.« Tränen rollen ihre Wangen hinab.

»Hedda«, versuche ich, sie zum Zuhören zu bringen, und schaue ihr in die Augen. Obwohl ich es besser weiß, hoffe ich, dass ich sie dazu bekomme, mir zu glauben. »Du warst wütend. Du wusstest nicht, was passieren würde. Menschen streiten nun mal. Gerade Geschwister. Louise wusste, dass du sie liebst, dessen bin ich mir sicher.«

Hedda schüttelt den Kopf, wischt sich die Tränen mit den Zeigefingern aus den Augen.

»Du wusstest es nicht«, wiederhole ich mit Nachdruck. »Es war nicht deine Schuld.«

Hedda atmet lang und keuchend aus.

»Es ist nicht nur, dass ich sauer war.« Ihre Stimme klingt dumpf und müde. Sie hat all das bisher zurückgehalten, Zorn und Schuldgefühle müssen sie innerlich zerfressen haben.

»Ich habe mir auch Sorgen gemacht«, fährt sie fort. »Im Ernst. Sie war nicht sie selbst, hat permanent gearbeitet. Sie hatte keine Zeit mehr für andere Dinge, es ging nur noch um Arbeit, Arbeit, Arbeit. Ich glaube, sie hat auch nicht mehr gut geschlafen. Deshalb hat sie wohl …« Sie verstummt.

»Du hast Tabletten erwähnt?«, tippe ich, und ihr zusammengekniffener Mund bestätigt mir, dass ich ins Schwarze getroffen habe.

»Ich werde niemandem davon erzählen, Hedda«, sage ich leise. »Versprochen.«

Sie will mir Louises Geheimnis nicht verraten, ich kenne diese Art von Loyalität über den Tod hinaus. Wir haben eine fürchterliche Angst davor, unsere Liebsten zu enttäuschen, selbst wenn wir sie gar nicht mehr enttäuschen können.

»Es war nicht so, wie sich das anhört. Also nichts Illegales oder so. Es waren gewöhnliche Beruhigungstabletten. Aber ich habe gemerkt, dass sie anders war, wenn sie sie nahm. Und zum Schluss war sie gar nicht mehr richtig anwesend.«

»Wegen des Stresses?«, vermute ich, und Hedda nickt.

»Ja. Dabei war der Stress völlig unnötig. Es war so dumm. Ich habe es ihr die ganze Zeit gesagt, sie hatte sich damit zu viel aufgebürdet. Bei diesem Business ging es um Hautpflege, nicht um den Weltfrieden. Sie brauchte das Geld ja nicht mal. Wenn ihr Job so stressig war, dass sie Beruhigungstabletten nehmen musste, hätte sie einfach kündigen sollen.«

»Was hat Louise darauf geantwortet?«

»Sie meinte, es sei keine große Sache. Heutzutage wäre es total normal, Beruhigungstabletten zu nehmen, und bestimmt würden viele meiner Freunde welche nehmen, ohne dass ich davon wüsste. Das Ganze sei nur mit einem großen Stigma verbunden, wie bei Antidepressiva. Aber es ist nicht das Gleiche. Ich meine, klar habe ich Freunde, die Cipramil oder so was in der Art nehmen. Trotzdem ist es etwas anderes, wenn man regelmäßig Valium schluckt.« Nach einer Pause fügt sie hinzu: »Und dann waren da noch die Schlaftabletten. William hat es mir erzählt.«

»Hat ein Arzt sie ihr verschrieben?«, frage ich nach.

»Ich weiß es nicht«, antwortet Hedda. »Louise ist – war nicht so jemand. Sie nahm keine Drogen. Soweit ich weiß, hatte sie nicht einmal gekifft.« Hedda beißt sich auf die Lippe, ehe sie widerwillig hinzusetzt: »Aber ich habe eine kleine Tüte mit Pillen in ihrer Handtasche gesehen. Sie schienen nicht von einem Arzt zu stammen.«

Sie seufzt tief.

Ich hadere einen Moment, bevor ich sie frage:

»Weißt du, von wem sie die Pillen gekauft hatte?«

Hedda schüttelt den Kopf.

»Nein. Ich weiß nicht einmal, ob sie sie überhaupt von jemandem gekauft hatte. Sie war auf einmal so geheimniskrämerisch. Mit allem. Auch William hatte das bemerkt. Vor ein paar Monaten hat er sich bei mir gemeldet und gefragt, ob ich wüsste, was da los ist.«

Ich bleibe stumm, warte, bis sie wieder das Wort ergreift.

»Er wollte wissen, ob ich glaubte, dass Louise eine Affäre hatte. Aber so war Louise nicht. Sie hätte William niemals betrogen. Das war einfach nicht ihr Stil.« Hedda verstummt. Sie schüttelt den Kopf, und ihre Stimme klingt heiser. »*War* es jedenfalls früher nicht. Aber keine Ahnung, was in der letzten Zeit mit ihr los war. Ich habe meine Schwester nicht mehr gekannt.«

Kapitel 10

»Rebecca?«

Mama schaut mich an, glänzende Augen unter schweren Lidern. Ich stelle den Plastikbecher mit Wasser auf ihren Nachttisch.

»Hallo, Mama. Ich dachte, du bist sicher durstig.«

Papa ist den ganzen Abend fort. Nachdem ich aus Heddas Wohnung getreten war, hatte mich ein so heftiger Impuls gepackt, ein beinahe physisch spürbarer Impuls, der mir sagte: *Lauf! Lauf weg. Weg aus Stockholm, aus Schweden. Weg von alledem hier.*

Fahr nicht zurück nach Djursholm.

Du hast dir selbst geschworen, nie wieder hierher zurückzukommen.

Du hast dir geschworen, dich nie wieder so fühlen zu müssen.

Das Haus in Djursholm ist dasselbe, in dem ich aufgewachsen bin. Meine Eltern sind dort eingezogen, als meine Mutter schwanger mit mir war, und seitdem wohnen sie dort.

Später habe ich sie hin und wieder besucht, aber jetzt ist es anders. Übers Wochenende vorbeizuschauen, war eine Art nostalgische Rückkehr, die nur möglich war, weil sie eine zeitliche Begrenzung hatte. Hier auf unbestimmte Zeit festzusitzen, ist eine völlig andere Sache, zu spüren, wie die Wände immer näher rücken, wie die Angst davor zurückkehrt, Fingerabdrücke auf den perfekt glänzenden Oberflächen zu hinterlassen, wieder mit dem Gefühl aufzuwachen, ein ungebetener Gast zu sein, den man nur aus Höflichkeit nicht hinauswirft.

Mama setzt sich im Bett ein Stück auf, streicht sich die Haare hinter die Ohren. Seit sie sie zuletzt gewaschen hat, sind einige Tage vergangen, und die weichen Locken, um die ich sie als Kind beneidet habe, verlieren allmählich ihre Form. Ihr Gesicht sieht ausgezehrt und matt aus ohne die Schutzschicht aus Schminke, die sie noch immer jeden Morgen aufträgt, die Haut schimmert noch von der Nachtcreme.

»Wie spät ist es?«, fragt sie mich.

»Gleich elf«, antworte ich.

Ich will mich nicht auf die Bettkante setzen, will nicht länger bei ihr bleiben, als ich muss. Selbst mit 37 verfolgt mich das Gefühl, dass ich ein Eindringling bin. Als Kind war das Schlafzimmer meiner Eltern Sperrgebiet. Während mein altes Kinderzimmer mich wie ein Teenie fühlen lässt, macht mich dieser Raum mit dem großen Bett, dem dunklen Kopfende und der niedrig hängenden breiten Deckenlampe zu einem fünfjährigen Mädchen, das gleich dabei erwischt wird, gegen die Regeln zu verstoßen.

Mama sieht mich an.

»Wieso ist Maria nicht mitgekommen? Musste sie arbeiten?«

Ich schlucke.

»Ja. Sie hat keinen Urlaub bekommen.«

»Mir gefällt es besser, wenn ihr beide zu Besuch seid. Ich mag sie, weißt du?«

Ich lächle. In meinem Hals macht sich ein Kloß bemerkbar.

»Ich auch«, sage ich. »Ich mag sie sehr.«

»Du hattest Glück«, sagt Mama. »Eine wie sie zu finden. Sie ist ein guter Fang, weißt du? Ich hoffe, du zeigst ihr das. Sie hatte bestimmt viele Alternativen.«

Die Worte dringen meine Kehle hinauf, aber ich halte sie zurück.

Werde ich jemals genug sein? Wirst du je zärtlich zu mir sein, ohne es an Bedingungen zu knüpfen? Wirst du je aufhören, mich an all meine Fehler zu erinnern?

Wenn je die Chance bestanden hat, mich mit meiner Mutter auszusprechen, dann ist sie längst verstrichen.

Auf eine gewisse Weise verstehe ich Hedda. Obwohl ich nie durchgemacht habe, was sie durchgemacht hat.

Ich weiß, wie sich die Erkenntnis anfühlt, dass es zu spät ist.

Ich werde jeden Tag daran erinnert.

»Ich weiß, Mama«, sage ich.

Sie nickt.

»Das ist gut.« Ihre Stimme klingt ein wenig verwaschen, sie gleitet langsam wieder in den Schlaf.

Wird sie sich morgen noch an dieses Gespräch erinnern? Weiß sie nach dem Aufwachen wieder, dass ich ihr bereits erzählt habe, dass Maria mich verlassen hat? Es lässt sich unmöglich sagen.

Einen schmerzvollen Moment lang beneide ich sie. Ist es nicht eine Art Segen, alles vergessen zu dürfen, das in die Brüche gegangen ist?

Ich weiß es nicht.

Mama versucht, ihren Blick auf mich zu richten. Ihre Lider sind noch schwerer geworden.

»Wir reden besser später weiter«, sagt sie. »Ich bin sehr müde. Mir fehlt gerade die Kraft dazu.«

»Das verstehe ich. Schlaf gut.«

Ich schließe die Tür mit zitternder Hand.

Kapitel 11

In meinem alten Zimmer öffne ich das Fenster, denn entgegen dem, was aufgebrachte Djursholm-Bewohner in den Zeitungen behaupten, lauern keine Verrückten in den Büschen, die nur darauf warten, in die Häuser einzubrechen und die Leute mit allerlei Grausamkeiten heimzusuchen. Die Nachtluft tut gut. Sie nimmt dem Raum das Muffige, Stickige, die zerwühlten Laken fühlen sich kühl an und nicht verschwitzt.

Ich schaue auf das Bett, überlege, mir ein Kissen zu nehmen und einfach hineinzubrüllen. Doch was würde das helfen?

Wieso bin ich überhaupt hier? Was zur Hölle mache ich?

Wie oft habe ich anderen nicht schon gesagt, dass Loyalität sinnlos ist, wenn sie nicht mit Liebe beantwortet wird?

Manchmal habe ich mir gedacht, es wäre einfacher, wenn Mama mich nicht lieben würde. Ihre Liebe hatte immer einen Preis, und egal, was ich tue, werde ich sie mir nie ganz verdienen können. Also ist ihre Liebe immer eine enttäuschte.

Ich konnte anderen nie erklären, welche Gefühle meine Mutter in mir auslöste. Sie ist nicht homophob, nicht wirklich, aber ich wusste immer, dass sie lieber eine heterosexuelle Tochter gehabt hätte. Als ich mit Anfang 20 mein Coming-out hatte, fragte sie mich seufzend, ob ich mir das Leben wirklich so schwer machen wollte. Es war kein Hass oder Ekel in ihrer Stimme, nur die gleiche müde Resignation wie damals, als ich mir als Jugendliche die Haare schwarz gefärbt hatte.

In den Augen meiner Mutter war Maria ein kurzer Lichtblick. Ja, ihre Tochter war mit einer Frau verheiratet, aber es war eine hübsche Frau aus den USA. Und die Zeiten hatten sich insofern geändert, als es mittlerweile ganz cool war, auf Cocktailpartys etwas sagen zu können wie: »Maria, die Frau meiner Tochter, kommt aus Texas. Sie leben dort, wissen Sie, denn Rebecca arbeitet für das FBI, das heißt, für die texanische Version des FBI, und Maria möchte gern in der Nähe ihrer Familie sein.«

Ich weiß, es wäre naiv zu glauben, dass meine Mutter und ich eine Katharsis wie im Film durchleben und wir uns auf einmal verstehen, jetzt, da sie krank ist. Dass sie mich als den Menschen sieht, der ich bin, und nicht als die Tochter, von der sie sich gewünscht hat, ich wäre sie.

Ich weiß es besser, und trotzdem hoffe ich immer noch darauf. Und ich werde enttäuscht, Mal um Mal.

Ich konnte es nie jemandem erklären.

Bis auf Louise.

Louise, die ihre Mutter ebenso sehr hasste, wie sie sie liebte. Die genau wusste, wie es sich anfühlte, jemand anderes sein zu wollen als die Person, die zu sein man von ihr erwartete, die sich letzten Endes aber doch nicht richtig traute.

Hedda hat gesagt, Louise sei nicht der Typ, der Drogen nahm. Sei nicht der Typ Mensch, der seinen Partner betrog.

Doch als wir jung waren, war sie diejenige von uns dreien, die am meisten trank. Sie wollte neue Dinge ausprobieren, sie ging oft einen Schritt zu weit, wenn sie versuchte, der Wirklichkeit zu entfliehen. Ich wünschte, es würde mich überraschen, dass sie angefangen hat, Pillen zu schlucken, aber die Wahrheit, auch wenn sie schmerzt, ist, dass das haargenau zu der Louise passt, die ich kannte.

Und was das Treusein angeht …

Es wäre nicht das erste Mal gewesen. Trotz allem.

Es wäre nicht einmal das erste Mal gewesen, dass sie William betrog.

Aber ich will nicht, dass meine eigene Vergangenheit mit Louise meine Gedanken zu sehr beeinflusst. Die Louise, die jetzt tot ist, ist nicht dieselbe, die ich einmal kannte. Wir waren Teenies, jung und unerfahren, unsicher. Damals war sie auf der Suche nach sich selbst, nach ihrem Platz in der Welt, versuchte herauszufinden, wie man ein Mensch war.

Rational betrachtet weiß ich all das.

Deshalb richte ich meinen Fokus auf einen Teil von Louises Leben, der nichts mit meinen eigenen emotional aufgeladenen Erinnerungen zu tun hat.

Hedda hat mehrfach von Louises Arbeit gesprochen. Sie sei zu stressig gewesen, und aus diesem Grund habe Louise angefangen, Tabletten zu nehmen. Der bissige Unterton in Heddas Stimme, als sie darüber sprach, macht mich neugierig.

Als ich »Serendipity« in den Computer eingebe, erhalte ich Tausende Ergebnisse, von denen die meisten auf einen Hollywoodfilm verweisen. Doch als ich den Suchbegriff in »Serendipity Cosmetics« ändere, treffe ich ins Schwarze. Google fragt mich: Meinten Sie »Serendipity Skincare«?

Ich öffne eine Homepage, die hauptsächlich in Weiß und sanften Gelbtönen gehalten ist. Ich habe noch nie von Serendipity gehört, trotzdem ist mir direkt klar, worum es sich dabei handelt. Deshalb kam mir Louises Nachricht so bekannt vor.

Jetzt habe ich die Antwort auf meine Frage: Louise hat sich nicht bei mir gemeldet, weil sie mit mir reden wollte.

Es war kein Versuch, wieder Kontakt mit mir aufzunehmen, sondern mich anzuwerben.

Kapitel 12

Die meisten Menschen wissen, was Direktvertrieb ist, auch wenn sie den Begriff noch nie gehört haben. Man kennt es vielleicht aus der Kindheit, eine Freundin der Mutter lädt zu einer »Schminkparty« ein, von der Mama dann ein wenig beschwipst und mit roten Wangen nach Hause kommt. Die Tüte voller Make-up, die sie mitbringt, verschwindet in irgendeiner Schublade und wird Jahre später in den Müll geworfen, weil sie die Schminke nie benutzt hat. Oder eine Bekannte feiert Junggesellinnenabschied, bei der eine hübsche junge Frau Roséwein ausschenkt, um nach einigen Flaschen diverse Sexspielzeuge zu präsentieren, die man *nur heute* zum Sonderpreis kaufen kann – »Und diesen kleinen Lippenstiftvibrator gibt es gratis dazu, wenn ihr noch zwei Tuben Gleitmittel mit Erdbeergeschmack kauft!«

Ich bin erst in den USA wirklich damit in Berührung gekommen. In Schweden hat sich der Direktvertrieb nie so durchsetzen können wie in der englischsprachigen Welt. Vielleicht ist es eine Frage der Kultur: Seinen Nächsten irgendwelche unnötigen Dinge aufzuschwatzen, passt schlecht zur lutherisch geprägten schwedischen Mentalität.

Tatsächlich hat sogar Maria mir zuerst davon erzählt. Sie war nach einem langen Schultag nach Hause gekommen, unter ihren Augen prangte verschmierte Mascara, die Bluse war zerknittert, obwohl sie morgens noch glatt gewesen war. Ich hatte ihr ein Glas Wein und mir eines mit Cola eingeschenkt, während ich die Wokreste vom Vortag in einer Pfanne erhitzte. Nach einem langen Bericht über Connor, ihren damals schlimmsten Schüler, hatte sie einen großen Schluck Wein genommen, geseufzt und gesagt:

»Und dann hat mich Sara-Beth im Lehrerzimmer überfallen. Ich bin ihr die ganze Woche schon aus dem Weg gegangen, aber ich wusste, dass sie mich früher oder später erwischen würde.«

»Was wollte Sara-Beth denn?«, hatte ich gefragt und die traurigen Reste aus Gemüse und Reis in der Pfanne hin und her geschoben, während ich überlegte, ob Sesamöl das Ganze vielleicht noch aufpeppen könnte.

»Ach, sie hat mit so einem Direktvertriebsding angefangen. Schlankmacher-Tee. Sie hat schon das gesamte Kollegium bequatscht, diese bescheuerten Teebeutel von ihr zu kaufen. Ein Beutel kostet drei Dollar, kannst du dir das vorstellen? Sie sagt, sie verkauft sie, um sich ein wenig dazuzuverdienen. Aber wir bekommen alle das gleiche miese Gehalt, deshalb verstehe ich nicht, wie sie darauf kommt, dass wir uns diesen Mist leisten können. Sara-Beth sagt, ich könnte innerhalb von zwei Wochen bis zu zehn Zentimeter Hüftumfang verlieren. Einfach so!« Dabei hatte sie mit den Fingern geschnippt, laut und knallend wie eine Pistole.

Ich ging zu ihr, küsste sie auf den Kopf und spürte, wie ihre Haare an meinem Kinn kitzelten.

»Untersteh dich! Ich mag deine Hüften genau so, wie sie sind«, sagte ich.

Maria verdrehte die Augen.

»Ich weiß«, entgegnete sie mit einem Lächeln. »Es ist nur so ärgerlich. Ich dachte, Sara-Beth wäre eine kluge Frau. Aber sie ist Mormonin, und ihr Freund ist bei der Armee. Genau auf solche Frauen haben sie es abgesehen.«

Ich schaltete den Herd ab, verteilte das Essen auf zwei Teller und stellte sie auf den Küchentisch.

»Wer hat es auf wen abgesehen?«, fragte ich. »Ich verstehe nicht ganz. Arbeitet sie für eine Firma, oder wie?«

Maria gab mir die Kurzversion. Der Direktvertriebsmarkt war in den letzten 20 Jahren durch die Decke gegangen, besonders nach der Finanzkrise. Im Grunde bestanden die Geschäftsmodelle aber aus mehr oder weniger legalen Schneeballsystemen. Die Unternehmen versprachen ihren potenziellen Opfern, dass sie von zu Hause arbeiten, in kürzester Zeit Unsummen verdienen und sich wirtschaftlich unabhängig machen könnten, solange sie nur hart genug arbeiteten. Dabei warfen sie mit pseudofeministischen Slogans und Hashtags um sich, designten ihre Produkte und Internetauftritte in Pastellfarben, um Frauen anzusprechen, und wiegten ihre »Verkäuferinnen« in der Sicherheit einer kapitalistischen Schwesternschaft.

»Meine Cousine hat eine Zeit lang Kosmetika für eine solche Firma verkauft«, erzählte Maria. »Es war furchtbar nervig. Ich bin nicht mehr ans Telefon gegangen, wenn sie anrief. Sie hat einfach nicht zugehört, wenn ich ihr sagte, dass ich keine fünf Tuben Glitzermascara kaufen wollte, egal, wie billig sie war.«

Ich hob die Augenbrauen, schob mir die restlichen Reiskörner mit den Fingern auf den leeren Teller und leckte sie ab.

»Und ich dachte, bei dir steht die Familie über allem?«

Sie warf ein Stück Brokkoli nach mir.

»Ich kann Sara-Beth gern deine Nummer geben. Dann wollen wir mal sehen, wie viele SMS über Abnehmprodukte du aushältst, bevor du den Kontakt blockst.«

Diese Erinnerung ist so klar, dass ich den Geruch von altem Chinaessen und Soja immer noch in der Nase habe.

Ein paar Monate später, nachdem Maria mich zur Einrichtung eines Instagram-Accounts genötigt hatte, bekam ich meine erste Nachricht. Sie stammte von einer Userin, die ich nicht kannte, die aber einen eigenartig vertrauten Ton anschlug.

Hey, Hübsche! Ich bin über dein Profil gestolpert, und dein Content ist echt super! Du scheinst das Leben zu genießen, und ich will dir eine spannende Geschäftsmöglichkeit zeigen, mit der du dir auch in Zukunft deine Träume erfüllen kannst!
Melde dich, wenn du Interesse hast!

Zwischen den Wörtern wimmelte es von fröhlichen Emojis, Herzen und Sternen. Als ich Maria die Nachricht zeigte und sie fragte, was es damit auf sich hatte, lachte sie laut.

»Herzlichen Glückwunsch! Weißt du noch, als ich dir von Direktvertriebsfirmen erzählt habe? So arbeiten sie. Diese Mädels sind wie besessen. Glaub mir, du wirst noch mehr bekommen.«

Danach trudelten ein bis zwei solcher Nachrichten pro Monat ein. Immer in diesem übertrieben freundlichen Ton, immer voller Komplimente und mit Emojis anstelle von Satzzeichen. Und immer ging es um eine spannende Verdienstmöglichkeit oder das Angebot, meine eigene Chefin zu werden.

Kein Wunder, dass mir der Ton in Louises Nachricht so bekannt vorkam.

Ich hatte es nur nicht sofort durchschaut, weil ich weder Louise noch Schweden mit einem solchen Geschäftsmodell in Verbindung brachte.

Aber als ich mir die Homepage von Serendipity ansehe, schwant mir, dass der Direktvertrieb inzwischen auch hierzulande angekommen ist.

Die Seite sieht gut aus, das muss ich zugeben. Perfekt optimiert für die sozialen Medien: Viele Bilder von hübschen Frauen zwischen 20 und 40, immer lachend und in Gruppen, entweder in Yogakleidung oder in perfekt sitzenden Blazern; offenbar kann man nichts anderes mehr anziehen. Entweder ist man auf dem Weg zum Sport oder auf dem Weg ins Büro.

Als ich mich durch die Seite klicke, sehe ich, dass über jedem Abschnitt ein Zitat steht. Manche scheinen von berühmten Philosophen zu stammen, aber mindestens zwei sind falsch wiedergegeben. Ich bin mir nämlich relativ sicher, dass Nelson Mandela nie gesagt hat: *»Our deepest fear is that we are powerful beyond measure. It is our light, not our darkness that most frightens us.«*

Aber die Hälfte aller Zitate sind von einer gewissen Jonna Ek, wahrscheinlich die Gründerin des Unternehmens, wie ich vermute, und in dem Fall eine Schwedin. Was mich erstaunt. Ich hätte darauf gewettet, dass Serendipity von der anderen Seite des Atlantiks importiert ist.

Ich klicke auf den Reiter »Über uns!«. Alle Reiter enden mit Ausrufezeichen. Mein linkes Lid beginnt, unkontrolliert zu zucken.

Serendipity ist ein revolutionäres Hautpflegeunternehmen, das 2021 gegründet wurde. Wir sind eines der am schnellsten wachsenden von Frauen geführten Unternehmen in ganz Nordeuropa – schon heute verkaufen über 400 Frauen die Produkte von Serendipity in Schweden!

Angefangen hat alles in Jonna Eks Küche. Nach einer langjährigen Karriere als Beauty- und Hautpflege-Influencerin entdeckte Jonna eine Marktlücke. Als Veganerin und Tierschutzaktivistin war es ihr wichtig, dass die Kosmetikprodukte, die sie benutzte, komplett frei von tierischen Produkten waren und nicht auf Kosten von

Lebewesen erzeugt wurden. Es war unmöglich, eine gute Hautpflege zu finden, die sowohl fair gehandelt als auch komplett pflanzlich war – und damit war eine Idee geboren.

Jonna hatte eine Vision: Sie wollte Produkte herstellen, die sie selbst benutzen würde. Produkte, die Frauen Me-Time, Schönheit und Entspannung ermöglichten, ohne unter dem schlechten Gewissen zu leiden, dass andere Lebewesen dafür zu Schaden gekommen waren. #selfcare ohne Schuldgefühle. Sie wollte die Produkte ihren Freund:innen und Follower:innen direkt anbieten können, ohne teure Zwischenhändler. Und sie wollte andere Frauen dabei unterstützen, ihr eigenes Ding zu machen und damit erfolgreich zu sein, so wie sie selbst.

Aus dieser Vision wurde Serendipity.

Unsere Produkte haben fantastische Bewertungen in *Elle* und *Vogue Scandinavia* erhalten, neben Tausenden weiteren auf Twitter und Instagram – unter dem Hashtag #serendipitysisters berichten unsere Frauen, wie sie durch ihre Arbeit bei Serendipity zu sich selbst gefunden haben!

Willst auch du ein Teil unserer Reise werden? Dann klicke hier.

Ich scrolle nach oben. Dort thront das Bild einer Frau, die, wie ich annehme, Jonna Ek sein muss. Sie ist Ende 20 und sitzt an einem rustikalen Küchentisch, sie trägt einen weiten Strickcardigan über einem grauen Sport-BH, das karamellbraune Haar ist zu einem kunstvollen Zopf geflochten, der ihr über die eine Schulter hängt. Auf ihrem Nasenrücken prangen kleine Sommersprossen, ihre Augen sind haselnussbraun, und sie hat ein einladendes Lächeln auf den Lippen. In einer Hand hält sie einen kleinen weißen Glastiegel, auf dem ein Etikett klebt, das ganz ohne Großbuchstaben auskommt: *serendipity.*

Ich sehe mir das Bild genau an. Dann lese ich mir die Firmenbeschreibung noch einmal durch, suche nach dem, was fehlt.

Die ganze Seite ist darauf angelegt, die Atmosphäre eines Yogastudios zu verbreiten, so viel steht fest.

Trotzdem hat, laut Hedda, diese Firma Louise bis an den Rand der Erschöpfung getrieben und dazu gebracht, Pillen zu schlucken, um den Alltag zu bewältigen.

Irrt Hedda sich etwa?

Oder verbreitet die Homepage Lügen?

3. Februar

Das Februarwetter stimmte sie alles andere als optimistisch. Grauer Himmel, graues Licht, graue Straßen; die Leute in der Stadt liefen mit hochgezogenen Schultern und gesenkten Köpfen herum, als wollten sie sich so klein wie möglich machen.

Aus einer Laune heraus hatte sie sich für die U-Bahn entschieden. Wobei, das stimmte nicht ganz; ihren Körper durchströmte so viel nervöse Energie, dass sie nicht zu Hause warten wollte, bis es Zeit war, sich ein Uber zu rufen. Sie war schon eine Stunde vor der vereinbarten Zeit fertig gewesen, und der Gedanke, in der großen, hellen, leeren Küche zu sitzen, während die Minuten verstrichen, war beinahe unerträglich. Doch jetzt wünschte sie sich, sie hätte stattdessen einfach gewartet, eine Tasse Tee getrunken und den Regen vor dem Fenster und die vorüberhastenden Schatten unten am Wasser betrachtet. Durch die Feuchtigkeit hatte sich ihr sorgsam geföhntes Haar bereits gewellt.

Als Louise sich dem Café näherte, sah sie sie durch das Fenster, und ihr Herzschlag setzte für einen Moment aus.

Dort saß sie, mit übereinandergeschlagenen Beinen, über den Tisch gelehnt, sodass eine Locke ihres seidig glänzenden Haares über die Schulter gefallen war. Heute trug sie eine Brille. Bei der Party hatte sie keine getragen; da hatte sie die Haare zu einem strammen Pferdeschwanz gebunden, sodass ihre markanten Wangenknochen und die großen Augen zur Geltung gekommen waren.

Louise schluckte und beeilte sich.

Im Café war es warm. Sie war noch nie dort gewesen, denn zurzeit kam sie nur selten in die Stadt, und noch seltener in die Viertel südlich des Hauptbahnhofs. Das Lokal war klein und intim, mit seinen winzigen Tischen und den alten weichen Sesseln hätte es gut in einen Fünfzigerjahrefilm gepasst. Hinter dem Tresen stand eine Kellnerin, deren Eyeliner ihr fast bis zu den Schläfen reichte, und sie schaute Louise unter ihrem kurz geschnittenen dicken schwarzen Pony an.

Louise blickte sich um, als suche sie nach jemandem. Als wüsste sie nicht längst, dass Jonna am Fenster saß. Jonna lächelte ihr zu und entblößte dabei eine weiße Zahnreihe mit einem schiefen Eckzahn, ehe sie die Hand zu einem halben Winken hob.

Louise winkte zurück und zögerte einen Moment, ehe sie zum Tisch hinüberging.

»Hallo«, sagte sie. »Ich bin ein wenig zu früh, Entschuldigung.«

Jonna lachte. »Ich bin doch schon hier. Anscheinend sind wir also beide früh dran.«

»Ich bin mit der U-Bahn gekommen«, sagte Louise und fühlte sich augenblicklich dumm. »Ich meine, ich bin schon eine Weile nicht mehr damit gefahren. Offenbar war ich effektiver als gedacht.«

»Unbeabsichtigte Effektivität«, scherzte Jonna. »Das verheißt etwas Gutes.«

Mit einer einladenden Armbewegung bat sie Louise an den Tisch, auf dem bereits zwei dampfende Tassen mit Rooibostee warteten.

»Ich habe für uns beide bestellt«, sagte sie. »Ich wusste nicht, ob du Rooibos magst, aber zur Not trinke ich eben zwei Tassen. Es gibt Schlimmeres.«

»Ich liebe Rooibos«, log Louise, die diesen Tee schon ihr Leben lang verabscheute.

Louise nahm Platz und trank einen Schluck Tee.

»Es freut mich riesig, dass du dir die Zeit genommen hast, dich mit mir zu treffen. Ich meine, wenn das nicht Schicksal ist!«

Louise lächelte, ohne recht zu wissen, was sie sagen sollte.

»Nicht dass ich an so etwas glauben würde!«, ergänzte Jonna und breitete die Hände aus. Dabei fielen Louise die schmalen Silberringe an drei Fingern und der makellose durchsichtige Nagellack auf.

»Alle denken immer, ich würde mich mit Astrologie und solchen Dingen beschäftigen, nur weil ich vegan lebe und meditiere«, sagte sie. »Aber diesen esoterischen Kram konnte ich noch nie ausstehen. Ich mag Wissenschaft, ich mag, wenn etwas passiert, und ich plane gern Dinge.«

»Geht mir genauso«, sagte Louise.

Jonna beugte sich über den Tisch.

»Das habe ich gespürt, weißt du? Man soll so etwas ja nicht von sich sagen, aber ich habe eine ziemlich gute Menschenkenntnis. Auf unserer Party hatte ich bei dir gleich ein richtig gutes Gefühl.« Sie lehnte sich wieder zurück und betrachtete Louise. Dann lachte sie, geheimnisvoll und wissend. »Darf ich dir etwas verraten?«

»Gern.« Louise erwiderte das Lachen automatisch.

»Diese Partys, die wir veranstalten – die sind nicht nur dafür da, dass die Leute Spaß haben. Unsere Topverkäuferinnen dürfen immer jemanden mitbringen, den sie für eine geeignete Kandidatin halten, und dann stellen wir ihnen unsere Firma vor. Schauen, ob sie Interesse haben. Das funktioniert in beide Richtungen. Die Eingeladenen sehen, was wir machen, und wir von Serendipity bekommen einen Eindruck von ihnen und schauen, ob sie das Zeug dazu haben, unsere Sache voranzubringen.«

»Okay«, sagte Louise.

»Bist du überrascht?«, wollte Jonna wissen.

Louise musste schmunzeln. »Überrascht? Dass Lykke mich plötzlich kontaktiert und zu einer After-Work-Party eingeladen hat? Nein. Ich habe mir schon gedacht, dass es um etwas in der Art gehen könnte.«

Jonnas Augen verengten sich ein wenig über ihren geschwungenen Lippen. Sie hatte eine Art Lockerheit in ihrem Körper, als würde sie sich nie unbequem oder ungeschickt fühlen. Eigentlich brachte Louise diese Eigenschaft mit Yogis und sanften, in sich ruhenden Personen in Verbindung, doch von Jonna ging gleichzeitig eine beinahe elektrische Ausstrahlung aus. Es hatte mehr mit Kontrolle und Selbstbeherrschung als mit innerer Ruhe zu tun. Obwohl Jonna sieben oder acht Jahre jünger als Louise sein musste, schien sie Dinge begriffen zu haben, die Louise noch immer Rätsel aufgaben.

»Dann ist das hier also ein Vorstellungsgespräch?«, fragte Louise. »Hätte ich meinen Lebenslauf mitbringen sollen?«

Sie versuchte, den kleinen Anflug von Enttäuschung zu ignorieren. Wenn sie nicht daran dachte, gab es sie auch nicht.

»Nein. So arbeiten wir nicht«, antwortete Jonna und schüttelte den Kopf.

»Ah ja?«, sagte Louise ein wenig verwundert.

»Serendipity funktioniert nicht wie ein traditionelles Unternehmen«, erklärte Jonna. »Dieses ganze Wirtschaftsmodell ist einfach furchtbar patriarchal, wenn du verstehst, was ich meine? Irgendjemand steht an der Spitze der Pyramide und legt fest, was getan wird, und dann werden alle unter diesem Jemand ausgebeutet. Dieser Jemand an der Spitze ist in den meisten Fällen ein weißer Mann, während es eigentlich die Frauen sind, die diese Strukturen aufrechterhalten.« Jonna verdrehte die Augen.

»Stimmt«, sagte Louise. »Ich habe schon für einige solcher Typen gearbeitet.«

Ein halbes Jahr, bevor sie gekündigt hatte, um schwanger zu werden, war ihr letzter Chef zum Geschäftsführer geworden. Jeder andere in der Firma hätte den Job besser gemacht, hatte eine bessere Marktübersicht und ein besseres Verständnis der Firmentätigkeit als er. Und elf von zwölf Mitarbeitenden im Unternehmen waren Frauen. Trotzdem sprach es niemand an, natürlich nicht, denn über solche Dinge beschwerte man sich nicht.

Wenn man das tat, erschien man schwach. Und weinerlich. Vielleicht wurde auf einer After-Work-Party ab und zu darüber gewitzelt, aber in ernsten Gesprächen mied man das Thema.

»Ich wollte mit Serendipity etwas Neues schaffen. Es sollte ein Raum für Frauen sein, die sich etwas Eigenes aufbauen wollen. Frauen mit Power, Frauen, die anders denken. Unser gesamter Markt besteht doch aus Frauen, und so viele Hautpflegefirmen arbeiten auf die traditionelle Weise. Mit einer Geschäftsführung, die ausschließlich aus Männern besteht.« Sie zog eine Augenbraue nach oben.

»Die ihr Geld wiederum mit ausschließlich weiblicher Kundschaft verdienen«, beendete Louise den Satz.

»Du kapierst es«, meinte Jonna zufrieden.

»Okay. Jetzt weiß ich also, wie ihr nicht *arbeitet. Wie arbeitet ihr?«*

»Wir arbeiten selbstständig. Kooperativ. Wenn du ein Teil davon sein willst, dann sollst du es nicht als irgendeinen Job ansehen. Ich will, dass du darin eine Chance siehst, dir ein eigenes Unternehmen aufzubauen. Gemeinsam mit uns. Du trägst mit deiner Erfahrung im Marketing bei, denn die könnten wir wirklich gut gebrauchen, und im Gegenzug geben wir dir alles, was du brauchst, um dir eine eigene Kundenbasis zu

schaffen. Du wählst deine Zielgruppe selbst aus, du bestimmst deine Arbeitszeiten, du steckst deine eigenen Verkaufsziele ab. Du kannst im Homeoffice arbeiten, Kundenbesuche machen oder einen Stand auf Messen buchen. Du kannst alles genau nach deinen eigenen Wünschen maßschneidern. Und wir bieten dir Produkte, Kontakte und Erfahrung.« Jonna legte eine Pause ein, sie schien auf einen Kommentar von Louise zu warten.

Als Louise schwieg, sprach sie mit gesenkter Stimme weiter:

»Nichts für ungut, und sag bitte, wenn ich gleich eine Grenze überschreiten sollte, okay? Ich weiß, dass ich manchmal ein wenig distanzlos sein kann. Aber ich habe einen so verdammt guten ersten Eindruck von dir bekommen, Louise. Im Ernst. Lykke hatte schon vorher von dir erzählt und gesagt, dass du ein ganz besonderer Mensch bist. Als wir uns dann aber unterhalten haben, dachte ich einfach nur … wow. Das ist jemand, den ich an meiner Seite haben will. Ich glaube, zusammen könnten wir Serendipity zu etwas ganz Großem machen. Serendipity könnte die Welt erobern. Und du hast einfach diese natürliche Anziehungskraft.«

Jonna beugte sich wieder zu ihr hinüber.

»Ich sollte es eigentlich nicht sagen, aber so etwas spielt eine Rolle. Manchmal holen wir Leute an Bord, die supermotiviert sind, und sie geben ihr Bestes, aber sie haben nicht, was du hast. Man braucht ein gutes Händchen für Menschen, wenn man hiermit Erfolg haben will. Ich glaube, du könntest alles Mögliche machen, aber ich hoffe wirklich sehr, dass du Lust hast, mit uns zusammenzuarbeiten!«

Jonna redete schnell und wirkte begeistert. Ihre Stimme war jetzt etwas tiefer und nicht mehr so heiter wie zuvor. Eine gewisse Schärfe trat in ihren Blick.

Louise erkannte sie wieder.

Sie hatte sie früher einmal im Spiegel gesehen.

Sie hatte diesen Hunger selbst einmal gespürt.

Wann genau er verschwunden war, wusste sie nicht, und bis jetzt war ihr nicht klar gewesen, wie sehr sie ihn vermisst hatte. In sich spürte sie ein leichtes Echo davon.

»Ich müsste mir den Vertrag einmal ansehen«, sagte sie. »Aber ganz spontan fühlt sich das … absolut richtig an.«

Einige Sekunden lang saß Jonna völlig still da. Dann formten sich ihre Lippen zu einem strahlenden Lächeln, und sie stieß einen kleinen Jubellaut aus.

»Yes! Das macht mich so happy. Eigentlich sollte ich gar nicht zeigen, wie sehr ich gehofft habe, dass du Ja sagst, aber es hat mir noch nie gelegen, einen auf Pokerface zu machen.«

Louise lachte und spürte erneut dieses Kribbeln im Bauch. Es wurde stärker, als sie Jonnas Blick begegnete.

Sie redete sich wieder und wieder ein, dass es nur die Aufregung war, die Vorfreude auf eine neue Möglichkeit.

Mit Sehnsucht hatte das sicher nichts zu tun.

Oder Attraktion.

Oder Lust.

Kapitel 13

Ich reibe meine trockenen Augen und weiß, auch ohne in den Spiegel zu schauen, dass sie müde und gerötet sind. Als ich anfing, für Laetitia zu arbeiten, machte es mir nichts aus, die ganze Nacht wach zu bleiben, zwei Tassen schwarzen Kaffee herunterzukippen und mit den Rechercheergebnissen, die ich in den frühen Morgenstunden zusammengetragen hatte, direkt ins Büro zu gehen.

Allerdings hatte ich damals jemanden, dem ich imponieren wollte. Laetitia sollte sehen, dass ich am härtesten von allen schuftete, die Smarteste war und ich es wert war, dass sie mir mehr Zeit und Aufmerksamkeit als den anderen Angestellten widmete.

Das schwarze Kleid, das ich aus dem Schrank meiner Mutter stibitzt habe, ist mir an den Schultern zu eng und außerdem viel zu lang. Ich habe es mir geschnappt, als sie im Garten war, und verspürte dabei die gleiche heimliche Genugtuung wie früher, wenn ich für Wille Zigaretten aus ihrer Handtasche stahl.

Ich hätte auch in den kleinen Vintageladen am Marktplatz von Djursholm gehen können, in dem sie alte Markenkleider verkaufen, und dort nach etwas stöbern. Aber beim Gedanken daran, wie schockierend wenig Geld bald auf meinem Konto sein würde, verging mir die Lust, ein schwarzes Kleid zu kaufen.

Es ist keine Beerdigung, sondern eine Gedenkveranstaltung. Hedda hat mir vor ein paar Tagen eine kurze Nachricht geschickt und davon erzählt. Freitagnachmittag, schrieb sie, in Djursholms Country Club. Offensichtlich hatten ihre Eltern es arrangiert, und sie sagte, ich dürfe gern kommen.

Passenderweise hängen schwere graue Wolken tief über dem Sund, als ich mich auf den Weg zur Gedenkfeier mache. Ein Gewitter liegt in der Luft, meine Wetter-App hat mir zwar versprochen, es würde vorüberziehen, aber ich bin mir da nicht so sicher. Ich habe die Vorahnung, dass meine zwölf Jahre alten und fast vergessenen schwarzen Pumps, die mich bei jedem Schritt daran erinnern, wieso ich sie nie getragen habe, den Heimweg wohl nicht überleben werden. Der brennend heiße und trockene Asphalt wird sich dann wahrscheinlich in lauter Pfützen verwandelt haben.

Als ich das Ufer erreiche und nach rechts abbiege, stehe ich vor dem Country Club von Djursholm. Es gab ihn noch nicht, als ich aus Schweden wegzog. Das Gebäude schon, aber zu meiner Zeit trug es den Namen Villa Pauli. Ich weiß nicht, ob ich darüber erstaunt bin, dass sie das Country-Club-Konzept importiert haben, oder mehr darüber, dass es so lange gedauert hat.

Ich tippe darauf, dass man hierzulande andere Dinge mit dem Begriff »Country Club« in Verbindung bringt, als ich es aus Texas in Erinnerung habe. Hier kommen einem glamouröse Bilder aus Filmen und Fernsehserien in den Kopf, schöne Menschen mit kühlen Drinks an einem blauen Pool. Weiße Plisseekleider und hochgekrempelte Hemdsärmel, ein Ort, an dem die Reichen und Erfolgreichen sich treffen und entspannen können.

Das Gebäude vor mir sieht nicht aus wie die weißen Holzfassaden, die ich gesehen habe, wenn ich an den Country Clubs in Houston vorbeifuhr. Dies ist das hohe und leicht gotisch anmutende Backsteingebäude, in dem wir vor bald zwei Jahrzehnten unsere Schulabschlussfeier hatten.

Damals habe ich Louise zum vorletzten Mal gesehen. Acht Tage bevor wir unsere Zeugnisse bekamen.

Jetzt findet hier ihre Gedenkfeier statt.

Die Torflügel sind aus Gusseisen und bewegen sich keinen Millimeter, als ich versuche, sie zu öffnen. Dann entdecke ich ein kleines schwarzes Kästchen mit Sprechanlage, drücke auf den Knopf und warte auf das Klicken des Mikrofons am anderen Ende.

»Ja, hallo?«, begrüßt mich eine leicht knisternde Stimme.

»Hier ist Rebecca Lekman.«

»Wir haben heute aufgrund einer Privatveranstaltung geschlossen«, sagt die Stimme.

Der erste Regentropfen trifft meine Hand.

»Ich bin wegen der Gedenkfeier hier, ich müsste auf der Liste stehen.«

Stille.

Dann höre ich ein Summen, und das Tor öffnet sich.

»Willkommen«, sagt die Stimme.

Kapitel 14

Meine Erinnerungen an diesen vorletzten Abend mit Louise sind verschwommen. Zum einen wegen des Alters, zum anderen wegen des Rauschs. Ich erinnere mich eher daran, wie es sich anfühlte, als an das, was tatsächlich geschah; es sind vage Eindrücke von Farben, ärmellosen Kleidern mit breiten Gürteln und kurzen Röcken, maßgeschneiderten Jacketts, die über Stühle geworfen und dort vergessen wurden. Daran, wie William, Louise und ich feuchte Zigaretten unter einem der Bäume im Garten rauchten, an den Geruch von Frühling und schwerem Parfüm, an den Rausch, den es bedeutete, jung und frei zu sein.

Und verliebt. So schrecklich verliebt. Die Art Liebe, die Klauen hat.

Wir küssten uns zweimal an diesem Abend. Einmal auf der Toilette, wo ich einer Hand erlaubte, bis zu ihren Haaren hinaufzuwandern und die weichen Strähnen unter der Schicht aus Haarspray zu ertasten, und einmal auf dem Heimweg, als ihre Hand meine zufällig berührte und meine Finger sich nach ihren verzehrten. An der Wegbiegung unten am Wasser zog sie mich an sich und küsste mich so heftig, dass unsere Zähne gegeneinanderstießen, und ich weiß nicht, ob mir vor Überraschung oder vor Schmerzen schwindelig wurde.

Jetzt sieht das Foyer anders aus als an jenem Abend. Natürlich tut es das. Seit ich das letzte Mal hier war, ist ein halbes

Leben vergangen, und außerdem gab es eine groß angelegte Renovierung. Trotzdem ist die gleiche Aura von altem Geld, neuem Firnis, dunkel glänzendem Holz und Gemälden längst verstorbener Künstler geblieben. Allerdings wirkt es jetzt straffer organisiert, moderner, mit einem kleinen Rezeptionstresen vor der langen Treppe, die ins Obergeschoss führt, wo man laut Homepage Konferenzräume und Gästezimmer mieten kann.

Vorausgesetzt, man ist Mitglied, versteht sich.

Wie viel die Zimmer kosten, stand nicht auf der Homepage. Aber ich vermute, dass ich es mir nicht einmal leisten könnte, wenn ich nicht geschieden und arbeitslos wäre.

An dem kleinen Empfangstresen steht eine junge Frau mit einem strammen roten Haarknoten und hellem Lippenstift, und ich setze ein offenes, leicht verwirrtes Lächeln auf, senke die Schultern, als ich auf sie zugehe. Ich gebe mich verwundbar und ein bisschen verhuscht.

»Verzeihung«, sage ich und räuspere mich. »Ich bin wegen der Gedenkfeier hier, wohin muss ich?«

»Sie findet im Salon statt«, antwortet die Frau, die aus der Nähe ein unerwartet faszinierendes Gesicht hat: weit auseinanderstehende Augen, eine lange Nase und ein kleiner fülliger Mund. Sie sieht aus, als gehöre sie auf eines der Gemälde an den Wänden.

»Dort vorne links«, fügt sie hinzu und deutet mit dem Finger in die Richtung. Als ich mich umdrehe, höre ich leises Gemurmel hinter den geschlossenen Türen.

Ich bedanke mich und zeige ihr ein entschuldigendes Lächeln, verzeihen Sie, dass ich Ihre Zeit in Anspruch genommen habe. Die Frau erwidert das Lächeln mit perfekten Zähnen und gefühllosem Blick.

Es ist schwieriger, sich an jemanden zu erinnern, der ein wenig unscheinbar und verhuscht auftritt. Das habe ich nicht an der Universität gelernt, sondern in meiner Zeit als Kellnerin nach der Schule. Menschen, die sich klein, grau und ausweichend geben, verblassen in der Erinnerung.

Ich mache nichts falsch, trotz allem hat mich die Familie eingeladen. Und ich habe keinen Grund zur Annahme, dass Leo mit der jungen Dame mit den roten Haaren sprechen wird. Aber falls William und Louise Mitglieder dieses Clubs waren und Louise vor ihrem Tod hier Zeit verbrachte, besteht also doch ein kleines Risiko, dass Leo mit ihr spricht. Und in dem Fall möchte ich nicht, dass sie sich an jemanden bei der Gedenkfeier erinnert, der irgendwie nicht dazuzugehören schien. Eine kleine muskulöse Frau mit glatten braunen Haaren und einer markanten Kieferpartie, die ein etwas zu kleines Kleid trug.

Ich mache nichts falsch. Leo hat es abgelehnt, mich als externe Beraterin zu den Ermittlungen hinzuzuziehen, aber es ist ja erlaubt, mit Leuten zu reden. Und ich kannte Louise wirklich – habe sie sogar einmal geliebt.

Louises Schwester hat mich eingeladen.

Warum empfinde ich dann so eine Scham?

Ich wische den Gedanken beiseite und öffne die Tür.

Vor mir liegt ein Meer aus maßgeschneidertem Schwarz. Der Kellner geht darin völlig unter, sodass ich ihn zuerst nicht sehe, aber er trägt ein Tablett mit flachen Kristallchampagnerschalen. Die meisten Leute im Raum halten ein halb volles Glas in der Hand, also nehme ich mir auch eines, als der Kellner an mir vorbeigeht.

Es sind ungefähr 40 Personen, und es ist schwer zu sagen, ob ich finden werde, wonach ich suche. Die meisten sind zwischen 30 und 60, tragen schlichte schwarze Kleider und ausgewählte elegante Accessoires. Hier blitzt eine Uhr auf, da ein Edelstein an einem Hals. Altes Geld.

Diese Sprache beherrsche ich gut. Nicht weil ich damit aufgewachsen wäre, sondern weil ich meine Kindheit im

Dunstkreis derselben verbracht habe. Ich gehöre zur zweiten Generation von Djursholmern; meine Eltern zogen hierher, weil sie es sich leisten konnten, weil die Häuser schön waren und die Schulen einen guten Ruf hatten. Sie selbst gehörten nicht zur Oberschicht. Mein Vater verdiente sein Geld mit frühen Computermodellen, meine Mutter in der Finanzwelt. Dieses Geld verschaffte ihnen Zutritt, und niemand gab ihnen jemals das Gefühl, als seien sie nicht willkommen. Aber ich wusste schon als Kind, dass uns etwas fehlte, das manche meiner Klassenkameraden besaßen. Eine Art angeborene Patina.

Damals glaubte ich, dass auch Louise dieses Etwas fehlte. Erst an jenem letzten Tag wurde mir klar, dass es die ganze Zeit über da gewesen war; dass ich es nicht gesehen hatte, weil ich es nicht hatte sehen wollen. Sowohl sie als auch William besaßen es, sosehr sie es auch unter zerzausten Haaren und zerrissenen Jeans zu verbergen versucht hatten. Mit den Jahren war diese Verkleidung weggefallen, Stück für Stück.

Im Grunde verwunderte es nicht, dass sie zueinanderfanden. Sie waren alte Freunde, und sie verstanden sich gut. Vielleicht sogar besser, als ich es je konnte.

Dieser Gedanke hinterlässt einen bitteren Nachgeschmack in meinem Mund, und ich will schon einen großen Schluck aus dem Glas in meiner Hand nehmen, als mir einfällt, dass es Champagner und nicht Wasser ist. Ich ziehe eine Grimasse und senke das Glas, sehe mich im Raum um.

Da.

Louises Eltern stehen in der hinteren Ecke des Raums, Seite an Seite. Beide mit identischer Miene.

Peder Rehnskiöld ist dürrer, als ich ihn in Erinnerung hatte, sein langer Körper wirkt gekrümmt. Das Haar ist noch dicht, inzwischen aber grau, die ehemals blonden Strähnen verschwunden, und die Wangen unter den markanten Wangenknochen, die er Louise vererbt hat, sind eingefallen. Trotzdem scheint er sich kaum verändert zu haben. Louise meinte im Scherz einmal, ihr Vater sehe aus wie eine Vogelscheuche mit teurer Frisur, und ich weiß noch, dass ich darüber gelacht habe, insgeheim aber fand, dass in diesem Vergleich ein Aspekt fehlte: die furchterregende Intelligenz, die manchmal hinter der freundlichen Fassade aufblitzte. Bei meinen wenigen Begegnungen mit ihren Eltern war er immer freundlich, aber bei ihm fühlte ich mich deutlich unwohler als bei Louises Mutter, und das trotz ihrer Art.

Helena Rehnskiöld trägt die Haare kürzer als früher, ein schlichter, eleganter Bob, der silberblond über ihren Schultern hängt. Ihr Make-up ist diskret, die einfache Perlenkette perfekt über den Schlüsselbeinen platziert. Trotzdem versetzt es mir einen kleinen Schock, sie zu sehen.

»Perlen?« Ich zog die Augenbrauen hoch.

Louise verdrehte die Augen und sagte:

»Mama hat darauf bestanden. Sie meinte, ich sei jetzt erwachsen, und Perlen seien nun mal für Frauen und nicht für Mädchen.«

Ich hätte es mir einbilden können, aber ich weiß, dass es nicht so ist. Ich kenne die kleine, mit Diamanten besetzte Silberschließe. Habe sie unter meinen Fingerspitzen gespürt, als ich mich auf die Zehen stellte, die Hand in Louises Nacken legte und meine Lippen heimlich auf ihre presste, während sechs oder sieben Mädchen vor der Toilette warteten. Ich habe die glatten Perlen und die harten Diamanten berührt, während ich Zimt und Whisky auf Louises Zunge schmeckte.

Ihre Finger hatten den ganzen Abend immer wieder zu dieser Kette gegriffen, fällt mir ein, und plötzlich verstehe ich, wozu ich damals noch zu jung oder abgelenkt war: Sie muss Angst gehabt haben, sie zu verlieren. Sosehr sie sich auch darüber lustig gemacht hatte, weil sie sich damit wie eine alte Tante vorkam, hatte sie Angst davor, die Kette zu verlieren.

Peder und Helena unterhalten sich mit einer Person, die ich nicht kenne. Nicht, dass ich irgendjemanden in diesem Raum kennen würde, es ist eher ein vages Wiedererkennen, das von einer vertrauten Umgebung herrührt. In den Gesichtern der Leute fehlen die Emotionen, als wären sämtliche Gemütsbewegungen ausradiert. Auch das erkenne ich wieder, habe es dutzendfach in Vernehmungen erlebt. Bei Eltern, Geschwistern, Ehefrauen und -männern, Töchtern und Söhnen.

Sie – beziehungsweise Helena, wenn ich richtigliege, und dessen bin ich mir ziemlich sicher – haben eine Gedenkfeier arrangiert, weil man das eben tut und weil es sie für eine Weile beschäftigt. Eine Gedenkfeier ist keine Beerdigung, und das ist perfekt, denn sie schiebt die Einsicht noch ein wenig auf. Diese endgültige furchtbare Gewissheit, dass ihre Tochter nie zurückkommen wird, dass sie nicht verärgert, beschäftigt oder verreist ist. Sondern dass jemand, den sie zutiefst lieben, tot ist, ermordet. Und sie können nichts tun, um etwas daran zu ändern.

Ich habe diese Leere und den Schock schon oft gesehen, ebenso wie den Augenblick, wenn die Einsicht kommt. Jedes Mal habe ich gehofft, es nie wieder mit ansehen zu müssen. Und ganz egoistisch habe ich gehofft, ich müsste es selbst niemals erleben.

»Becki?«

Ich drehe mich um. Schaffe es nicht, meine Überraschung zu überspielen und meine Gesichtszüge rechtzeitig wieder zu glätten.

»William«, sage ich.

Kapitel 15

Mein erster Eindruck ist, dass er exakt so aussieht wie immer.

Mein zweiter, dass ich ihn nicht wiedererkenne.

Früher hatte er so lange Haare, dass sie ihm über die Schultern hingen, dichte schwarze, glänzende Haare. Louise zog ihn immer damit auf, wie eitel er war, wenn es um seine Frisur ging. Fragte ihn, ob er jeden Abend 100 Bürstenstriche vor dem Schlafengehen machte, doch er lachte immer nur darüber. Vor der ersten Stunde schminkte er seine Augen mit einem kurzen schwarzen Stift auf der Schultoilette und wischte alles nach der letzten Stunde wieder weg, bevor er nach Hause ging. Er band sich Lederschnüre um die Handgelenke, und an einem besonders denkwürdigen Abend versuchte er, Louise zu überreden, sein eines Ohrläppchen mit einer Sicherheitsnadel zu piercen, bis er im letzten Moment doch den Schwanz einzog.

Seine Haare sind immer noch dick und schwarz, bis auf ein paar graue Flecken an den Schläfen. Doch jetzt trägt er sie kurz, sie sind von seiner Stirn gefegt. Aus irgendeinem Grund überraschen mich aber weder die Frisur noch der enge Anzug oder die weiße Krawatte am meisten. Peinlicherweise, fast kindisch, sind es die kleinen Falten um seine Augen und die Lesebrille, die aus der Brusttasche ragt, die mir einen Stich versetzen.

Er ist erwachsen. Nicht nur das, er ist bald im mittleren Alter.

Ich wusste ja, dass Louise ein ganzes Leben ohne mich gelebt hatte, aber auf irgendeine Art – obwohl ich wusste, dass sie geheiratet hatten – hatte ich mir vorgestellt, William habe sich gehalten, als sei er in Bernstein eingeschlossen. Noch immer mit losen, verkratzten CDs in den Taschen seiner Jeansjacke, eine Zigarette hinter dem Ohr, weil ihn das angeblich cool und erwachsen aussehen ließ, und noch immer mit den schmalen, behaarten Handgelenken, an denen Lederschnüre und Armbänder rasselten, wenn er sich bewegte.

»Hej, Rebecca«, begrüßt er mich jetzt. »Du bist es doch, oder?«

Ich nicke. Zwinge meine Kehle, einen Ton herauszubringen.

»Hedda hat mich eingeladen«, sage ich, wie als Rechtfertigung für meine Anwesenheit. »Es tut mir so schrecklich leid, William. Ehrlich.«

Seine Lippen wirken schmal und bleich.

Wird er mich rauswerfen? Vielleicht. Ich weiß nicht einmal, ob ich ihm das übel nähme. Ich habe keinen Schimmer, wie viel er darüber weiß, was passiert ist.

Ein Teil von mir glaubt immer noch, dass Louise es nie erzählt hätte, niemandem, denn so habe ich sie in Erinnerung. Aber sie sind verheiratet, waren lange ein Ehepaar. Wie lange würde sie so ein Geheimnis wirklich für sich behalten? Sie hätte es als etwas aus einem anderen Leben betrachten können, eine Anekdote, die sie nach ein paar Gläsern Wein an einem Freitagabend erzählte.

Aber er sieht nicht wütend aus. Sieht nicht aus, als wolle er mir sagen, ich solle mich verpissen, fragen, wie ich wagen könne, hier aufzutauchen. Oder dass Louise mich nicht hätte hier haben wollen. Er sieht plötzlich, von einem Augenblick auf den anderen, verloren und hilflos aus. Der Anzug ist ihm zu klein, das Hemd bis zum Hals zugeknöpft.

»Willst du mal kurz frische Luft schnappen?«, frage ich ihn.

Wären wir an einem anderen Ort gewesen, hätte er sicher Nein gesagt. Wäre ich jemand anderes gewesen, eine Bekannte, eine alte Freundin, mit der er sich ab und zu auf ein Feierabendbier traf, eine Verwandte oder eine Kollegin, hätte er abgelehnt.

Aber ich bin niemand, den er wirklich kennt. Früher kannte er mich einmal, früher kannte ich Louise. Ich bin ein Fragment der Vergangenheit, das hier aufgetaucht ist, an einem Ort, an dem wir uns einmal gekannt haben.

»Ja«, sagt er. »Ich denke schon.«

Kapitel 16

Über unseren Köpfen hängen die Äste des Apfelbaums schwer herab, noch nicht nass vom Regen, aber voll von kleinen unreifen Äpfeln. Ich glaube nicht, dass es der gleiche Baum ist, unter dem wir an jenem Abend geraucht haben. Er war größer und knorriger. Aber kommen einem als Teenager nicht alle Bäume größer und älter vor?

William hat seine Krawatte gelockert. Er ist immer noch bleich, doch seine Wangen sind rot gefleckt, es wirkt auf mich, als stünde er kurz vor einer Panikattacke oder einem Kreislaufkollaps. Also greife ich in die hässliche viereckige Handtasche, die über meiner Schulter hängt. Auf dem Weg hierher bin ich extra am Marktplatz von Djursholm vorbeigegangen, um das kleine Päckchen zu kaufen, das ich jetzt herausziehe.

»Willst du eine Zigarette?«, frage ich.

Er verzieht den Mund, ein fahler Abklatsch eines Lächelns.

»Ich rauche nicht mehr. Habe seit der Uni nicht mehr geraucht.«

Ich reiße das durchsichtige Plastik trotzdem herunter, öffne das Päckchen und halte es ihm ihn. Er nimmt sich eine Zigarette.

Ich habe sie nicht für William gekauft, aber ich habe gelernt, dass Zigaretten eine sehr effektive Methode sind, um Leute zu entspannen: Wie eine Tasse Kaffee sorgen sie für einen Moment der Gemeinsamkeit, sind aber stärker, weil das Ritual einen Hauch von etwas Verbotenem an sich hat. Bei Gelegenheitsrauchern funktioniert diese Methode besser als bei Menschen, die sich als Raucher einstufen; ihnen tut man einen Gefallen, aber mit den Nichtrauchern teilt man ein Geheimnis.

Im Grunde muss mir doch klar gewesen sein, dass ich mit William sprechen würde, als ich mich dazu entschied, zur Gedenkfeier zu gehen? Dass ich eigentlich seinetwegen herkam?

Ich weiß nicht, ob es an der Ermittlung liegt, an der ich nicht beteiligt bin, oder daran, was wir beide geteilt haben.

Früher teilten wir uns einmal Louise.

Aber natürlich wusste er das nicht, damals. Und ich wusste es genauso wenig.

Ich gebe ihm Feuer, und er lacht über mein Feuerzeug.

»Wusste gar nicht, dass du ein Katzenmensch bist.« Sein Lächeln ist an der Grenze zu verächtlich. Ich werfe einen Blick auf die Katzenabbildung, die auf dem schwarzen Feuerzeug prangt.

»Es war das einzige, das ich hatte«, entgegne ich. »Ich dachte mir, ich brauche sicher eine Zigarette, um das hier durchzustehen.«

Ich nehme mir ebenfalls eine und ziehe daran, aber nicht auf Lunge. Ich bin auf die Erinnerung an das Gefühl aus, nicht so sehr auf das Gefühl selbst.

Der Garten rund um uns befindet sich im letzten Stadium des Sommers. Nicht mehr lange, bis die Blumen ganz verblüht sind, der Rasen leuchtet noch grün, und die Bäume biegen sich unter noch nicht reifem Obst. Vom leichten Nieselregen sind die Stufen der Steintreppe zum Eingang dunkel geworden.

William schließt die Augen, während er den Rauch durch

die Nase ausstößt. Wieder packt mich das sonderbare Gefühl eines Déjà-vus; als Jugendlicher hat er auf die gleiche Art geraucht.

»Der Drache«, sage ich, und er öffnet die Augen.

»Das habe ich ganz vergessen«, meint er. Sein Mund lächelt, doch seine Augen glänzen. Die Pupillen wirken ein wenig zu groß, und ich frage mich, ob er etwas genommen hat.

»Frierst du?«, fragt William.

»Nein. Ich weiß nicht. Es ist nur so schwer, nicht an das letzte Mal zu denken, dass ich hier gewesen bin.«

Er hebt leicht die Augenbrauen.

»Die Schulabschlussparty«, erkläre ich.

»Scheiße«, ächzt William und blickt sich um, als sähe er den Ort zum ersten Mal. »Das wusste ich nicht mehr.« Beim letzten Wort klingt seine Stimme belegt, ich sehe, wie sich sein Kiefer anspannt.

Ich ziehe an meiner Zigarette, und William nimmt auch einen neuen Zug, die Glut leuchtet im Dunkeln auf. Es ist zwar erst Nachmittag, aber die Wolken sind so dicht, dass man glauben könnte, es würde bereits dämmern.

Ich frage nicht, wie es ihm geht. Es ist eine schwere Frage für jemanden, der trauert, und sie kann wie ein Funke wirken. Manchmal bringt es die Person zum Explodieren, wenn der Zorn und der Schock entfacht werden, die unter dem Verlust vibrieren.

Stattdessen frage ich:

»Wie geht es Peder und Helena?«

William schüttelt den Kopf.

»Helena hat auf diese Feier bestanden«, erklärt er. »Sie meinte, es sei besser so. Louise hätte immer gesagt, sie wolle keine Beerdigung, und da sie Kirchen nicht ausstehen konnte, aber trotzdem eingeäschert werden wollte, war das hier die beste Lösung.«

Er verstummt. Ich sage nichts.

»Ich weiß nicht«, fährt er schließlich fort und antwortet auf meine Frage. »Peder hat kein Wort gesagt, seit … seit ich angerufen und es ihm mitgeteilt habe. Helena war Helena. Kompetent. Sie wirkt geradezu manisch.«

Ich nicke.

»So ist es oft«, erkläre ich und verfalle in meine Psychologinnenstimme. »Nach einem Todesfall wollen Menschen etwas tun. Etwas backen, etwas erledigen, etwas reparieren. Es gibt ihnen ein Gefühl von Kontrolle.«

William sieht mich an.

»Stimmt ja. Du bist Psychologin geworden, richtig? Du hast ein paarmal davon gesprochen, wolltest mit Jugendlichen arbeiten«, sagt William.

»Das habe ich vergessen«, stutze ich, ernsthaft erstaunt. In meiner Erinnerung bin ich auf den Psychologiestudiengang gestoßen, als ich mir verschiedene Universitätsprogramme angeschaut habe. Ein Impuls, aus dem mein Beruf wurde, obwohl ich nicht dort landete, wo ich es vermutete, als ich anfing zu studieren.

William lächelt leicht.

»Ich weiß noch, dass ich sagte, aus dir würde eine furchtbar schlechte Psychologin werden. Wie mir scheint, habe ich mich geirrt.«

Ich lache. Es ist ein kurzes, dumpfes Lachen, das von tief unten aus der Brust kommt.

»Ich weiß nicht«, sage ich.

Auch das hier, dieses Gespräch, kommt mir bekannt vor, und ich begreife, dass wir in einen alten Rhythmus zurückgefallen sind. Es ist, wie ein paar eingelaufene Sportschuhe anzuziehen, die man im Schrank vergessen hat, um dann festzustellen, dass sie noch immer passen wie angegossen.

William nimmt einen letzten tiefen Zug und wirft die Kippe auf den Rasen, wo er sie mit dem Absatz seiner schwarz glänzenden Lackschuhe austritt.

»Es ehrt dich«, sagt er. »Geld ist damit ja nicht zu holen, natürlich. Aber solche Leute werden gebraucht.«

Sein Tonfall ist ein wenig herablassend und abweisend.

Er klingt genau wie meine Eltern, so wie alle unsere Eltern es immer getan haben. Zu dem Wille, den ich einmal kannte, passt dieser Ton nicht. Der alte Wille sprach davon, nach Berlin zu ziehen und dort ein Leben als Bohemien zu führen – er wollte nie so werden wie sein eigener Vater. Er wollte für sich selbst leben, nicht für sein Bankkonto.

Ich öffne schon den Mund, um ihm zu widersprechen, doch Wille atmet tief und keuchend ein, als würde er ertrinken, und ich halte mich zurück.

»Ich begreife einfach nicht, dass das hier gerade wirklich passiert, Becki. Es kann nicht wahr sein.« Er sieht mich mit den Augen eines Kindes an. Nackt, verwirrt, verzweifelt.

»Du bist doch Psychologin«, sagt er. »Bilde ich mir das ein? Ist das ein Traum? Eigentlich sollte ich jetzt auf dem Steg draußen auf Möja sitzen und irgendein grässliches Buch lesen, das Louise mir aufgeschwatzt hat. Wir waren morgen mit meinem alten Chef zum Abendessen verabredet. Sie wollten mit dem Boot vorbeikommen.« Seine Stimme bebt, als er weiterspricht: »Sie hatte schon Schweinefilets eingekauft. Sie liegen im Kühlschrank auf Möja. Ich weiß nicht, was ich mit diesen bescheuerten Filets machen soll. Ich weiß nicht, was ich … was ich tun soll …« Die Worte bleiben ihm in der Kehle stecken, und ich sehe, dass seine Augen feucht werden. Die Pupillen wie Stecknadelköpfe in dem grellen grauen Licht.

»William«, sage ich, doch er fasst sich an die Nasenwurzel, verzieht das Gesicht und schüttelt den Kopf.

Ich bleibe stumm. Streiche ihm nur mit der Hand über die Schulter, damit er weiß, dass ich da bin. Lasse ihn den Duft des aufziehenden Regens einatmen.

Am Strand fährt ein Auto vorbei. Meine Schuhe drücken an den Füßen. Gäbe es doch etwas, das ich sagen könnte, um alles besser zu machen. Um den Schmerz zu lindern. Damit er sich weniger einsam fühlt.

Ich kenne diesen Mann nicht, aber ich habe den Jungen geliebt, der er einmal war. Für ein paar Jahre war er der Bruder, den ich nie hatte. Und wir haben noch mehr gemeinsam, auch wenn er das nicht weiß. Wir beide haben seine Frau geliebt.

Meine Kehle schnürt sich zu, und ich räuspere mich, damit er es nicht bemerkt.

William nimmt die Hand von seiner Nasenwurzel und öffnet die Augen. Ich lasse seine Schulter los.

»Ich begreife es einfach nicht«, sagt er heiser. »Wir haben doch alles richtig gemacht. Verdammt, wir wollten unser Leben miteinander verbringen. Es ist einfach … ungerecht.«

Ich schüttele den Kopf.

»So etwas passiert Leuten wie uns nicht. Es ist nicht richtig. Es ist nicht richtig«, sagt er mit mehr Nachdruck.

Darauf weiß ich nichts zu antworten.

Denn es ist wahrhaftig ungerecht. Es ist nicht richtig. Seine Frau ist tot. In ihrer gemeinsamen Küche ermordet. Und nach einem Mord müssen die Hinterbliebenen nicht nur mit dem Todesfall zurechtkommen, sondern auch mit all dem anderen. Mit all den Geheimnissen, die ans Licht kommen. Mit all den Lügen, die aufgedeckt werden.

Aber da ist wieder dieser Tonfall.

So etwas passiert Leuten wie uns nicht.

Solche Dinge stoßen schönen, gut angepassten Menschen aus guten Familien und mit guten Jobs nicht zu. Anderen schon, aber nicht ihnen. In Djursholm gibt es so etwas nicht.

Aber diese Dinge passieren. Menschen sind Menschen, ganz egal, wie viel Geld sie besitzen. Sie betrügen, lügen, schlagen ihre Frauen. Werden süchtig, nach Spielen, Sex oder Drogen, sie investieren in die falschen Projekte oder vertrauen den falschen Personen.

Wenn ich William jetzt ansehe, frage ich mich aber unweigerlich, woher diese schleichende Auffassung kommt, die sich in der Oberschicht wie ein Virus verbreitet. Dort glaubt man, vor allem Bösem gefeit zu sein, als sei man isoliert von allem, gegen das man sich nicht wehren kann.

Ist es ein fehlgeleitetes Gefühl von Sicherheit? Arroganz?

Oder ist es am Ende nur ein Trauma, und ich bin der rücksichtslose Eindringling, der zu viel in einen tief trauernden Mann hineinliest?

William sieht mich an, er wirkt nachdenklich.

»Glaubst du auch, dass ich es war?«, fragt er mit Bitterkeit in der Stimme, wenn auch leicht neugierig. Als wäre er tatsächlich auf meine Antwort gespannt.

»Bitte?«, stutze ich.

»Ich weiß, was die Leute über mich reden.« Sein Blick schweift über den Rasen. »Sie reden, das weiß ich. Ich sehe, wie sie mich anschauen. Es ist immer der Ehemann, nicht wahr?«

Er schenkt mir ein schiefes Grinsen, oder versucht es zumindest, es gerät eher zu einer Grimasse.

»Ich kenne dich seit unserer Schulzeit«, sage ich und blicke ihm in die Augen. »Du könntest Louise niemals etwas antun.«

»Danke.« Er schließt die Augen und nickt. »Das bedeutet mir viel«, sagt er mit schwerer Stimme.

Mir gelingt es nicht ganz, nicht an einen Mann zu denken, den ich vor sieben Jahren vernommen habe, während meines ersten Jahres bei Laetitia. Er war so nett und höflich, dass er sich für jedes Husten entschuldigte, und er konnte den Namen seiner toten Freundin kaum aussprechen, so heftig weinte er. Doch noch bevor er in mein Büro kam, hatte er den Mord an ihr gestanden. Mit einem Hammer, nach vier Jahren mit immer schlimmeren Misshandlungen.

William öffnet den Mund, spricht aber erst nach einigen Sekunden.

»Ich hasse diese bescheuerte Gedenkfeier. Manche von denen ... sie finden es geradezu aufregend. Als brächte es Spannung in ihren Alltag. Sie können beim Abendessen darüber tratschen.« Er befeuchtet seine Lippen mit der Zunge.

»Meine Frau ist tot«, sagt er, und beim letzten Wort bricht ihm die Stimme. »Meine Louise.«

Wir schweigen beide eine Weile.

Auf seiner Stirn pulsiert eine Ader, verzweigt sich wie ein Baum unter der dünnen Haut.

»Ich wollte all das nicht«, flüstert er.

»Ich weiß«, entgegne ich. Er sieht mich an und nickt. Als könnte er sehen, dass ich es wirklich weiß.

»Schläfst du im Moment bei deiner Familie?«, will ich wissen.

»Nein. Ich bin im Haus.«

Ich muss schlucken. In dem Haus, in dem sie gestorben ist? Ich war fest davon ausgegangen, dass er fortwollte.

Aber Menschen verhalten sich nicht immer rational. Besonders nicht, wenn sie trauern. Trotz allem hatten sie gemeinsam dort gelebt. Vielleicht bringt er es nicht über sich, das Haus zu verlassen.

»Es kann helfen, seine Familie um sich zu haben«, schlage ich vorsichtig vor.

Darauf gibt er ein kurzes Lachen von sich, es klingt hart und schneidend und hallt in meinen Ohren nach.

»Das ist aktuell nicht wirklich eine Alternative«, sagt er.

»Was meinst du?«

Er antwortet nicht.

Ich zwinge mich zu warten. Lasse ihn die Stille füllen.

»Ich weiß nicht, ob ich darüber sprechen darf. Wegen der Ermittlung.«

Mein Herz beginnt, schneller zu schlagen.

»Deine Eltern?«

»Mein Bruder«, entgegnet William kopfschüttelnd. »Anton ist ein … ja. Wir müssen jetzt nicht drauf eingehen. Ich weiß nicht, ob du dich an ihn erinnerst. Aber er war schon immer schwierig, hat meinen Eltern das Leben zur Hölle gemacht.« Seine Kiefermuskeln spannen sich an.

»Habt ihr Kontakt?«, frage ich.

»Ich nicht. Aber ich glaube, Louise hatte möglicherweise welchen«, antwortet er und schaut mir in die Augen.

Das weckt eine Erinnerung in mir, von der ich nicht einmal mehr wusste, dass ich sie hatte.

»Gestern habe ich Anton getroffen. Willes großen Bruder, den kennst du doch? Ich finde ihn sehr interessant.«

Anton bin ich nie begegnet. Im Gegensatz zu Louise in ihrer Jugend.

Er war ein paar Jahre älter als wir und ging bereits nicht mehr aufs Gymnasium. Louise hatte mehrmals von ihm gesprochen, immer in einem leicht herausfordernden Ton, als wüsste sie Dinge, von denen ich nichts ahnte. Damals deutete ich es als Versuch von ihr, interessant zu wirken. Das war sie auch, aber ihr reichte das nie; sie musste immer irgendwelche Geheimnisse andeuten, die nur sie kannte, ein anderes Leben, von dem sie niemandem etwas verriet.

»Wie kommst du darauf?«, frage ich William.

»Ich will nicht darüber reden«, stellt er klar. Er meint es ernst. »Verdammt, ich habe keine Energie mehr, darüber zu reden, Rebecca.«

»Es ist okay«, sage ich vorsichtig.

»Ich habe es gegoogelt. Wusstest du, dass ein Drittel aller Mordfälle ungelöst bleibt? 33 Prozent? Was für ein Albtraum.«

»Sie werden die Person finden, die dafür verantwortlich ist«, versichere ich.

Die Zweige über unseren Köpfen rascheln im leichten Wind.

»Wenn ich es nur wüsste. Wenn ich es wenigstens erfahren könnte«, sagt er. »So kann ich nicht leben. Ich kann mit niemandem reden, ohne dass der Verdacht im Raum steht. Ich sehe es in ihren Augen, dass sie sich alle dieselbe Frage stellen.«

Auch das habe ich schon einmal gehört. Die Angehörigen glauben immer, es wäre leichter zu ertragen, wenn die Polizei nur jemanden verhaftet.

In Wahrheit wird es dadurch aber nicht leichter. Auch nicht schwerer, zumindest in den meisten Fällen. Es gibt keine Antworten, die helfen können.

»Hast du irgendwelche Tipps?«, fragt er mich und lächelt mich leer und gespenstisch an.

»Für was?«

»Wie man damit umgeht?« Die Haut unter Williams Augen ist so dünn und blau, dass sie mich an nasses Papier erinnert. »Wie schafft man es, jeden Morgen aufzustehen?«

»Ich wünschte, ich hätte einen Rat für dich«, sage ich. Einen Moment zögere ich, doch dann spreche ich weiter. »Wäre ich deine Psychologin, würde ich dir ein paar Dinge empfehlen. Frische Luft, ausreichend Schlaf, Bewegung. Versuch, etwas zu essen, auch wenn es nach Pappe schmeckt. Es spielt keine Rolle, was du isst, solange du nur irgendetwas zu dir nimmst. Und trink viel Wasser, damit du nicht dehydrierst. Erlaube dir, die Trauer zu spüren, wenn sie anschwillt. Manchmal wird es sich anfühlen, als würdest du sterben, aber das tust du nicht.« Ich lege eine kurze Pause ein. »Das ist vielleicht der schwierigste Part … Denn Trauer verläuft nicht linear. Sie kommt und geht. Manchmal sogar ein Leben lang. Mit der Zeit wird es besser, aber sie kommt und geht, immer wieder. In ein paar Monaten hast du einen ungewöhnlich guten Tag, und dann plötzlich trifft es dich wie aus dem Nichts, und deine Beine geben nach. Das ist in Ordnung. Es ist, wie es sein soll.«

Ich halte inne und schaue zu William.

»Entschuldige bitte. Ich mache gerade eine Scheidung durch. Es ist nicht das Gleiche, aber ich denke … Ja, vielleicht habe ich projiziert.«

William sieht mich verständnisvoll an, vielleicht versteht er mich wirklich.

»Wie lange wart ihr verheiratet?«, fragt er.

»Vier Jahre. Wir haben uns kennengelernt, als ich in den USA gearbeitet habe. Weil meine Mutter krank wurde, bin ich zurück nach Hause gezogen, und sie wollte nicht mitkommen.« Ich zucke mit den Schultern, als würde es nicht auf meinen Lippen brennen, wenn ich es laut ausspreche. Tue so, als drohe der Zorn nicht in meiner Brust zu explodieren.

William sieht mich mit forschendem Blick an, darin liegt ein Funken Erstaunen. Dann verzieht er den Mund zu einem amüsierten Lächeln.

»Wie heißt sie?«

»Maria.«

Er lacht auf, schüttelt den Kopf.

»Verdammt. Dann hatte sie also recht.«

»Wie meinst du das?«

»Louise hat es mir einmal erzählt. Auf dem Gymnasium. Dass du so tickst.«

So.

Ich wusste gar nicht, dass du so tickst.

Wie oft habe ich diesen Satz schon gehört?

Aber William bemerkt nicht, dass ich erstarrt bin. Er spricht einfach weiter.

»Sie hatte einen Riecher für so was, aber ich habe ihr nicht geglaubt. Wir waren Teenies, weißt du, ich konnte mir nicht vorstellen, dass irgendjemand in unserer Schule anders sein könnte als … ja, normal eben.« Jetzt entdecke ich Spuren von Nostalgie in seinem Lächeln.

»Clever war sie, meine Frau«, sagt er.

Mir schnürt sich der Hals zu.

Für einen kurzen Moment bin ich drauf und dran, es zu sagen. Ich will ihm erzählen, dass ich nicht die Einzige war, die *so* tickte.

Es ist schon einmal passiert. Nach diesem letzten Abend mit Louise habe ich William noch einmal getroffen. Es war nur ein paar Jahre später, auf der Straße in Stockholm, als ich übers Wochenende dort war. Er hatte seine zerschlissene Jeansjacke gegen ein Wollsakko eingetauscht, und ich trug ein Nasenpiercing, aber noch unterschieden wir uns nicht großartig von denen, die wir im Gymnasium gewesen waren.

Er hatte mich gegrüßt, wir hatten uns umarmt. Er wollte wissen, was ich machte, und ich erzählte ihm von meinem Job als Kellnerin. Er ging auf die Handelshochschule, Stockholms Eliteschmiede, was mich überraschte, aber nicht allzu sehr, trotz allem. Irgendein Teil von mir hatte wohl schon immer gewusst, dass er diesen Weg einschlagen würde.

Als ich ihn fragte, ob er mit jemandem zusammen war, hatte er den Kopf geschüttelt, und ich hatte mir nicht verkneifen können zu fragen:

Redest du eigentlich noch mit Louise?

Seine Miene änderte sich in ein halbes Grinsen. Er griff sich mit der Hand in den Nacken. Und ich wusste es im selben Augenblick, noch bevor er mehr sagte. Mit einem Mal sah ich es so klar, dass es mir ein Rätsel war, wie ich es vorher hatte übersehen können.

Louise und ich hatten während der Schulzeit was miteinander. Fast das gesamte letzte Schuljahr. Seit wir Schluss gemacht haben, hatten wir nicht mehr viel Kontakt.

Damals stand ich kurz davor, es ihm zu sagen. So kurz, dass es mir schon auf der Zunge lag. Aber ich hielt den Mund und fragte mich im Anschluss, wieso, obwohl ich den Grund eigentlich kannte. Meine Loyalität und die Schuld, die ich gegenüber Louise empfand, waren nicht einfach verschwunden, nur weil sie gesagt hatte, dass sie mich nie wieder sehen wollte.

Jetzt frage ich mich von Neuem, was passiert wäre, wenn ich es William gesagt hätte. Was hätte er geantwortet?

Hätten sie geheiratet, wenn ich ihm erzählt hätte, dass Louise und ich eine geheime Beziehung hatten, so wie er mit Louise, und das zur gleichen Zeit? Was wäre passiert, wenn sie als Erwachsene wieder aufeinandergetroffen wären? Wie hätten ihre Leben ausgesehen, wenn ich meinen Mund nicht gehalten hätte?

Würden wir dann hier stehen?

Aber auch jetzt schweige ich lieber. Genau wie damals lasse ich den Moment verstreichen. Ich glaube, selbst wenn ich es gewollt oder versucht hätte, hätte ich es nicht erzählen können.

Dieser letzte Abend mit Louise besiegelte es wie ein Versprechen.

Ich will dich nie wieder sehen. Verpiss dich. Und wehe, du sagst auch nur ein einziges verfluchtes Wort.

Es war wie eine Beschwörung. Oder ein Fluch.

Gerade will ich das Thema wechseln, da sehe ich, wie sich Williams gesamte Erscheinung auf einmal verändert. Er richtet sich auf, seine Schultern spannen sich an. Zorn legt sich wie ein Schleier über seine Augen, sein Blick wird hart und sein Mund zu einer einzigen schmalen Linie.

»Scheiße, verdammt. Scheiße, Scheiße, Scheiße. Ich habe gesagt, ich will sie nicht hier haben. Ich habe ihnen gesagt, sie sollen sie nicht einladen. Helena hat es mir versprochen. Wer zur Hölle hat ihr von der Gedenkfeier erzählt?«

Eine schmale Silhouette in Schwarz kommt den Kiesweg herauf, trotz der dünnen Absätze schwankt sie nicht. Ihr braunes Haar ist im Nacken zu einem Knoten zusammengefasst, und sie trägt ein breites schwarzes Diadem. Der Regen scheint sie nicht im Geringsten zu stören; es ist, als nähme sie ihn nicht einmal wahr.

Zwar habe ich sie nie persönlich getroffen, trotzdem erkenne ich sie selbst aus der Entfernung.

Jonna Ek.

17. Februar

Louise fuhr zusammen, als ihr jemand auf die Schulter klopfte.

»Hallo«, begrüßte William sie und gab ihr einen Kuss auf die Stirn. Seine Lippen waren ein wenig trocken. Im Winter bekam er immer trockene Lippen. Letztes Jahr hatte sie ihm einen Lippenbalsam gekauft, der aber immer noch ungeöffnet in einer der Badezimmerschubladen lag.

»Was machst du?«, fragte er nach einem Blick auf ihren Laptopbildschirm. Louise pausierte das Video und nahm den zweiten Kopfhörerstöpsel aus dem Ohr.

»Ein Videokurs über SEO.«

»SEO?« William setzte sich auf den zweiten Küchenstuhl. Er schwitzte noch von seiner Trainingseinheit im Fitnessraum im Keller, den sie bei der Renovierung eingerichtet hatten. Für Louise. Sie hatte gesagt, es sei praktisch, zu Hause trainieren zu können, damit sie nach der Schwangerschaft wieder in Form kommen könnte. Wenn sie jetzt daran dachte, wie selbstverständlich sie darüber gesprochen hatten, kam es ihr fast komisch vor: Na klar kannst du das Baby in einem Körbchen neben dem Laufband liegen haben, Louise, es ist so wichtig, den Beckenboden nach der Geburt wieder zu stärken. Natürlich wirst du ein Baby bekommen können, Louise, so gesund, wie du bist. Es spielt keine Rolle, dass deine Mutter nach dir sechs Jahre gebraucht hat, um mit Hedda schwanger zu werden.

Jetzt benutzte nur William den verfluchten Fitnessraum. Sie wollte ihn nicht betreten, es fühlte sich einfach traurig an, auf dem Laufband zu stehen und dabei Netflix auf dem Fernseher zu schauen, den sie an die Wand gehängt hatten. Welchen Zweck hatte es schon? Ihre Kondition war bereits gut, und da war nichts, was nach einer Geburt wieder in Form gebracht werden musste.

»Es geht um Onlinemarketing«, erklärte Louise.

»Und ich dachte, du wärst bereits Expertin, was Marketing angeht«, meinte William mit einem schiefen Grinsen.

»Das ist etwas anderes, ich habe bisher meistens mit Events und Projektkoordination zu tun gehabt. Nicht mit PTP-Marketing und dem Internet.«

»Aha«, sagte William, als wüsste er jetzt mehr, obwohl Louise ihm ansah, dass er weder etwas verstand noch sonderlich daran interessiert war. Sie ärgerte sich so sehr, dass es sie ganz kribblig machte.

»Gehst du gleich duschen?«, fragte sie, worauf William grinste und sich zu ihr beugte.

»Ich dachte, du stehst darauf, wenn ich so verschwitzt bin.« Er zog sie an sich und rieb seinen Kopf an ihrer Wange. »Findest du mich gerade nicht besonders männlich und sexy?«

Sie lachte und schob ihn von sich, während sie den Gedanken in ihrem Kopf zu ignorieren versuchte:

Nein, ich finde es ekelhaft, wenn du so verschwitzt bist. Du riechst wie ein alter Turnschuh, und ich will, dass du duschst.

Es war unfair, dass sie ihre Nervosität an William ausließ. Er hatte nichts falsch gemacht. Es war nicht seine Schuld, dass Louise manchmal traurig und wütend wurde, wenn sie ihn ansah. Manchmal wurde sie das Gefühl nicht los, dass er auf paradoxe Weise sauer auf sie war, weil sie kein Baby bekommen hatten, und sich gleichzeitig nicht wirklich darum scherte.

»Ist das für das neue Projekt?«, fragte William, ehe er sich streckte und wieder auf seinen Stuhl setzte. Louise nickte.

»Ja, ich will verstehen, auf was ich mich da einlasse, bevor ich eine Marketingstrategie zusammenstelle. Es ist ein komplett anderes Geschäftsmodell, deshalb will ich sicher sein, wo unsere Stärken und Schwächen liegen. Und das natürlich, bevor ich mein eigenes Profil erstelle.«

Ihr Instagram-Profil hatte die letzten Monate vor sich hin geschlummert, aber sie wollte ihm einen neuen Namen verpassen und es mit Posts füttern, sobald sie konnte. Sie hatte bereits einige Leute ausfindig gemacht – ehemalige Kommilitoninnen von der Uni sowie eine kleine private Facebook-Seite für Frauen, die Probleme hatten, schwanger zu werden –, unter denen sie glaubte, potenzielle Kundinnen und Verkäuferinnen gewinnen zu können. Jonna hatte betont, wie wichtig das Netzwerk war, sogar wichtiger als das Verkaufen. Je mehr Frauen sie rekrutierte, desto größer würde ihr Geschäft und umso erfolgreicher wären sie mit ihrer Mission: Sie wollten dafür sorgen, dass mehr Frauen finanzielle Unabhängigkeit erreichten, ihre eigenen Unternehmen gründeten und ihre Träume verwirklichten.

Louise gefiel das. Es war nicht nur ein Unternehmen, nicht nur irgendein weiteres Influencer-Event, bei dem ein neues Parfüm präsentiert wurde oder ein Restaurant sein zehnjähriges Jubiläum feierte. Bei diesem Projekt ging es um etwas wirklich Wichtiges. Das unterschied sich von ihrer vorherigen Arbeit. Vielleicht hatte sie deshalb Zweifel gehabt, in ihren alten Job zurückzukehren; nicht nur, weil es ihr vorkam, als habe ihr eigener Körper sie im Stich gelassen, und weil sie generell ihre Fähigkeiten infrage gestellt hatte, sondern auch, weil diese Arbeit ihr so sinnlos erschienen war.

Das hier war wichtig. Es bot ihr eine Möglichkeit.

»Ich freue mich jedenfalls, dass du so begeistert an diese

Sache herangehst«, sagte William, sein Blick war immer noch auf ihr Gesicht gerichtet. Auf seinen Lippen lag ein kleines Lächeln. »Ich habe mir eine Weile Sorgen um dich gemacht. Aber jetzt erkenne ich dich wieder. Meine Louise.«

Sie erwiderte das Lächeln, und er beugte sich zu ihr und drückte ihr einen keuschen Kuss auf die Lippen.

»Ich hüpfe schnell unter die Dusche«, sagte er. »Soll ich danach in die Stadt fahren und uns Sushi holen?«

»Klingt super«, antwortete Louise und folgte ihm mit dem Blick, als er in Richtung Bad ging.

Vor einiger Zeit noch hätte sie ihn gefragt, ob sie ihm beim Duschen Gesellschaft leisten solle. Hauptsächlich im Scherz; sie hasste Sex in der Dusche, die Angst davor auszurutschen stresste sie immer. Aber sie hätten anschließend miteinander geschlafen, wenn er sauber und gut riechend aus dem Bad gekommen wäre. Er hatte immer Witze darüber gemacht, dass er zweimal duschen musste, wenn sie zu Hause war.

Das war inzwischen aber eine Weile her. Die Erinnerung daran löste nichts in ihr aus, und das war das Problem: Sie empfand weder Lust noch Widerwillen, sondern schlicht – nichts.

Im Grunde war das nicht schlimm. In langen Beziehungen gab es immer Aufs und Abs im Sexleben, das galt für alle. Manchmal konnte man kaum voneinander lassen, und manchmal spürte man einen vagen Mangel an Interesse. Aber es würde wiederkommen, das tat es immer.

Und außerdem ergriff William selbst keine Initiative, rief sich Louise in Erinnerung. Ihr Sexualleben als Paar konnte nicht ihre alleinige Verantwortung sein.

Sie steckte sich die Kopfhörer wieder in die Ohren und wollte gerade die Play-Taste drücken, als ihr Handy in der Tasche vibrierte. Sie zog es heraus und konnte nichts gegen das breite Lächeln tun, das auf ihrem Gesicht erschien, als sie sah, wer die Nachricht geschickt hatte.

Jonna Serendipity

Du bist echt der Hammer, L! Habe gerade deine Übersicht für das Direktmarketing von Make-up gesehen und BRENNE darauf zu hören, was du noch für Ideen hast! Du bist der Wahnsinn!

Wärme durchströmte ihren Körper, ihre Wangen röteten sich. Sie schickte ein Herz-Emoji als Antwort und widmete sich wieder dem Video, das sie gerade angesehen hatte. Vom anderen Ende des Hauses hörte sie das Rauschen der Dusche.

Vielleicht sollte sie ihm trotz allem das Handtuch herunterziehen, wenn er aus der Dusche kam? Wenn sie schnell genug waren, würde er es noch zum Sushi-Laden schaffen, bevor sie schlossen.

Der Gedanke an Sex kam ihr auf einmal doch nicht mehr so uninteressant vor.

Kapitel 17

»Du bist hier nicht willkommen«, sagt William. Ich eile ihm hinterher, meine Absätze rutschen in dem nassen Gras, und ich fluche leise über meine kurzen Beine. William ist groß, und als er schnell auf Jonna Ek zuläuft, bleibt mir keine andere Wahl, als zu rennen, wenn ich ihn einholen will.

Jonna ist ein paar Meter vor dem Eingang stehen geblieben und hat die Hände über ihrer schwarz glänzenden Clutch gefaltet. Von Nahem ist Jonna strahlend schön: Ihre Haut scheint von innen erleuchtet zu sein, ihr Make-up ist dezent, aber makellos, die Haare trotz des Regens und der frischen Brise perfekt gestylt.

»Hej, William«, begrüßt sie ihn. Der weiche südschwedische Dialekt erstaunt mich, ich hatte aus irgendeinem Grund gedacht, sie stamme aus Stockholm. Ein klassisches Vorurteil.

»Wir haben dich nicht eingeladen, weil du nicht willkommen bist«, erwidert William, der inzwischen so wütend ist, dass sein Kiefer arbeitet, selbst wenn er nicht spricht. Wäre er zehn Jahre älter und schlechter in Form, würde ich mir Sorgen machen, dass er einen Herzinfarkt bekommt.

Sein plötzlicher und explosiver Zorn verunsichert mich, und ich weiß nicht, was ich tun soll. Woher kommt er? Was ist zwischen den beiden vorgefallen? Richtet sich seine Wut explizit gegen Jonna, oder schwelt sie permanent unter der Oberfläche?

»Ruf dir ein Taxi oder so. Glaub mir, dich lässt hier niemand rein.«

»Sie war meine Freundin, William«, sagt Jonna ruhig und gefasst, ein deutlicher Kontrast zu Williams zorniger und krächzender Stimme. »Alles, was ich will, ist die Chance, mich von ihr zu verabschieden.«

»Die Gedenkfeier ist nicht für dich, sondern für Freunde und Familie. Du bist weder das eine noch das andere. Also geh. Bitte.« Er fährt sich mit der Hand über das Gesicht und blickt sich um, als suche er nach etwas.

Jonna bleibt stehen. Äußerlich wirkt sie nicht unsicher oder eingeschüchtert von Williams Ausbruch, aber sie geht auch nicht weiter auf den Eingang zu.

Mir fällt auf, dass ihre Fingerknöchel weiß sind. Sie hält ihre Clutch fest umklammert.

»Wir brauchen keine Szene daraus zu machen«, sagt sie, und ich fluche innerlich, als ich sehe, wie William sich aufbaut und erneut ausholt.

»Ich weiß, du bist traurig, aber …«

William fällt ihr direkt ins Wort.

»Traurig?«, faucht er. »Bist du bescheuert? Meine Frau ist tot! Meine Frau wurde ermordet, Jonna! Ich bin nicht *traurig.«* Beim letzten Wort fliegen Speicheltropfen aus seinem Mund. »Aber ich erwarte gar nicht, dass du das verstehst«, fährt er fort. »Ich habe nicht vor, dir zu erklären, wie sich das anfühlt. Du sollst nur eine Sache kapieren: Da drin ist ein ganzer Raum voller Leute, die Louise geliebt haben, und kein einziger von ihnen will dich dort sehen.« Als William lacht, stellen sich die Härchen in meinem Nacken auf, und ich gehe einen Schritt vor, sodass ich ein Stückchen vor ihm stehe.

Wenn er sich zu einer Dummheit hinreißen lässt, kann ich dazwischengehen. Zwar kann ich ihn nicht besonders lange zurückhalten, wenn man bedenkt, dass er ein Mann und mindestens 20 Zentimeter größer ist als ich, aber ich bin stark genug, um ihn ein paar Sekunden aufzuhalten. Meistens reicht das aus.

»Tut mir leid, dass ich deinen Plan zunichtemache, auf der Gedenkfeier für meine Frau deine Visitenkärtchen zu verteilen«, sagt William in einem etwas ruhigeren Ton, aber sein gesamtes Gesicht strahlt Verachtung aus. Kein Mikro-, sondern ein Makroausdruck. Jede Faser seines Körpers scheint Abscheu zu signalisieren. »Aber du kannst sicher einen Beitrag auf Instagram schreiben, wie schlimm es ist, dass eine deiner Verkäuferinnen gestorben ist. Dann kannst du sie noch ein letztes Mal melken, bevor du sie wegwirfst. Ich bin mir sicher, Sympathie verkauft eine Menge Hautpflege.«

»William«, sage ich und drehe meinen Körper so, dass ich genau zwischen ihnen stehe. Ich fange Williams Blick mit meinem ein, straffe die Schultern und senke meine Stimme um eine Oktave.

»Ich kann mich um das hier kümmern, okay?«, biete ich an. »Geh rein und trink einen Schluck Wasser. Louise würde nicht wollen, dass du dich heute hiermit herumschlagen musst. Ich regele das.«

Er sieht mich ein paar Sekunden lang an, ohne zu blinzeln. Ich stehe komplett unter Strom. Alles Mögliche könnte jetzt passieren.

Dann aber senken sich seine Schultern ein wenig, und er holt tief Luft.

Er blickt Jonna an, dann mich.

»Sie kommt nicht rein«, sagt er zu mir. »Okay?«

»Ich regele das«, wiederhole ich. »Sie kommt nicht rein. Versprochen.«

Er nickt und wirft Jonna einen weiteren Blick zu. Seine Halsmuskeln spannen sich an.

Dann macht er kehrt und steuert die Treppe an.

Jonna und ich stehen schweigend nebeneinander, während er die Treppe hinaufsteigt, die Tür öffnet und nach drinnen geht.

Ich drehe mich zu Jonna, die erst tief ein- und dann wieder ausatmet. Schnell wird mir klar, dass sie im Quadrat atmet: vier Sekunden ein, vier Sekunden halten, vier Sekunden aus, vier Sekunden halten. Entweder hat sie schon mal eine Therapie gemacht, oder sie hat es beim Yoga gelernt.

»Alles in Ordnung?«, frage ich.

»Danke, ja. Das hätte auch richtig schiefgehen können.«

Sie lächelt, aber es reicht nicht bis zu den Augen. Verständlich. William war drauf und dran, auf sie loszugehen, und ich habe ihm gesagt, ich würde das Ganze regeln.

Ich hätte nie für möglich gehalten, dass er auf diese Weise reagiert. Es passt nicht zu der Person, die ich einmal kannte, und auch nicht zu der, mit der ich in der letzten halben Stunde geraucht habe. Ich fühle mich ganz fahrig; wie es Jonna geht, kann ich mir nicht vorstellen.

»Ich wollte nur, dass er reingeht und sich ein bisschen beruhigt. Diese Lösung schien mir die schnellste.« Ich lächle. Es fühlt sich ein wenig dünn an, aber sie scheint sich etwas zu entspannen.

Ihr Gesicht behält denselben Ausdruck. Neutral und undurchschaubar. Ich frage mich, ob sie immer so schaut oder ob sie das geübt hat.

»Sie sind Jonna Ek, oder?«, frage ich und strecke ihr meine Hand entgegen. »Louise hat von Ihnen gesprochen. Ich bin Rebecca.«

»Hallo«, sagt Jonna und wirkt immer noch, als sei sie auf der Hut, aber sie ergreift meine Hand. Ihre ist klein, die Nägel sind lang, aber nicht unpraktisch lang, und sie trägt mehrere dünne Silberringe an den Fingern.

»Sie sind die Geschäftsführerin von Serendipity, richtig?«, sage ich und lasse ihre Hand los.

Sie zeigt mir ein schmales Lächeln, jetzt schließt es auch ihre Augen mit ein.

»Ich weiß nicht, ob ich hier darüber sprechen will. Nicht nach dem, was William gesagt hat. Aber es stimmt, Louise und ich haben zusammen gearbeitet.« Mit einem Kopfschütteln schaut sie zum Gebäude.

»Meine Güte, das war wirklich ein Fehler von mir. Ich hätte wissen müssen, dass William mich nicht hier haben will. Eigentlich war mir das klar. Aber ich glaube, ich stehe unter Schock. Ich wollte nur herkommen und mich verabschieden und dachte, er würde es verstehen, dass ich … ja.« Sie presst die Lippen aufeinander.

»Tut mir leid, dass es so gekommen ist«, sage ich. »Das ist sicher schwer, wenn man das Gefühl hat, sich nicht verabschieden zu dürfen.«

»Ja«, stimmt Jonna mir leise zu. »Ja, das ist es.«

Sie schaut zu ihren Schuhen. Auf einem prangt ein grauer Streifen Matsch auf dem Schwarz. Ich will sie nicht einfach so stehen lassen; sie ist allein, und sie steht unter Schock.

»Vielleicht sage ich jetzt das Falsche, aber wollen Sie einen Tee trinken und reden? Es wäre schön, mit jemandem zu sprechen, der Louise kannte. Und ehrlich gesagt kenne ich da drinnen sonst niemanden.«

Es vergehen einige Sekunden, bis sie meinen Blick erwidert.

»Ersetzen wir Tee durch ein Glas Wein«, sagt sie mit einem schiefen Lächeln. »Dann haben wir einen Deal.«

Kapitel 18

Man sollte meinen, in einem Fischrestaurant würde zwischen drei und vier Uhr nachmittags gähnende Leere herrschen, aber im Spätsommer ist das Monrads nie leer. Draußen ist die Hälfte der Tische belegt, dort sitzt eine Mischung aus Um-die-20-Jährigen, die den Lohn ihrer Ferienjobs für Roséwein und Zigaretten ausgeben und mit ihren Bekannten flirten, die hier kellnern, und Frauen mit großen Sonnenbrillen und aufwendigen Frisuren, die ihren Weinlunch bis in den Nachmittag ausdehnen. Die Stimmung ist ungezwungen, die Fliesen weiß, die Weinkarte sorgfältig zusammengestellt und die Schalentiere frisch.

Ich bin zum ersten Mal hier, seit ich nach Hause gekommen bin. Vor zwei Jahren war ich mit Maria im Monrads, als wir im Frühjahr nach Schweden geflogen waren, damit sie sah, woher ich komme. Ich hatte erwartet, dass sie die Nase über das Restaurant rümpfen würde, aber zu meiner Überraschung war sie augenblicklich entzückt und bestellte ein Dutzend Austern, die sie mit kaltem Champagner herunterspülte. Ich weiß noch, dass ich über den offensichtlichen Genuss in ihrem Gesicht lachte, ich war regelrecht berauscht von der unerwarteten Befriedigung, dass sie sich so perfekt in die Umgebung einfügte, wie es mir selbst nie gelungen war.

Auf dem Hinflug hatte sie mich gefragt, wie es in Schweden sei. Ich erklärte ihr, dass ich in einem wohlbehüteten Teil

Stockholms aufgewachsen sei, und sie wollte wissen, womit sie rechnen müsse. Es dauerte peinlich lange, bis mir aufging, wonach sie eigentlich fragte: nicht nach den besonderen kulturellen Regeln und Eigenheiten, sondern, worauf sie sich gefasst machen sollte.

»Nicht, dass ich ihnen das unterstellen will, aber alte reiche Weiße halten für gewöhnlich nicht gerade hinter dem Berg damit, was sie von Latinas halten. Oder Lesben. Soll ich mich als deine Bekannte vorstellen? Werden sie davon ausgehen, dass ich deine Haushälterin bin?«

Ich schüttelte den Kopf, und sie verengte die Augen zu Schlitzen. Ihre Stimme wurde spitz. »Sag nicht, sie wären nicht so, nur weil du es nie erlebt hast.«

»Das ist es nicht. Die meisten sind politisch konservativ und ganz bestimmt Rassisten. Aber eben auf ihre eigene Weise. Rassismus in Djursholm sieht anders aus. Sie werden dich als Amerikanerin einsortieren und dich exotisch finden. Ich behaupte nicht, dass das ideal ist, aber es ist eher Faszination als Aggression, falls das für dich Sinn ergibt.«

»Von außen betrachtet, meinst du.«

»Natürlich. Sie können schlimme Meinungen vertreten, manchmal sogar grässliche, aber sie bleiben dabei immer höflich. In Djursholm fällt Höflichkeit mehr ins Gewicht als Rassismus. Du wirst verstehen, was ich meine, wenn wir dort sind.«

Maria traute dem nicht wirklich, und auch ich war mir nicht ganz sicher, wenn ich ehrlich bin. Ich war auf der Hut. Aber an diesem letzten Abend in Stockholm, als sie und ich auf der Terrasse des Monrads saßen, sie mit frisch gewaschenen Haaren, die ihr in herrlich wilden Locken über die Schultern fielen, ein leichter Sonnenbrand auf den Wangen und eine Sonnenbrille auf der Nase, da lächelte sie mich mit dem Champagnerglas in der Hand an. Und ich war so verliebt, so voller Liebe, wie man es manchmal selbst nach Jahren noch wird, dass ich kaum hörte, was sie sagte.

»Jetzt verstehe ich, was du meinst. Es geht nicht um Hautfarbe, sondern um die Gesellschaftsschicht. Oder?«

»Exakt«, antwortete ich, ohne wirklich zu begreifen, wie recht sie damit hatte.

Für solche Dinge hatte sie schon immer ein Auge, meine Frau. Meine Ex-Frau. Ein Auge für das, was als unausgesprochene Wahrheit unter der Oberfläche liegt.

Jetzt sitze ich wieder hier, am gleichen Tisch, gegenüber von einer anderen Frau. Vor ihr steht ein Glas kalter Weißwein, einer, der nicht auf der Karte stand, nach dem sie aber explizit gefragt hatte. Außerdem ein Teller mit Körnerknäckebrot und Balsamicoessig, den sie auf das Brot träufelt, ehe sie davon abbeißt.

»Wollen Sie probieren?«, fragt Jonna. »Die Säure unterstützt die Verdauung.«

»Danke«, lehne ich ab. »Ich habe vor der Gedenkfeier zu Mittag gegessen. Auf leeren Magen hätte ich sie nicht überstanden.«

Sie schmunzelt darüber. Jonna lächelt schnell, so viel ist mir in der halben Stunde klar geworden, die wir uns kennen; sie verschenkt ihr Lächeln großzügig, und ganz egal, ob es echt ist oder nicht, es fühlt sich aufrichtig an.

Am Nebentisch sitzen zwei junge Frauen mit blonden Pferdeschwänzen und zueinander passenden Leinenblazern – einer in Blau, einer in Türkis –, schauen zu uns herüber und flüstern. Sie tun es diskret, aber mir ist klar, dass sie Jonna wiedererkennen. Bei meinen Nachforschungen habe ich mir Jonnas Social-Media-Kanäle angesehen, und es überrascht mich nicht, dass zwei so junge und kerngesund aussehende Frauen sie wiedererkennen. Sie passen genau in ihre Zielgruppe.

»Sind Sie sicher, dass Sie nicht auch ein Glas Wein wollen?«, fragt Jonna mich und nimmt einen Schluck aus ihrem Glas. »Sie haben es sich verdient.«

»Nein, danke. Ich bin zufrieden mit meinem Tonicwater.«

»Trinken Sie grundsätzlich keinen Alkohol?«

»Nein.«

»Das ist clever«, sagt Jonna. »Ich sollte auch damit aufhören. Alkohol ist eine der schlimmsten bekannten karzinogenen Substanzen. Schlimmer als weißer Zucker.«

Ich nicke, obwohl ich in Wahrheit nur den Geschmack noch nie ausstehen konnte. Keinen Alkohol zu trinken, ist ein so aufgeladenes Thema, dass die Leute immer gleich irgendwelche Dinge auf mich projizieren, wenn sie erfahren, dass ich nicht trinke. Meistens lasse ich sie ihre eigenen Schlüsse ziehen, das ist am einfachsten.

»Ich versuche, achtsamer mit mir umzugehen als früher. Man hat schließlich nur einen Körper«, sage ich.

»Also, ich finde, Sie sehen top in Form aus«, entgegnet Jonna. »Für Ihre Schultern würde ich morden. Ich habe schon Tausende Übungen ausprobiert, aber in meiner Familie bauen wir irgendwie keine Muskeln auf. Bei meiner Mutter ist es genauso.« Sie hebt einen langen schlanken Arm, wie um ihre Aussage zu unterstreichen, und zuckt dann mit den Schultern.

»Ich habe den Körperbau meines Vaters geerbt«, sage ich. »Er ist aus Norrland und stammt aus einer Baumfällerfamilie, seine Vorfahren haben früher dicke Stämme durch die Wälder gezogen.«

Sie lacht darüber, und ich muss grinsen. Es fällt mir leichter, als ich gedacht hätte. Jonna ist nicht ganz, wie ich sie mir vorgestellt habe; sie besitzt großes Charisma und strahlt eine Wärme aus, die auf den Fotos nicht wirklich herüberkommt.

Ich verstehe, wieso Louise sie mochte. Sie war schon immer von starken Persönlichkeiten angezogen.

»Wie geht es Ihnen denn jetzt?«, frage ich Jonna. »Was bei der Gedenkfeier passiert ist, war sicher nicht schön.«

Jonna seufzt. Sie hat das Diadem abgenommen und in ihrer Handtasche verstaut, jetzt streicht sie sich über das Haar.

»Es war schon ein kleiner Schock. Aber ich wusste ja, dass William mich nicht leiden kann. Louise hat erzählt, dass er sauer war, weil sie so viel arbeitete. Sie wissen, wie das mit manchen Männern ist: Sie schwingen große Reden darüber, wie feministisch sie sind, aber wenn es drauf ankommt …« Sie schüttelt den Kopf. »Wenn ich ganz ehrlich bin, beruhte seine Abneigung auf Gegenseitigkeit. Ich bin ihm vorher schon einige Male begegnet, und es hat mich nicht überrascht, als Louise davon erzählt hat, dass er sauer war, weil sie nicht genügend Zeit für ihn aufbrachte. Ich kenne das. Mein Ex war genauso. Eine Weile halten sie still, aber es geht ihnen gegen den Strich, wenn es bei ihren Partnerinnen gut läuft. Sie wollen die Hauptfigur sein, wenn Sie verstehen, was ich meine? Sie wollen nicht, dass jemand anderes im Mittelpunkt steht.«

»Mhm«, pflichte ich ihr bei. »Heterosexualität kommt einem manchmal wie ein richtig schlechter Deal vor.«

»Das gefällt mir«, sagt sie mit einem Lachen. »Darf ich das klauen?«

»Auf jeden Fall.«

Sie nimmt sich ein Stück Knäckebrot mit Balsamico, schiebt es sich in den Mund und kaut nachdenklich.

»Ich glaube, es sind Schuldgefühle«, denkt sie laut nach.

»Was meinen Sie?«, hake ich nach und achte darauf, nicht zu interessiert zu wirken. Sie soll nicht merken, dass mein Herz schneller pocht.

»Die Sache mit seinem Bruder«, sagt sie mit einem Seufzen.

»Seinem Bruder?«

Zum zweiten Mal innerhalb einer Stunde taucht Anton als Gesprächsthema auf.

Jonna nippt an ihrem Wein.

»Haben Sie schon mit der Polizei gesprochen?«, fragt sie.

Ich nicke.

Technisch gesehen habe ich mit der Polizei gesprochen. Was allerdings nicht bedeutet, dass ich verraten muss, dass ich in der Eigenschaft einer inoffiziellen Expertin mit der Polizei gesprochen habe.

»Sie haben eine Masse an Fragen über Williams Bruder gestellt. Und über Drogen. Anscheinend vertickt er welche«, sagt Jonna.

Ich greife zu meinem Glas und trinke einen Schluck, um ein wenig Zeit zu gewinnen, Ruhe in meine Stimme zu bringen.

»An Louise, meinen Sie?«, frage ich.

»Ich nehme es an«, seufzt sie. »Sonst hätten sie wohl nicht danach gefragt.«

»Ist Ihnen jemals aufgefallen, dass sie etwas genommen hat?«

Sie wirft mir einen misstrauischen Blick zu.

»Louise und ich hatten uns schon ewig nicht mehr gesehen, als sie sich meldete. Ich bin mir nicht einmal sicher, ob ich gemerkt hätte, wenn sie anders gewesen wäre. Aber Sie standen einander ziemlich nah, habe ich den Eindruck«, füge ich hinzu, um meine Frage ein wenig abzumildern.

»Ich weiß, dass Louise unter Stress litt. Sie hatte Schlafprobleme, und in den letzten Monaten haben William und sie oft gestritten. Ich wünschte, sie hätte das Gefühl gehabt, dass sie mit mir darüber reden kann.« Sie lässt den Blick über den Marktplatz und die Menschen schweifen, die zwischen den Läden herumbummeln. »Wenn ich es gewusst hätte …

vielleicht hätte ich dann helfen können.« Sie muss schlucken. »Es fühlt sich so unwirklich an. Seit ich es weiß, fühle ich mich komplett aus der Bahn geworfen. Es ist so gruselig. Ich überlege sogar, mir zu Hause Sicherheitskameras anzuschaffen. Solche, die man über eine App auf dem Handy steuern kann, wissen Sie? Damit ich mich ein wenig sicherer fühle.« Sie schüttelt den Kopf. »Wenn Louise so etwas zustoßen könnte, dann … dann könnte das jedem passieren, oder?«

Jonna dreht sich zu mir. Ihre dunkle Sonnenbrille bildet eine schützende Barriere zwischen uns, durch die sie vollen Einblick hat und ich überhaupt keinen.

»Entschuldigen Sie. Es ist ja nicht Ihr Job, sich mein Gequassel anzuhören.«

»Ich bin Psychologin«, sage ich mit einem schiefen Grinsen. »Es ist vielleicht nicht mein Job, mir *Ihr* Gequassel anzuhören, aber meine Arbeit besteht durchaus darin, mir das Gequassel von Leuten anzuhören.«

Sie lacht.

»Sie sind witzig. Woher kennen Louise und Sie sich eigentlich? Sie sagten, Sie hätten sich schon länger nicht mehr gesehen?«

»Wir sind zusammen aufs Gymnasium gegangen. Als sie sich vor ein paar Monaten gemeldet hat, hatten wir schon länger nichts mehr voneinander gehört.«

Jonna scheint ihre Worte abzuwägen.

»Sie war eine sehr besondere Frau«, sagt sie schließlich. »Stark, energiegeladen, schön.« Das letzte Wort hat eine andere Betonung. Jetzt wünsche ich mir wirklich, sie hätte keine Sonnenbrille auf.

»Ich glaube, die Leute haben sich von ihr provoziert gefühlt. Das habe ich selbst auch schon erlebt. Es ist nicht leicht, etwas Neues erschaffen zu wollen, etwas zu tun, das noch niemandem sonst gelungen ist. Sie wissen ja, wie die Leute in

Schweden sind. Alle geben sich immer so furchtbar bescheiden. Im Grunde will keiner sehen, dass jemand Erfolg hat.«

Nach einer Pause fragt sie:

»Wie viel haben Sie über Serendipity gesprochen?«

»Louise hat erzählt, wie sehr ihr die Arbeit dort gefällt«, lüge ich. Ich bin nicht gerade stolz darauf, aber ich will mehr hören. Also mache ich weiter: »Sie meinte, sie könnte sich vorstellen, dass ich auch Spaß daran hätte. Ich bin gerade auf Jobsuche, da ich vor Kurzem aus den USA wieder hierhergezogen bin.«

Jonna stützt das Kinn auf eine Hand. Sie wirkt einfühlsam.

»Jetzt verstehe ich wirklich, wieso Louise mit Ihnen gesprochen hat. Gott, als Psychologin wären Sie eine unglaubliche Verstärkung für das Unternehmen. Wahrscheinlich könnten Sie alle unsere Verkaufsrekorde brechen. Gerade in der aktuellen Expansionsphase.«

Jonna lächelt vage.

»Louise hatte ein Auge für so etwas.« Jetzt klingt sie eine Spur melancholisch. »Verdammt, diese Fähigkeit werde ich echt vermissen. Sie war unfassbar gut darin, Schwachpunkte zu erkennen und Lösungen zu finden. Bei sich selbst und bei allen Arbeitsprozessen.«

»Was meinen Sie mit Schwachpunkten?«

Als Jonna den Kopf zur Seite neigt, fürchte ich schon, zu weit gegangen zu sein, aber dann sagt sie:

»Sie wissen schon. Wir versuchen gerade zu expandieren. Louise hatte die Fähigkeit, zu erkennen, was zu tun war und wofür es sich nicht lohnte, Ressourcen aufzubringen.«

Ich bin mir sicher, dass sie mich hinter ihrer Sonnenbrille genau mustert.

»Sie wären sicher auch gut darin«, sagt sie. »Ich kann Menschen ziemlich gut lesen. Als Psychologin wissen Sie, wie Menschen funktionieren. Und es hat mich wirklich beeindruckt, wie Sie dazwischengegangen sind und William beruhigt haben. Die Sache hätte auch anders ausgehen können, aber Sie sind eingeschritten und haben die Kontrolle übernommen. Nicht jeder hätte so gedankenschnell handeln können. Oder genügend Rückgrat dafür besessen.«

Sie schmeichelt mir, schmiert mir Honig ums Maul, das weiß ich. Aber es spielt keine Rolle. Trotzdem erröte ich, und mein Herz schwillt an. Ich fühle mich gesehen, so als würde Jonna mich wirklich verstehen, mich wirklich anerkennen.

Das ist ein gefährliches Talent.

»Ich habe nur getan, was jeder andere getan hätte«, entgegne ich, aber Jonna schweigt weiter. So lange, dass ich schon glaube, sie würde gar nichts mehr erwidern.

»Lassen Sie das«, sagt sie genau in dem Moment, in dem ich das Wort ergreifen will. »Ich hasse das. Frauen lernen von klein auf, sich immer klein zu machen. Wir werden nie irgendetwas erreichen, wenn wir nicht lernen, Verantwortung für unser eigenes Handeln zu übernehmen.«

Da, es ist schon wieder passiert: Ich fühle mich zurechtgewiesen und will nichts lieber als ihr gefallen. Will ihrer Vision von mir entsprechen. Obwohl ich sie nicht kenne und sie mich nicht kennt, obwohl sie bestimmt zehn Jahre jünger ist als ich.

»Sie haben recht«, sage ich. »Ich schätze, das ist einfacher, wenn man vor seinem 30. Geburtstag ein Unternehmen leitet und Millionärin ist.«

»Ah, Sie haben mich also gegoogelt«, erwidert sie lachend. »Und nein, das macht es nicht einfacher. Es ist eine Fähigkeit wie alles andere auch.«

Ich lächle, und Jonna schaut auf ihr Handy.

»Oh, Mist, ich muss los«, sagt sie. »Ich habe in einer halben Stunde ein Meeting in der Stadt.« Sie schaut mich an.

»Normalerweise komme ich gern zehn Minuten zu spät, um zu zeigen, wer das Sagen hat, aber mehr als eine Viertelstunde ist nur noch beleidigend.«

Darüber muss ich lachen. Jonna nimmt Blickkontakt zum Kellner auf und winkt mit ihrer Kreditkarte, die sie plötzlich in der Hand hält.

»Nein, nein, ich sagte doch, ich lade Sie ein«, versuche ich, sie zurückzuhalten, aber Jonna schüttelt den Kopf.

»It's on me«, sagt sie. »Betrachten Sie es als Vorstellungsgespräch.«

»Für …?«, frage ich, und sie greift im gleichen Moment nach ihrer Handtasche, in dem der Kellner die Rechnung auf ein kleines Tablett legt.

Sie zieht eine Visitenkarte hervor und reicht sie mir. Ihr Name steht nicht darauf; nur das Serendipity-Logo, das ich schon von der Homepage kenne, eine Telefonnummer und eine Mailadresse.

»Ich glaube, Louise hatte recht mit Ihnen. Sie könnten ein echter Gewinn für uns werden. Wenn Sie interessiert sind: Wir haben am Dienstag ein Kick-off-Event für ein paar andere Kandidatinnen. Schicken Sie eine Mail an diese Adresse, dann bekommen Sie alle Infos.«

Ich stecke die Karte in meine Handtasche, Jonna bezahlt die Rechnung, leert den Wein und steht auf.

»Ich hoffe, Sie kommen. Dann hätte dieser Tag doch noch etwas Gutes hervorgebracht.«

Kapitel 19

Ich sitze in der Küche, vor mir der Laptop. Das schwarze Kleid ist in der Waschmaschine, die Schuhe liegen unten in meinem Zimmer; das ausgewaschene T-Shirt und die Jogginghosen, die ich von Papa stibitzt habe, sind eine echte Wohltat.

Vor dem Fenster verschwinden die letzten Strahlen Sonnenlicht und lassen die Blätter der Eiche an den Kanten aufglühen. Ich habe noch keine Lampe eingeschaltet; das Licht des Computerbildschirms reicht mir. So fühle ich mich irgendwie sicherer, als würde ich mich im Dunkeln verstecken.

Ausnahmsweise einmal allein im Haus zu sein, ist eine Erleichterung. Papa ist mit Mama zu einem Abendessen bei guten Freunden, die über die Situation Bescheid wissen. Offenbar hatte Mama heute einen guten Tag, war zeitlich und räumlich orientiert und hatte keine Stimmungsschwankungen.

Irgendwie absurd, auf diese Weise an meine Mutter zu denken. Als wäre sie jemand, den man unter Kontrolle halten, den man *handeln, managen* muss.

Ich versuche, mich nicht zu lange mit diesem Gefühl aufzuhalten. Will nicht herausfinden, was geschieht, wenn ich ihm nachspüre. Ständig kämpfen Müdigkeit, Trauer, Wut und Irritation in mir um die Oberhand. Vor ein paar Monaten verlor ich die Fassung, als Jan-Erik, der Hausarzt meiner

Mutter, nochmals wiederholte, dass er uns keine konkrete Prognose geben könne. Er wollte keine Einschätzung abgeben, wie schnell sich ihr Zustand verschlechtern würde.

Manchmal glaube ich, es würde sich weniger schlimm anfühlen, wenn ich wenigstens benennen könnte, was mit ihr geschieht. Wenn ich einen Namen für das hätte, was meine Mutter von innen zerfrisst. Das haben William und ich gemeinsam: Wir glauben beide, dass es uns besser gehen würde, wenn wir Antworten bekämen. Dass sich der Schmerz dann weniger heftig anfühlen würde. Und wir liegen beide falsch.

Die Wahrheit ist, dass es meiner Mutter bald immer schlechter gehen wird. Und die Wahrheit ist, dass Louise tot ist.

Alles andere sind nur Details.

Als ich vom Monrads nach Hause kam, war ich müde, aber auch aufgewühlt. Durch meinen Körper strömte eine Art Energie, die ich schon seit Langem nicht mehr gespürt habe. Der Nebel, der mich seit Monaten umhüllt hatte, lichtete sich allmählich. Ich fühlte mich wach, aktiv und aufgedreht wie nach einem guten Training. Oder tollem Sex.

Aber mit dieser Energie kam eine plötzliche Klarheit. Und eine Art Abneigung.

Was mache ich da gerade eigentlich?

Was will ich damit erreichen?

Bis jetzt habe ich meine Motivation vage gehalten, auch vor mir selbst. Habe mir eingeredet, ich würde helfen und könnte Menschen zuhören, die jemanden verloren hatten. Ich habe mir selbst versichert, dass ich nichts Falsches tue und mich nicht in die Ermittlungen einmische.

Aber ist das, was ich tue, nicht sogar noch schlimmer? Ich wühle in Louises Leben herum. Ich habe es mir nicht erlaubt, es als Ermittlungsarbeit zu betrachten, ganz absichtlich habe ich den Gedanken von mir ferngehalten, ich könnte womöglich den Täter ausfindig machen oder Klarheit darüber erlangen, was in Wahrheit in den letzten Monaten von Louises Leben passiert ist.

Alle haben auf verschiedene Weise immer wieder das Gleiche gesagt.

Es ist unbegreiflich. Ich verstehe es nicht. Niemand wollte Louise etwas Böses antun.

Das habe ich schon öfter gehört, aber letzten Endes ist diese Annahme in Wahrheit schon von vornherein eine falsche. Gibt es ein Opfer, dann gibt es auch jemanden, der ihm etwas Böses wollte. Es stimmt also nicht.

Und nach und nach ergibt sich ein Bild.

Louise wurde geliebt. Sie wird vermisst. Aber es gab Reibungspunkte, zwischen Louise und Hedda, zwischen Louise und William und aller Wahrscheinlichkeit nach auch zwischen Louise und ihren Eltern.

Hatte es etwas mit Serendipity zu tun? Oder mit den Drogen?

Williams Bruder auf Facebook aufzustöbern, war keine schwierige Sache. Für Anton von Ascheberg gab es nur einen Treffer. Sein Profilbild ist wohl auf einem Boot aufgenommen: Es zeigt ihn bei Abendsonne mit einem Bier in der Hand. Er trägt eine Pilotensonnenbrille, hat Lachgrübchen in den Wangen. Entweder ist das Foto schon älter, oder er hat sich gut gehalten, denn er sieht darauf kaum älter als 30 aus.

Fast hätte ich ihm eine Nachricht geschrieben. Doch ich habe mich zurückgehalten.

Vielleicht, weil ich mir über meine eigenen Motive im Unklaren bin. Oder ich habe Jonnas Worte ein wenig zu ernst genommen. Bis jetzt hat es sich nicht gefährlich angefühlt; ich habe lediglich mit Menschen gesprochen, mit denen ich aufgewachsen bin, Menschen, die ich einmal gekannt habe. Aber die Vorstellung von jemandem, der Drogen verkauft, von jemandem, der Louise vielleicht wegen Geld oder Stoff umgebracht hat … das kommt mir gefährlicher vor.

Eigentlich lächerlich und wieder einmal so typisch. Ein Dealer, der jemanden tötet, ist genauso Mörder wie ein Banker, der jemanden umbringt. Theoretisch ist ein Treffen unter vier Augen mit Anton also genauso gefährlich für mich wie eines mit William.

Denn ich weiß nichts. Nicht wirklich.

Ich bin keine Privatermittlerin, sondern Vernehmungsspezialistin. Ich weiß weder, wie der Tatort aussah, noch, von wem diese letzte Nachricht stammt.

Es wäre besser, wenn ich diese Sache auf sich beruhen ließe. Aber ich kann es nicht. Ich weiß genau, worauf ich warte.

Mein Blick gleitet über den Computerbildschirm. Ich klicke auf meinen Posteingang.

Eine neue Nachricht.

Re: Kick-off-Event

Hi, Rebecca!

Ich bin Lykke und koordiniere unsere neuen Unternehmerinnen. Jonna hat erzählt, dass du dich vielleicht meldest, und ich freue mich riesig, dass du dich entschlossen hast, mit Serendipity selbst aktiv zu werden – es ist die beste Entscheidung, die du jemals getroffen hast!

Unser Kick-off findet am Dienstag um 18 Uhr im Karlavägen 127 statt.

Du brauchst nichts mitzubringen außer dich selbst – es gibt vegane Häppchen und Roséwein! Ruf einfach die Nummer auf der Visitenkarte an, wenn du da bist, dann lassen wir dich rein.

Wir freuen uns schon sehr, dich zu treffen!

Alles Liebe

Lykke Haraldsson

Ich lese die Mail dreimal, bevor ich mich auf dem Stuhl zurücklehne.

Inzwischen hat die Dämmerung eingesetzt. Das tiefe Blau verschluckt die letzten rosa Strahlen, die Dunkelheit kündet bereits vom nahenden Herbst.

Ich muss dort nicht auftauchen, ich könnte die Mail löschen und zu Hause bleiben. Mir einen Anwalt suchen. Mich jeden Morgen an den Computer setzen und nach freien Stellen als Psychologin suchen. Oder auch als Kriminologin. Ich könnte nach günstigen Flugtickets nach Houston schauen, vielleicht an einem Dienstag. Mir zwei Koffer kaufen, die ich mit nach drüben nehmen und dort mit meinen Sachen füllen könnte. Vielleicht sogar nach einer eigenen Wohnung suchen.

Ich könnte mich von meinem alten Leben verabschieden und anfangen, mir ein neues aufzubauen, statt in den Überresten des Lebens von jemand anderem herumzustochern und nach Geheimnissen zu wühlen, die nicht meine sind.

Doch das ist eine Fantasie, die jeder Grundlage entbehrt, das weiß ich längst.

Ich werde dieses Event besuchen, werde mir erlauben, noch tiefer in Louises Leben einzutauchen, weil ich glaube, dass dort noch weitere Informationen schlummern.

Ich klicke auf »Antworten«.

Kapitel 20

Um vier Uhr sitze ich vor dem Spiegel im Schlafzimmer. Das Make-up habe ich mir am Sonntagnachmittag bei H&M gekauft, genauso wie die Bluse und die Hose. Ich habe die Homepage und das Instagram-Profil von Serendipity genauestens studiert, mich durchgeklickt und mir alle Regeln eingeprägt.

Ich mache so etwas nicht zum ersten Mal. Früher habe ich nicht nur das Büro an die Bedürfnisse meiner Klienten angepasst. Es gab gewisse private Maßnahmen, die ich vor verschiedenen Vernehmungen ergriff: weiche Stoffe und gedämpfte Erdtöne für Angehörigengespräche, harte Linien und hochgeschlossene Blusen für ältere Klienten, wärmere Farben für Frauen und kühlere für Männer. Kleidung ist ebenso ein Werkzeug, wie es Körpersprache und Tonfall sind.

Meine erste Chefin, Laetitia, hat mir das beigebracht. Ohne sie wäre ich jetzt wahrscheinlich Paartherapeutin. Bevor ich sie traf, war das die Richtung, die ich einschlagen wollte.

Zum ersten Mal bin ich Laetitia begegnet, als sie einen Gastvortrag an der Universität in Uppsala hielt. Sie sprach über Kriminalpsychologie. Es war eine freiwillige Veranstaltung, die nicht auf dem eigentlichen Lehrplan stand; beinahe wäre ich gar nicht hingegangen. Am Abend vorher war ich noch lange bei einer Party in einem der Studentenwohnheime gewesen, wo ich schließlich auf einem alten Samtsofa gelandet war. Mit einem Joint im Mundwinkel und einem Mädchen mit ziemlich knappen Shorts auf dem Schoß. Aber eine meiner Kommilitoninnen hatte mich mitgeschleift und mir im Anschluss einen Kaffee und Mittagessen in der Mensa versprochen. Da ich im Prinzip pleite war und die Salatbar in der Mensa mochte, kam ich mit.

Als sie zu reden begann, war ich schlagartig hellwach. Es lag nicht am Vortragsthema, auch wenn es interessant war; es lag an Laetitia. Noch nie hatte ich jemanden erlebt, der einen Raum derart beherrschte. Ihre Stimme war weich, der französisch-kanadische Akzent deutlich, aber nicht ablenkend, und die langen geflochtenen Zöpfe auf ihrem Kopf waren zu einem komplizierten Knoten gebunden, der sie 20 Zentimeter größer machte.

Sie sprach über Sicherheit und Würde. Vernehmungsgespräche waren für sie wie Therapiegespräche, sie erklärte, wie man therapeutische Methoden anwandte, um Angehörigen Antworten zu geben. Das letzte Drittel ihres Vortrags war im Grunde ein reiner Werbeblock für ihre Beraterfirma, und sie schloss ihn mit dem Hinweis, dass sie Praktika anbot. Allerdings nähme sie nur Bewerber über 25 … und nur solche, die sie mochte.

Das führte zu einigen Kontroversen. Die Fachschaft der Psychologiestudierenden sammelte Unterschriften, damit man sie nicht wieder zu Vorträgen einlud. Sie sagten, Akteure mit kommerziellen Interessen sollten keine Unterrichtszeiten zur Verfügung gestellt bekommen. Das wiederum sorgte für eine Gegenreaktion einer anderen Studentengruppe, die behauptete, die Fachschaft würde nur protestieren, weil Laetitia schwarz war. Die Fachschaft sei rassistisch, und wir sollten uns vielmehr dafür einsetzen, dass mehr nichtweiße Dozenten Vorträge hielten.

Ich beteiligte mich nicht an dem Streit. Die Mail mit der Bewerbung um ein Praktikum hatte ich bereits abgeschickt.

Das Praktikum bei Laetitia dauerte sechs Monate, und schon nach einer Woche war ich völlig angefixt. Sie ermunterte mich, nebenbei einen Abschluss in Kriminologie zu machen, und sie war es, die mich der Person vorstellte, die mich ein paar Jahre später in die USA holen sollte.

Laetitia brachte mir alles bei, was ich über Vernehmungstechniken weiß. Wir verbrachten unzählige Stunden in ihrem Büro, während der wir Gespräche übten, in denen sie jedes noch so kleine Detail korrigierte, bis es ordentlich saß. Bis ich ganz instinktiv ihre Körperhaltung imitierte, bis meine Stimme sich ihrer harmonisch anpasste, egal, welchen Tonfall sie anschlug, und bis ich allein durch das Beobachten ihres Blicks erkennen konnte, ob sie an positive oder negative Dinge dachte. Sie formte mich wie einen Lehmklumpen, indem sie Zuckerbrot und Peitsche anwandte, mich knallhart kritisierte und zurückhaltend, aber aufrichtig lobte.

Ich habe mich schon immer danach gesehnt, wirklich gesehen zu werden. Und Laetitia gab mir genau dieses Gefühl: Sie sah mein Potenzial, meine Unzulänglichkeiten, sie sah, wer aus mir werden konnte, wenn nur jemand genügend Zeit aufbrachte, mich anzuleiten.

Was Laetitia wohl davon halten würde, was ich gerade tue?

Sie hielt uns immer dazu an, keine Fälle zu übernehmen, zu denen wir eine persönliche Verbindung hatten. Sie ermahnte uns, unsere Klienten niemals anzulügen, nicht weil es falsch war, sondern weil es das Vertrauen beschädigte, das die Grundlage für unsere Arbeit bildete. Und sie versuchte, uns begreiflich zu machen, wieder und wieder, dass es niemals um Manipulation gehen durfte; wir sollten nie aufhören, unsere Klienten als Personen, als Menschen mit Würde und

Integrität zu betrachten. Unabhängig davon, welches Verbrechens sie sich schuldig gemacht hatten.

In den letzten Tagen habe ich gegen jede einzelne dieser Regeln verstoßen. Aber ich gebe mir Mühe, die letzte zu befolgen. Ich versuche, mich daran zu erinnern, dass es darum gehen muss zu helfen, nicht darum, jemandem zu schaden. Meine wichtigste Funktion ist die einer Zuhörerin, nicht die einer Person, die Fragen stellt.

Ich lege das Handy vor mir auf die Kommode und öffne das Bild, das ich gespeichert habe. Es ist eine einfache Make-up-Übersicht. Nicht, weil ich mich noch nie zuvor geschminkt hätte, aber ich glaube, ich kann ein wenig Extrahilfe gebrauchen, um den Look hinzubekommen, den sie bei Serendipity haben. Rosige Wangen, akzentuierte Augenbrauen; ein scheinbar ungeschminktes Gesicht, das man nur hinbekommt, wenn man viel Zeit und teure Produkte dafür verwendet.

Ich trage dünne Schichten Concealer unter den Augen auf und massiere sie vorsichtig mit den Fingerspitzen ein. Die luftige hellrosa Bluse und die weiche weiße Hose warten ordentlich gefaltet auf dem Bett auf mich. Leger, pastellfarben und feminin, ohne zu viel Chichi. Eine reine, gesunde, aknefreie Haut und Haare, die auf eine unberührte Art perfekt aussehen. Das gesamte Konzept wirkt auf bizarre Weise bekannt; eigentlich ist es der alte Mythos von der perfekten und natürlich femininen Frau, nur dass er in Yogaform und bejahenden Postkartensprüchen à la *»You go, girl!«* daherkommt.

Als ich fertig bin, schaue ich die Frau im Spiegel an.

Und kann mir ein Lächeln nicht verkneifen.

9. September

»… ist im Moment so furchtbar oft unterwegs, du kennst das ja.« Julia verdrehte die Augen und lächelte über das Martiniglas hinweg.

»Gott, ja«, stimmte Louise zu. »Es war grauenhaft, als William mit der Abteilung in Berlin gearbeitet hat. Er war drei bis vier Tage die Woche weg. Ich bin mir fast wieder wie ein Single vorgekommen.«

»Nur ohne die Vorteile.«

Julia lachte, und Louise spürte, wie ihr etwas über diesen Job klar wurde: Es war genau so, wie mit Männern auszugehen.

Louise war gut darin gewesen, bevor sie und William sich wieder begegnet waren und zueinandergefunden hatten. Sie hatte dieses Spiel schon immer beherrscht. Louise war realistisch; sie wusste, dass sie gut aussah, auf diese klassisch schwedische Art und Weise. Gleichzeitig war sie nicht so übertrieben schön, dass sie bedrohlich gewirkt hätte. Vor William hatte sie sich mit einer langen Reihe von mehr oder weniger identischen BWLer-Typen getroffen, von denen manche ihr noch immer ab und zu eine SMS schickten, wenn sie ein paar Gläser Wein intus hatten, und ihr sagten, dass sie sie vermissten.

Aber dabei ging es nicht um Louise. Es ging um das, was sie reflektierte, darum, wie sie sich selbst durch ihre Augen sahen. Louise war gut darin, die richtigen Fragen zu stellen, einen Schritt vor und zwei zurück zu machen, gerade ausreichend Spannung aufrechtzuerhalten, dass es niemals langweilig wurde.

Sie liebte William. Das tat sie wirklich.

Aber sie konnte nicht leugnen, dass sie das hier vermisst hatte.

Die Verführung.

Louise hatte Julia in der vergangenen Woche ein paarmal beim Morgenyoga getroffen, nachdem Lykke sie dazu gedrängt hatte, alte Kontakte und Freundinnen anzurufen, ihnen Mails zu schreiben und sich zum Lunch oder zu Feierabenddrinks zu verabreden; am wichtigsten sei es, wirklich viele zu kontaktieren, hatte sie gesagt. »80 bis 90 Prozent der Leute sind sowieso nicht offen für neue Möglichkeiten. Am besten findet man heraus, wer von vornherein Nein sagt, und konzentriert sich dann auf diejenigen, die auch zuhören wollen.«

Aber Louise glaubte nicht an diese Methode. Sie hatte viel Zeit darauf verwandt, ihre Strategie zu durchdenken. Früher war sie einmal richtig gut darin gewesen, hatte sich vor Treffen mit Kunden immer besser vorbereitet als alle anderen und wusste nicht nur, was ihre Kunden brauchten, sondern auch, welche Fehler sie in der Vergangenheit gemacht hatten. Neue Kunden hatte sie nicht einfach gefunden, indem sie überall ihre Visitenkärtchen verteilte, nein, sie war aufmerksam und selektiv vorgegangen. Sie hatte ihre gesamte Energie, ihren ganzen Fokus immer nur auf eine Person, eine Firma oder einen Auftrag zur gleichen Zeit gerichtet.

Das war der ganze Trick, trotz allem. Es ging nicht nur darum, dass sich die andere Person wie die einzige auf der Welt und tatsächlich gesehen fühlte, so als könne man ihre Bedürfnisse, Träume und Wünsche sehen. Es ging darum, all das auch wirklich zu meinen. Leeres Verkaufsgerede witterten die Leute sofort. Ehrlichkeit währte eben am längsten.

Und so hatte Louise sich Julia gut ausgesucht. Weil sie sie mochte und weil sie glaubte, dass sie Potenzial hatte.

»Also«, sagte Julia schließlich, wie Louise gewusst hatte, dass sie es tun würde. Das Funkeln in ihren Augen verriet, dass sie ein wenig angetrunken und sehr neugierig war. »Über was für eine Möglichkeit wolltest du da mit mir sprechen?«

Louise lehnte sich zurück und lächelte.

Kapitel 21

»Hi! Du musst Rebecca sein, richtig?«

Die Frau in der Tür ist mittelgroß, aber ihre unproportional langen und schmalen Arme und Beine lassen sie größer wirken. Ihr Haar ist schokoladenbraun, ihre Gesichtszüge spitz. Sie sieht gut aus; vor ein paar Jahren hätte ich zweifellos versucht, diskret herauszufinden, ob sie auf Frauen steht.

»Ja, hallo«, sage ich und neige den Kopf ein wenig zur Seite, genau wie sie. »Bin ich zu früh?«

»Nein, wir finden das super«, sagt die Frau, bei der es sich um Lykke handeln muss, und lacht. »Uns ist aufgefallen, dass die meisten zehn bis fünfzehn Minuten zu früh zu diesen Events kommen. Das ist ein Zeichen für eine hohe Motivation, deshalb schätzen wir das sehr.«

Sie hält mir die Tür auf, und ich gehe hinein.

Trotz des warmen Wetters ist es in dem hohen Treppenhaus kühl. Es gibt einen kleinen Lift, der dem Aussehen nach aus dem frühen 20. Jahrhundert stammt. Als wir ihn betreten, stehen wir so nahe beieinander, dass ich ihr Kokosshampoo riechen kann. Sofort drehe ich das Gesicht zur Seite.

Es ist ein alter Impuls. In der Pubertät hatte ich eine so paranoide Angst davor, jemand könnte meine Sexualität entlarven, dass sich mir das Ausweichen tief in die Seele eingebrannt hat. Nie zu lange gucken, immer auf der Hut sein, niemals zu dicht neben jemandem stehen oder, Gott bewahre, den Blick auf Stellen richten, wo es sich nicht ziemt. In Umkleiden werde ich automatisch blind; gäbe es in der Dusche meines Fitnessstudios einen Mord, wäre ich als Zeugin komplett unbrauchbar.

»Heute Abend sind wir eine etwas größere Truppe«, sagt Lykke, während der Fahrstuhl sich knirschend nach oben arbeitet. »Meistens versuchen wir, die Gruppen intimer zu halten, nicht größer als fünf oder sechs Personen, denn das erleichtert das Teambuilding. Für alle, die heute hier sind, richten wir einen Gruppenchat ein, in dem ihr Kontakt halten und euch gegenseitig motivieren könnt. Eure Teamleiterin wird euch darin regelmäßig über Sonderangebote und dergleichen informieren.«

»Wer ist unsere Teamleiterin?«, frage ich.

Lykke lächelt mich an.

»Das wird Justina sein. Sie ist heute Abend nicht hier, weil sie einen vollen Terminkalender hat, aber du wirst sie bald kennenlernen. Sie ist superwitzig, du wirst sie mögen. Natürlich wäre Louise deine Teamleiterin geworden, wenn nicht, ja … wenn diese Sache nicht passiert wäre. Du warst die letzte Person, die sie angeworben hat.«

Lykke legt eine Hand auf meinen Arm, drückt ihn leicht. Es kostet mich Anstrengung, nicht zusammenzuzucken; auf den Körperkontakt war ich nicht gefasst gewesen.

»Es tut mir furchtbar leid. Ich verstehe, wenn das hier anstrengend für dich ist. Es ist ein Riesenschock, für uns alle. Wir können gern einmal darüber sprechen, wenn du dich entscheidest, bei uns einzusteigen. Ehrlich gesagt habe ich immer noch nicht begriffen, dass sie tot ist.«

Bei den letzten Worten bebt ihre Stimme leicht, und ich nicke.

Der Lift hält.

Um ein Haar pfeife ich laut, als wir die Wohnung betreten. Ich bin so müde und durch meinen Körper strömt so viel Koffein, dass ich meine eigenen Reaktionen kaum filtern kann, und ich will unwillkürlich lachen, als ich die Räume sehe.

»Wow, was für ein Zuhause.«

»Ihr gehört das gesamte Stockwerk«, erklärt Lykke mir mit einem Lächeln. »Unglaublich, oder?«

»Hier wohnt Jonna?«, stutze ich.

»Ja, im Grunde ist Serendipity ein Familienunternehmen. Jonna hat die Vision, dass alle Mitarbeiterinnen von Serendipity immer füreinander da sind, wie Schwestern. Sich gegenseitig unterstützen, Hilfe annehmen und wissen, dass sie sich auf Serendipity verlassen können. Deshalb organisieren wir solche Einführungen normalerweise bei Jonna zu Hause, damit dieses Familiengefühl wirklich zu spüren ist.«

Um das Familiäre zu unterstreichen und die Wohnung wie einen Köder zu präsentieren. Und was für ein Köder diese Wohnung ist. Mich hat der Gedanke an hohe Decken, weiße Wände und Parkettboden nie gereizt, ich habe kleine Wohnungen mit »Charakter«, wie ich es nenne, immer vorgezogen, aber in diesem Moment frage ich mich, ob ich mir all das nur eingeredet habe, weil ich mir eben keine 250- oder 300-Quadratmeter-Immobilie im Karlavägen leisten kann.

Die helle, luftige Wohnung ist zurückhaltend und geschmackvoll eingerichtet und scheint von Grund auf renoviert zu sein. An der Decke erkenne ich eingebaute Lautsprecher, es gibt einen großen Balkon, der sich wohl über die gesamte Wandlänge erstreckt, und auf schmalen Fensterbänken stehen schlanke grüne Topfpflanzen. An den Wänden hängt abstrakte Kunst in klaren, weichen Farben, die wahrscheinlich mehr kostet als mein Auto in Houston.

»Rebecca!«, begrüßt mich Jonna. Sie betritt den Flur in einer losen Leinenhose, einem kurzen gehäkelten Top und geflochtenen Mokassins. Die Haare trägt sie offen über den Schultern. In der Hand hält sie ein Glas, in dem sich eine zähgrüne Flüssigkeit befindet, die vermutlich voller Antioxidantien steckt.

Die andere Hand legt sie auf meine Schulter.

»Ich bin so froh, dass du gekommen bist, auch wenn es mir unter anderen, weniger traurigen Umständen lieber gewesen wäre. Aber ich bin dankbar, dass du diese Möglichkeit erkennst und die Chance nutzen möchtest. Es wird wundervoll sein, dich in Serendipity einzuführen.«

Wieder spüre ich ihr Charisma, als würde ich in Parfüm eingehüllt. Schwierig, dabei keinen Schwindel zu empfinden. Jonna wirkt so aufrichtig, mit der Trauer in den Augen, der Freude in ihrer Stimme.

»Finde ich auch«, bringe ich in dem Versuch heraus, einen klaren Kopf zu bewahren und mich nicht einlullen zu lassen.

»Bist du bereit, die anderen zu treffen?«, fragt Jonna, und ich nicke.

Sie wendet sich an Lykke.

»Warten wir auf noch jemanden?«

»Nein, ich glaube, jetzt sind alle hier«, antwortet Lykke.

»War ich die Letzte?«, frage ich. Es rutscht mir einfach heraus, und ich beiße mir auf die Wange.

Lykke lacht.

»Es ist, wie ich gesagt habe. Die meisten kommen ein wenig zu früh.«

Jonna dreht sich um, und ich folge ihr und Lykke in das, was ich für das Speisezimmer halte.

Rund um den großen ovalen Tisch sitzen acht Frauen, die meisten von ihnen sehen so aus wie erwartet, ganz ähnlich wie Lykke und Jonna. Eine allerdings, sie kann nicht älter als 23 oder 24 sein, will nicht richtig hineinpassen mit ihren kurzen wilden und dunklen Locken und einem langen, herunterbaumelnden Hänger im Ohr. Sie ist die Einzige, die nicht meinen Blick erwidert und nervös lächelt, als ich hereinkomme.

»Such dir einen freien Platz«, lädt Jonna mich ein. »Was immer sich gut für dich anfühlt.«

Ich schaue hastig zu ihr, aber ihre Aufmerksamkeit gilt nicht mir, also setze ich mich auf den nächstbesten Stuhl, neben der jungen Frau mit den Locken. Sie ist auch stärker geschminkt als die anderen, trägt kräftigen Eyeliner im Fünfzigerjahre-Stil und einen knallrosa Lippenstift.

»Hallo«, begrüße ich sie. Jetzt lächelt sie zurück, sagt aber nichts.

Lykke setzt sich auf den freien Stuhl am hinteren Tischende, Jonna bleibt stehen.

»Hallo, Mädels«, sagt sie mit einem Grinsen und erhält das eine oder andere leise Hallo als Antwort.

»Greift gern zu.« Jonna deutet auf die asymmetrischen Steingutschalen mit Käse, Crackern, saftigen Weintrauben und glänzenden Äpfeln mitten auf dem Tisch.

»Alles selbstverständlich vegan«, ergänzt Jonna mit einem Funkeln in den Augen. »Aber ich verspreche euch, der Blauschimmelkäse würde selbst eure vegankritischen Väter hinters Licht führen.«

Wir lachen, und Jonnas Grinsen wird noch breiter. Sie wartet, bis Ruhe einkehrt, ehe sie fortfährt.

»Ich bin Jonna Ek, vor 18 Monaten habe ich Serendipity gegründet. Und die fantastische Frau neben mir ist meine rechte Hand und unser Computergenie, Lykke. Lykke hat ihre IT-Karriere an den Nagel gehängt, um mich beim Aufbau von Serendipity zu unterstützen. Sie hat unsere Serendipity-App programmiert!«

Vereinzeltes Klatschen. Lykke hebt kurz die Hand, dann spricht Jonna weiter.

»Gemeinsam werden Lykke und ich euch Serendipity vorstellen und erklären, wie es für euch funktioniert. Einen Teil von dem, was wir erzählen, kennt ihr wahrscheinlich bereits, aber wir wollen sichergehen, dass ihr ein klares und deutliches Bild von dem erhaltet, worauf ihr euch hier eingelassen habt.«

Jonna sieht uns an.

»Das hier ist ein harter Job.« Sie lässt die Worte kurz sacken, bevor sie weiterspricht. »Es ist viel Arbeit. Serendipity ist nicht etwas für jeden; mit uns zu arbeiten, erfordert Kreativität, Intelligenz, Power, und es verlangt einem eine Menge ab. Es ist anders als jeder andere Job, den ihr je gehabt habt. Aber er gibt euch so unfassbar viel zurück. Es ist ein ständiger Austausch, ein ständiges Zusammenarbeiten, und ein Teil von Serendipity zu sein, heißt, ein Teil einer Familie zu sein. Als ich Serendipity gegründet habe, war es mein Ziel, mit diesem Unternehmen nicht nur Geld zu verdienen – wobei das natürlich auch dazugehört …«, Jonna verzieht den Mund, »… sondern vor allem, andere Frauen stärker zu machen und mit ihnen das zu teilen, was ich gelernt habe. Mir ging es darum, eine Schwesternschaft zu erschaffen, einen Ort, an dem motivierte, smarte und ehrgeizige Frauen einander finden, sich gegenseitig unterstützen und durch diese Hilfe ihre eigenen Imperien aufbauen können.«

Sie breitet die Arme aus.

»Ich hatte diese Art der Unterstützung nicht. Nicht in meiner Kindheit und auch nicht, als ich meine Firma gründete. Es war einsam, und es war schwer. Sehr viel schwerer, als es hätte sein müssen. Ich weiß nicht, wie oft ich mir damals wünschte, jemanden in meinem Leben zu haben, der verstand, was ich durchmachte, mit welchen Entscheidungen ich kämpfte und welche schwierigen und schmerzvollen Priorisierungen ich gezwungen war vorzunehmen. Ich will euch unterstützen, ich werde für euch da sein. Und ihr werdet füreinander da sein.«

Ein vages Lächeln. Intim und vertraut, als spräche sie allein zu mir, allein zu jeder Einzelnen von uns.

Ich weiß, dass es ein Auftritt ist. Sie hat das hier schon Dutzende Male gemacht, Dutzende Male erzählt. Sie ist eine gute Rednerin, und die Person, die ich gerade sehe, ist nicht die echte Jonna Ek, sondern ihr professionelles Alter Ego. Als Influencerin hat sie diese Figur über die Jahre vermutlich immer weiter verbessert und angepasst, bis sie sie zur Perfektion gebracht hat.

Aber als sich unsere Blicke begegnen, fühlt es sich trotzdem an, als würde sie sich einzig und allein an mich wenden.

Nur mich sehen.

Als würde sie die Einsamkeit erkennen, die mich seit Monaten innerlich aushöhlt, auch wenn ich sie mir selbst nicht eingestehen will.

»Ihr arbeitet nicht für mich«, stellt Jonna klar. »Ihr arbeitet für euch selbst. Ich arbeite mit euch. An eurer Seite. Ich will euch helfen, eure Ziele zu erreichen, was auch immer sie sind. Ihr wollt ein größeres Haus? Ein neues Auto? Ihr wollt finanziell unabhängig werden oder einfach nur Rücklagen bilden?« Sie legt den Kopf auf die Seite. »Wollt ihr eure eigenen Arbeitszeiten festlegen? Wollt ihr von zu Hause arbeiten, sodass ihr für eure Kinder da sein könnt, wenn sie aus der Schule kommen? Wollt ihr arbeiten können, wenn ihr reist, und einen Betrieb vom Laptop aus leiten? All das ist eure Entscheidung. Ihr steckt euch eure Ziele, und ihr legt eure Grenzen fest. Ihr entscheidet über die Grundlagen. Wir gehen das hier gemeinsam an. Wichtig dabei ist, dass wir alle jederzeit alles geben. Serendipity funktioniert nicht mit halber

Kraft. Es funktioniert nur, wenn wir alle, die mit Serendipity arbeiten, die Teilhaberinnen sind, 110 Prozent geben.« Jonna strafft den Rücken und verschränkt die Arme.

»Was sagt ihr? Habt ihr Lust auf ein Glas Rosé, und ich erzähle euch den Rest?«

Die meisten am Tisch rufen laut: »JA!« Ich auch. Ich kann nichts dagegen tun. Gern würde ich sagen können, ich tue es, weil ich mitspielen muss, aber ich meine es tatsächlich ernst. Ich kann es nicht verhindern, ich sehe es bereits vor mir: Wie ich von zu Hause arbeiten und selbst über mein Pensum bestimmen würde. Wie ich Maria erzählen könnte, dass ich eine neue Arbeit habe, die nichts mit der Polizei zu tun hat, einen Job mit besseren Arbeitszeiten und mehr Geld, sodass sie sich darum keine Sorgen mehr machen müsste …

Meine Tagträumerei findet ein jähes Ende, als die junge Frau neben mir zu lachen anfängt.

Es ist, als würde die Temperatur im Raum mit einem Mal sinken.

»Rakel, richtig?«, sagt Jonna. Sie lächelt noch immer, aber ich sehe, wie sie einen schnellen Blick mit Lykke wechselt.

»Scheiße, das soll wirklich funktionieren?«, fragt meine Sitznachbarin, die offenbar Rakel heißt.

Sie hat sich auf dem Stuhl zurückgelehnt und ihn ein Stück vom Tisch weggeschoben. Ihre Beine sind überschlagen, und ich sehe das Loch am Knie ihrer Jeans.

»Sorry, eigentlich hatte ich vor, bis zum Ende zu bleiben, aber das ist mir echt zu lächerlich.«

»Wenn du kein Interesse hast, mit Serendipity zu arbeiten, kannst du gern jederzeit gehen«, sagt Jonna in einem ungezwungenen Ton, aber sie hat die Schultern ein paar Zentimeter hochgezogen, und ich sehe, wie angespannt ihre Kiefermuskeln sind.

Rakel schaut Jonna nicht an, sondern sieht sich stattdessen im Raum um. Sie klingt aufreizend gelangweilt, aber in ihren Augen lodert es.

»Nur damit ihr es wisst, das hier ist eine verdammte Betrugsmasche. Klar? Ihr verdient damit kein Geld. Im besten Fall werdet ihr 20 000 Kronen los.«

Lykke ist von ihrem Stuhl aufgestanden, aber Rakel würdigt sie keines Blickes.

»Sie hat es noch nicht erwähnt, aber es kostet 20 000, sich in diese Abzocke einzukaufen«, fährt sie fort. Auf ihren Lippen liegt ein schmales, verbissenes Lächeln.

»Und danach kostet es noch mehr. Jeden Monat. Wie sonst könnte sie sich diese Wohnung leisten, was glaubt ihr?«

»Das reicht«, unterbricht Lykke sie, die inzwischen neben ihr steht.

Sie hat eine Hand auf Rakels Schulter gelegt.

Nicht einmal auf diesen Griff reagiert Rakel, sondern starrt weiter nur Jonna an.

»Ich kapiere nicht, wie du noch in den Spiegel schauen kannst. Denkst du jemals daran, was aus all denen geworden ist, die du ausgesaugt hast? Hast du dich bei ihnen gemeldet oder irgendwie versucht, etwas über sie zu erfahren? Fragst du dich, was mit ihnen passiert ist, nachdem sie kapiert haben, was ihr da eigentlich für ein Spiel spielt?«

Jetzt packt Lykke sie am Oberarm und versucht, sie vom Stuhl hochzuziehen, aber Rakel lehnt sich zurück und hält den Blick auf Jonna gerichtet, die bisher weder eine Miene verzogen noch ein Wort gesagt hat. Ihr Gesicht ist wie zu einer neutralen Maske erstarrt.

»Früher oder später werdet ihr euch mit der falschen Person anlegen«, droht Rakel langsam. Sie betont jedes Wort einzeln. »Ich hoffe, du begreifst das. Früher oder später treibt ihr jemanden zu weit. Nehmt ihr zu viel weg, macht sie zu verzweifelt. Und dann wird es richtig, richtig böse enden.«

Ein Name blitzt in meinem Kopf auf. Ich frage mich, ob es Jonna genauso geht.

»Ich hätte selbst etwas gegen euch unternommen, wenn nicht meine Mutter bis auf mich völlig allein wäre. Dank euch. Sie hat keine Ersparnisse mehr, keine Wohnung. Ihr habt ihr diesen Mist aufgezwungen, und jetzt ist sie pleite. Und am Boden zerstört. Sie musste zu mir in meine Einzimmerwohnung ziehen. Jede Nacht schlafe ich auf dem Sofa, weil ihr sie habt glauben lassen, ihr würdet ihr helfen, finanziell unabhängig zu werden. Aber ihr habt ihr alles genommen, was sie hatte, und noch ein bisschen mehr.«

»Es ist Zeit für dich zu gehen«, zischt Lykke, und ich stehe halb von meinem Stuhl auf, denn es ist offensichtlich, dass Lykke im Begriff ist, die Kontrolle über die Situation zu verlieren.

Rakel steht so abrupt auf, dass Lykke nach hinten stolpert.

Ihr Blick ist nach wie vor nur auf Jonna gerichtet.

»Ich wollte nur, dass du weißt, dass du das Leben meiner Mutter zerstört hast. Du hast einen Menschen zerstört. Und da draußen gibt es noch viele andere wie sie. Und viele andere wie mich, die die Scherben aufsammeln müssen.«

Ich sehe das Weiße in Jonnas Augen.

»Und wir vergessen nicht so schnell.«

Rakel macht kehrt und geht.

Kapitel 22

Nachdem Rakel die Wohnung verlassen hatte, versuchte Jonna, das Treffen wie ursprünglich geplant weiterzuführen, aber nach einer halben Stunde beendete sie es. Zwar mit einem bewundernswerten Enthusiasmus, aber dennoch nicht völlig überzeugend; es war unmöglich, den Elefanten im Raum zu ignorieren.

Jetzt begleitet Lykke uns mit einer dünnen Schicht aufgesetzter professioneller Fröhlichkeit aus der Wohnung. Während sie in einem leisen und entschuldigenden Tonfall mit einer anderen Frau spricht – blond, um die 40, mit echten Perlenohrringen und blassrosa Leggings –, gehe ich vom Flur noch einmal zurück ins Speisezimmer.

Jonna sitzt am Esstisch und verbirgt das Gesicht in den Händen. Ich räuspere mich, um sie nicht zu sehr zu überrumpeln.

Sie blickt auf. Es ist eine schnelle, ruckhafte Bewegung.

»Hallo«, sage ich. »Wenn du willst, gehe ich auch wieder. Ich wollte nur nachsehen, ob es dir gut geht.«

Hastig fährt sich Jonna mit den Fingern unter den Augen entlang und lächelt mich zittrig an.

»Ja, sicher, sicher. Entschuldige bitte. Ich will hier keine Szene machen.«

»Du brauchst dich für nichts zu entschuldigen«, entgegne ich und ziehe mir den Stuhl neben ihrem heran.

»Das ist sehr lieb von dir, aber es ist wirklich alles in Ordnung. Wirklich! Es tut mir nur leid, dass dieser Vorfall eure Einführung zerstört hat!« Sie zeigt mir ein breites Lächeln, das mehr an eine Grimasse erinnert, aber ich muss sie dafür bewundern, wie sehr sie es versucht.

Für einige Sekunden halte ich ihren Blick. Das Lächeln lässt nach.

»Du musst dich jetzt nicht um mich kümmern«, sage ich. »Das ist nicht deine Aufgabe. Es war sicher furchtbar unangenehm für dich.«

In ihren Augen schimmert es, sie schließt sie, und ihre Kiefermuskeln sind immer noch angespannt. Sie atmet tief und zittrig durch die Nase ein und dann durch den Mund wieder aus.

Wieder eine Achtsamkeitsübung. So instinktiv, wie sie sie anwendet, muss sie sich schon lange damit beschäftigen.

Als sie die Augen wieder öffnet, ist das Lächeln wieder da. Kleiner zwar, aber erkennbar aufrichtiger als zuvor.

»Du bist bestimmt eine gute Psychologin«, sagt sie.

»Ich will mich nicht aufdrängen, und ich verstehe, wenn du deine Ruhe willst. Aber ich dachte, es tut vielleicht gut, darüber zu reden. Und dass es vielleicht schön ist, jemanden in der Nähe zu haben, der nicht verlangt, dass du auch in diesem Moment noch ruhig, gefasst und kontrolliert auftrittst.«

Jonna gibt ein unsicheres Lachen von sich.

»Ja, das fände ich schön«, erwidert sie. »Stellst du mir das in Rechnung?«

»Nein. Um ehrlich zu sein, bin ich auch ziemlich außer Fassung. Ich glaube, es wäre toll, einfach ein wenig herunterzukommen und das alles zu verarbeiten.« Jonna nickt.

Draußen im Flur schließt Lykke die Wohnungstür, und es wird still in der Wohnung. Die anderen sind alle gegangen.

»Was für eine verdammte Katastrophe«, flucht Jonna leise und schüttelt den Kopf. »Was für eine verdammte Scheißkatastrophe!«

Ich höre Lykkes Schuhe über den Parkettboden in unsere Richtung kommen. Als sie im Türrahmen auftaucht, fährt sie kurz zusammen, ihr Blick geht sofort zu Jonna.

Jonna schüttelt den Kopf. Die beiden kommunizieren ohne Worte.

Es ist in Ordnung, wenn sie hier ist. Als Freundin sozusagen, bedeutet ihr Kopfschütteln.

»Wenn es für dich okay ist, bleibe ich noch kurz. Ich wollte nur sehen, ob Jonna ein wenig Unterstützung braucht. Das kommt bei mir ganz automatisch, ich habe als Psychologin gearbeitet.«

»Ah«, sagt Lykke und lächelt. »Nett von dir.«

Es wird still.

Dann schaut Jonna auf.

»Was soll's. Genauso gut können wir auch einen Rosé aufmachen.«

Kapitel 23

Jonna sitzt zusammengekauert auf einem großen weißen Jugendstilsofa unter dem Fenster, die nackten Füße mit lavendelblauem Nagellack hat sie unter sich gezogen. Ihr Weinglas ist bis zum Rand gefüllt.

Lykke hat sich mit elegant überschlagenen Beinen auf einen Sessel gesetzt. Statt Rosé hat sie sich einen starken Cognac eingeschenkt, und sie schwenkt ihn sachte, während der große Eiswürfel langsam schmilzt.

»… kann einfach nicht begreifen, wie man gestrickt sein muss, um so etwas zu tun«, sagt Jonna kopfschüttelnd. Seit einer halben Stunde drehen sich ihre Überlegungen im Kreis, und obwohl ihre Stimme vollkommen deutlich ist, merke ich ihr an, dass der Alkohol wirkt. Ihre Gesichtszüge sehen weicher aus, und ein Teil der Anspannung ist aus ihren Schultern gewichen. Es muss ein heftiger Schock für sie gewesen sein, schlimmer, als ich zunächst vermutet habe; Jonna ist nur außergewöhnlich geschickt darin, die Maske aufrechtzuerhalten.

Um Lykkes Mund zeigt sich ein leidvoller Zug.

»Ich hätte es wissen müssen«, sagt sie. »Hätte den Nachnamen noch einmal kontrollieren müssen.«

»Hör auf«, sagt Jonna unmittelbar. »Du kannst nichts dafür. Wir machen keine Hintergrundchecks.« Sie trinkt von ihrem Wein.

Dann spricht Lykke aus, was sie beide denken.

»Sollten wir mit der Polizei darüber sprechen?«, fragt sie.

»Das hat bestimmt nichts mit … mit Louise zu tun«, beschwichtigt Jonna, aber wirklich sicher klingt sie nicht.

Lykke nimmt einen großen Schluck Cognac, schließt die Augen.

»Nein«, sagt sie. »Vielleicht nicht. Aber sie wirkte verflucht sauer. Und was sie darüber gesagt hat, dass es böse enden wird … Ich weiß nicht.« Mit steifen Fingern reibt sie sich die Stirn, hinterlässt lange rote Linien darauf. In ihrem Gesichtsausdruck erkenne ich nicht nur Schock. Darunter liegt noch etwas, tiefer, irgendetwas unter der Oberfläche scheint kaputt. Sie gibt sich Mühe, den Schock auf Distanz zu halten, aber was Louise passiert ist, beschäftigt sie stärker, als ich zunächst geglaubt habe.

»Ich habe Louise nicht mehr gesehen, nachdem sie in die Schären gefahren sind«, sagt Jonna. »Da schien alles noch in bester Ordnung. Deshalb hatte ich nicht viel zu sagen.«

Sie sieht mich nicht an, sondern starrt aus dem Fenster. Das muss nichts bedeuten, ihr Blick gleitet ab, wie es oft vorkommt, wenn Leute versuchen, sich zu erinnern. Sie denkt an Louise, aber es ist unmöglich abzuschätzen, ob es eine gute oder schlechte Erinnerung ist, ob sie relevant ist oder nicht.

Lykke schüttelt den Kopf.

»Esters Tochter also«, sagt sie. »Scheiße.«

»Ester war eine unserer Schwestern«, erklärt Jonna und sieht mich an. »Ein sehr lustiger Mensch. Sehr klug, wahnsinnig motiviert. Sie hatte unfassbar viel Energie, aber …« Jonna seufzt.

»Kein besonders gutes Gespür für Grenzen«, beendet Lykke den Satz für sie. »Sie hat zu jeder Tages- und Nachtzeit angerufen, wollte ständig Unterstützung, Rat und Hilfe. Klar, Jonna hat versucht, einen Raum zu schaffen, in dem Frauen sich gegenseitig Kraft geben, aber Ester konnte mitten in der Nacht anrufen, nur um darüber zu sprechen, welche Produkte sie für ihre nächste Bestellung auswählen sollte. Und wir haben immer noch ein Leben außerhalb von Serendipity«, ergänzt sie mit trockener Stimme.

»Kaum«, widerspricht Jonna, was Lykke auflachen lässt.

»Ach, komm schon. Wir machen auch andere Dinge«, sagt Lykke, ehe sie sich an mich wendet. »Jonna hat vor ein paar Monaten den Jagdschein gemacht.«

»Den Jagdschein?«, stutze ich. »Hätte ich bei einer Veganerin nicht erwartet.«

»Ach, es ging mir nur ums Schießen von Vögeln«, erklärt Jonna. »Und ehrlich gesagt habe ich ein Problem mit der Tierindustrie, nicht mit Fleisch an sich. Mit dem Jagen habe ich keine Schwierigkeiten. Es ist ein natürlicher Teil des Kreislaufs. Wenn alle Tierprodukte in den Geschäften aus einer regulierten Jagd stammen würden, dann würde ich auch Fleisch essen.« Sie schenkt mir ein verschwörerisches Lächeln. »Auf Instagram kann ich das natürlich nicht sagen. Für die Follower würde das nicht zusammenpassen.«

»Nein, das verstehe ich«, sage ich.

»Ich lerne gern neue Dinge. Dabei entspanne ich. Manchmal braucht man ein Hobby, das einem hilft, dem ganzen Stress zu entkommen«, sagt sie.

»Für mich sind das True-Crime-Podcasts«, wirft Lykke ein, und Jonna lacht.

»So etwas kann ich mir nicht anhören, davon bekomme ich nur Angst.«

Jonnas Miene verändert sich, sie wirkt nachdenklich.

»Weißt du, gegen Ende hatte ich tatsächlich Angst, was Ester tun würde. Sie schien komplett den Bezug zur Realität verloren zu haben und hat eine Menge unwahrer Dinge behauptet.«

»Aber sie hat gekündigt?«, frage ich.

Lykke nickt, geht aber nicht auf meine Frage ein, wie ich hoffe.

»Sie hat Serendipity vor ein paar Monaten verlassen«, antwortet Jonna stattdessen.

Was lässt sie da aus? Ich kann es zwar ahnen, aber ich will mehr wissen.

Stille breitet sich im Raum aus, und ich sehe, wie Jonna und Lykke einen Blick wechseln.

Ich stehe kurz vor einem Durchbruch, das spüre ich deutlich. Genauso merke ich den beiden aber an, dass ich lang genug hier gewesen bin. Wenn ich jetzt bleibe, fangen sie womöglich an, sich zu wundern, warum ich mich nicht einfach verabschiede. Oder sie beginnen, sich über all die Fragen zu wundern, die ich stelle.

Also stehe ich auf.

»Ich sollte langsam nach Hause gehen«, sage ich. »Es wird Zeit, glaube ich. Es war wirklich schrecklich nett, dass ich noch eine Weile bleiben durfte.«

Auch Jonna steht jetzt auf.

»Selbstverständlich«, sagt sie mit einem Lächeln. »Es war schön, dich ein wenig kennenzulernen, Rebecca.«

Sie streicht sich eine Haarsträhne hinters Ohr, und das ruft ein unheimliches Echo in mir wach.

Lange Finger, die das Haar bis hinter das Ohr streichen und dann dort verweilen.

Ich hatte ganz vergessen, dass Louise das immer getan hat.

»Ich weiß, das war kein idealer erster Tag. Aber ich glaube wirklich … oder ich hoffe sehr, dass du immer noch ein Teil von Serendipity werden möchtest«, sagt Jonna.

Sie lächelt mich mit geschlossenen Lippen an, ihr Blick schimmert, unter den Augen ist sie leicht blass.

Es ist so lange her, dass mich jemand angesehen hat, wie

sie es gerade tut. Als würde sie tatsächlich einen Wert in mir sehen. Als wolle sie meine Hilfe und mir im Gegenzug dafür ihre anbieten.

»Natürlich will ich das. Das wäre fantastisch«, antworte ich.

Jonna schließt kurz die Augen, und als sie sie wieder öffnet, strahlen sie.

»Ich bin so froh, dass du das sagst, Rebecca.«

Wenn sie lächelt, ist sie wirklich umwerfend schön.

Kapitel 24

Als ich in einem ausgewaschenen Kapuzenpullover und mit meinem Laptop als einziger Lichtquelle ins Bett krieche, denke ich nicht an Maria, auch nicht an Jonna, ja nicht einmal an Ester.

Ich denke an Louise.

Es hat etwas Erleichterndes, mir nach 20 Jahren endlich zu erlauben, an sie zu denken. Ich glaube, mir war nicht bewusst, wie viel davon ich zurückgedrängt habe, wie sehr ich mir selbst das Recht verweigert habe, sie mit meinen Gedanken zu streifen. Jedes Mal, wenn sie darin auftauchte, habe ich mich sofort zurückgezogen, als hätte ich mir die Finger an einer heißen Herdplatte verbrannt.

Stück für Stück kommen die Erinnerungen nun zurück, es sind so viele. Zu meinem leichten Erstaunen sind die meisten davon schöne, gute Erinnerungen.

Vielleicht habe ich mir deshalb nicht zugestanden, mich an ihnen festzuhalten. Es war so schmerzhaft, als es zu Ende ging, dass es noch schlimmer gewesen wäre, all das Schöne, das wir damals erlebten, noch einmal vor dem Wissen zu sehen, das ich später erlangte.

Als Maria und ich beschlossen hatten, dass wir tatsächlich ein Paar waren – und das dauerte sehr viel länger, als das lesbische Stereotyp vermuten ließ –, fragte sie mich eines Abends nach meinen Ex-Freundinnen. Ich antwortete wahrheitsgemäß, dass ich eine erste Liebesaffäre gehabt hatte, die in klassischer Teenagermanie in Tränen endete, bevor es eine lange Serie von jeweils nur wenige Wochen anhaltenden Interaktionen gab, die man kaum Beziehungen, aber auch nicht wirklich Dates nennen konnte. Ich glaube, Maria verstand, dass ich ihr nicht alles erzählte. Manchmal ließ sie das durchschimmern – meistens, wenn sie sauer auf mich war. Sie sagte, ich würde irgendetwas vor ihr zurückhalten, wolle etwas nicht mit ihr teilen, so als würde ich ihr nicht vertrauen.

In den ersten Jahren erwähnte sie das allerdings nie. Erst gegen Ende kamen die Anschuldigungen, immer wieder.

Es ist, als wolltest du gar nicht, dass ich dich liebe.

Es ist, als würdest du nur darauf warten, dass ich dich enttäusche.

Klar, sie hasste meinen Job. Aber das war nicht alles. Nicht, wenn ich ehrlich zu mir selbst bin. Was sie zum Schluss alles in die Brüche gehen ließ, war etwas, das schon von Anfang an da gewesen war. Wie das Narbengewebe einer alten Wunde, die nie richtig verheilt war, hart und straff, der Nachhall eines Schmerzes, der nur kurz angedauert hatte, sich aber nie ganz vergessen ließ.

Denn letzten Endes war das alles, worauf ich gewartet hatte. Es war das, was so wehtat, als es auseinanderging.

Ich verliebte mich in Louise, als wir erst ein paar Wochen befreundet gewesen waren. Die Liebe zu ihr verlief drei Jahre lang wie ein paralleles Gleis zu meinem Leben. Es störte mich nicht. Heute fasziniert es mich manchmal, wie sehr ich das als Tatsache akzeptierte, während ich wusste, dass ich nichts daran ändern konnte. Vielleicht lag es an der Dramatik der Jugend, dass ich es auf sonderbare Weise dennoch genoss, dieses Gefühl einer großen tragischen Liebe. All die verstohlenen Blicke und hastigen Berührungen, die sie im Gegensatz zu mir platonisch meinte, ab und zu ein Hauch von Vanilleparfüm und Eukalyptusshampoo.

Im Januar unseres letzten Schuljahres veränderte sich das. Was genau passierte, weiß ich nicht. Auf einmal fühlte es sich an wie ein Wunder. Ein später Abend und ein weicher, langer Kuss, aus dem mehr wurde.

Damals glaubte ich, all meine Träume seien in Erfüllung gegangen.

Ich fragte sie nie, ob sie, genau wie ich, schon die ganze Zeit so gefühlt hatte. Ich ging einfach davon aus. Es kam mir unmöglich vor, dass wir zwei, die einander liebten, nicht auf derselben Wellenlänge gewesen sein und nicht auf der Stelle unsere versteckten Gefühle füreinander erkannt haben sollten. So herrlich jung und naiv, wie ich war, wusste ich mit Herz und Seele, dass es alles genau so war, wie es sein sollte, und dass ich von da an nichts anderes als glücklich sein konnte.

Diese junge, unschuldige und unmittelbare Gewissheit, dass das Glück für immer währen würde und es nichts Schöneres gab, als vor jemand anderem ganz und gar man selbst zu sein. Dass jemand, den ich liebte, mir niemals wehtun könnte. Genau das war es wohl, was an jenem letzten Abend zerbrach, als ich es erfuhr.

Also versuchte ich, auch ihr wehzutun.

Bis jetzt habe ich geglaubt, das sei mir nicht gelungen.

Das Bild, das ich im Lauf der letzten Woche von Louise gewonnen habe, will nicht so recht zu meiner Vorstellung der Person passen, die aus ihr geworden war: eine verheiratete Frau, die eine schöne Villa im selben Stadtteil bewohnt, in dem wir aufgewachsen sind, jemand mit einem großen Freundeskreis, teuren Kleidern und stilvollem Schmuck. Das traf alles zu, aber sie war eben auch jemand, der Drogen nahm, um den Alltag zu bewältigen, der für ein Schneeballsystem mit schicker Fassade arbeitete und allmählich die meisten seiner Freundschaften zerstörte.

Was brachte am Ende alles zum Kippen?

Wen lud sie an diesem Abend zu sich ein?

Anton? Wollte sie noch mehr Tabletten kaufen, oder wollte sie dabei helfen, die Beziehung zwischen ihm und William zu kitten?

Oder war es Jonna?

Wenn sie Anton treffen wollte, würde das erklären, weshalb sie William angelogen hatte.

Aber es gibt noch eine Alternative.

Hedda meinte, sie glaube nicht, dass es einen anderen Mann in Louises Leben gab.

Aber könnte es eine andere Frau gegeben haben?

Kapitel 25

»Du musst etwas essen«, bitte ich Mama. Ich versuche, sanft, aber bestimmt zu klingen, doch der Frust gerät immer mehr zu einem Crescendo; ich habe probiert, sie zu beschwatzen, habe mit ihr verhandelt, sie aufgefordert, aber meine Mutter sieht mich mit einem so bösen und sturen Blick an, dass ich nahe daran bin aufzugeben.

In der Küche sollte eigentlich Idylle herrschen. Sie sieht aus wie aus einem Einrichtungsmagazin, genau wie der Rest des Hauses: mit klaren Linien und hellen Farben, Steinoberflächen, die immer wieder abgewischt werden müssen, damit keine Krümel oder Fettflecken darauf zurückbleiben, dazu schillerndes Sonnenlicht, das durch die Fenster hereinfällt. Eine perfekte Küche für eine perfekte Familie. Kein Wunder, dass ich mich in diesem Haus nie willkommen gefühlt habe. Ein Puppenhaus, gebaut, um es vorzuzeigen, nicht, um darin zu leben.

In diesem Augenblick sitzt meine Mutter in der makellosen Küche, die sie selbst geplant hat, verschränkt die Arme und sieht mich an, als sei ich eine Fremde. Auf dem Tisch steht ein Teller mit einer Scheibe Brot, daneben eine unangetastete Tasse Kaffee.

»Ich will nicht«, sagt sie und kneift den Mund zusammen, sodass die feinen Fältchen darum deutlich hervortreten.

Normalerweise frühstückt Papa mit ihr. Aber er hat heute

Morgen selbst einen Arzttermin, weshalb ich diese Aufgabe übernommen habe.

Doch auf das hier war ich nicht gefasst. Es ist noch nie vorgekommen. Zumindest nicht, soweit ich weiß. Als ich sie fragte, ob sie Toastbrot oder Joghurt zum Frühstück will, und sie fauchend antwortete, dass sie nichts essen wolle, glaubte ich, es sei ein Scherz. Erst als ich mich umdrehte und ihr Gesicht sah, verstand ich, dass sie weder scherzte noch unter mangelndem Appetit litt.

Sie ist nicht sie selbst. Es ist ein eigenartiges Gefühl, seiner Mutter in die Augen zu schauen und einzusehen, dass sie nicht da ist.

Das Abendessen gestern muss es ausgelöst haben. Ich habe gelesen, dass Stress und Müdigkeit die Symptome einer Demenz verstärken können. Aber es ist unmöglich, im Vorhinein zu wissen, was einen Einfluss auf sie hat und was nicht. Ihre Ausfälle folgen keinem festen Muster, und wir wissen noch immer nicht, was die Ursache für ihren Zustand ist. Ist die Demenz eine Spätfolge eines heftigen Aufpralls mit dem Kopf, den sie bei einem Autounfall erlitt, als sie 22 Jahre alt war? Ist es Plaque auf den Nerven? Oder ist die Blutzufuhr zu Teilen ihres Gehirns blockiert?

Ich weiß es nicht. Niemand weiß es. Ich bin so müde, ich könnte schreien.

»Mama«, sage ich. Meine Wangen sind schon ganz steif vom vielen Lächeln. »Bitte. Du musst essen. Das Frühstück ist die wichtigste Mahlzeit des Tages. Das sagst du doch immer, weißt du noch? Man muss den Tag richtig beginnen, sonst bringt man nicht das Geringste zustande.«

Ich habe es mit Müsli probiert, Knäckebrot, Obst, Trinkjoghurt und Kaffee mit Milch. Sie schürzt immer nur die Lippen und schüttelt den Kopf. Trotz ihres makellosen weißen Cardigans und der Perlenohrringe wirkt sie sonderbar klein und bockig, ein zorniges, kindisches Wechselbalg, das die Kontrolle über den Körper meiner Mutter übernommen hat.

»Du bestimmst nicht über mich«, knurrt sie mit einem solchen pubertären Trotz in der Stimme, dass ich genug habe.

»Nein«, sage ich und stehe vom Stuhl auf. »Du hast völlig recht. Dann lass es eben bleiben. Iss nichts!«

Ich drehe mich um, will schon hinausstürmen, bleibe nach wenigen Schritten aber stehen. Mein Herz schlägt so heftig, dass ich Blut schmecke. Es rauscht in meinen Ohren.

Laetitias ruhige Stimme meldet sich in meinem Kopf.

Niemand tut etwas ohne Grund. Selbst ein scheinbar unlogisches oder kontraproduktives Verhalten hat irgendeinen Grund. Es ist wichtig, das in Erinnerung zu behalten.

Ich zwinge mich, meinen Kiefer zu lockern. Nehme die Schultern herunter und drehe mich wieder um.

»Mama«, sage ich, und es zieht in meiner Brust, als ich sie ansehe; sie will mir nicht in die Augen schauen.

Meine große, kraftvolle Mutter, die vier Stunden pro Nacht schläft und sowohl den Arbeitsplatz als auch ihre Taillenweite mit diktatorischer Disziplin beherrscht. Die ich ebenso geliebt wie gehasst habe.

Sie wirkt so klein. Und so müde.

Langsam setze ich mich wieder auf den Stuhl.

»Warum möchtest du nichts essen, Mama?«, frage ich.

Ihre Mundwinkel zittern.

»Ich will einfach nicht«, antwortet sie und klingt dabei wie ein Kind.

Ich nicke vorsichtig.

»Okay. Möchtest du dich einen Moment in den Garten setzen? In die Sonne?«

Sie nickt.

Also nehme ich sie mit nach draußen, setze sie auf einen der Liegestühle und hole ihr eine Sonnenbrille. Sie lässt es passiv und fügsam über sich ergehen, dass ich ihr die Brille über die Ohren schiebe.

Auch ich setze meine Sonnenbrille auf, so muss sie die Tränen nicht sehen, die sich in meinen Augen sammeln. Ich spanne die Bauchmuskeln an, um nicht schluchzen zu müssen.

Sie wird wieder sie selbst sein. Das weiß ich. In nur wenigen Stunden wird sie wieder meine Mutter sein, korrekt und elegant, und es wird sein, als wäre das hier nie passiert.

Aber es wird von Neuem passieren. Immer wieder.

Und eines schönen Tages wird sie nicht wieder sie selbst sein.

Eines Tages, auch wenn es unmöglich zu wissen ist, ob es noch Monate oder Jahre weg ist, eines Tages, viel zu früh, wird sie verschwunden sein. Für immer. Ihr Körper wird noch eine Weile hierbleiben, aber sie wird fort sein, als wäre sie nie hier gewesen.

Und wenn ich mich jetzt schon einsam fühle, wie viel schlimmer wird es dann erst sein?

Kapitel 26

Hi, Rebecca!
Ich bin so froh, dass du zu meinem Team gehören wirst! Echt spannend, eine Psychologin an Bord zu haben, ich freue mich schon sehr darauf, was du mitbringst :).

Um mit deiner neuen Tätigkeit loszulegen, musst du ein Start-up-Paket erwerben. Natürlich erhältst du die Produkte zum Einkaufspreis und verkaufst sie anschließend gemäß unserer Preisliste weiter. Wenn du dir dein eigenes Netzwerk aufbaust, informierst du deine Verkäuferinnen über die Bedingungen und bekommst dann fünf Prozent Provision auf all ihre Verkäufe – ein garantiertes passives Einkommen, solange du dich weiterhin dafür entscheidest, in dich selbst zu investieren!

Das Startpaket kostet 20 000 Kronen. Diese Summe können wir euch anbieten, indem wir die Preise für unsere Schwestern so niedrig wie möglich halten, um eure Gewinne zu maximieren, sobald ihr eure Verkaufsziele erreicht. Das Paket enthält eine breite Produktpalette, sodass du die Produktkategorien finden kannst, die dir am besten gefallen und die du am einfachsten verkaufen kannst. Wir empfehlen unseren neuen *Serendipity Sisters*, alle Produkte selbst zu testen, die sie einkaufen. So lernt ihr unser Sortiment kennen und findet eure eigenen Lieblingsprodukte. (Ich persönlich stehe total auf unser Vitamin-C-Serum! Es hat echte Wunder bei meinen Fältchen bewirkt.)

Sobald du das Geld überwiesen hast, schicke ich das Startpaket an dich los, außerdem bekommst du einen Link zu unserem Teamchat und den Onlineressourcen, auf die alle unsere Teilhaberinnen Zugriff erhalten.

Nochmals – ich glaube, du wirst super mit unserem Team zusammenarbeiten, und ich freue mich, dich bei unseren wöchentlichen Meetings zu sehen! Diesen Freitag veranstalten wir ein After-Work-Event im Urban Deli im Sveavägen. Ich hoffe, du kommst!

Liebe Grüße

Justina

Nach dem Morgen mit meiner Mutter bin ich so verwirrt, emotional aufgewühlt und erschöpft, dass mir die E-Mail eine unerhört willkommene Ablenkung ist. Noch nie habe ich mich über eine Forderung nach 20 000 Kronen so sehr gefreut.

Rakel hatte also recht mit dem, was sie sagte. Mein Magen zwickt bei dem Gedanken daran, wie sehr sich damit meine ohnehin schon extrem knappen Ersparnisse dezimieren werden, und ich will gar nicht versuchen, mir einzureden, ich könnte das Geld wieder einspielen. Selbst wenn Rakel sich irrt und Serendipity kein Schneeballsystem ist, das sich nur anders nennt, war ich schon immer gruselig schlecht darin, Dinge zu verkaufen. In meinem Leben habe ich nur ein Mal als Verkäuferin gearbeitet, und ich wurde schon nach einer Woche gefeuert. Kein einziges verkauftes Handy, trotz meiner unbeholfenen Versuche, ein breites Lächeln aufzusetzen und die armen Kunden davon zu überzeugen, dass ein Nokia 3310 ihr Leben verändern wird.

Als mein Chef, ein schlaksiger Kerl mit sehr dünnem Schnurrbart, mich entließ, schüttelte er betrübt den Kopf und sagte: »Ich glaube, das Verkaufen ist einfach nichts für dich, Rebecca. Du interessierst dich ja nicht einmal dafür, ob man auf dem Handy Snake spielen kann.«

Mit beidem lag er richtig.

Aber ich beiße trotzdem die Zähne zusammen. Logge mich in mein Bankkonto ein, lasse den Blick über die lächerlichen Beträge schweifen, während ich die geforderte Summe und die Kontonummer eingebe und die Überweisung bestätige.

Was hatte Rakel noch gesagt? 20 000 im ersten Monat, und dann noch mehr, jeden Monat. Davon steht in der Mail nichts, aber ich habe den Verdacht, dass es sich um einen monatlichen Beitrag handelt, der nicht sehr viel kleiner ausfällt. 10 000 vielleicht, in Kombination mit der starken Aufforderung, mehr zu kaufen.

20 000 als anfängliche Investition, danach 10–15 000 in den Folgemonaten. Bei 400 Verkäuferinnen in Schweden macht das allein acht Millionen nur durch das Startpaket. Und das verdrei- oder vervierfacht sich schnell, wenn die Verkäuferinnen bloß ein paar Monate dabeibleiben.

Da verwundert es nicht, dass sich Jonna diese Wohnung leisten kann.

Es wäre interessant zu erfahren, was sie für die Produkte bezahlt, aber meine Google-Recherche vom Vorabend hat nichts ergeben. Keine Spur von den Laboren, die sie beauftragen, um die Produkte zu entwickeln, und ebenso wenig konnte ich herausfinden, wo die Cremes hergestellt und abgefüllt werden.

Inzwischen habe ich auf diversen Blogs und in verschiedenen Zeitungen so viele Interviews mit Jonna über Serendipity gelesen, dass ich eine Biografie über sie schreiben könnte, aber noch immer weiß ich nicht, was ich eigentlich wissen will.

Ich hatte gehofft, vielleicht in Internetforen auf Ergebnisse zu stoßen, aber bis auf einige Beiträge, in denen Leute fragen, ob es sich lohnt, die Produkte zu kaufen, und andere antworten, dass sie ziemlich teuer sind, blieb meine Suche erfolglos. Für das Unternehmen einer erfolgreichen Influencerin mit einer Reichweite wie Jonnas scheint das Internet erstaunlich wenig darüber herzugeben, was sie eigentlich verkaufen und wie es ist, für sie zu arbeiten. Nicht einmal auf den Tratsch-und-Klatsch-Blogs.

Ich schließe die Seite meiner Bank und denke nach.

Ich kenne Rakels vollen Namen nicht. Aber ich frage mich …

Rasch öffne ich das Mailprogramm erneut. Suche nach Jonnas erster Nachricht.

Sie war direkt an mich adressiert. Keine Massenmail. Aber wenn ich nach unten scrolle …

Yes. Da ist es.

Ihre Nachricht war weitergeleitet, und die ursprüngliche Gruppeneinladung ist noch da. Sie ging an sieben verschiedene Empfängerinnen, und eine davon ist **leibsonrakel@gmail.com**.

Jackpot.

Rakel Leibson.

Es dauert nicht lange, bis ich sie auf Facebook entdeckt habe. Ihr Profilbild zeigt sie von vorn. Dunkle Locken, herausfordernder Blick, eine Zigarre zwischen den geschminkten Lippen, auf der Nase eine Sonnenbrille in Katzenaugenform.

Ich klicke auf das Symbol, um ihr eine Nachricht zu schreiben, und für einen Augenblick trifft mich die unheimliche Erkenntnis, dass Louise vor ein paar Monaten genau das Gleiche getan haben muss, als sie ihre Nachricht an mich tippte.

Hallo, Rakel,
ich heiße Rebecca und war gestern auch auf dem Serendipity-Treffen. Ich wollte fragen, ob du Lust hast, einen Kaffee trinken zu gehen. Was du gestern gesagt hast, hat mich verunsichert, und ich würde gern wissen, welche Erfahrungen deine Mutter, Ester, gemacht hat. Aber ich verstehe natürlich, wenn du nicht mit mir reden möchtest.
Alles Liebe
Rebecca

Ich schicke die Nachricht ab und lehne mich zurück. Gerade als ich den Computer ausschalten will, um mir oben in der Küche einen Kaffee zu machen und Pläne für den restlichen Tag zu schmieden, gibt der Computer einen Signalton von sich.

Schon bevor ich nachsehe, weiß ich, dass sie geantwortet hat. Schneller, als ich dachte. Mein Herz rast, als ich die Nachricht anklicke.

Hast du morgen Zeit? Ich könnte nach der Arbeit, um 18 Uhr. Du kannst ein Café aussuchen, am besten wäre es irgendwo in der Nähe von Hornstull.

Kapitel 27

Sie ist kleiner, als ich dachte. Nicht so klein wie ich, aber zweifellos zierlich, mit schmalen Schultern und einem graziösen, schlanken Hals. Trotz des wilden, dunklen Lockenkopfs und des punkigen Make-ups verleiht ihr das ein klassisches Aussehen.

Ich glaube nicht, dass sie mich wiedererkennt, als ich das Café betrete. Ich habe sie den Ort für unser Treffen bestimmen lassen, denn in Situationen wie diesen erfährt man durch die Ortswahl nicht selten etwas über den anderen, und sie hat Espresso House in der Hornsgatan vorgeschlagen. Es ist wie alle anderen Lokale dieser Kette in Stockholm: gemütlich, gedämpfte Beleuchtung, ein akademisch angehauchtes Publikum und junge attraktive Baristas. Rakel sitzt an einem Fenstertisch, vor ihr steht eine halb leere Kaffeetasse. Sie ist also schon etwas länger hier. Auch das sagt etwas aus – aller Wahrscheinlichkeit nach ist sie nervös. Vermutlich ist sie oft hier und fühlt sich hier wie zu Hause.

»Rakel?«, frage ich. Jetzt sieht sie auf, mustert mich schnell und gründlich. Meine neue Serendipity-Uniform – neutrale Farben – habe ich für dieses Treffen abgelegt und trage Farbtöne, die dem, was ich üblicherweise anziehe, näher kommen: ein schwarzes Hemd und dunkle Jeans. Ich habe mich nie besonders für Mode interessiert, habe Funktionalität immer dem Stil vorgezogen. Ich argwöhne, dass ich neben Rakel mit ihrem kurzen, gebauschten Rock, der an die Ballonkleider erinnert, die meine Schulkameradinnen früher getragen haben, und dem karierten Vintage-Strickpulli eher altbacken aussehe.

»Du musst Rebecca sein, oder?«, sagt sie.

Sie versucht, angriffslustig zu klingen, aber das gelingt ihr nicht besonders gut. So verhält es sich mit offen geäußerter Aggression: Wenn kein echtes Gefühl dahintersteckt, ist es nicht überzeugend. Entweder ist sie zu jung oder – wie ich annehme – zu lieb, als dass ihr das richtig gelänge.

»Ich habe bei dem Einführungsmeeting neben dir gesessen«, erkläre ich. »Es ist doch okay, wenn ich dich duze?«

Ich ziehe den Stuhl gegenüber hervor und setze mich. Versuche, so viel wie möglich von ihr aufzunehmen, ohne sie anzustarren: die kleinen silbernen Ringe an einem ihrer Ohrläppchen, die winzige Stelle links vom Kinn, wo sie übersehen hat, die Schminke in die Haut einzuarbeiten, die perfekt blau lackierten Fingernägel – perfekt bis auf den rechten Zeigefinger, an dem die Farbe abgeblättert ist. Als hätte sie an ihrem Nagel geknabbert.

»Tut mir leid«, entgegnet sie, und wieder misslingt ihr ein kühler Tonfall. »Ich war in dem Moment etwas abgelenkt, ich weiß nicht mehr, wer alles da war.«

»Verstehe ich«, sage ich. Lächle ihr zu und merke, wie sich etwas in mir regt – es ist kein mütterliches Gefühl, aber doch ein Gefühl wie gegenüber einer kleinen Schwester. Sie ist erwachsen, aber ihr Erscheinungsbild unter der Oberfläche ist noch sehr jung.

Wenn mich mein erster Eindruck nicht täuscht, ist sie ein liebes, wohlerzogenes Mädchen, das ihr Bestes gibt, sich im Erwachsenenleben zurechtzufinden.

Was bedeutet, dass sie wirklich *sehr* wütend gewesen sein muss, so wie sie bei dem Kick-off-Meeting aufgetreten ist.

»Möchtest du noch etwas anderes außer Kaffee?«, frage ich. »Ich zahle. Schließlich habe ich den Anstoß zu diesem Treffen gegeben.«

»Nein, nein, danke, das ist nicht nötig«, sagt sie sofort und bestätigt mir damit das, was ich vermutet hatte.

»Aber wenn du etwas zu essen bestellen möchtest …?«, sagt sie auf meine Frage hin, »ich kann gern so lange hier warten.«

»Kein Problem, ich habe keinen Hunger«, entgegne ich.

Ich halte inne. Sie weicht meinem Blick aus, nimmt rasch einen Schluck Kaffee.

Bin ich der Grund für ihre Nervosität? Oder steckt noch etwas anderes dahinter?

Ich riskiere eine Vermutung.

»Ich bin nicht hier, um dir Schwierigkeiten zu machen«, versichere ich, »ich habe nichts mit Serendipity zu tun. Jedenfalls noch nicht. Ich bin nicht im Auftrag von Jonna hier.«

Das wirkt. Ihre Schultern entspannen sich ein wenig. Mit ängstlichen Augen sieht sie mich an. Ich achte auf eine offene, neutrale Miene.

Sie streckt sich leicht.

»Okay. Nicht, dass ich dich für Jonnas … Agentin oder so gehalten hätte …«

Doch, für genau das hatte sie mich gehalten.

»Beziehungsweise, ich wollte das nicht glauben«, spricht Rakel weiter. »Aber, na ja … ich weiß nicht. Als du dich gemeldet hast, habe ich Angst bekommen. Ich dachte, dass sie vielleicht kapiert hätte, dass ich mich nicht darauf einlassen würde, mit ihr zu reden, und sie dich geschickt hätte, als eine Art …«

»… Handlangerin?«, ergänze ich. »Ich war nur wegen des Kick-off-Meetings dort. Ich hatte zwar viel Gutes über

Serendipity gehört, aber das, was du gesagt hast, hat mich verunsichert. Ich weiß, dass die anderen Frauen dir kein Gehör schenken wollten, aber ich möchte mehr über das erfahren, was deiner Mutter passiert ist. Natürlich nur, wenn du darüber reden willst.«

So ganz fair ist das nicht von mir. Ich erzeuge ein unmittelbares Wir-gegen-sie-Gefühl, indem ich behaupte, die anderen auf dem Meeting hätten ihr nicht geglaubt, und suggeriere, Rakels Verbündete zu sein. Doch das zeigt in den meisten Fällen Wirkung, und anscheinend auch jetzt, denn Rakel schüttelt den Kopf und nimmt einen weiteren Schluck Kaffee.

»Das dachte ich mir schon«, erwidert sie. »Es erstaunt mich eher, dass mir *überhaupt* jemand zugehört hat. O Gott, wenn ich nur nicht so furchtbar dramatisch aufgetreten wäre! Das ist sonst gar nicht meine Art, weißt du? Ich war nur so wahnsinnig, wahnsinnig wütend.«

Ich nicke.

»Nicht weiter erstaunlich, wenn jemand einer Person, die man liebt, Schaden zufügt.« Es ist vielleicht etwas ungelenk von mir formuliert, aber die Botschaft kommt an. Ich sehe, wie Rakels Halsmuskeln arbeiten, als sie schluckt.

»Ja«, sagt sie und nickt. »Genau.«

Ich warte kurz, aber sie fügt nichts mehr hinzu. Doch was ist das für ein Ausdruck, der da in ihren Augen aufglimmt?

Scham, vermutlich. Sie schämt sich für ihr Verhalten auf dem Meeting.

»Wie geht es deiner Mutter?«, frage ich, um die Unterhaltung auf etwas anderes zu lenken, hin zu dem Grund für ihren Ausbruch.

Rakel verzieht ihre Miene zu einer kleinen Grimasse.

»Ich bin mir nicht sicher«, sagt sie. Ihre Mundwinkel zittern leicht.

»Es ist eine sehr große Verantwortung«, bemerke ich. »Sich auf einmal um die eigene Mutter kümmern zu müssen.« Ich zögere, füge dann aber hinzu: »Meine Mutter ist dement, und ich bin wieder hierher nach Hause zurückgezogen, um ihr zu helfen. Das ist … auf eine unerwartete Art und Weise nicht so leicht. Es war nicht mein Plan, hier zu sein, nicht zu diesem Zeitpunkt meines Lebens.«

Ich verspüre einen dumpfen Schmerz, als ich das sage. Meine Augen werden feucht.

Scheiße auch! Ich hätte es besser wissen müssen. Ich dachte, ich könnte das erwähnen, um eine Bindung zwischen Rakel und mir aufzubauen, aber es tut weh, es laut auszusprechen – es laut auszusprechen und zu verstehen, dass es wirklich wahr ist.

Ich atme durch die Nase ein, atme langsam wieder durch den Mund aus. Erinnere mich daran, dass es mir gut geht und ich die Situation unter Kontrolle habe.

Kontrolle?, flüstert eine kleine garstige, amüsierte Stimme in meinem Hinterkopf. *Du hast schon lange keine Kontrolle mehr. Am wenigsten über dich selbst.*

Rakel nickt, und ich versuche, mich auf sie zu konzentrieren. *Reiß dich zusammen, Rebecca!*

»Genau so ist es«, sagt sie mit belegter Stimme. »Es ist nicht so, als würde ich meine Mutter nicht lieben. Ich liebe sie sehr. Sie hat mich allein großgezogen. Hat immer hart gearbeitet. Ich weiß, dass alle das von ihren Müttern sagen, aber was meine Mutter betrifft, stimmt das wirklich. Sie hat sogar Arbeit mit nach Hause genommen, damit sie für mich da war, wenn ich aus der Schule kam, und wenn ich im Bett war, hat sie weitergearbeitet, um alles zu schaffen.« Rakel macht eine Pause.

»Als ich klein war, wusste ich das natürlich nicht«, sagt sie. »Das hat sie mir erst später erzählt.«

Wieder schluckt sie, zweimal.

Hätten wir uns besser gekannt, hätte ich meine Hand auf ihre gelegt, aber ich glaube, dass sie nicht besonders gut darauf reagieren würde.

Nein, das stimmt nicht. Ich glaube, dass *ich* nicht besonders gut darauf reagieren würde, ich glaube, dass ich daran ein wenig zerbrechen würde. Das ist das Risiko mit meinem Beruf: Kommt man anderen zu nahe, kann man selbst unmöglich unbeteiligt bleiben. Man kann nicht von jemandem Verletzlichkeit verlangen, ohne sich selbst verletzlich zu machen.

»Was ist überhaupt passiert?«, wiederhole ich, nachdem Rakel tief Luft geholt hat. »Wenn du darüber reden möchtest, meine ich.«

»Klar«, erwidert Rakel. »Ich tue alles, um zu verhindern, dass du dich ebenfalls auf diesen Mist einlässt. Diese Leute zerstören dein Leben.«

Das schlechte Gewissen, das im Hintergrund meiner Überlegungen rumort, ignoriere ich hartnäckig.

»Meine Mutter ist 57«, fährt Rakel fort. »Sie hat, wie gesagt, ihr Leben lang gearbeitet, aber es reicht nicht für eine auskömmliche Rente. Wie bei den meisten, du weißt schon.«

Einer ihrer Mundwinkel verzieht sich leicht nach oben. Unbewusst, glaube ich. Ihr Blick geht ins Leere, sie denkt bestimmt an ihre Mutter.

»Sie war immer ganz süchtig nach so Promi-Zeug«, erklärt Rakel. »Das erwartet man nicht von ihr, wenn man sie kennt, denn sie ist sehr gewissenhaft und zielstrebig. Gebildet und selbstständig. Aber als ich klein war, hat sie immer diese Klatschzeitschriften gelesen; du weißt schon, die Beilagen der Abendzeitungen und diese supertrashigen Revolverblätter mit Paparazzi-Bildern. Ich habe sie immer damit aufgezogen. Sie meinte, sie würde sie meinetwegen kaufen. Hallo, ich war da noch der Grundschule! Damals wollte ich nichts anderes als Donald Duck verschlingen, es war mir völlig schnuppe, welchem Promi auf dem roten Teppich der BH verrutscht war.«

Lachend schüttelt sie den Kopf, schließt die Augen.

Ihr Lachen erstirbt.

»Sie war auch die Erste, die diese ganzen Blogs verfolgt hat«, sagt sie, jetzt in einem anderen Tonfall. »Keine Ahnung, was ihr das gibt. Aber es ist so, als ob sie Beziehungen zu ihnen aufbauen würde. Promis, Blogger, Influencer und so. Auch zur Königsfamilie. Meine Mutter ist intelligent und hat Drive, ist aber gleichzeitig ein Sensibelchen … Und sie hat nicht viele Freunde. Auch keine Familie. Deshalb wohl auch das Ganze. Es ist eine Art … soziales Netzwerk, an dem sie dranblieb, obwohl sie in Wirklichkeit kaum Kontakte hatte.«

Für jemanden, der noch nie etwas von dem Begriff ›parasoziale Beziehungen‹ gehört hat, hat sie die Sache beeindruckend präzise auf den Punkt gebracht. Auch Rakel ist nicht auf den Kopf gefallen. Ist klug und aufmerksam.

»Und so ist sie auf Serendipity gestoßen«, tippe ich, und Rakel nickt.

»Sie mochte Jonna«, sagt sie. »Hat manchmal von ihr gesprochen. Gesagt, dass sie Jonna großartig fände. Ein tolles Vorbild für junge Mädchen. Das Übliche, du weißt schon.«

Klar. Ich nicke.

»Anfangs war sie ganz aus dem Häuschen«, erzählt Rakel weiter. »Sie hat mich angerufen, um mir zu sagen, dass sie sich einem … Mensch, was hat sie noch gleich gesagt? Einem beruflichen Netzwerk von Frauen angeschlossen habe, die sich finanziell unabhängig machen wollten.« Sie schnalzt mit der Zunge. »Hätte ich doch nur gleich kapiert, dass diese Sache irgendwie seltsam war«, spricht sie weiter. »Dann hätte ich jedenfalls ein weniger schlechtes Gewissen gehabt, glaube ich. Aber ich fand, dass sich das cool anhörte. Und ich hatte mir noch nie Sorgen um meine Mutter machen müssen, deshalb habe ich nicht so viel darüber nachgedacht.« Langsam schüttelt Rakel den Kopf. Das Licht, das durch das Fenster hereinscheint, glitzert in ihren silbernen Ohrringen.

»Wann hast du geahnt, dass etwas nicht stimmte?«, frage ich nach.

»Nach ein paar Monaten vielleicht«, sagt Rakel zögernd. »Oder auch länger. Ich bin mir nicht sicher. Sie war völlig besessen von der Geschichte. Hatte keine Zeit mehr, mit mir ins Kino zu gehen oder mit mir abends zu essen … Das war im Frühjahr, und normalerweise sind wir da immer ein Wochenende zum Wandern rausgefahren. Ich war nie besonders wild darauf, im Zelt zu schlafen, aber du weißt ja … Seiner Mutter kann man nur schwer etwas abschlagen.«

»Sehr schwer«, gebe ich ihr mit schwachem Lächeln recht.

»In diesem Jahr aber hat sie das Zelten abgesagt«, bemerkt Rakel. »Sie habe keine Zeit, hat sie gemeint. Sie kannte kein anderes Thema mehr als Serendipity. Postete drei-, viermal am Tag etwas darüber auf Facebook, immer mit Vorher-nachher-Bildern, die alle gleich aussahen, dazu einen Haufen Emojis und Ausrufezeichen … was ihr gar nicht ähnlich sah. Meine Mutter hatte vorher nie etwas auf Social Media gepostet.«

»Und was geschah dann?«, hake ich nach.

»Irgendwann hatte ich das Gefühl, etwas sagen zu müssen«, erwidert Rakel. »Meine Mutter hat am Ende sogar mir versucht, etwas von dem Zeug anzudrehen. Ich lebe von Ausbildungsunterstützung! Da kann man sich sauteure vegane Hautcremes nicht leisten. Ich wasche mir das Gesicht mit Seife und benutze Vaseline, das ist meine Realität.«

Ich muss schmunzeln.

»Meine auch so ungefähr«, erwidere ich.

»Schließlich habe ich also versucht, mit ihr darüber zu reden«, sagt sie. »Vor ein paar Monaten. Ich sagte, dass es nun reichte, dass einem eben nicht alles gelingen könne und dass ich fände, diese Sache würde für sie nicht funktionieren. Und da ist sie … einfach zusammengebrochen.«

In Rakels Augen steht wieder ein feuchter Schimmer, aber sie spricht weiter wie in Trance: »Sie hat geheult wie ein kleines Kind und gemeint, dass ich das nicht verstehen würde. Sie habe sämtliche Ersparnisse auf Serendipity verwendet. In ihrer Bude türmten sich die Produkte, die sie nicht hatte verkaufen können. Meine Mutter meinte, dass ihre ›Teamleiterin‹ sie dazu ermutigt habe, mehr und mehr zu bestellen, weil das günstiger wäre. Also hatte sie das getan, und jetzt saß sie auf einem Berg von beschissenen Dosen veganer Hautcreme und hatte keinen Penny mehr. Sie war völlig pleite. Sie hatte solche Schnellkredite aufgenommen, das war total crazy.«

Rakels Lippen zittern. Sie presst sie aufeinander, fest.

»Mein Gott«, sage ich. »Das tut mir leid.«

Meine Stimme bebt ein wenig. Nicht absichtlich, es passiert einfach.

»Das war wirklich einer der schlimmsten Tage meines Lebens«, sagt Rakel mit rauer Stimme. Sie räuspert sich.

»Und das ist noch nicht alles. Sie hat mir erzählt, dass sie versucht habe, ihre ›Teamleiterin‹ um Hilfe zu bitten. Mama hatte ihr gesagt, dass sie sich finanziell völlig verausgabt habe, dass sie die Produkte nicht verkauft bekäme, dass sie deshalb nachts schlaflos im Bett läge. Und da hat dieses Weibsstück ihr Schlaftabletten und Beruhigungsmittel angeboten. Hatte gesagt, dass sie ihr Medikamente ›besorgen‹ könne, wenn sie Hilfe bräuchte.« Rakel presst die Lippen zusammen. »So als würde man einem alten Gaul Schmerzmittel geben, damit er mit einem gebrochenen Bein weiterlaufen kann«, spuckt sie hervor.

Ich tue mein Bestes, um mir meine Aufregung nicht anmerken zu lassen.

»Weißt du, von wem? Von wem sie die Tabletten gekauft hat?«, frage ich nach.

»Nein«, sagt Rakel. »Glaub mir, wenn ich das wüsste, hätte ich die Polizei gerufen.«

Ich nicke.

»Noch dazu hatte man Mama gefeuert«, fügt sie nachdenklich hinzu. »Weil sie auch während ihrer Arbeitszeit dieses ganze Serendipity-Zeug gemacht hat. Außerdem hatte sie versucht, die Sachen auch ihren Kolleginnen anzudrehen. Sie hatte also nichts Erspartes übrig, kein festes Einkommen mehr und konnte nur darauf hoffen, dass irgendwann ein Wendepunkt käme. Das hat offenbar ihre Teamleiterin gesagt. Dass früher oder später der Wendepunkt käme, sie dürfe nur nicht lockerlassen.«

Jetzt sehe ich wieder diesen brodelnden Zorn in ihren Augen.

»Kannst du dir das vorstellen? Meine Mutter war ruiniert, hatte keinen Job, und ihre verdammte *Teamleiterin*«, sie spuckt das Wort hervor, »ließ sie weiterhin glauben, sie würde sich nicht genug ins Zeug legen. Dass sie es nur nicht genügend wolle. Wie abscheulich kann man bitte sein!«

Sie schüttelt den Kopf.

»Und das war noch nicht mal das Ende«, bemerkt Rakel. »Ich habe versucht, ihr zu helfen, sich aus diesem Schlamassel zu befreien, habe sie darin unterstützt, ihnen eine Mail zu schicken und ihnen zu sagen, dass sie nicht länger die Produkte verkaufen wolle, aber da haben sie erwidert, dass sie ihnen Geld schuldet!«

Sie lacht bitter auf.

»Sie hatte ihnen jede einzelne Krone gegeben, aber die meinten, es würde nicht reichen. Sie sagten, sie habe ihre Verkaufsziele nicht erreicht und müsse deshalb eine *Vertragsstrafe* von 15 000 Kronen zahlen.«

»Und was stand in dem Vertrag?«, erkundige ich mich.

»Es gab keine verdammte Vertragsstrafe!«, bricht es aus Rakel hervor. »Es war pures Glück, dass Mama mich hatte! Ich studiere Jura, also hab ich denen erzählt, was für ein Bullshit das sei, aber meine Mutter war völlig verängstigt. Sie drohten ihr, sie zu verklagen, unglaublich, oder? Sie zu verklagen, weil sie ihnen nicht noch mehr gab. Dabei hatte sie ihnen doch schon *alles* gegeben.«

Ich weiß nicht, was ich sagen soll. Suche vergeblich nach den passenden Worten, nach etwas Tröstlichem, aber mir fällt nichts ein.

Seufzend schließt Rakel die Augen.

»Verzeih. Ich wollte nicht die Beherrschung verlieren. Nicht schon wieder. Aber … lass dich nicht auf diesen Mist ein. Um deiner selbst willen. Und deiner Familie willen. Ich wünschte, jemand könnte sie aufhalten.«

»Bist du zur Polizei gegangen?«

»Nein«, sagt Rakel. »Ich weiß nicht, was zur Hölle die Polizei tun könnte. Meine Mutter hat sich trotz allem freiwillig auf das alles eingelassen.« Rakel verstummt kurz, bevor sie leise weiterspricht: »Das ist das Schlimmste an dieser ganzen Sache – sie haben sie dazu gebracht, sich selbst zu schaden. Sie haben nichts weiter getan, als ihr einen Wunschtraum zu verkaufen, und ihr dann gesagt, dass sie selbst schuld sei, dass er nicht in Erfüllung gegangen sei. Sie haben ihr keine Drogen gegeben, haben sie nicht abgezockt, indem sie Geld auf ein dubioses Konto überweisen sollte – nichts dergleichen. Das Ganze ist ein Kartenhaus, Augenwischerei, aber vermutlich nicht illegal.«

Da bin ich mir nicht so sicher, aber ich sage nichts. Es würde ihr nicht helfen. Jedenfalls nicht in diesem Moment.

»Und wie geht es deiner Mutter jetzt?«, will ich stattdessen wissen.

»Beschissen«, sagt Rakel sofort. »Sie musste ihre Wohnung aufgeben. Sie war am Boden zerstört. Wenn sie eine andere Stelle gefunden hätte, dann vielleicht … aber meine Mutter war danach völlig fertig. Ich glaube, sie litt unter Depressionen. Ich habe ihr mein Bett im Studentenwohnheim überlassen und selbst auf dem Sofa geschlafen – und ich habe meine Mitbewohnerin hart bearbeiten müssen, sich darauf einzulassen, das war nicht leicht. Mama hat in den ersten Wochen kaum das Bett verlassen, hat nur die Wand angestarrt. Sie ist überhaupt nicht mehr rausgegangen. Wollte nichts essen.«

Jetzt rinnen Tränen über Rakels Wangen, aber das scheint sie kaum zu bemerken, sie wischt sie nur mit einer reflexhaften Bewegung fort. Es versetzt mir einen Stich in die Brust.

»Inzwischen hat sie sich etwas berappelt«, spricht Rakel weiter. »Aber sie ist nur noch ein Schatten ihrer selbst. Ich weiß nicht, was ich tun soll, um ihr zu helfen, über das hinaus, was ich schon getan habe. Ich habe alles versucht.«

»Das klingt so, als sollte sie mit einem Psychologen sprechen«, schlage ich vor, woraufhin Rakel wieder schrill und humorlos lacht.

»Ich weiß«, sagt sie. »Ich habe versucht, ihr einen Termin zu besorgen. Aber die Wartezeiten sind so lang, dass das keinen Sinn hat. Sie ist ja nicht akut krank, nur traumatisiert, und so hat niemand Zeit für sie.«

Ach ja. Genau. Dieses ach so tolle schwedische Gesundheitssystem, das es mit irgendeiner altmodischen lutherischen Einstellung vorzieht, den Menschen einzubläuen, sich gefälligst zusammenzureißen. Zehn Sitzungen Kognitive Verhaltenstherapie und Antidepressiva, wenn's hart auf hart kommt, und danach wird man einfach sich selbst überlassen.

Ich sollte mich wirklich aus dieser Sache raushalten. Sollte das wirklich wie das Problem eines Klienten behandeln. Sollte versuchen, so gut es geht, Laetitias Leitregeln zu befolgen.

Aber ich bin so berührt, dass ich es nicht auf sich beruhen lassen kann.

»Ich habe beruflich ein bisschen mit solchen Dingen zu tun, weißt du?«, erkläre ich. »Ich habe da eine Ex-Kollegin, die deine Mutter zu einem günstigeren Preis behandeln könnte, glaube ich. Wenn du das willst.«

Ein kleines verkniffenes Lächeln huscht über ihre Lippen.

»Danke«, sagt sie. »Das ist sehr nett von dir. Aber das würde voraussetzen, dass sie überhaupt bereit wäre, dort hinzugehen.« Sie seufzt. »Mittlerweile ist sie nicht länger apathisch, sondern wütend. Richtig unausstehlich ist sie. Aber sie geht wenigstens ab und zu vor die Tür. Macht lange Abendspaziergänge. Das ist immerhin etwas.« Rakel fährt kopfschüttelnd fort: »Ich weiß nicht. Ich glaube, dass ihre Wut etwas abgenommen hat. Aber sie ist ansteckend. Deshalb bin ich auch zu Serendipity gegangen. Meine Mutter und ich tun kaum etwas anderes, als wütend umherzustapfen. Ich dachte, es täte gut, mal Dampf abzulassen, aber ehrlich gesagt hat es gar nichts gebracht.«

Rakel knabbert an ihrem Daumennagel. Ich kann sehen, wie sich winzige Stückchen blauer Nagellack lösen.

»Ihre Teamleiterin war noch nicht mal da«, fährt sie fort. »Ihr hatte ich eigentlich in die Augen sehen wollen. Keine Ahnung, ob mein Besuch dort überhaupt irgendetwas verändert hat.«

Jetzt kommt es.

Ich weiß schon, was sie nun sagen wird, frage sie aber trotzdem, nur um es sie sagen zu hören:

»Wie hieß ihre Teamleiterin?«

»Louise«, sagt Rakel. »Ihr habe ich die Mail geschickt. Ich dachte also, sie würde bei dem Meeting sein. Aber das war sie nicht. Es war also nichts als verschwendete Zeit.«

17. April

»Lollo!«

Jonnas Stimme hallte in der Leitung wider, und Louise dachte zum tausendsten Mal, dass sie die Lautstärke drosseln sollte, wenn Jonna anrief. Sie sprach immer etwas zu laut am Telefon. Ging jedes Telefonat so an wie den Rest des Lebens, voller Enthusiasmus.

Es brachte Louise zum Lächeln, obwohl ihr die Ohren klingeln würden, nachdem sie aufgelegt hätte.

»Hi, Jonna«, erwiderte sie. »Geht's um dieses Retreat im Juni? Ich glaube nämlich, dass wir das Haus haben können, ich muss mich nur mit den Nachbarn absprechen.«

»Gott, das ist ja super!«, rief Jonna begeistert aus. »Du bist klasse, ich weiß wirklich nicht, wie wir früher ohne dich zurechtgekommen sind.«

Louise lächelte, Wärme durchströmte ihren Brustkorb. Es war Jonna gewesen, die die Idee gehabt hatte, für die beiden Teams mit den besten Verkaufszahlen im ersten Quartal ein Retreat zu organisieren. Und für die Leitungsebene, natürlich. Bei Serendipity gab es kein formelles Managementteam, aber diejenigen, die am engsten mit Jonna zusammenarbeiteten – Lykke, Isabella, Carina und Justina –, waren so etwas wie das informelle Management, kümmerten sich um alles, damit es glattlief.

Und weil Louise das Retreat hatte mitplanen dürfen,

konnte sie davon ausgehen, nun ebenfalls zum Management zu zählen.

Sie hatte es sich verdient.

Hatte hart für ihre Position gearbeitet. Jonna hatte gesagt, kaum ein Team habe jemals eine so schnelle Expansion hingelegt wie Louises. Nach Louises erster Rekrutierung hatte sie sich gnadenlos darauf konzentriert, sich eine solide Basis aufzubauen. Sie hatte sich auf alte Bekannte und junge Frauen eingeschossen, die wegen der Kindererziehung oder Burn-out die Karriereleiter heruntergepurzelt waren, auf ehrgeizige Frauen ohne Arbeit. Und das hatte gut funktioniert.

Nicht nur gut, sondern richtig gut. Sie hatte in ihrem Leben noch nie so viel gearbeitet wie jetzt. So viel, dass es ihr inzwischen abends schwerfiel abzuschalten. Nachts fand sie nur schwer in den Schlaf, weil in ihrem Kopf zu viele Informationen kreisten: Überlegungen, wie sie einen noch größeren Personenkreis erreichen könnte, ohne im Gegenzug den persönlichen Touch zu verlieren, Marketingkonzepte, wie man die Zielgruppe ausweiten könne. Erst gestern hatte sie sich auf Jonnas Empfehlung hin ein natürliches Schlafmittel gekauft. Noch hatte es nicht angeschlagen, aber das würde hoffentlich nur noch ein paar Tage dauern.

Aber das war es alles wert. Die langen Abende, das frühe Aufstehen, der Schlafmangel.

Louise hatte sich nicht richtig erlaubt, darüber nachzudenken, wie einsam sie doch vor Serendipity gewesen war. Nicht nur, dass sie auf einmal einen Job hatte, auf den sie stolz sein konnte, nicht nur, dass sie tagsüber wieder etwas vorhatte, dass sie wieder Freunde hatte, Mädels, mit denen sie ausgehen, ein Glas Wein trinken und darüber jammern konnte, wie sehr man einige Interessentinnen doch umwerben müsse, bis sie sich auf Serendipitys Verkäuferinnenliste setzen ließen – nein, sie hatte durch Serendipity endlich wieder zu sich selbst gefunden.

Louise bog ab in Richtung Wasser. Sie hatte das Joggen wiederentdeckt, aber heute trug sie keine Laufschuhe, ihr war nur nach einem Spaziergang in der Sonne gewesen, bevor sie sich an die nachmittägliche Recherche machte. Sie sah sich gerade genauer an, wie sie Videomaterial noch besser einsetzen könnten, und dafür würden wieder der gesamte Nachmittag und der Abend draufgehen. Aber die herrliche Frühlingssonne nicht kurz zu genießen, wäre ein Jammer gewesen.

»Aber deshalb habe ich gar nicht angerufen«, sagte Jonna mit leicht verändertem Tonfall. Louise verlangsamte ihre Schritte.

»Worum geht's denn?«, fragte sie.

Ihr Herz fing an, schneller zu klopfen. Gedanken, die sie absichtlich beiseitegeschoben hatte, drängten sich ihr auf.

»Lykke hat ein Mädel in ihrem Team, das sich nicht so gut in die übrige Gruppe einfügt«, sagte Jonna. »Na ja, eher eine Frau. Sie ist weit älter als die anderen. In etwa so alt wie meine Mutter. Könntest du dir vorstellen, sie in deine Gruppe aufzunehmen? Ich liebe Lykke, das weißt du, aber ihre Sozialkompetenz lässt manchmal etwas zu wünschen übrig. Ich dachte, dass du mit der Frau vielleicht erfolgreicher sein würdest, sie besser motivieren könntest und so. Deine Zahlen sind ja so super, selbst wenn sie hinterherhinkt, hätte das kaum Auswirkungen. Außerdem wäre das ein kleines Zusatzeinkommen für dich. Erst recht, wenn du ihr begreiflich machen kannst, dass sie sich ein Lager anlegen muss, um verkaufen zu können.«

Jonna lachte. Louise stimmte mit ein.

Versuchte, ihre Enttäuschung zu verdrängen. Versuchte, sie nicht zu empfinden oder darüber nachzudenken, was sie bedeutete. Versuchte, sich nicht anmerken zu lassen, welche Worte sie sich von Jonna ersehnt hatte.

»Klar doch«, erwiderte sie. »Danke, dass du dabei an mich gedacht hast.«

»Logisch«, sagte Jonna. »Du, Louise, bist schließlich mein größter Schatz!«

Wärme, eine herrliche Wärme durchströmte sie, strahlte aus in ihre Gliedmaßen. Für einen flüchtigen Moment sah sie Jonna vor sich; ihr langes kastanienbraunes Haar, das einen dazu verleitete, mit den Fingern hindurchfahren zu wollen, die Sommersprossen auf ihrem Nasenrücken, die kleine Vertiefung an ihrem Schlüsselbein, die immer dann zutage trat, wenn eines von Jonnas weit ausgeschnittenen T-Shirts ihr über die Schultern glitt.

»Du bist wirklich lieb«, erwiderte Louise mit steifem Lächeln, und sie merkte, wie Röte ihren Hals hinaufkroch. Redete sich ein, dass das an der Sonne lag.

»Also, wir sehen uns dann übermorgen«, schloss Jonna. »Ich muss los, habe in ein paar Minuten ein Fotoshooting. Muss ein paar Bilder machen, damit ich sie nächste Woche posten kann.«

»Mein Gott, was für ein Leben!«, parierte Louise und wurde mit einem Lachen belohnt.

»I know, right? Küsschen, meine Hübsche!«

Das Geräusch eines Schmatzers drang durch die Leitung, dann ein »Klick!«.

Louise steckte das Handy zurück in die Hosentasche.

Der Himmel war blassblau und weit, vom Wasser her wehte eine leichte Brise. Sie nahm ihren Spaziergang wieder auf, ging aber langsamer.

Eine Art Unruhe machte sich in ihrem Bauch bemerkbar, in ihrer Brust, sie verspürte ein leises Kribbeln unter der Haut.

Sie kannte es. Kannte es von früher.

In einer langen Ehe konnte man sich manchmal verlieben. Das war normal. So etwas kam vor. Sie wusste, dass William im vergangenen Jahr in eine Kollegin vernarrt gewesen war, sie hatte sie sogar selbst einige Male getroffen, eine zierliche Frau mit kurzem, dunklem Bob und sinnlichen Lippen; es hatte sie nicht besonders gestört. William war nicht der Typ für eine Affäre. Vielleicht der Typ, der sich nach einer Firmenparty einen schnellen Fick gönnte, aber diese Vorstellung störte sie ehrlich gesagt weniger, als es das womöglich sollte. Er liebte sie, wollte sie immer noch, sie hatten eine starke Beziehung. Menschen waren nicht von Natur aus monogam. Manche Dinge passierten eben. Solange es nur Sex war, solange es nicht zu häufig vorkam, solange es nicht zur Gewohnheit würde, würden sie es überleben.

Und jetzt war sie ein klein wenig verliebt in eine Arbeitskollegin. So schlimm war das nicht. Auch nichts, von dem William etwas wissen müsste. Es war ein Mythos, dass man in einer Ehe alles miteinander teilen musste. Sie wusste längst nicht alles über William und er nicht alles über sie. Es gab Dinge, die man besser für sich behielt. Dinge, die den anderen nur verletzen würden. Wie diese Sache mit Anton. Davon wusste William nichts, dessen war sie sich sicher, und sie war davon überzeugt, dass er ähnliche Geheimnisse vor ihr hatte. Dinge, die er zu ihrem eigenen Besten von ihr fernhielt.

Es war nur so, dass sie sich seit ihrer Jugend nicht mehr so gefühlt hatte. Teilweise war das ihre klare Absicht gewesen. Sie hatte beschlossen, sich auf Männer zu konzentrieren, und das hatte auch prima funktioniert. Louise stand auf Männer, hatte immer schon auf Männer gestanden; etwas anderes brauchte sie nicht.

Aber ihre Gefühle für Jonna hatten sich schleichend entwickelt. Waren immer stärker geworden. Und diese jäh aufflammende Hoffnung, diese jähe Atemlosigkeit, als ihr klar wurde, welche Worte sie sich von Jonna erhofft hatte …

Das hatte sie bisher nur ein Mal gekannt. Und das, was damals mit Rebecca passiert war, wollte sie nicht noch einmal erleben.

Kapitel 28

Frau tot in Djursholm aufgefunden (24/8)
diehundeverrückte – #187
logisch, dass es ihr Ehemann war. sein Profilbild auf LinkedIn schreit Psychopath.

Spoof68 – #188
sie hatte bestimmt nen Fick nebenher. die Fotze hat bekommen, was sie verdient hat!

DaddyPutin – #189
Glaube auch, dass es ihr Mann war. Er war ein Kollege meines Cousins. Er sagt, er habe einen gewissen Ruf. Gar kein Zweifel. Fragt sich nur, ob die Polizei das energisch verfolgen wird, wenn man bedenkt, wie viel Kohle er hat …

SundinKasper – #190
wechselt den Thread
www.flashback.org/t5278975523
checkt einfach was die polizei geschrieben hat. es war selbstmord. sie wissn das aber die familie ist crazy u weigert sich es zu fassen. sie werdn den Fall bald einstelln

dieletztefrauinschweden – #191
Weiß nicht, woher ihr diesen ganzen Scheiß habt, aber

nichts davon stimmt. Meine Schwester kennt sie beide. Die Frau wurde von einem Familienmitglied ermordet. In ein paar Tagen werdet ihr das in der Zeitung sehen. Ich hoffe, die Familie sieht diesen Chatverlauf nicht, so gnadenlos, wie der ist.
Ich hoffe wirklich, sie finden den Täter, denn ihre Eltern sind am Boden zerstört. Kommentiere so etwas normalerweise nicht, aber in diesem Fall ... es ist so tragisch. Sie war noch so jung.

WhiteGenocideIsReal – #192
www.facebook.com/louise.von.ascheberg
die würde ich sowohl tot als auch lebendig ficken, was meint ihr

Ich schließe die Seite und schiebe den Laptop ein Stück von mir weg.

Bis jetzt habe ich vermieden, mir anzusehen, was im Internet darüber geäußert wird, habe mich auf die Zeitungen konzentriert, um Informationen über den Fall zu finden. Aber nach dem Gespräch mit Rakel schwirrt mir so vieles im Kopf herum; ich konnte mich nicht länger beherrschen.

Ich weiß nicht, was ich glauben soll.

Weiß nur, dass mir schlecht ist.

Ich habe schon früher etwas über Morde im Internet gelesen. Logisch. Manchmal aus Recherchegründen, manchmal aus purer altmodischer Neugier. Habe mich durch Twitter, Reddit und Flashback gescrollt.

Es ist aber etwas ganz anderes, etwas über einen Menschen zu lesen, den man gekannt hat. Jemanden, den man geliebt hat. Jemanden, mit dem man nie mehr wird reden können.

Seit Louises Tod sind fast zwei Wochen vergangen. Mittlerweile berichten die Zeitungen nicht länger darüber; ein

Mord in Malmö, ein kleiner Skandal um eine Wurstfabrik in Småland, ein Politiker, der die Nanny schwarz bezahlt hat, haben die »Djursholmfrau« verdrängt. Bald werden sich auch die Chatforen auf anderes stürzen, selbst die. In einigen Jahren wird die Sache vielleicht in einem Podcast wieder aufgenommen. Der Fall Louise.

Ich möchte nicht, dass ein weiteres ungelöstes Rätsel für Hobbydetektive aus ihr wird, eine weitere halb vergessene Frau, deren Leben Spekulationen ausgesetzt ist.

Ich möchte bei der Suche nach dem Täter helfen.

Ich war schon mehrmals kurz davor, Leo anzurufen. Ihm zu erzählen, was ich gemacht habe. Ihm anzubieten, die Informationen, die ich gesammelt habe, mit ihm zu teilen. Aber ich lasse es sein, nicht nur aus Angst, was er sagen würde, sondern auch, weil ich fürchte, er würde mir in seiner Wut nicht zuhören: dass er ignorieren würde, was ich zu sagen habe, um sich stattdessen darauf zu stürzen, was ich getan habe.

Könnte ich doch nur an der Ermittlung teilhaben! Das wünsche ich mir sehnlichst. Erfahren, was sie wissen. Mir Informationen aneignen, die mir als Privatperson nicht zugänglich sind.

Das würde mich vielleicht in die richtige Richtung führen.

Denn nach diesen zwei Wochen bin ich einer Antwort noch immer nicht näher als an jenem Sonntagmorgen.

Ich habe mit Hedda, mit William, mit Jonna, Lykke und Rakel gesprochen. Sie alle haben mich mit kleinen Puzzleteilchen über das, was in Louises Umfeld geschehen ist, versorgt. Über das Leben, das sie führte.

Aber ich habe immer noch keinerlei Hinweise darauf, wer aus ihrem Umfeld derart wütend geworden war, wer so ultimativ verletzt gewesen sein könnte oder einfach so eiskalt überzeugt davon war, dass Louise den Tod verdient hatte.

Wer nur hatte die Chuzpe besessen, zu ihrem Haus zu fahren, eine Flasche Wein mit ihr zu teilen und sie dann mit ihrem eigenen Küchenmesser zu erstechen?

Ich habe keine Ahnung, an wessen Händen Louises Blut klebt.

Ob es jemand ist, mit dem ich schon gesprochen habe? Habe ich Louises Mörder vielleicht schon unmittelbar gegenübergestanden, eine Zigarette oder ein Glas Wein mit ihm oder ihr geteilt und Trost gespendet, wenn Tränen flossen?

Je mehr Zeit vergeht, ohne dass die Polizei oder ich einen Verdächtigen finden, desto geringer ist die Wahrscheinlichkeit, dass der oder die Täter gefunden werden. Je sicherer sich der Mörder fühlen kann, je mehr Zeit er bekommt, um die Erinnerung verblassen und verschwinden zu lassen, umso leichter wird es für ihn, sich wieder seinem normalen Leben zu widmen und zu vergessen, dass er es jemand anderem geraubt hat.

Bei diesem Gedanken verspüre ich heftige Verzweiflung.

Wer immer auch Louise getötet hat, ich will diesen Menschen nicht davonkommen lassen.

Es ist Zeit, das zu tun, was ich herausgezögert habe.

Es gibt einen Menschen, zu dem ich bisher keinen Kontakt aufnehmen wollte.

Aber nun ist es an der Zeit.

Kapitel 29

Ich trete einen Schritt zurück und warte, nachdem ich die Türklingel gedrückt habe. Ich fühle mich unwohl und exponiert, wie ich so dastehe, und spüre, wie meine Haarwurzeln Schweißperlen absondern. Das Treppenhaus ist alt und schmal, und die Wohnung liegt im siebten Stock. Wärme steigt nach oben, das habe ich in der Schule gelernt.

Ich trage die Kleidung, die ich für das Serendipity-Meeting gekauft habe. Einerseits, weil ich in ein paar Stunden auf ihre After-Work-Party gehen werde, und andererseits, weil es hilfreich ist für die Rolle, die ich spiele.

Sie gibt mir ein angenehmes Gefühl; das Gefühl, angepasst zu sein und von den Leuten mit anderen Augen gesehen zu werden. Ich sehe nicht aus wie Rebecca Lekman, gescheiterte Psychologin, gescheiterte Ehefrau, gescheiterte Tochter. Ich sehe aus wie eine gut situierte Yoga-Mom Ende 30, wie eine, die keine anderen Sorgen kennt, als eine Entscheidung über die Farben der neuesten Küchenrenovierung treffen zu müssen.

Die Tür öffnet sich.

»Hallo«, sage ich, lasse es scheu klingen, lasse meinen Blick umherwandern, als würde ich mich dafür schämen, hier zu sein.

Das Bild seines Facebook-Profils muss schon ein paar Jahre alt sein. Allzu irreführend ist es trotzdem nicht: Anton sieht sehr gut aus, wenn er auch mehr Fältchen hat, als die Bilder auf Social Media zeigen. Sein Haar ist länger als Williams, und er ist eine Spur kleiner. Ein vielschichtiges dunkles Tattoo blitzt aus dem Ausschnitt seines T-Shirts hervor.

»Rebecca Lekman?«, sagt er fragend und verzieht den Mund. Ich nicke.

Ich hatte ihm gestern Abend geschrieben. Ich brauchte fast eine Dreiviertelstunde, um eine Nachricht zu formulieren, die zwar vage, aber doch so spezifisch klingen sollte, dass sie zog.

Hej, Anton,
mein Name ist Rebecca. Ich habe bei Serendipity mit Louise zusammengearbeitet. Sie hat mir bei meinen Schlafproblemen geholfen und erwähnt, dass du ihr behilflich warst. Hast du eventuell morgen Nachmittag Zeit, mich zu treffen? Der Treffpunkt ist egal.

Er hatte innerhalb von zehn Minuten geantwortet.

»Komm rein«, sagt er jetzt mit einem Funkeln in den Augen. Ich trete schnell über die Schwelle und schließe die Tür hinter mir, als wollte ich nicht, dass mich jemand sieht, als würde ich eine andere Welt betreten und keine Wohnung in Gärdet, nur ein paar Minuten entfernt von der U-Bahn.

Die Wohnung scheint nüchtern eingerichtet, hellgraue Wände und einfache Ikea-Möbel. Sie strahlt dieselbe nichtssagende Ästhetik aus wie ein Hotelzimmer der Mittelklasse: helles Holz und dunkle Farben, auf denen Flecken nicht so schnell sichtbar werden. Ihr Bewohner selbst trägt Jeans. Er ist barfuß und hat überraschend große Füße, stelle ich fest, als ich zu Boden sehe.

Als ich ins Wohnzimmer komme, hat sich Anton gerade aufs Sofa geflätzt, die Arme locker auf den Schenkeln ruhend.

»Und Sie haben also Louise gekannt?«, sagt er.

Ich zögere kurz, bevor ich mich in den grauen Sessel auf der ihm gegenüberliegenden Seite des Couchtisches setze. Das Licht, das durch das Fenster hereinfällt, blendet mich. Ich blinzele, bevor ich ihm antworte.

»Ja, wir waren Kolleginnen. Wie ich geschrieben habe«, erwidere ich.

Anton starrt mich an.

»Und Sie sind hier, weil Sie …?«

Wird er mich wirklich zwingen, es auszusprechen? Ich kaufe seit vier Jahren ab und zu Gras von ein- und derselben Person in Houston, und das ist immer eine schnelle, professionelle Transaktion. Die Atmosphäre hier im Raum ist mir unangenehm, lässt mich die Schultern hochziehen und meinen Puls beschleunigen.

»Ich will dasselbe wie Louise«, beschließe ich zu sagen. Mache mir mein tatsächliches Unbehagen zunutze, um ihm Verlegenheit vorzuspielen. Eine Frau aus der Oberschicht, die nicht zugeben will, Pillen zu kaufen.

Eindringlich und ungeniert mustert mich Anton.

»Sie meinen, Sie wollen ermordet werden?«, sagt er gedehnt.

Ein Schweißtropfen rinnt von meinem Haaransatz in meinen Nacken.

Er will mir nur Angst machen, denke ich. Will mich nur aus dem Konzept bringen. Die Frau, für die er mich hält, sollte leicht einzuschüchtern sein.

»Was?«, sage ich. »Nein.«

Meine Stimme klingt schrill.

Wie viel davon gespielt ist, weiß ich nicht.

Anton steht auf.

Ich weigere mich, Angst zu haben. Stehe ebenfalls auf. Stelle mich breitbeinig hin. Ich bin keine gute Kämpferin, hatte nie Box- oder Kampfsportunterricht, habe nur auf Laetitias Insistieren einen grundlegenden Selbstverteidigungskurs absolviert, den alle ihre Berater vor Arbeitsbeginn machen mussten. Das war ihre Art, für uns zu sorgen – ein sicheres Auftreten für uns zu wollen.

Für meine Größe bin ich stark, habe eine gute Balance und Körperspannung. Falls er mich angreift, müsste ich abhauen können.

Müsste.

Aber Anton ist mindestens 1,85 m und bringt garantiert mindestens 20 Kilo mehr als ich auf die Waage.

Warum nur habe ich niemandem erzählt, wohin ich gehe? Weil das, was ich tue, völlig unangemessen ist. Weil ich niemanden habe, dem ich es hätte sagen können.

Ich habe ja von Anfang an gewusst, dass das keine gute Idee war. Aber ich habe mir Gedanken daran verboten, was passieren könnte, wenn ich allein mit einem mutmaßlichen Mörder wäre. Was passieren könnte, wenn dem oder den Tätern klar würde, dass ich auf Informationen aus war.

Anton schüttelt den Kopf. Er sieht mich mit einem Blick voller Abscheu an.

»Wer sind Sie?«, will er wissen. »Polizistin oder Journalistin?«

Ich weigere mich, Angst zu haben. Meine Hände sind zu Fäusten geballt.

»Weder noch«, erwidere ich – und hasse meine Stimme dafür, dass sie zittert.

Nur indem man den Raum unter Kontrolle behält, lässt sich vermeiden, dass eine gefährliche Situation eskaliert. Und ich habe in diesem Augenblick null Kontrolle.

»Es ist die Wahrheit«, bekräftige ich. »Ich kannte Louise.«

Anton lacht. Seine Stimme klingt tief und rau und nicht im Geringsten amüsiert.

»Boah, wie erbärmlich!«, sagt er. »Sich ausgerechnet über Facebook zu melden? Hättet ihr euch nicht etwas Besseres einfallen lassen können?«

»Anton«, sage ich, und jetzt habe ich meine Psychologinnenstimme wiedergefunden, spreche tiefer, langsamer. »Das ist nicht das, wonach es aussieht.«

»Nicht das, wonach es aussieht?«, sagt er und verspottet meinen Tonfall, indem er meine Aussprache imitiert. »Sie haben also nicht vor zu beweisen, dass ich meine Schwägerin getötet habe, indem Sie vorgeben, Drogen von mir kaufen zu wollen?«

Ich öffne den Mund. Es kommt nichts heraus.

Wieder schüttelt er den Kopf.

»Erbärmlich«, wiederholt er, diesmal mit schwächerer Stimme. Er klingt müde.

Nein, nicht müde – ausgelaugt.

»Ich bin das alles so verdammt leid!«, stößt er aus. Seine Schultern fallen herab. »Ich kapier nicht, warum ihr nicht lockerlassen könnt. Ich war es nicht. Ich hab schon lange nichts mehr vertickt. Ihr habt doch schon meine ganze Wohnung durchsucht. Ich mach da nicht länger mit.«

Die Wohnung durchsucht?

»Die Polizei ist hier gewesen?«, will ich mich rückversichern.

Jetzt ist es Anton, der verwirrt ist.

»Sollten Sie das nicht wissen?«, erwidert er.

Ich atme tief ein. Zwinge mich zu entspannen.

»Ich glaube, dass wir das hier beide irgendwie missverstanden haben, Anton.«

Kapitel 30

Wir sitzen mit je einem Becher Kaffee am Küchentisch. Anton hat das Fenster geöffnet und sich eine Zigarette angezündet, hat mir auch eine angeboten, und ich habe sie angenommen, um meine Nerven etwas zu beruhigen.

Ich war mir so gut wie sicher, zu sterben. Zwar nur ganz kurz, aber das hat ausgereicht, um mein vegetatives Nervensystem in Aufruhr zu versetzen. Ich kann das Adrenalin immer noch förmlich schmecken.

»Sorry, dass ich dir Angst gemacht habe«, sagt Anton.

Als ich ihn ansehe, ohne davon auszugehen, dass er Drogen verkloppt, gewinne ich einen ganz anderen Eindruck von ihm. Er wirkt weder gefährlich noch charismatisch, sondern eher wie jemand, der eine sehr harte Woche hinter sich hat. Seine Lippen sind blass, er hat Augenringe und nervöse Ticks.

Es ist so leicht, sich von Vorurteilen verleiten zu lassen.

Laetitia hätte mich für mein Verhalten gerade eben scharf kritisiert.

»Schon okay, das verstehe ich«, sage ich. »Ich hätte an deiner Stelle wohl dasselbe gedacht.«

Anton schüttelt den Kopf und ascht in eine leere Suppenschale.

»Was machst du noch mal beruflich?«, will er wissen. »Entschuldige, aber ich habe nicht so gut geschlafen. In meinem

Hirn herrscht ein ziemliches Chaos. Nicht nur jetzt, sondern ganz allgemein.«

»Ich bin Kriminalpsychologin«, erkläre ich. »Aber ich arbeite nicht mit der Polizei zusammen oder so.«

Anton verzieht den Mund.

»Dann … wühlst du also nur auf eigene Faust in Louises Tod herum?«, sagt er. »So wie Inspector Barnaby?«

»Da sind es aber Polizisten, die herumwühlen«, sage ich.

»Du weißt, was ich meine«, entgegnet Anton.

»In etwa«, gebe ich zu.

Anton scheint nicht überzeugt und nimmt einen weiteren Zug von seiner Zigarette.

»Das klingt nach einer schlechten Idee. Was, wenn ich wirklich ein drogendealender Mörder gewesen wäre?«

Ich kneife die Lippen zusammen. Darauf fehlt mir eine gute Antwort.

»Du solltest es sein lassen«, fährt er fort, fügt dann aber hinzu: »Oder vielleicht auch nicht. Es sieht nicht so aus, als käme die Polizei mit ihren Ermittlungen voran. Nicht, wenn ich die beste Spur bin, die sie haben.«

In seiner Stimme liegt ein Hauch Bitterkeit.

»Haben sie wirklich deine Wohnung auf den Kopf gestellt?«, frage ich.

Er nickt mit verkniffenem Mund und traurigen Augen. »Ihnen blieb wohl nichts anderes übrig, nachdem alle mit dem Finger auf mich gezeigt hatten.«

»Aber sie haben nichts gefunden?«, frage ich weiter, woraufhin er mir einen verärgerten Blick zuwirft.

»Entschuldige«, sage ich sofort. »Sie haben nichts gefunden, weil es nichts zu finden gab.«

Anton schließt die Augen und schüttelt den Kopf.

»Es ist, als würde ich diesen Scheiß nie hinter mir lassen können.«

Seine Stimme ist rauer als Williams, aber er dreht und wendet die Worte genau wie sein Bruder.

»Ich bin seit sieben Jahren clean«, sagt er. »Habe jedes Therapietreffen besucht, habe eine feste Stelle. Ich habe in drei Jahren nur ein einziges Therapiegespräch versäumt, und zwar deshalb, weil ich die Grippe hatte.«

Er seufzt.

»Aber was ich auch tue, es spielt keine Rolle. Ich bin ein Fuck-up und werde immer einer sein. Werde dem nie entrinnen.«

Er räuspert sich und wendet für ein paar Sekunden den Blick ab, schaut aus dem Fenster, bevor er mich wieder ansieht.

»Sorry, nicht dein Problem.«

»Ist in Ordnung, ich kann's verstehen«, erwidere ich.

Und das tue ich. Wirklich. Trotz allem. Und ich schäme mich, dass ich nicht vorher daran gedacht habe.

Anton hat mir die letzte halbe Stunde die ganze Geschichte erzählt: undiagnostizierte ADHS während seiner ganzen Jugend, schlechte Noten, Drogenkonsum, der im Teenageralter mit Alkohol und Haschisch begann und auf der Uni mit Kokain und Amphetamin weiterging. Selbstmedikation.

Vor acht Jahren wurde er erwischt und kam sofort in den Entzug. Bekam seine Diagnose und schaffte es, sein Leben wieder in die richtige Bahn zu lenken.

Aber …

»Seit 2014 habe ich nur noch Ritalin genommen«, sagt Anton. »Aber die Polizei hat Wille erzählt, dass sie in Louises Handtasche Drogen gefunden hätten, und da hat er natürlich als Erstes auf mich gezeigt.«

Ich kann es nicht fassen.

»Das tut mir leid.«

Und damit meine ich sowohl meine Fehlannahmen über ihn als auch das, was geschehen ist. Ich weiß, was es heißt, in

Djursholm aufgewachsen zu sein und das Gefühl zu haben, nicht dorthin zu passen, irgendwie falsch zu sein, ohne zu wissen, weshalb. Konservative Eltern sind selten sonderlich offen gegenüber Störungen wie ADHS; sie bezeichnen ihre Kinder lieber als faul und fordern sie auf, sich mehr anzustrengen.

Kein Wunder, dass er sich daran gewöhnt hatte, nach etwas zu greifen, das ihm half, sein Gefühl des Versagens zum Verstummen zu bringen.

Und dann noch des Mordes bezichtigt zu werden ...

Er zuckt mit den Schultern.

»Es ist, wie es ist.« Seine Stimme verrät einen Hauch von Schmerz.

»Ich komme auch aus Djursholm«, sage ich. »Es stimmt, dass ich Louise gekannt habe. Als wir noch etwas jünger waren.« Ich zögere, bevor ich weiterspreche: »Ich habe auch William gekannt. Wir waren gute Freunde.«

Anton mustert mich genauer.

»Ich sollte dich wohl wiedererkennen, aber ehrlich gesagt war ich zu der Zeit ziemlich fertig.«

»Alles gut, wir sind uns nie begegnet«, versichere ich ihm.

»Gut, dann brauche ich ja kein schlechtes Gewissen zu haben.«

Ich lache. Er grinst. Es ist drollig, er ähnelt irgendwie eher dem William, den ich einmal kannte, als der heutige William.

»Du warst also mit Wille befreundet, als er seine rebellische Phase durchmachte?«, fragt Anton. »Ich fand immer, dass das seine beste Zeit war, wenn ich ehrlich sein soll. Aber das geht anscheinend nur mir so.«

»Ich habe mich das tatsächlich auch gefragt«, erwidere ich. »Er ist heute so ganz anders als zu unserer Teeniezeit. Alle entwachsen vermutlich irgendwie ihrer Persönlichkeit als

Jugendlicher, nehme ich an, aber dieser Wandel … er wirkt so drastisch.«

Anton schneidet eine Grimasse.

»Ich glaube, dass das meine Schuld war. In gewisser Weise.«

»Inwiefern?«, frage ich.

»Na, du weißt schon«, sagt er. »Ich war so furchtbar chaotisch. Unsere Eltern hatten einen Haufen Arbeit mit mir, besonders als ich richtig an der Sucht erkrankte. Ich war schließlich der älteste Sohn. Ich sollte auf die Handelshochschule gehen, eine Stelle als Management-Consult ergattern, das große Geld verdienen. Meine Eltern stolz machen. Als ich das nicht tat, wuchs der Druck, der auf Wille lag. Er glaubte, der perfekte Sohn sein zu müssen.«

»Das ist nicht deine Schuld«, sage ich.

Er lächelt. »Danke, ich weiß. Ich habe eine Psychologin, die mir das einmal pro Woche sagt.«

»Kann ja nicht schaden, das noch mal zu hören«, entgegne ich.

»Ich glaube, dass es für Wille von Anfang an nicht leicht war, seinen eigenen Weg zu gehen«, bemerkt Anton. »Darüber haben wir auch gesprochen. In der Therapie, meine ich. Dieses Milieu, dieses Oberschichtmilieu … es lässt nicht viel Raum fürs Anderssein. Man soll alles auf eine bestimmte Art und Weise tun, auf eine bestimmte Art und Weise leben. Er hat eine Zeit lang sein Bestes getan, seine Individualität zu behalten. Aber am Ende wurde es ihm, glaube ich, einfach zu viel. Es war einfacher, derjenige zu sein, der er für alle sein sollte.«

»Das ist ein hoher Preis«, sage ich.

Anton zuckt mit den Schultern und drückt die Kippe in der Suppenschale aus.

»Er scheint glücklich zu sein. Mehr kann man nicht verlangen. Oder?«

Er verstummt.

»Beziehungsweise, er schien glücklich«, fährt er mit tieferer Stimme fort. »Ich nehme an, dass er es jetzt nicht mehr ist. Nicht nach dem, was … na ja, was mit Louise passiert ist.«

»Nein«, pflichte ich ihm bei, »das ist er wohl nicht.«

Anton fährt sich über sein unrasiertes Kinn. Er sieht mich verstohlen an, sein Blick wirkt ein wenig ausweichend.

»Hat Wille gesagt, ob er …« Er hält inne, aber dann sagt er: »Weißt du, ob er es wusste?«

»Was wusste?«, frage ich.

Ich sehe, wie er seinen Blick abwendet. Aus Scham.

»Das von Louise und mir«, bekennt er.

Ich spüre, wie mir plötzlich der Atem stockt.

Ich wage es nicht, zu reden. Fürchte, ihn zu kränken. Erneut. Ich habe schon versucht, Drogen von einem cleanen Junkie zu kaufen, und angedeutet, er hätte Louise Drogen verkauft.

Aber …

»Louise und du?«, wiederhole ich, als er weiterhin schweigt.

Ein langsames Nicken.

»Ich glaube nicht, dass Wille es wusste«, sagt er. »Aber ich weiß es nicht. Keine Ahnung, was sie ihm erzählt hat. Keine Ahnung, ob … tja. Ich habe gar keine Ahnung.«

»Louise und du, ihr hattet also eine …«, setze ich an und lasse ihn den Rest ergänzen.

»Es war, bevor sie erneut zusammenkamen«, erklärt er. »Und es war auch nur ein paar mal. Wir sind uns in einer Bar über den Weg gelaufen. Es hat nichts bedeutet – ich meine, ich wusste nicht mal, dass sie zusammen gewesen waren. Ich dachte, sie seien nur Freunde.«

Er sieht mich immer noch nicht an. Seine Schultern sind verkrampft, hochgezogen bis zu den Ohren, und er dreht an dem Ring an seinem rechten Ringfinger.

»Aber ihr habt euch nicht mehr getroffen, nachdem sie zusammenkamen?«, hake ich nach.

Anton setzt sich auf und schüttelt den Kopf.

»Nein! Nie. So etwas würde ich nie tun. Ich habe sie kaum jemals gesehen. William und ich, das ist nicht so ... ich treffe meine Familie sehr selten. Sie sind nicht so erpicht auf so viel Kontakt.« Er legt eine kurze Pause ein, bevor er hinzufügt: »Ich weiß nicht. Ich nahm an, dass sie ihm nichts davon gesagt hatte, aber als die Polizei herkam ... Ach, verdammt!«

Ich erinnere mich an die Anspannung in Williams Gesichtszügen, als ich seinen Bruder erwähnte. Erinnere mich an die unterdrückte Wut und die Abscheu.

Erinnere mich daran, was Hedda erzählt hatte: William hatte sich bei ihr erkundigt, ob sie glaubte, dass Louise eine Affäre habe.

Hatte Louise es ihm erzählt? Nahm er an, dass sie eine Affäre mit seinem Bruder gehabt hatte?

Wenn er das geglaubt hatte, dann ...

»Keine Ahnung«, sage ich schließlich. »Keine Ahnung, ob Louise es ihm gesagt hat.«

Er schweigt eine Zeit lang.

»Ich dachte immer, dass ...«, sagt Anton niedergeschlagen, »... tja, dass wir wieder zueinanderfinden würden. Eines Tages, du weißt schon. Wenn genügend Zeit verstrichen ist. Dass wir wieder Brüder sein könnten.«

Er sieht mich an; Hoffnungslosigkeit liegt in seinem Blick.

»Aber wie findet man von so etwas einen Weg zurück? Falls er wirklich annimmt, dass ich es war. Ich kann ihn nicht fragen, aber wenn er wirklich glaubt, dass ich noch süchtig bin und seiner Frau Pillen verkauft habe, oder falls er weiß, dass wir ein paarmal Sex hatten, bevor sie ein Paar wurden ... ich habe keinen blassen Schimmer, ob er davon weiß oder nicht, aber es kommt mir zu spät vor, es ihm jetzt zu sagen. Jetzt ist alles zu spät. Jetzt, wo sie tot ist.«

»Es ist nie zu spät«, erwidere ich automatisch. Die Worte klingen genauso hohl, wie sie sind.

Er lächelt, aber das Lächeln erreicht seine Augen nicht.

»Ach, komm schon«, seufzt er. »Die Polizei hat den Täter nicht ermittelt. Und wenn sie niemanden finden, wem wird meine Familie wohl die Schuld geben, was glaubst du?«

Der Kummer und die Resignation in seiner Stimme versetzen mir einen Stich.

Aber eine kleine Stimme in meinem Hinterkopf kann es nicht sein lassen zu fragen, ob sein Blick nicht *zu* aufrichtig ist. Sein Kummer nicht *zu* überzeugend.

Seine Erklärung nicht etwas *zu* perfekt.

29. April

Louise zog die Trinkflasche aus der Handtasche und öffnete den Verschluss. Ihre Augenlider fühlten sich rau und trocken an, und der Eiskaffee ließ sie frösteln.

Es war gestern Abend spät geworden. Lykke hatte sie gebeten, sich noch etwas mehr ins Zeug zu legen, um die Rekrutierungszahlen ihres Teams zu verbessern – sie waren nicht schlecht, könnten aber besser sein. Also war Louise bis drei Uhr morgens Verkaufs- und Statusberichte durchgegangen, hatte sich durch alte E-Mails gewühlt und versucht, ihre Schlussfolgerungen in einen lesbaren Text zu gießen.

Die Verkaufsziele für das kommende Quartal waren so viel ehrgeiziger als zuvor, dass Louise sie anfangs für einen Scherz gehalten hatte. Aber dann hatte sie sich daran erinnert, was Jonna immer sagte: Nur, wenn man das Unmögliche denkt, kann man etwas erreichen. Greife nach den Sternen und lande auf dem Mond.

Um die Ziele erreichen zu können, mussten sie und ihr Team härter arbeiten. Sie fühlte sich unsicher, was das heutige Treffen betraf, das auf ihren Wunsch zustande gekommen war; nicht nur, weil sie müde war, sondern auch, weil ihr die sonst übliche starke persönliche Bindung zu ihrer potenziellen neuen Kandidatin fehlte. Sie war mit Amanda in die Oberstufe gegangen, hatte sie gegrüßt, wenn sie sich einmal über den Weg gelaufen waren, wusste aber nicht, was Amanda im

Augenblick so machte, wusste nicht, was sie vermisste oder wonach sie sich sehnte, wusste nicht, welche Knöpfe sie drücken musste, um Serendipity als die beste Wahl erscheinen zu lassen.

Sie würde das einfach im Lauf des Treffens herausfinden.

Wenn sie nur nicht so verdammt müde wäre!

Amanda war etwas spät dran. Louise wäre am liebsten schon mal in das Café gegangen – sie trug die roségoldfarbenen Ballerinas, die Lykke ihr empfohlen hatte, und sie drückten furchtbar an den Zehen –, aber es würde einen besseren Eindruck machen, draußen auf sie zu warten. Wäre kameradschaftlicher.

Pling!, machte ihr Telefon.

Louise schaute auf das Display, blinzelte im grellen Frühlingssonnenschein.

Hej!
Habe das besorgt, worüber wir vor ein paar Tagen gesprochen haben. Das sollte dir bei deinen Schlafbeschwerden helfen. Es ist nichts Illegales, sondern ein Mittel, das Ärzte bei schweren Schlafstörungen aufschreiben, und gleichzeitig ein Beruhigungsmittel, das auch bei Stress hilft.

Louise zögerte.

Aber diese Müdigkeit machte sie so mürbe, dass sie sich völlig zerschlagen fühlte.

Wenn sie nur ein paar Stunden Schlaf bekäme, wäre alles so viel einfacher. Präsent zu sein und energiegeladen, um das Team zu leiten und die Zielvorgaben zu erfüllen. Wenn sie nur die Verkaufsziele für das nächste Quartal erreichen würde, hätte sie bewiesen, dass sie ihren Job wirklich beherrschte. Nein, mehr als das – dass sie unentbehrlich wäre.

Endlich hätte sie bewiesen, dass sie es draufhatte. Dass sie genauso wie die anderen am richtigen Platz war.

Louise schrieb eine schnelle Antwort, steckte das Handy ein und sah auf, um erleichtert festzustellen, dass Amanda sich auf dem Gehweg näherte. Louise lächelte breit und winkte.

»Hallo, Hübsche!«

Kapitel 31

Die U-Bahn ist überfüllt, und es ist warm. Ich bade in einem unangenehmen kollektiven Schweißgeruch. Als ich am Hauptbahnhof aussteige und hinaus ans Tageslicht komme, schnappe ich gierig nach Luft und gehe langsam in Richtung Sveavägen, um mich etwas abzukühlen, bevor ich das Urban Deli betrete.

Die Stockholmer Innenstadt kommt mir seltsam fremd vor. Als ich nach Schweden zurückgekehrt bin, habe ich in den ersten acht Monaten Djursholm kaum verlassen. Hier ist die Zeit so gut wie stehen geblieben; zwar haben die Inhaber der Lebensmittelgeschäfte und Cafés gewechselt, aber im Großen und Ganzen ist noch alles wie früher. Stockholm dagegen hat große Umwälzungen durchgemacht und ist nicht mehr wiederzuerkennen. Das Zentrum hat ein internationaleres und irgendwie kühleres, distanziertes Flair. Die Menschen sind schicker und vermeiden häufig den Augenkontakt.

Vielleicht liegt das aber auch nur daran, dass ich mich so an Texas gewöhnt habe.

Ich brauche ein paar Minuten länger, um das Restaurant für das Meeting zu finden; zuerst laufe ich daran vorbei, weil ich es für ein Lebensmittelgeschäft halte, und muss nach einigen Hundert Metern umkehren. Diskret schnüffele ich an meinem camelfarbenen Wasserfallcardigan, den ich über einem figurbetonten cremeweißen Top trage; hoffentlich hängt nicht zu viel U-Bahn-Mief darin. Oder kalter Rauch aus Antons Wohnung. Ich glaube nicht, dass das Serendipity-Team auf Zigaretten steht.

Das Restaurant ist weitläufig und angenehm kühl. Gedämpftes Stimmengewirr steigt von den Grüppchen gut gekleideter Menschen auf, die strahlend lächeln und sich mit beschlagenen Weingläsern zuprosten. Ich richte mich auf, ziehe die Mundwinkel nach oben und bewege mich gerade auf den Oberkellner zu, als ich meinen Namen höre.

»Rebecca! Hier sind wir!«

Ich folge dem Ruf, bis mein Blick auf eine Frau fällt, die Justina sein muss: eine hochgewachsene, schlanke Brünette, die mir zuwinkt.

Sieben Frauen sitzen an dem Tisch, Justina ganz am Ende; sie haben einen Platz für mich frei gelassen. Als ich auf meine Armbanduhr schiele, sehe ich, dass es zwei Minuten nach sechs ist.

»Du kannst dich hier an die Seite setzen«, sagt Justina, als ich den Tisch erreiche. »Ich habe zwei Flaschen Weißwein für uns alle bestellt, aber wenn du lieber etwas anderes möchtest, rufen wir die Bedienung.«

Ihr dunkles Haar hat sie zu einem hohen, strammen Pferdeschwanz gebunden, der ihre markanten Wangenknochen und den Schwung der Augenbrauen hervorhebt; sie trägt einen weichen weißen Blazer über einem schwarzen Hemd und weiße Hosen mit Kordelzug.

»Danke, wie nett«, sage ich, lächle breit und setze mich. »Tut mir leid, dass ich mich verspätet habe.«

»Macht nichts, macht nichts«, meldet sich eine der anderen Frauen zu Wort und wedelt mit der Hand. »Ich freue mich so, dich kennenzulernen! Justina hat mir so viel über dich erzählt, dass ich das Gefühl habe, dich schon zu kennen. Du bist Psychologin, nicht wahr?«

Sie ist schlank, und ihr blonder Kopf mit der leicht strubbeligen Kurzhaarfrisur wirkt etwas zu groß für ihren Hals. Ihr blauen Augen stehen ein wenig hervor. Alles in allem hat sie etwas charmant Püppchenhaftes an sich.

»Ja, ich freue mich auch, hier zu sein«, erwidere ich.

»Entschuldige, mein Name ist Lina«, stellt sich die püppchenhafte Frau vor. Sie reicht mir über den Tisch hinweg die Hand, und ich erhebe mich ein wenig, um sie zu schütteln; in ihrer anderen Hand hält sie ein halb volles Glas Wein.

»Hi, Rebecca.«

Die Frau neben ihr lächelt mich schief an.

»Ich werde dich nicht dazu nötigen, mir auch die Hand zu reichen«, sagt sie. »Sonst stoßen wir hier noch Gläser um, wenn du allen die Hand geben willst. Ich heiße Mikaela, schön, dich kennenzulernen.«

Reihum stellen sich alle vor. An Lina kann man sich leicht erinnern, Mikaela ist einen halben Kopf größer als die anderen am Tisch und die Einzige, die mit ihren azurblauen Ohrringen etwas Farbe trägt. Cecilia, dunkelhaarig mit Bob-Frisur, trägt hauchdünne Silberkettchen um den Hals, Anna hat lockiges blondes Haar und weißblonde Augenbrauen, Mimmi hält eine große Tasche auf dem Schoß und hat ihr Handy vor sich auf dem Tisch liegen, und Emilie erklärt mir zweimal, wie ich ihren norwegischen Vornamen korrekt ausspreche – »Em-i-li-e«, wiederhole ich pflichtschuldig, bis sie zufrieden ist.

»Verzeih«, sagt sie, und ihr Lachen entblößt ihre makellosen Zähne. »Meine Lehrer haben das früher immer falsch gemacht, weshalb ich es so gewöhnt bin, immer die Aussprache erläutern zu müssen.«

»Schon okay, das ist genau richtig«, erwidere ich. »Es wäre enorm peinlich, wenn ich nach ein paar Wochen feststellen würde, dass ich die ganze Zeit über deinen Namen falsch gesagt habe.«

Die Atmosphäre ist herzlich, und es wird eifrig geredet. Es tut gut, sich eine Zeit lang davon mitreißen zu lassen und nicht mehr an den Fall, meine Mutter und Maria denken zu müssen. Einfach nur zu sein. Nach einigen Minuten bringen die Kellner das Essen: Brokkoli in Chili- und Erdnusssoße, frittierte Shrimps, Käseteller, kleine Hähnchenspieße und mariniertes Gemüse; Sorten, von denen ich gar nicht wusste, dass man sie marinieren kann.

Justina fängt meinen Blick auf, als ich einen Hähnchenspieß nehme, und lächelt mir zu.

»Ich weiß«, sagt sie, »nicht gerade wenig los hier.«

Ich lache. »Mir gefällt's«, entgegne ich. »Es ist schon länger her, dass ich mit einer Gruppe Mädels aus war. Das habe ich vermisst.«

Sie nickt. »Seit wann bist du wieder in Schweden?«

Justina grinst, als sie meine überraschte Miene sieht.

»Na ja, Jonna hat erwähnt, dass du im Ausland gelebt hast«, sagt sie. »Ich habe dich nicht gestalkt oder so.«

Ich stimme in ihr Lachen ein.

»Und ich dachte schon, du könntest hellsehen«, sage ich. »Ich bin seit circa acht Monaten wieder hier.«

»Und wie ist das so?«, fragt Justina.

»Seltsam, wenn ich ehrlich bin.« Ich zucke mit den Schultern. »Mein ganzes Leben hat sich in Houston abgespielt. Es kommt mir vor wie eine Reise in die Vergangenheit.«

»Verstehe«, sagt sie.

»Wie lange arbeitest du schon mit Jonna zusammen?«, frage ich sie und lehne mich ein Stückchen vor.

Justinas Blick geht zur Decke, dann sagt sie:

»O Gott, etwa eineinhalb Jahre vielleicht?« Sie sieht mich wieder an und lächelt. »Ich war eine der Ersten, die sich eingeklinkt haben, als Jonna und Lykke Serendipity gegründet haben.«

»Unfassbar, was ihr erreicht habt«, bemerke ich. Sie lacht.

»Es ist wirklich total verrückt«, fährt sie fort. »Mir kommt es so vor, als wäre das erst ein paar Monate her.«

»Es ist der Hammer, was ihr aufgebaut habt«, sage ich. »Ich glaube nicht, dass es in Schweden etwas Vergleichbares gibt. Ihr habt das klug angestellt.«

»Na ja, in Schweden gibt es ja durchaus das Konzept des Direktvertriebs«, wendet Justina ein und streckt ein klein wenig den Rücken durch. »Aber das ist nie besonders gut gelaufen. Das liegt an dieser typisch schwedischen Bescheidenheit. Bloß nicht auffallen, bloß nicht herausstechen, bloß nicht besser sein als der Nachbar. In diesem Land glaubt man nicht an den Erfolg. Man soll seinen Platz in der Gesellschaft kennen und sich einfügen, nicht nach mehr streben oder sich einbilden, etwas erreichen zu können.« Sie verdreht die Augen und ergänzt: »Das musst du, die in den USA gelebt hat, doch auch merken?«

»Ja, absolut«, stimme ich ihr zu, obwohl das Klischee vom sogenannten »Amerikanischen Traum« für mich immer einen schalen Beigeschmack hatte. »Man muss bereit sein, hart zu arbeiten, wenn man etwas erreichen will. Man darf nicht erwarten, dass man etwas geschenkt bekommt.«

»Genau!«, ruft Justina, und ihre Augen leuchten. »Und nicht nur das! Man muss bereit sein, hart zu arbeiten, aber man muss auch eine Vision haben. Muss den Mut haben, es zu wollen. Muss wagen zu träumen. In Schweden ist das furchtbar verpönt.« Sie hebt ihren Finger, und mir fällt auf, dass ihre Nägel genau wie Jonnas manikürt sind.

»Du wirst das schon noch merken«, spricht sie weiter. »Wirst Freunde und Familienmitglieder haben, die das einfach nicht nachvollziehen können. So als würde man … eine Diät machen. Es wird Freunde geben, die dir den Erfolg *nicht gönnen*, weil es sie dazu zwingt, sich mit ihren eigenen

Unzulänglichkeiten auseinanderzusetzen, und das möchten sie natürlich nicht. Verstehst du, was ich meine?«

»Und wie ich das verstehe«, sage ich. »Louise hat bei unserem letzten Gespräch so etwas erwähnt. Dass ihre Familie nicht begeistert sei von dem, was sie macht.«

Justina seufzt.

»Sie war eine so starke Frau. Wollte so viel erreichen. So ist das, wenn Menschen eine so große Strahlkraft haben, weißt du – andere wollen sie ihnen rauben.« Sie nimmt einen Schluck aus ihrem Weinglas.

»Ich habe mir manchmal Sorgen um sie gemacht«, spricht sie weiter. »Sie hat so viel an sich selbst gezweifelt. Hat zu viel auf all die gehört, die nicht ihr volles Potenzial erkennen wollten. Das ist ja auch nicht so einfach. Vor allem nicht vor diesem Hintergrund.«

»Djursholm, meinst du?«, sage ich.

»Ja, genau«, erwidert Justina. »Ich mag Stockholm, und ich lebe selbst in Östermalm – ich weiß, was das heißt. Aber dieses Umfeld hat mir nie zugesagt. Da gibt es so viele Neinsager. Es ist so konservativ. Die Djursholmer verabscheuen wirklich jeden, der hervorsticht und sein eigenes Ding macht.«

Ich nicke.

»Ich bin dort aufgewachsen«, erkläre ich, »da liegst du nicht falsch.«

»Als ich Louise das erste Mal begegnet bin, war sie nur eine gute Verkäuferin für mich«, räumt Justina ein. »Aber Jonna hat ihr wahres Talent erkannt. Sie wurde sofort zur Teamleiterin befördert. Unglaublich. Wir hatten nie eine bessere Anwerberin als sie. Louise hat die Menschen wirklich *gesehen*, weißt du? Sie wusste, wie sie mit ihnen sprechen musste, wusste, wer Potenzial hatte. Sie hätte es weit bringen können.«

Sie verstummt. Das Schweigen zieht sich in die Länge. Schließlich trinkt sie noch einen Schluck von ihrem Wein. Ihre Finger, die den schmalen Glasstiel halten, zittern.

»Entschuldige«, sagt sie. »Dieses Meeting soll dir doch Spaß machen und dir die tollen Seiten von Serendipity zeigen! Das hier soll eine Gelegenheit für dich sein zu sehen, worauf du dich einlässt. Du wolltest dich bestimmt nicht volljammern lassen.«

Justina wendet sich an Anna mit dem lockigen Engelshaar. »Und was hat sich bei dir in letzter Zeit so getan, Anna?«

Anna unterbricht jäh ihr anderes Gespräch und wendet sich Justina und mir zu.

»Ich habe für meine Verkäuferinnen ein paar Online-Events koordiniert«, sagt sie. »Drei meiner Mädels haben am Mittwoch ein Insta Live. Sie hatten zuletzt sagenhafte Resultate. Und eine meiner Frauen hat so ein Lifestyle-Ding gemacht, um neue Verkäuferinnen zu gewinnen.«

»Und welche Resultate hat dieses Livestyle-Event erzielt?«, fragt Cecilia, die Brünette mit den Silberkettchen um den Hals. Sie sitzt links von mir, und ich begreife nicht, wie sie bei dem Lautstärkepegel am Tisch überhaupt etwas von dem Gespräch aufschnappen konnte.

»Ich habe nämlich ein paar von meinen Mädels dazu zu animieren versucht, ganz auf Lifestyle zu setzen, aber dabei ist nichts rausgekommen«, fährt sie fort.

»Entschuldigt«, frage ich, »aber was versteht ihr unter ›Lifestyle‹?«

Alle lachen. Es ist kein gehässiges Lachen, vielmehr hat es etwas Einladendes.

»Da wirst du schnell reinkommen«, sagt Justina zu mir. »Das zu lernen, dauert nicht lange.«

»›Lifestyle‹ nennen wir es, wenn die Verkäuferinnen zur Schau stellen, wie viel Geld sie mit dem Verkauf von Serendipity-Produkten gemacht haben«, erläutert Justina. »Ich weiß, es klingt krass, aber es funktioniert.«

»Und das soll Leute dazu bewegen, die Produkte zu kaufen?«, frage ich.

Anna schüttelt den Kopf.

»Nein. Es soll mehr Verkäuferinnen rekrutieren. Es ist eine Gelegenheit, der Scham, die mit dieser Art von Arbeit einhergeht, entgegenzutreten. Die meisten Frauen, die gute Serendipity-Wiederverkäuferinnen sind, haben eine Hochschulausbildung und sind richtig clever. Sie haben aber Vorurteile gegenüber dem System des Direktvertriebs. Es bewirkt manchmal Wunder, den Mädels unserer Teams zu zeigen, welchen Lebensstil sie sich dank Serendipity leisten können. Wir machen das diskret, aber es ist ein Prozess. Man verabredet ein Treffen zum Lunch mit einigen vielversprechenden Interessentinnen, lädt sie ein, dir auf Insta zu folgen, und dann postest du ein Reel oder machst einen Insta Live und stellst es so an, dabei deine neue Louis-Vuitton-Tasche oder dein neues Auto oder so zu zeigen. Dann erwähnst du Serendipity und sagst, dass du das von deinem letzten Bonus gekauft hast. Das ist ein prima Anreiz für die Anwärterinnen, die noch zögern, sich darauf einzulassen. Man muss ihnen nur schmackhaft machen, was sie dadurch gewinnen können.«

Anna deutet auf Mimmi, die immer noch ihre Gucci-Handtasche auf dem Schoß hält. Mimmi lacht.

»Zu meiner Verteidigung muss ich sagen, dass ich nicht versuche, damit anzugeben«, sagt sie. »Ich mach gerade eine Keto-Diät und futtere Mozzarella aus der Tasche, während ihr euch über all die Leckereien hier hermacht.«

Anna pustet ihr einen Luftkuss zu. Mimmi rollt mit den Augen.

»Seid ihr alle Teamleiterinnen?«, frage ich. Die anderen nicken.

»Wow!«, sage ich.

»Deshalb hat Jonna auch vorgeschlagen, dass du Teil meines Teams wirst«, sagt Justina zu mir. »Wir glauben, dass du mit deinem Hintergrund schnell ein super Beraterinnenteam aufbauen könntest. Und mit deinen Kontakten. Unter uns – hier wird das Geld verdient. Natürlich kannst du auch durch den Verkauf der Produkte gut verdienen, aber wenn du sieben, acht Frauen um dich scharst, hast du von jetzt auf gleich ein tolles stetiges Einkommen.«

Gucci-Mimmi nickt.

»Ich liebe die Produkte, aber als Teamleiterin wirst du reich belohnt«, sagt sie. »Vor Serendipity habe ich sechs Jahre lang nicht gearbeitet, und heute besitze ich meine Traumwohnung.«

»Und woher weiß ich, dass das hier nicht auch bloß eine Form von Lifestyle-Präsentation ist?«, frage ich, was den ganzen Tisch in lautes Gelächter ausbrechen lässt.

»Verdammt, die ist scharfsinnig, Justina!«, lobt Anna. »Ich mag sie. Das wird laufen.«

Sie lächelt mir zu, und ich erwidere ihr unwiderstehliches Lächeln.

Justina sieht Lina an.

»Ich wollte dich übrigens etwas fragen«, sagt sie zu ihr. »Wäre es für dich okay, wenn Becki dir etwas über die Schulter schaut? So wie Mimmi dich hat mitlaufen lassen? Um ihr etwas Starthilfe zu geben?«

»Klar!« Lina lächelt mir strahlend zu, aber ich bin mit den Gedanken woanders.

Becki.

So hat mich seit Louise und William niemand mehr genannt.

»Wie lieb von dir«, würge ich irgendwie hervor.

Lina geht ihren Handykalender durch, aber mir hängt ein Gedanke nach.

Etwas, das Rakel erwähnt hat, hat sich in meinem Kopf festgesetzt. Dass Esters Teamleiterin gesagt hatte, dass sie ihr Pillen besorgen könne.

Es fällt mir schwer, mir das in diesem Augenblick vorzustellen, hier am Tisch mit diesen klugen, herzlichen Frauen. Schwer, mir vorzustellen, dass eine von ihnen ein ganz und gar nicht perfektes Leben führt.

Aber dieses Wort hallt immer noch in meinem Kopf wider. *Lifestyle*.

Wenn Louise solchem Stress ausgesetzt war, um ihre Ziele zu erreichen, um mit diesem Lebensstil mitzuhalten, dass sie Beruhigungsmittel nehmen musste … ob sie dann wirklich die Einzige war?

Kapitel 32

Als ich endlich zu Hause bin, habe ich Kopfweh. Kopfschmerzen, von denen ich mir nicht sicher bin, wo sie herrühren – von Müdigkeit, Stress oder Überforderung? Das sanfte Dämmerlicht ruft Erinnerungen daran wach, wie es war, als älterer Teenie oder mit Anfang 20 nachts von einer Party nach Hause zu kommen. Vor allem erinnere ich mich an eine Nacht, es muss im vorletzten Schuljahr gewesen sein, als Louise und ich zwar den letzten Zug nach Mörby erwischten, dann aber den allerletzten Bus verpassten und uns kein Taxi leisten konnten. Also waren wir die ganze Strecke von Mörby bis Djursholm gelaufen, fünf Kilometer auf rauem Asphalt, die Schuhe in der Hand, während bereits die Spätsommersonne am Horizont aufging. Louise, betrunken und kichernd an meinem Arm hängend, ich zugedröhnt, während mir lauter existenzielle Gedanken durch den Kopf gingen.

Ich weiß noch, dass wir gefühlt eine ganze Stunde an der Koppel standen und die Pferde beobachteten, obwohl es höchstens fünf Minuten gewesen sein konnten. Das war, bevor aus unserer Freundschaft mehr wurde. Aber die Luft war wie elektrisiert, erfüllt von einem Gefühl, das kein richtiges Begehren war, sondern etwas Stärkeres, herrlich Schmerzhaftes. Ihre zerschlissene Jeans an mir zu spüren, als sie mit der Hüfte meinen Arm streifte, der Geruch ihrer Zigarette, die sie mir für einen Zug reichte, sodass ich ihren Geschmack am Filter schmecken konnte.

Wie kann es sein, dass das so lange her ist, obwohl es sich anfühlt, als sei es erst gestern gewesen? Während ich mich noch wie dieselbe Person fühle? All die aufreibenden, verstörenden Gefühle, all diese Wut, all diese Sehnsucht, alles ist noch da.

Nur nicht sie.

Ich gehe die Straße von der Bushaltestelle zum Haus meiner Eltern hinauf und nehme die Stille in mich auf. Die Gedanken wollen einfach nicht aufhören zu kreisen.

Der Abend, an dem Louise starb, hat für mich irgendwie etwas ... Intimes. Louise hatte jemanden in ihre eigene private Sphäre hineingelassen, wie man es nur mit Menschen tut, die man gut kennt. Und dann noch diese Methode – jemanden mit einem Messer zu töten, ist schwerer, als man gemeinhin denkt. Und auf Louise war immer und immer wieder eingestochen worden.

Jemanden durch Messerstiche in die Brust zu töten, hat etwas sehr Persönliches. Es ist blutig, brutal und erfordert starken körperlichen Einsatz. Zudem sieht man seinem Opfer währenddessen in die Augen. Sieht sein Gesicht, die Schmerzen, nimmt den Geruch seines letzten keuchenden Atemzugs wahr. Seine Körperwärme.

Ich habe schon einmal gehört, wie das beschrieben wurde.

Heute Abend habe ich die Intimität verspürt, die diese Gruppe miteinander verband: diese Wärme, das Füreinander-Einstehen, das Gefühl der Zugehörigkeit. Mehr als nur zu einer Gruppe, eher wie zu einer Familie. Ein Ort der Geborgenheit, an dem man sich aufgehoben fühlt.

Ob Louise dort etwas gefunden hatte, das William ihr nicht geben konnte? Lag sein Ärger während der Gedenkfeier darin begründet? In dem Gefühl, dass ihm Louise weggenommen worden sei?

Oder hatte sie zu jemand anderem eine Beziehung gehabt?

Jemand, der sich genauso ausgeschlossen fühlte wie Louise?

Jemand, der durchgedreht war, als sie ihn für eine andere Art von Familie verließ?

5. Mai

»Dann wollen wir mal schauen«, sagte Louise. »Ich habe mir deine Resultate angesehen.«

Die Frau auf der gegenüberliegenden Seite des Tisches hatte die Beine übereinandergeschlagen, ihre Hände lagen in ihrem Schoß. Sie saß kerzengerade und leicht vorgebeugt. Louise hätte am liebsten ihren Stuhl zurückgeschoben, um mehr Distanz zwischen ihnen zu schaffen, unterdrückte diesen Impuls aber. Stattdessen zeigte sie ein blendend weißes Lächeln.

Sie hatte einen Konferenzraum im Djursholms Country Club gemietet. Dass sie dort Mitglieder werden sollten, war Williams Idee gewesen – er hatte das letztes Jahr vorgeschlagen, als sie es mit der Familienplanung immer noch versucht hatten. Er meinte, es sei doch super, hier in der Nähe zum Lunch zu gehen, ins Fitnessstudio oder Tennis zu spielen, und deutete an, dass es doch schön wäre, wenn ihre zukünftigen Kinder hier ebenfalls Tennis spielen lernen könnten.

Louise hatte sich eine Zeit lang gesträubt. Ein Teil von ihr – ein Überbleibsel aus ihrer chaotischen Teeniezeit, die sie tunlichst zu verdrängen versuchte – protestierte lautstark, dass sie doch nicht so einem beschissenen Country Club beitreten könne, denn welche Sorte Mensch tat schon so etwas? Sollten sie wirklich einen Haufen Geld für die Erlaubnis bezahlen, in diesem alten Kasten abzuhängen, wenn es zig bessere Dinge gab, für die man sein Geld ausgeben konnte? Warum es nicht

Wohltätigkeitsorganisationen spenden? Dann wäre es zumindest nicht völlig verschwendet!

Doch sie hatte die innere Stimme ignoriert, das hatte sie über weite Teile ihres Erwachsenenlebens trainiert, und William gesagt, dass sie darüber nachgedacht habe und es eine gute Idee sei. Sie konnten es sich schließlich leisten, und manche ihrer Nachbarn waren dort bereits Mitglied und hatten sich positiv darüber geäußert.

Während der langen, düsteren Monate, in der eine Schwangerschaft ausgeblieben war und sie keine weiteren Versuche unternommen hatten, hatte sie den Club nicht besucht. Nun aber, nachdem sie wieder zum Leben erwacht war und eine neue berufliche Laufbahn eingeschlagen hatte, war ihr plötzlich eingefallen, dass man William zufolge die Konferenzräume des Clubs mieten konnte. Also hatte sie in den vergangenen Wochen einige Meetings in Djursholms Country Club arrangiert. Es war so einfach: Sie hatte Lunch oder auch ein Abendessen, ein After-Work-Meeting oder einen Kaffeeplausch reservieren können, um neue potenzielle Verkäuferinnen zu treffen. Außerdem war es, wie Jonna es immer nannte, ein »Lifestyle«-Ding. Es schadete dem Anwerbungsprozess nicht, anzudeuten, dass das mit Serendipity verdiente Geld die Mitgliedschaft möglich gemacht hatte.

Für den Termin mit Ester hatte sie allerdings nur einen Konferenzraum gebucht. Von dem her, was Jonna über sie erzählt hatte, brauchte sie feste Strukturen und klare Zielvorgaben. Da war ihr ein etwas schlichteres Umfeld als gute Wahl erschienen.

Nun aber, erst wenige Minuten nach Beginn ihres Treffens, fragte Louise sich, ob Jonna diese Frau womöglich falsch eingeschätzt hatte.

Sie war älter als Louise – vermutlich so alt wie ihre Mutter –, wenn ihre Körpersprache sie auch viel jünger wirken ließ. Ester schien sehr energisch, bewegte sich flott und effektiv, redete wie ein Wasserfall und war ihr für ihren Geschmack beim Händeschütteln etwas zu nahe gekommen. Esters Kleidung war auch nicht das, was Louise erwartet hatte; sie war in einem schwarzen Blazer, einem weißen T-Shirt und gebügelten Jeans erschienen, was in starkem Kontrast zu Louises dezentem lavendelgrauem Strickset stand, das sie gekauft hatte, nachdem Jonna ihr einen entsprechenden Link geschickt hatte, mit dem Hinweis, das würde ihr gut stehen.

Louise hatte mit einer Person gerechnet, die glaubte, ohne große Anstrengungen Geld verdienen zu können. Sie hatte mehrere solcher Interessentinnen interviewt, die das Startpaket erworben hatten, ein paarmal zu den Meetings erschienen waren, um mit den übrigen Mädels abzuhängen, aber kein einziges Mal auch nur einen Cold Call gemacht oder etwas über die Produkte auf Social Media gepostet hatten.

Aber diesen Eindruck vermittelte Ester überhaupt nicht.

»Von Jonna habe ich erfahren, dass du anfangs starke Zahlen vorgelegt hast, sie aber der Meinung war, dass du gut etwas Unterstützung darin gebrauchen könntest, deinen Kundenstamm zu erweitern«, begann Louise. »Ist das richtig?«

Ester nickte lebhaft.

»Ja, genau, das trifft es.« Ihre Aussprache war leicht gefärbt von einem Stockholmer Dialekt, den man heutzutage kaum noch hörte; er erinnerte nicht an Louises zurückgenommenen Djursholm-Dialekt, sondern an einen, den man in den Siebzigerjahren in der Innenstadt gesprochen hatte.

»Ich habe wirklich versucht, alle Tipps zu befolgen«, sprach Ester weiter. »Und ich lasse mich von den anderen Verkäuferinnen und ihrer Vorgehensweise inspirieren, komme damit aber einfach nicht weiter.«

»Ich sehe, dass du einen guten Start hattest, so wie Jonna

schon gesagt hat«, bemerkte Louise, die sich schon im Stillen überlegt hatte, wie sie Ester Komplimente servieren könnte – sie zuerst für ihre Errungenschaften zu Anfang loben, sich nach ihrer Vorgehensweise zu erkundigen, um dann darauf überzuschwenken, dass ihre Verkaufszahlen und Einkäufe in den letzten Wochen stark nachgelassen hätten, und ihr anschließend Strategien vorzuschlagen, wie sie das bewältigen könne, nur um ihr am Ende zu versichern, welch tolle Ergebnisse sie doch erzielen würde, wenn sie sich nur an den neuen Plan hielte.

»Ja«, sprach Ester sofort dazwischen. »Ich habe in den ersten Monaten sehr viel verkauft. Habe mir meine Erfahrung zunutze gemacht, weißt du, und habe Jonnas Ratschlag befolgt und meine Freunde und Kollegen angesprochen. Dreimal habe ich Interessentinnen zu einem Spa-Abend eingeladen, da konnten die Frauen die Produkte testen und erwerben. Und das lief prima.«

Louise blinzelte.

Ihr war etwas schwummrig im Kopf.

»Das klingt doch klasse, so als hättest du wirklich sofort alles gegeben«, sagte sie. »Genau diese Eigenschaften braucht man, um mit Serendipity Erfolg zu haben.«

Sie machte eine Pause, um Ester Gelegenheit zu einer Erwiderung zu geben, aber Ester nickte nur. Ester hatte ein Wesen, das Louise ein wenig befremdlich oder vielmehr etwas beschwerlich fand. Sie schien auf ihrem Stuhl vor lauter Energie regelrecht zu vibrieren.

»Du hast also gleich groß angefangen und viele Produkte verkauft«, resümierte Louise. »Du hast mit fast einem Mal deinen gesamten Startbeitrag wieder drin gehabt. Ich sollte so was eigentlich nicht sagen, aber das gleich im ersten Monat zu schaffen, ist außergewöhnlich. Meistens dauert es eine Zeit lang, um die Dinge in Bewegung zu setzen.«

Ester lächelte. Sie schien sich etwas zu entspannen.

»Nach ein paar Monaten aber – oder Wochen – haben deine Zahlen abgenommen. Hast du darüber nachgedacht, woran das liegen könnte?«

Ester lehnte sich noch weiter vor.

»Ja, ich habe mir viel den Kopf darüber zerbrochen. Habe viele verschiedene Strategien ausprobiert. Mein Freundes- und Bekanntenkreis benutzt kaum Hautpflegeprodukte, weißt du? Was sie anfangs gekauft haben, hat deshalb lange gereicht. Und den meisten gefielen die Cremes nicht so sehr, deshalb wollten sie nicht noch mehr davon abnehmen.«

»Wie lief es mit der Erweiterung deines Netzwerks?«, fragte Louise. »Hast du Social Media genutzt, um die Botschaft zu verbreiten?«

»Ja, ich habe überall Konten angelegt«, sagte Ester. »Bei Instagram, LinkedIn und Twitter. Und ich habe auch mein Facebook-Konto viel genutzt. Ich habe genau das gemacht, was man tun sollte, habe gepostet und Beiträge verfasst. Auch persönliche Nachrichten, damit es nicht so klänge, als hätte ich alles nur von einem Serienbrief reinkopiert.«

»Okay …«, sagte Louise, die ihr gerade hatte vorschlagen wollen, die Nachrichten stärker ihren Empfängerinnen anzupassen.

»Wie viele Nachrichten hast du gesendet?«, fragte sie. Die meisten ihrer Mädels schickten kaum mehr als zehn, fünfzehn pro Monat. Aber sie alle hatten sich zum Ziel gesetzt, Teamleiterinnen zu werden und nicht Verkäuferinnen zu bleiben, weshalb sie wählerischer sein konnten. Jemand wie Ester müsste einen viel größeren Kreis erreichen, müsste zehn bis fünfzehn Personen pro Woche kontaktieren.

»Oh, das weiß ich nicht«, erwiderte Ester. »Inzwischen müssen es mehrere Hundert sein. Alle meine Freunde auf Facebook und deren Freunde haben sie bekommen. Ich habe

auch unter die Instagram-Beiträge etwas in den Kommentarfeldern gepostet und unter YouTube-Videos.«

Louise ertappte sich dabei, dass sie Ester anstarrte.

Mehrere Hundert?

Hatte sie sich verhört? Die Tabletten beruhigten sie, halfen ihr, erdeten sie. Aber sie sorgten manchmal auch dafür, dass sie ein klein wenig verwirrt war.

Sodass es ihr schwerfiel, sich zu konzentrieren.

»Entschuldige, kannst du das bitte noch einmal wiederholen?«, bat sie Ester, artikulierte klar und deutlich die Silben, damit sie sich nicht verhaspelte.

»An alle meine Freunde auf Facebook und deren Freunde«, sagte Ester erneut.

Ob sie übertrieb?

Nein. Das glaubte Louise nicht. Esters ganze nervöse Energie und ihr hoch konzentrierter Blick sagten ihr, dass Ester genau das meinte, was sie sagte.

»Und hast du … bei ihnen nachgehakt?«, fragte sie und räusperte sich. Hätte sie doch nur Wasser in die Glaskaraffe gefüllt! Ihr Mund war ganz trocken.

»Ja, ich hake immer zweimal nach.« Esters Blick strahlte Eifer aus. Trotz ihres Alters wirkte sie fast wie ein Schulkind, das ehrfurchtsvoll seine Lehrerin ansah. Als erwartete sie, dass Louise alle Antworten kannte.

Louise zwang sich dazu, tief Luft zu holen.

»Weißt du, Ester«, sagte sie, »das klingt so, als hättest du viel Energie, aber noch nicht deine Zielrichtung gefunden. Jonna hat erwähnt, dass du viel Erfahrung von deiner Position als Führungskraft mitbringst. Vielleicht wäre es passender für dich, deine Anstrengungen neu auszurichten und nicht eine Karriere als Verkaufsberaterin, sondern als Teamleiterin einzuschlagen. Du könntest als Mentorin für die Frauen agieren, die du rekrutierst, während sie den Verkauf übernehmen.«

Louise sah auf ihren Laptop herunter und rief mit einem Klick das Dokument mit dem Teamleiterinnen-Pitch auf.

»Nein, das möchte ich nicht«, sagte Ester.

Louise blickte auf.

»Wie bitte?«

»Ich bin so eine gute Chefin, weil ich mich hochgearbeitet habe«, erklärte Ester, wieder mit einem Lächeln. »Als ich schließlich befördert wurde, wusste ich genau, wie das Geschäft funktionierte. Ich möchte zuerst lernen, die Produkte zu verkaufen, damit ich weiß, wie ich Frauen in meiner Situation helfen kann, wenn es so weit ist.«

»Ah«, äußerte Louise, »das klingt nach einer guten Strategie.«

Ester nickte. »Bei meinem ersten Gespräch mit Jonna hat sie mir erzählt, dass man sowohl durch den Verkauf als auch als Teamleiterin viel Geld verdienen kann. Ich glaube, dass es einfacher für mich wäre, weitere Serendipity-Schwestern anzuwerben, wenn ich den Ball erst einmal selbst ins Rollen gebracht habe. Weißt du, wie ich das meine? Sonst hätte ich das Gefühl, keine gute Arbeit zu machen. Nicht, wenn ich versuchen würde, anderen Frauen den Verkauf beizubringen, bevor ich selbst weiß, wie's geht. Da hätte ich das Gefühl, ich würde sie betrügen.«

Louise verspürte ein vages flaues Gefühl im Magen, zwang sich aber, sich zu konzentrieren. Ihr Unwohlsein beruhte bestimmt nur darauf, dass es hier drinnen so heiß war; die hohen Fenster ließen so viel Sonnenschein herein. Die Tabletten halfen ihr, machten sie aber lichtempfindlich.

»Na dann!«, sagte sie und verzog den Mund zu einem breiten strahlenden Lächeln, dem besten, das sie zustande brachte. Es fühlte sich an wie eine Maske. »Dann wollen wir uns mal um deine Verkaufszahlen kümmern, Ester!«

Kapitel 33

Mein Vater ist schon in der Küche, als ich aus dem Schlafzimmer komme.

»Ui, siehst du aber gut aus«, sagt er, und ich blicke automatisch an mir herunter, bevor ich mich bei ihm bedanke.

Ich habe gedankenlos eines meiner neu erstandenen Serendipity-Outfits angezogen – einen lockeren Strickcardigan in einem Farbton zwischen Hellrosa und Braun sowie ein paar dicke, weiche Leggings. Habe mein Haar zu einem Pferdeschwanz hochgebunden, wie ihn Justina vor ein paar Abenden trug, und nach dem Zähneputzen ein paar Schichten Lipgloss aufgelegt.

Dass er mir Komplimente macht, ist ungewöhnlich. Ich freue mich, aber gleichzeitig versetzt es mir einen Stich.

Jetzt sehe ich also auf einmal gut aus, ja? Wenn ich mich verkleide?

Während meine Mutter mir gegenüber nie mit Kritik gespart hat, war mein Vater nie wirklich präsent, hat in meinem Leben immer durch Abwesenheit geglänzt. Wenn Mama nicht gewesen wäre, wie sie eben war, wer weiß, welche Beziehung mein Vater und ich dann entwickelt hätten. Ob er sich dann vielleicht mehr Mühe gegeben hätte, mich kennenzulernen, wenn Mama nicht jede Gelegenheit wahrgenommen hätte, um auf meine Fehler und Unzulänglichkeiten hinzuweisen?

Das zumindest habe ich mir als Teenie eingeredet. Ich gab meiner Mutter die ganze Schuld, träumte von einer Welt, in der es nur Papa und mich gab. Ich habe ihn idealisiert.

Erst als Erwachsene erkannte ich allmählich die Realität hinter der Fantasie. Dass er nie auch nur einen Finger gehoben hatte, um mir das Gefühl zu geben, ich wäre in Ordnung so, wie ich war. Alles, was ich auf meinen Vater projiziert hatte, waren Illusionen – Schattengestalten, die ich an eine nackte Wand warf.

»Ist Mama fertig?«, frage ich. Ich bin rastlos und wünschte, sie heute nicht zum Arzt begleiten zu müssen, wünschte, ich könnte weiter ermitteln, was Louise zugestoßen war, aber mein Vater ist anderweitig beschäftigt, und irgendjemand muss sie begleiten.

»Gleich«, erwidert mein Vater. »Sie hat heute einen guten Tag.«

Es dauert ein paar Minuten, bevor meine Mutter in die Küche kommt. Mein Vater hat recht: Sie sieht aus wie immer, ihr Make-up sitzt perfekt, und sie trägt eine blendend weiße Bluse, die sie in eine schwarze Hose gesteckt hat. Meine Mutter schaut mich von oben bis unten an, kommentiert meine Kleiderwahl aber nicht. Ich weiß nicht, ob ich deswegen erleichtert oder enttäuscht bin.

Sie macht nicht viele Worte im Auto, sieht nur aus dem Fenster. Ich konzentriere mich auf das Fahren – ich konnte ihr Auto noch nie ausstehen, es ist zu groß und klobig für meinen Geschmack.

Doch wir erreichen die Praxis ohne Zwischenfälle, und ich finde direkt beim Djursholmer Ärztezentrum einen Parkplatz.

Bereits hier schnürt mir Angst die Kehle zu. Hier hatte Jan-Erik, der langjährige Hausarzt unserer Familie, bestätigt, dass meine Mutter nicht einfach nur vergesslich war. Hier auf dem Parkplatz war es gewesen, hier in diesem Auto, dass ich den Entschluss fasste, in Schweden bei meinen Eltern zu bleiben. Dem Leben, das ich mir in Houston aufgebaut hatte, den Rücken zu kehren und zurückzukommen. Nur für eine Weile.

War das ein Fehler gewesen?

»Soll ich dir beim Aussteigen behilflich sein?«, frage ich. Ein Fehler, wie ich sofort merke. Meine Mutter wirft mir einen vernichtenden Blick zu und sagt kühl:

»Liebe Rebecca. Ich bin keine Invalidin. Du brauchst nicht so herablassend zu sein.«

Dieser Kommentar fegt zumindest meine Beklemmungen beiseite.

Ich folge ihr in die Praxis und warte auf dem rostroten Sofa im Wartezimmer, während sie mit dem Doktor spricht. Ich betrachte die Obstschale auf dem Tisch. Hier war ich seit meinem sechsten Lebensjahr Patientin, und jedes Mal stand eine Schale Äpfel auf dem Tisch. Irgendwie seltsam, Äpfel in einer Arztpraxis, oder? Wer will schon einen Apfel nehmen, der stundenlang in einer von Viren und Bakterien verpesteten Luft gestanden hat?

»Rebecca?«

Ich sehe blinzelnd auf.

»Hedda!«, rufe ich aus und stehe auf.

Sie sieht blass aus, hat das Haar zu einem nachlässigen Pferdeschwanz gebunden. Wenn der Bauch nicht wäre, wären die Jogginghosen ihr viel zu groß, sie schlackern ihr lose um die Beine.

»Ist alles in Ordnung?«, frage ich. »Hier, setz dich.«

Ich möchte einen Arm um sie legen, aber sie scheint dafür nicht offen zu sein; ihre ganze Erscheinung strahlt Erschöpfung aus. Als sie auf das Sofa sinkt, seufzt sie, doch es klingt nicht wie ein Seufzer der Erleichterung.

»Ist alles okay?«, frage ich noch einmal. Das ist eine blöde Frage. Wir sind in einer Arztpraxis. Aber immerhin ist es nicht die Notaufnahme.

»Ja, es geht schon.« Hedda versucht zu lächeln. »Alles in Ordnung. Nicola geht's gut.«

Automatisch legt sich die Hand auf den Bauch, als sie den Namen ihres Kindes sagt.

»Es geht schon?«, wiederhole ich skeptisch.

»Ich kann nicht schlafen«, sagt Hedda. »Nicht mehr seit … tja. Ich hoffe, dass ich ein Mittel verschrieben bekommen kann, das dem Baby nicht schadet.«

Ich nicke langsam.

»Das ist – nach dem, was passiert ist – ja auch nicht weiter verwunderlich«, tröste ich.

Hedda schließt die Augen. Schüttelt den Kopf.

»Nein, wohl nicht.«

Sie sagt nichts mehr.

»Und wie geht es dir sonst?«, frage ich besorgt.

Unser letztes Treffen war ein paar Tage nach Louises Tod, und da stand sie unter Schock, aber jetzt sieht sie noch viel schlechter aus.

»Beschissen«, sagt Hedda heiser lachend. »Ich weiß nicht, was du erwartest. Meine Schwester ist tot. Ich kann nicht schlafen. Ich träume die ganze Zeit von ihr. Sowie ich einschlafe, träume ich von Louise. Und William …« Sie verstummt.

»Was ist mit William?«, frage ich.

»Er führt sich unmöglich auf«, sagt Hedda müde. »Er ist ständig so wütend. Hat vorgestern meine Mutter angeschrien. Sie hat mich danach ganz verstört angerufen, sagte, er sei ganz außer sich gewesen. Da musste ich sie beruhigen, und ich bin selbst so am Ende. Außerdem hab ich solche Schmerzen. Keiner scheint die Zeit zu haben, an mich zu denken.« Sie verstummt, dann sieht sie mich an und schiebt hastig hinterher: »Nicht, dass es jetzt um mich gehen müsste. Ich kann das verstehen. Ich will nicht selbstsüchtig sein. Das ist es nicht.«

Langsam schüttele ich den Kopf.

»Hilfe zu brauchen, ist nicht selbstsüchtig. Es ist in Ordnung, Hilfe zu benötigen.«

Hedda lacht auf, fährt sich mit einer raschen Bewegung über die Augen.

»Schon, aber du weißt ja. Ich bin nicht diejenige, die sie am nötigsten hat.«

Ich bin mir nicht sicher, ob das stimmt, weiß aber nicht, ob es etwas bringen würde, das zu äußern.

»Keine Ahnung«, sagt Hedda. »Ich habe gehofft, dass es mir besser gehen würde, nachdem sie nun den Täter gefunden haben, aber ich empfinde nur Leere. Schreckliche Leere.«

Ich erstarre.

»Was …«, setze ich an, verliere aber den Faden. »Haben sie etwa jemanden verhaftet?«

Hedda sieht mich an.

»Ich glaube schon, ja. William hat es mir gesagt. Er hat diese Person offenbar schon die ganze Zeit lang für den Täter gehalten, aber das ist so irre. Das ist so unwirklich. Ich meine, ich kenne ihn schließlich.«

Mein Mund wird ganz trocken.

»Und wer ist es?«, frage ich.

»Williams Bruder. Anton.«

Kapitel 34

Ich drücke auf die Klingel und trete einen Schritt von der Tür zurück. Die Eingangstreppe wird von einer hohen, stämmigen Eiche überschattet, und in der Luft liegt eine andere Kälte als die vor einigen Tagen. Die Wolken und der Regen, die in den letzten beiden Wochen über die Stadt hinweggezogen sind, waren ein Vorgeschmack auf den Herbst, und der eisige Ostwind scheint sich nun wieder anzuschleichen.

Die Tür öffnet sich.

Zuerst sieht William mich an, als wüsste er nicht, wer ich bin. Dann verändert sich sein Blick. Ich merke, wie er meine Kleidung und meinen Pferdeschwanz mustert.

»Du siehst anders aus«, bemerkt er.

Er ist unrasiert. Die Haut unter seinen Augen sieht seltsam dünn aus, als könnte sie reißen, wenn man sie nur mit dem Finger berührte.

»Darf ich reinkommen?«, frage ich.

Wenn er sich nicht in einem derartigen Ausnahmezustand befinden würde, hätte er sich bestimmt stärker darüber gewundert, dass eine ehemalige Klassenkameradin vom Gymnasium ihm simst und dann vor seiner Haustür aufschlägt, aber ich glaube, dass er sich im Augenblick über so gut wie nichts wundert.

Er nickt, und ich betrete das Haus.

Kaum habe ich die Türschwelle überschritten, halte ich Ausschau nach Anzeichen von Gewalt. Es ist absurd, geschieht aber ganz automatisch. Inzwischen ist einige Zeit vergangen, seit es passiert ist; die Spurensicherung war hier, und später wurde alles wieder ordentlich hergerichtet. Es sieht nur aus wie ein ansprechendes, wenngleich etwas kühles Zuhause. Die Farben passen zu dem reduzierten Stil, der momentan offenbar en vogue ist: weiße Wände, heller Holzboden, schlichte Möbel mit klaren, skandinavischen Linien. Doch irgendetwas fehlt hier drinnen, und das ist nicht nur Louise – es scheint, als würde das ganze Haus auf etwas warten.

»Möchtest du einen Kaffee? Oder einen Tee?«, fragt William. »Oder auch einen Whiskey?«, fügt er hinzu. Ich glaube zuerst, dass er das scherzhaft meint, aber seine Stimme klingt nicht die Spur amüsiert.

Ob er im Augenblick zu viel trinkt? Vermutlich. Das tun die meisten, wenn sie in eine solche Situation geraten sind.

»Ach nein, du trinkst ja nicht«, korrigiert er sich.

Es wundert mich, dass er das noch weiß.

»Kaffee wäre schön«, erwidere ich.

William geht voran in die Küche, und als wir am Wohnzimmer vorbeigehen, kann ich nicht anders, als etwas zu zögern. Kein Sofa. Nur ein schöner klassischer Parkettboden, den sie nach der Renovierung beibehalten haben mussten, und ein großes, überraschend farbenfrohes Gemälde an der Wand neben dem Fenster, das zum Wasser hinausgeht. Ich kann es nur aus dem Augenwinkel sehen, trotzdem lässt es mich innehalten: Blau- und Grüntöne, kräftige, zügellose Pinselstriche. Das Gemälde ist der einzige Gegenstand im Raum, der etwas Leben und Persönlichkeit erkennen lässt.

In der großen Küche befindet sich mitten im Raum eine Kücheninsel aus Granit mit zwei Spülbecken. William bereitet mir an dem kompakten weißen Kaffeeautomaten eine

Tasse Kaffee zu und stellt sie vor mir ab, bevor er sich auf die andere Seite des Küchentischs setzt.

Sämtliche Stühle in der Küche sind Drehstühle, sie sind so hoch, dass meine Füße kaum den Boden berühren.

Ich nehme einen Schluck Kaffee.

»Wie geht es dir?«, frage ich.

William schließt die Lider. Feine Linien haben sich um seine Augen eingegraben, die weniger seinem Alter als seiner Trauer geschuldet zu sein scheinen. Er hat geweint. Unablässig. Ich bekomme einen Kloß im Hals.

»Ich weiß nicht, was ich darauf antworten soll«, sagt er und öffnet die Lider.

Ich nicke.

»Ich habe davon gehört«, sage ich. »Von Anton.«

Mein Tonfall klingt schärfer als beabsichtigt.

Williams Augen glänzen. Er nickt.

»Hat man ihn festgenommen?«, frage ich.

»Nein«, sagt William. »Aber das ist nur noch eine Frage der Zeit. Nur eine verdammte Frage der Zeit.« Seine Worte klingen verbittert, brüchig.

»Weißt du, warum sie ihn für den Täter halten?«

Mein Mund ist ganz trocken.

Ich kann nicht abstreiten, dass ich Anton betreffend meine Zweifel habe. Was, wenn ich mich von einem besonders begabten Lügner hinters Licht habe führen lassen? Das wäre trotz allem nicht das erste Mal. Miriam Hedlund verfolgt mich immer noch.

Aber als ich Hedda Antons Namen sagen hörte, klang das für mich nicht logisch. Ich konnte den Tatort nicht mit Anton in Verbindung bringen. Und ich glaube nicht, dass er sie auf diese Weise getötet hätte.

»Wer sollte es sonst sein?«, sagt William. Er trägt einen ausgeblichenen Kapuzenpulli mit dem Aufdruck des Seglervereins zu verschlissenen Jeans, was ihn paradoxerweise zugleich älter und jünger aussehen lässt. »Kein Zweifel, dass er es war. Das habe ich denen auch immer wieder gesagt. Es kann niemand anderes gewesen sein. Anton ist der Einzige, der so etwas in sich trägt.«

»William«, sage ich langsam, »haben sie Beweise? Oder hast du der Polizei nur gesagt, dass Anton der Täter ist?«

Und ob er wusste oder vermutete, was zwischen Anton und Louise vorgefallen war …

Hat man jemanden verloren, lässt man sich leicht von allem Möglichen überzeugen. Hat man jemanden verloren, will man den Schuldigen bestraft sehen. Und wenn der oder die Schuldige nicht greifbar ist, will man, dass jemand anderes dafür bestraft wird. Irgendjemand muss leiden.

Das kann sehr schnell sehr schief gehen, wenn die Polizei vor Ort nichts davon weiß. Dann kommen Leute wie ich ins Spiel. Jemand, der sich mit menschlichem Verhalten auskennt, der weiß, wie Wut und Kummer einen Menschen vergiften können.

William zuckt zusammen. Starrt mich an.

»Was willst du damit sagen?«, fragt er.

Ich schüttele den Kopf.

»Ich will gar nichts damit sagen.« Ich bemühe mich, meine Stimme ganz sanft klingen zu lassen. »Ich frage dich das nur, damit du nichts tust, was du später bereust, Wille. Menschen, die trauern, können Dinge behaupten, die wahr erscheinen, aber vielleicht nicht …«

»Du weißt ja nicht, wovon du redest!«, spuckt William hervor. »Kapier's doch! Du kennst Anton nicht. Er ist jemand, der immer nur von anderen nimmt. So ist er schon immer gewesen. Ihm ist egal, wem er dabei wehtut. Er wollte Louise, aber sie wählte mich, und deshalb hat er sie vernichtet. Hat sie mir weggenommen.« Tränen stehen in seinen Augen, aber die Wut in seiner Stimme, die sich in der Anspannung seiner Arme und Schultern und in seiner Miene zeigt, ist nicht zu übersehen. Sie ist explosiv. Ein falscher Schritt, und er wird sie gegen mich richten. Das spüre ich mit jeder Faser meines Körpers.

»In Ordnung, du hast recht«, sage ich nur. »Ich kenne Anton nicht so gut wie du.«

»Nein, definitiv nicht!«, sagt er mit bebender Stimme.

Für einen flüchtigen Moment meine ich, ihn hinter seiner Fassade zu sehen – Wille. Meinen alten Freund. Das verletzte, zutiefst verängstigte Kind, den Teenie, der so gerne anders sein wollte.

»Mir liegt etwas an dir, William«, sage ich leise. »Ich möchte nur nicht, dass du einen Fehler machst. Wenn man leidet, ist es nicht leicht, zwischen richtig und falsch zu unterscheiden.«

Williams Blick durchbohrt mich.

»Ich bin dir doch vollkommen egal«, schnaubt er. »Du kennst mich ja nicht mal. Ich habe dich 19 Jahre lang nicht gesehen.«

Ich bin sprachlos.

»Was tust du überhaupt hier? Wer hat dich gebeten herzukommen? Zu Louises Gedenkfeier zu kommen? Jede Menge Fragen über sie zu stellen? Weshalb, verdammt?«

»Ich …«, setze ich an, aber die Worte weigern sich, über meine Lippen zu kommen.

William schüttelt den Kopf.

»Ich wusste, dass du als Teenager auf absurde Weise verliebt in sie warst«, sagt er, und die Verachtung in seiner Stimme ist wie eine kalte Dusche. »Aber ich habe nicht gewusst, dass du dermaßen von Louise besessen warst. Das ist lächerlich.«

Ich blinzele. Öffne den Mund, aber es kommt kein Ton heraus.

William sieht mich voller Spott an.

»Was? Dachtest du, das wüsste ich nicht? Louise hat es auch gewusst. Du warst nicht so diskret, wie du gedacht hast.«

Ich muss irgendetwas sagen. Egal was. Muss ihn zum Verstummen bringen.

»Was du da treibst, ist doch krank, das ist dir doch klar, oder?«, ätzt William. »Du kannst sie ja noch nicht mal in Ruhe lassen, obwohl sie tot ist. Du brauchst Hilfe.«

Endlich löst sich meine Zunge.

»Ich gehe wohl besser«, sage ich. Meine Stimme klingt, als käme sie von weit her.

Ich stehe auf. William folgt mir. Ich weiß, dass er etwas sagt, höre aber nur Bruchstücke. Verrückte, alberne und armselige Worte.

Ich zwinge mich, nicht hinzuhören. Wenn ich diese Worte an mich heranließe, würde ich zusammenbrechen.

Irgendwie gelingt es mir, mich zur Treppe zu schleppen. Ich drehe mich um, will noch etwas sagen. Was, weiß ich nicht. Aber er knallt mir die Tür vor der Nase zu, bevor ich auch nur ein Wort herausbringen kann.

Kapitel 35

Ich bebe immer noch am ganzen Leib, als ich nach Hause komme. In meinem Mund liegt ein metallischer Geschmack, und ich trinke zwei Gläser Wasser, um ihn loszuwerden.

Nachdem ich das Glas auf die Küchenarbeitsplatte gestellt habe, lehne ich mich vor, stemme die Hände gegen die kalte Steinoberfläche und schließe die Augen.

Diese Sache wächst mir über den Kopf. Ich muss damit aufhören.

Mein Gott.

Ich spüre Tränen in meine Augen treten, bemühe mich, ruhiger und langsamer zu atmen. Konzentriere mich auf den glatten Stein unter meiner Haut, auf die Brise, die durch das Fenster hereindringt und meine Stirn kühlt, auf das Geräusch meines Herzschlags in meinen Ohren.

Als ich die Augen wieder öffne, sind sie trocken.

Ich muss damit aufhören. Das ist die einzige Lösung. William irrt sich vielleicht, was Anton betrifft. Oder auch nicht. Das tut nichts zur Sache.

Wichtig ist nur, dass er recht hatte, was mich angeht: Was ich hier tue, ist verrückt. Es tut mir nicht gut, damit weiterzumachen, und das weiß ich auch.

Es ist an der Zeit, diese Angelegenheit zu beenden und die Ermittlungen denjenigen zu überlassen, die daran arbeiten.

Es ist an der Zeit, Louise loszulassen.

Kapitel 36

»Hallo«, sage ich und öffne die Tür des Arbeitszimmers einen Spalt.

Mein Vater sitzt in dem Stuhl mit Lederbezug am Fenster. Als er meine Stimme hört, sieht er auf und blinzelt.

»Hallo«, erwidert er. »Was gibt's?«

Ich bleibe im Türrahmen stehen. Mein Vater hält ein Buch auf dem Schoß. Den Titel kann ich nicht entziffern, aber mit größter Wahrscheinlichkeit ist es eine Biografie irgendeines alten weißen Mannes.

Ich lächle, spüre gleichzeitig, wie mir das Lächeln schwerfällt. Ich bin immer noch zittrig, fühle mich wie ausgewrungen. Ich stehe unter leichtem Schock. Ich bin noch nie gut im Streiten gewesen, bin nie so aufgewühlt wie nach einer Auseinandersetzung.

Aber ich weiß nicht, ob mir jemand in diesem Augenblick überhaupt helfen könnte, mich besser zu fühlen.

»Ich könnte uns Sushi holen«, schlage ich vor. »Zum Abendessen.«

»Das ist nett von dir, aber ich habe schon gegessen, und deine Mutter hat keinen richtigen Appetit«, erwidert mein Vater. »Sie ist erschöpft von dem Arztbesuch. Wenn du möchtest, kannst du dir etwas von dem Essen in der Küche nehmen.«

»Ach so«, sage ich und schlucke. »Okay.«

Mein Vater sieht erneut auf sein Buch hinunter.

Ich stehe noch einen Moment unschlüssig im Türrahmen. Sage nichts, weil ich nicht weiß, wie ich ausdrücken soll, was ich mir wünsche. Einen Anschein von Normalität. Ich sehe vor mir, wie wir gemeinsam zu Abend essen, wie meinem Vater auffällt, dass ich nicht so bin wie sonst und er mich fragt, was mich beschäftigt, und ich meinen alten Bekannten erwähne, den ich wiedergetroffen habe und der mir schreckliche Dinge an den Kopf geworfen hat. Schreckliche, wahre Dinge.

Ich sehe das Bild vor mir, wie mein Vater oder meine Mutter mich trösten, auf ihre Art natürlich. Sie würden mir sagen, dass es sinnlos sei, auf andere zu hören, die vieles nur sagen, um sich selbst besser zu fühlen, und sich wichtiger machen wollen, als sie sind. Ich solle das nicht so an mich heranlassen. Und vielleicht würden sie mir auch beiläufig dafür danken, dass ich den Tisch gedeckt und das Abendessen zubereitet habe.

Egal was, Hauptsache, es würde mir zeigen, dass ich wertgeschätzt werde. Dass ich nicht nur eine Verrückte bin, die sich Sachen einbildet, über die alle nur lachen.

Mein Vater schaut wieder auf.

»Ist noch etwas?«, fragt er. Seine Stimme klingt nur fragend, nicht gereizt oder verärgert. Er möchte wissen, welches Anliegen ich habe, damit er mir darauf antworten und sich dann wieder seiner Lektüre widmen kann.

»Nein«, sage ich und schüttele den Kopf.

Der Buchumschlag ist flaschengrün. Die Farbe harmoniert perfekt mit der Tapete im Raum, genau wie das cognacfarbene Stuhlleder denselben Ton wie das Holz des Bücherregals hat.

Alles hier drinnen ist harmonisch, nur ich bin es nicht.

»Ich mache mir Sorgen um Mama«, sage ich zögernd.

Das muss er doch schließlich verstehen. Oder? Das muss er als Grund für meine Aufgewühltheit anerkennen, um mich irgendwie zu trösten.

Er seufzt.

»Das bringt doch nichts, Rebecca«, sagt er. »Wir haben doch schon darüber gesprochen. Wir nehmen es, wie es kommt.«

Ich schließe kurz die Augen.

»Klar, weiß ich doch.«

»Na also«, sagt mein Vater.

Er widmet sich wieder seinem Buch.

Ich bleibe noch ein paar Sekunden lang stehen.

Er sieht nicht wieder auf.

Kapitel 37

Ich hatte nicht vor, mit Serendipity weiterzumachen. Ich hatte vor, alles hinter mir zu lassen, das mit Louise zu tun hatte.

Aber Linas Mail war wie eine ausgestreckte Hand.

Gestern Abend hatte sie mich in einer kurzen Nachricht gefragt, ob ich ihr heute bei der Arbeit über die Schulter schauen wollte. Als ich das las, habe ich gezögert.

Doch die Vorstellung, zu ihr zu fahren, war verlockend. Ich wollte hier raus. Nur für ein Weilchen. Ich sehne mich innigst nach dem Gefühl, das ich nach dem After-Work-Event hatte: dazuzugehören, Teil von etwas zu sein. Von anderen wahrgenommen und wertgeschätzt zu werden. Natürlich hat das alles unter falschen Vorzeichen begonnen, aber ich habe sie nicht angelogen, nicht wirklich. Ich könnte in Serendipity eine echte Gemeinschaft finden. Einen Ort, an dem ich ankommen und ich selbst sein kann. Würde ich Lina erzählen, was William gesagt hat, wäre sie auf meiner Seite, dessen bin ich mir sicher. Ich müsste meine Aussage etwas umformulieren, unterschlagen, dass ich versucht habe, Louises Mörder zu finden, aber die Serendipity-Truppe wäre ganz sicher nett zu mir. Würde zu mir halten. Würde mir sagen, dass er derjenige sei, der verrückt und furchtbar sei, nicht ich.

Also antwortete ich ihr, dass mir das wunderbar passen würde und ich mich darauf freuen würde zu kommen.

Mit dem öffentlichen Nahverkehr dauert es eineinhalb Stunden bis Lidingö.

Im letzten Bus starre ich aus dem Fenster auf die vorbeiziehenden Villen. Ich versuche, nicht an William zu denken. Oder an meine eigene Situation. Oder mich zu fragen, ob ich einen Nervenzusammenbruch erlitten habe – das heißt: »eine milde Erschöpfungsdepression«, wie ich es als zugelassene Psychologin eigentlich ausdrücken müsste.

Das wäre etwas absolut Erwartbares. Mit einer kranken Mutter, nach einem plötzlichen Umzug über die halbe Welt und nach einer Scheidung – da würde jeder durchdrehen.

Wäre ich selbst Patientin bei mir, hätte ich empfohlen, mich eine gewisse Zeit lang unter Beobachtung zu stellen, um sicherzugehen, dass ich nichts Dummes tue.

Aber ich habe die Grenzen nicht überschritten – noch nicht. Habe gerade noch rechtzeitig einen Schlussstrich gezogen. Habe beschlossen, es sein zu lassen. Das muss doch ein Zeichen sein, dass mit mir alles in Ordnung ist, dass ich mein eigenes Verhalten als ungesund erkannt habe und es im Griff habe?

Das muss doch bedeuten, dass ich mir keine Sorgen machen muss.

Wer auch immer Louise getötet hat, so ist es die Aufgabe der Polizei, den oder die Täter zu ermitteln. Nicht meine. Es ist Zeit, dass ich mich wieder auf mich selbst konzentriere. Dass ich aufhöre, ununterbrochen an Louise und ihre Lebenswelt zu denken. *Ich wusste, dass du als Teenager auf absurde Weise verliebt in sie warst.*

Ob er das schon die ganze Zeit gewusst hatte?

Aber er kannte nicht die ganze Wahrheit. Sie hatte ihm, trotz allem, offenbar nicht alles erzählt.

Er wusste nicht, was zwischen uns geschehen war. Und er wusste nicht, wie es mit uns endete.

»Wille? Du hast Wille gevögelt? Was stimmt mit dir nicht?«

»Bitte, beruhige dich, ja? Ich verstehe, dass du enttäuscht bist, aber …«

»Enttäuscht? Ich bin nicht enttäuscht! Du hast mich betrogen, verdammt! Erst erzählst du mir so etwas, und dann sagst du, dass ich mich beruhigen soll?«

»Ich bin dir nicht … untreu gewesen. Es ist schließlich nicht so, dass du meine feste Freundin wärst. Du weißt, dass ich dich gernhabe, aber ich habe das so nicht gesehen. Ich dachte, dass wir nur … ich weiß nicht. Einfach nur rumgemacht haben.«

»Rumgemacht haben?«

»Wenn ich gewusst hätte, dass du mich auf diese Art magst, hätte ich damit aufgehört. Ich dachte, dass du das wüsstest.«

»Was wüsste? Dass ich dir immer egal war? Dass du hinter meinem Rücken mit Wille gevögelt hast?«

»Mensch, jetzt reg dich mal ab. Hör auf, so zu schreien, man wird dich hören.«

»Vielleicht will ich das ja. Hm? Vielleicht will ich, dass deine ganze Familie hört, dass ihre Tochter eine untreue Schlampe ist.«

»Hör auf, du spinnst ja! Lass das!«

»Ich kann nicht fassen, dass du das getan hast. Dass du mir das angetan hast. Ich dachte … Ich dachte …«

»Becki …«

»Nenn mich nicht so!«

»Ich glaube, du gehst jetzt besser. Geh nach Hause, oder was weiß ich wohin.«

»Ist es, weil du dich schämst? Wegen mir? Weil du mich magst? Weshalb?«

»Es ist nichts! Es war nichts! Wir sind Freundinnen, und du bist attraktiv, und ich war neugierig, okay? Ich wollte es nur mal ausprobieren.«

»Und was jetzt, ist Wille jetzt dein neuer Freund, oder wie? Wirst du ihn deinen Eltern vorstellen?«

»Mein Gott, hör doch auf! Ich weiß es nicht, es ist kompliziert. Ich dachte, dass du es wissen würdest. Ich dachte, dass du es wüsstest.«

»Verdammt, Louise! Du weißt genau, was du getan hast. Du hattest einen solchen Schiss, dass uns jemand sehen könnte. Die ganze Zeit über. Ich war nur dein kleines dreckiges Geheimnis. Oder? Weil du dich für mich geschämt hast. Weil du nicht wolltest, dass jemand dich für eine Lesbe hält.«

»Sag dieses Wort nicht.«

»Was würdest du tun, wenn ich jetzt zu deinen Eltern gehen würde, hm? Ich könnte ihnen ja mal erzählen, dass ihre Tochter das ganze Frühjahr ihre beste Freundin gefickt hat. Was, wenn ich ihnen sagen würde, dass ihr kleiner Engel lesbi–«

Hatte sie mich geohrfeigt, oder habe ich das falsch in Erinnerung? Keine Ahnung. Ich habe das so lange verdrängt, dass ich nicht mehr weiß, was damals wirklich passiert ist. Ich weiß nicht einmal genau, wie viel von dem Dialog in meinem Kopf wahr ist, die Erinnerung daran ist irgendwie verschwommen und doch kristallklar.

Dass sie nie wieder mit mir gesprochen hat, ist das Einzige, was ich sicher weiß. Die Wut und die Scham, die ich damals empfand, haben mich mein ganzes Erwachsenenleben begleitet.

Jener Abend verfolgt mich noch heute. Und es ist ein Widerhall jener Erinnerung, den ich wahrnehme, als ich daran denke, wie William mich angesehen hat. Ich fühle Scham. Schreckliche Scham.

Es war so, als hätte sie mir das Herz ausgerissen und wäre darauf herumgetrampelt. Sagt man so etwas als Erwachsener, klingt man hysterisch, aber so hatte es sich wirklich angefühlt an jenem übertrieben schönen Juniabend nach dem Abi.

Also schlug ich zurück, mit dem Einzigen, was ich in der Hand hatte: Ich drohte ihr, sie auffliegen zu lassen.

Das habe ich nie jemandem erzählt. Nicht nur, weil es mich zu sehr schmerzt, daran zu denken, sondern weil alle wissen, dass es ein Tabu ist, zu tun, was ich tat: Man enthüllt nicht die sexuelle Neigung anderer, bevor sie es selbst tun.

So eine Drohung kann gefährlich sein.

Aber es ist an der Zeit, alles loszulassen. Das ist jetzt 19 Jahre her. Louise ist tot.

Der Bus hält an einer niedrigen immergrünen Hecke. Ich steige aus und blicke zu dem Haus, das Lina mir beschrieben hat: zweistöckig, mit Ziegeldach, einem Apfelbaum und einer Schaukel im Garten.

Man muss nach vorne schauen. Es ist an der Zeit, Louise zu vergessen.

Kapitel 38

»… natürlich ist es etwas viel, jemanden ständig im Haus zu haben, aber sie gehört fast zur Familie, das tut sie wirklich«, bekräftigt Lina. Ich lache.

Das Haus ist ein klassischer Altbau, mit hohen Decken und hellen Farben. Es sieht anders aus als Williams Haus, könnte aber dieselbe Innenarchitektin gehabt haben.

Lina trägt einen cremefarbenen Oversize-Pulli in Grobstrick und eine schmale karamellfarbene Hose. Das Haar hängt ihr zu einem losen Zopf geflochten über den Rücken, und sie hat bereits dreimal auf ihre Apple-Watch gesehen, um sich zu vergewissern, dass ihre Herzfrequenz ja nicht zu hoch ist.

»Es liegt am Kaffee, weißt du?«, hat sie mir erklärt. »Ich liebe Kaffee, möchte aber nicht, dass mein Ruhepuls die 80 überschreitet. Ich versuche, bei so etwas achtsam zu sein.«

»Klar«, erwidere ich. Entweder weiß ich nicht richtig, was ein Ruhepuls ist, oder aber ich habe schlicht und einfach keine Ahnung, wovon sie spricht.

Lina redet wieder von ihrem Kindermädchen.

»Anfangs hatte ich so meine Zweifel, aber sie ist wirklich klasse«, sagt sie. »Sie will Schauspiel studieren, ist das nicht toll? Ich hoffe, ihre Kreativität färbt etwas auf die Kinder ab, Jonas und ich sind nämlich nicht die Spur kreativ. Entrepreneurgeist, den haben wir, aber ich fände es schön, wenn Lillian und Daniel malen oder schreiben würden oder so.

Deshalb versucht man ja, sein Geld zu sparen, damit die Kinder später nicht so schwer arbeiten müssen.«

»Was macht dein Mann?«, frage ich und denke darüber nach, ob ich einen Schluck von dem grünen Smoothie trinken soll, den sie mir gereicht hat, aber er riecht so stark nach Staudensellerie, dass ich beschließe, es sein zu lassen.

»Er ist Geschäftsführer eines Immobilienunternehmens«, sagt Lina. »Vielleicht hast du ja schon davon gehört? PGO Real Estate? Sie sind inzwischen in vier Ländern vertreten.«

»Wow, das muss viel Arbeit sein«, sage ich.

»Ja, schon, er ist kaum zu Hause«, seufzt Lina. »Aber dadurch können wir uns das Haus und das Boot leisten, also will ich mich nicht beschweren.«

Sie sieht wieder auf ihr MacBook hinab, tippt rasch ein paar Zeilen und schickt sie weg.

»Cecilia fragt, ob sie vorbeikommen kann«, sagt sie. »Sie wohnt gleich um die Ecke. Sich das anzusehen, wäre spannend für dich, sie hat eine ganz andere Zielgruppe als ich. Es ist wichtig, seine eigene Nische zu finden. Ich arbeite nicht besonders gut mit Mädels, die Singles sind, mein Team setzt sich voll und ganz aus anderen Müttern zusammen, aber Cecilia ist ja etwas jünger als ich und alleinstehend, weshalb ihres aus jungen Frauen besteht, die jeden Abend Party machen.«

Lina hat nahezu grenzenlos viel Energie, wie ich während der letzten Stunde festgestellt habe. Und sie ist sehr redselig. Es ist ungemein entspannend, sich einfach so von einer Wortflut davontragen zu lassen. Sie hat mir schon erzählt, dass sie darüber nachdenkt, auf ein anderes Verhütungsmittel umzusteigen, weil sie den Eindruck hat, der Vaginalring beeinflusse ihre Libido negativ, dass sie das Kindermädchen auch deshalb ausgewählt habe, weil es nicht Jonas' Typ sei, und dass sie überlege, Lillian auf Legasthenie testen zu lassen.

Jetzt wendet sie sich mir zu. Ihre Miene verändert sich.

»Ich habe in der Zeitung gelesen, dass man Louises Mörder gefunden hat«, sagt sie, und mein Magen verkrampft sich. »Das ist sicher eine Erleichterung.«

Ich schüttele den Kopf.

»Ich weiß nicht«, antworte ich. Ich möchte ihr irgendwie vermitteln, dass wir nicht darüber zu reden brauchen, aber mir will nicht einfallen, wie ich das ausdrücken soll, ohne dass es hartherzig klingt.

»Ich versuche ehrlich gesagt, nicht so viel daran zu denken«, räumt Lina ein. »Wenn ich damit anfange, kriege ich Angst. Zuerst hielt ich ihren Mann für den Täter, weil ich gerüchteweise gehört habe, dass er nichts davon hielt, dass sie arbeiten ging, und man weiß ja, wie so etwas meistens endet. Aber dann habe ich erfahren, dass sie einen Taxifahrer oder so festgenommen hätten. Man kann wirklich niemandem mehr trauen.«

Es scheint so einiges an Gerüchten im Umlauf zu sein. Ich korrigiere sie nicht.

»Furchtbar ist das«, sagt sie. »Ich habe gehört, dass viele Taxifahrer für Gewaltverbrechen verurteilt wurden. Vergewaltigung und so. Und trotzdem dürfen sie noch Frauen fahren, die allein unterwegs sind. Das ist doch verrückt! Ich begreife nicht, was aus diesem Land geworden ist. Man kann sich ja nicht mal mehr in seinen eigenen vier Wänden sicher fühlen.«

Ich merke, wie sich mein ganzer Körper verkrampft.

Aber Lina redet einfach weiter.

»Ich hätte nur nicht gedacht … man malt sich ja nicht aus, dass jemandem so etwas widerfährt, aber *wenn* jemandem aus meinem Bekanntenkreis so etwas zugestoßen wäre, hätte ich nie an Louise gedacht.« Sie nuckelt wieder an ihrem Smoothie, das scheint sie zu beruhigen. »Auch wenn ich wusste, dass sie es in der letzten Zeit schwer hatte – ich hätte nie gedacht, dass es so endet.«

Sie wirft einen Blick auf ihre Apple-Watch und seufzt.

»Oje, 92«, sagt sie. »Das ist eine Katastrophe.«

»Wie meinst du das, dass sie es schwer hatte?«, frage ich nach.

Das rutscht mir einfach so heraus.

»Ach, ich weiß nicht«, sagt Lina mit einer abwehrenden Handbewegung. »Sie wirkte nur so gestresst. Es sterben mehr Leute durch Stress als durch Krebs oder Herz-Kreislauf-Erkrankungen, wusstest du das?«

Ich bin mir ziemlich sicher, dass das nicht stimmt, erhebe aber keinen Einspruch. Lasse sie fortfahren.

»Unter uns gesagt«, sagt Lina und senkt ihre Stimme, »fand ich, dass sie mehrmals etwas geistesabwesend schien. Irgendwie nicht ganz bei der Sache.«

»Inwiefern?«, frage ich.

»Na ja, du weißt schon«, sagt sie.

Ich warte. Sehe sie aus großen Augen an, lasse meinen Blick so naiv wie möglich werden.

Lina genießt es offensichtlich, auf Informationen zu sitzen.

»Na ja, sie schien manchmal high zu sein«, verdeutlicht Lina. »Nicht, dass ich sie irgendwelcher Dinge beschuldigen will! Das würde ich nie tun. Und ich verstehe es ja auch, mein Gott. Es ist immer alles zu viel, es reißt nie ab. Natürlich ist das nicht leicht. Sie war ja auch nicht die Einzige, die ein bisschen Hilfe brauchte.«

»O mein Gott«, rufe ich aus, »aber woher sollte sie so etwas bezogen haben?«

Mein Herz hämmert. Linas Apple-Watch würde meinen Puls jetzt bestimmt nicht gutheißen.

»Nein, so meinte ich das nicht«, sagt Lina. »Ich meine ja bloß, dass ihr Arzt ihr vielleicht irgendwas verschrieben hat.«

»Ach so, natürlich«, erwidere ich.

Scheiße. Ich sollte endlich damit aufhören.

»Ich glaube nur, dass sie das vielleicht nicht so offen sagen wollte«, sagt Lina mit einem Grinsen. »Jonna steht ja nicht so auf Tabletten, sie ist sowieso kein Fan von westlicher Medizin. Es werde übermedikamentiert, sagt sie immer.«

»Unter uns kann ich ja zugeben, dass ich mich ab und zu nicht gegen etwas Übermedikamentation sträube …« Ich lache. »Jonna macht mir ehrlich gesagt ein wenig Angst. Ich meine ja nur, sie ist so dermaßen perfekt.«

»Ja, unglaublich, was sie erreicht hat!«, stimmt Lina mir zu. »Vor allem, wenn man ihren Hintergrund bedenkt.«

»Wie meinst du das?«, frage ich.

»Na, aber das musst du ihr doch ansehen können«, sagt Lina. »Du bist doch genau wie Louise auch in Djursholm aufgewachsen? Hast du nicht gesagt, ihr wärt in dieselbe Klasse gegangen?«

»Ja, wir waren auf dem Gymnasium miteinander befreundet.«

»Hm, wenn du es bisher noch nicht gemerkt hast, wird es dir bald auffallen«, sagt Lina. »Jonna kommt aus bescheidenen Verhältnissen. Ihr Leben ist eine richtige Erfolgsstory.«

»Was meinst du damit?«, frage ich.

»Na ja, ihre Eltern waren keine Junkies oder so, die sie misshandelt hätten«, sagt Lina. »Aber es war in ihrer Kindheit offenbar nicht viel Geld vorhanden. Und Jonna tat sich schwer in der Schule. Sie hat das Gymnasium ohne Abschluss verlassen und musste einige Kurse auf der Abendschule nachholen.« Linas Blick verändert sich, ein Funkeln liegt darin, sie lehnt sich konspirativ vor. »Wusstest du, dass sie ihre ersten 30 000 Follower gekauft hat? Sie hat dafür offenbar einen Schnellkredit aufgenommen.«

»Was, ist das wahr?«, sage ich.

Ich kenne mich nicht genügend mit Influencern aus, um einschätzen zu können, ob das üblich ist. Aber Linas verschwörerischem Blick nach zu urteilen, hält sie das für richtig guten Gossip.

Sie nickt nachdrücklich.

»Ich will ja niemanden verurteilen. Ehrlich gesagt kann ich es schon nachvollziehen. Sie wusste, was sie wollte, und war bereit zu investieren, um ihr Ziel zu erreichen. Sie hat wirklich rangeklotzt, um dort zu stehen, wo sie heute ist. Aber was man weiß, weiß man.«

Sie legt den Kopf schief.

Ich tue es ihr nach, bitte sie stillschweigend, es mir zu erläutern.

»Na, du weißt schon«, fährt sie dann auch fort. »Sie versucht vorzugeben, sie käme aus einem wohlhabenden Elternhaus, aber man sieht ja, dass sie diesen Hintergrund nicht hat, wenn man weiß, wonach man suchen muss. Sie bemüht sich ein bisschen zu sehr. Wenn man wirklich in diesem Umfeld aufgewachsen ist, dann fällt es einem nicht schwer mitzuspielen, es ist einem in die Wiege gelegt. Jonna aber muss sich ständig anstrengen.« Lina trinkt ihren Smoothie aus und fügt hinzu: »Deshalb brauchte sie wohl auch Louise.«

»Brauchte Louise wozu?«

Lina lächelt schief.

»Sagen wir mal so …«, beginnt sie. »Ich liebe Serendipity. Ich habe Spaß daran, ich bekomme Rabatt auf tolle Hautpflegeprodukte und verdiene ein Heidengeld. Aber hätte sich jemand wie Jonna bei mir gemeldet und mich gefragt, ob ich Serendipity-Produkte vermarkten würde, hätte ich so eine Mail einfach weggeklickt. Ich glaube, dass mir mein Bauchgefühl gesagt hätte, dass das für mich nicht infrage käme. Und ich glaube auch nicht, dass Jonas das gutgeheißen hätte. Ehrlich gesagt hat es sich für mich anfangs etwas billig angehört. Sollte ich etwa bei meinen Nachbarn hausieren gehen und sie bitten, mir Dinge abzukaufen?«

Sie verdreht die Augen.

»Aber Louise war es, die mich überzeugt hat«, spricht sie weiter. »Und ich kenne Louise ja. Wir besuchen schon seit mehreren Jahren dieselbe Yogagruppe. Ich weiß, dass Louise sich nicht auf so etwas einlassen würde, wenn das kein seriöses Unternehmen wäre. Logisch also, dass Jonna jemanden wie Louise gebraucht hat. Sonst hätte sie nie Zugang zu diesen Kreisen bekommen. Und wir sind es, die das meiste Geld für das Unternehmen ranschaffen. Du hättest mal sehen sollen, in was für einem Retreat wir zu Beginn des Sommers auf Möja waren! Da waren nur Frauen wie wir.«

»Möja, wirklich?«, frage ich.

Lina nickt.

»Ach, das war fantastisch!«, sagt sie. »Ein perfekter Sommerabend. Das war wirklich sagenhaft. Dort werden wir nun sicherlich nicht mehr hinkommen, nachdem ... na ja. Es war Louises Haus. Aber ich hoffe, dass wir bald wieder etwas Ähnliches machen werden. Ich glaube, dass Mimmi und ihr Mann ein tolles Haus auf Gotland haben, ich will sie mal darauf ansprechen, ob sie das dafür zur Verfügung stellen würde.«

Lina hält inne, überlegt.

»Auf Möja fiel mir übrigens das erste Mal auf, dass Louise sich irgendwie anders benahm.«

24. Mai

»Skål!«, johlte Jonna, und Louise hob ihr Champagnerglas und stieß mit ihr an, ein wenig zu stürmisch, sodass etwas Champagner auf Jonnas Hand schwappte. Jonna leckte ihn lachend ab. Louises Blick blieb an ihren Lippen hängen.

Sie saßen in Jonnas Wohnzimmer auf den hübschen Sofas, die Jonna auf einer Auktion gekauft und selbst neu bezogen hatte; sie hatte Louise das Video davon gezeigt. Heute Abend waren sie nur zu zweit. Jonna hatte sie zu sich eingeladen, um die letzten Dinge vor ihrem Retreat zu besprechen, und sie mit einer großen Flasche Veuve Cliquot und veganer Pizza überrascht.

In der letzten Zeit hatten sie sich nicht so häufig sehen können. Jedenfalls nicht unter vier Augen. Louise hatte so viel mit ihrem Team zu tun, und Jonna hatte eine Kooperation mit einer Make-up-Marke aus Südkorea eingeleitet, die deren Produkte auf den europäischen Markt bringen wollte. In gewisser Weise war das eine Erleichterung gewesen. Louise hatte Gelegenheit gehabt, ihre Schwärmerei abzuschütteln. Sie hatte sich in die Arbeit gestürzt, hatte so ein wenig zusätzliche Zeit für Verabredungen mit William herausgeschlagen und hatte so oft die Initiative zum Sex ergriffen, dass er sie gefragt hatte, ob alles in Ordnung sei. Alles, um sich zu beweisen, dass sie William und nur William liebte, dass sie nach wie vor eine gute Partnerschaft führten und sich nichts zwischen ihnen verändert hatte.

Sie hatte auch weniger Tabletten genommen. Hatte auf die Beruhigungsmittel verzichtet und war sogar ein paar Abende ohne Schlafmittel ausgekommen, was in ihr eine gewisse Erleichterung ausgelöst hatte. Es war schön zu wissen, dass sie auf die Pillen nicht angewiesen war. Dass sie ihr nur eine gewisse Hilfestellung leisteten.

Sie hatte das Gefühl gehabt, allmählich wieder sie selbst zu sein.

Das Problem war nur, dass ihr Herz hier, in Jonnas Wohnung, mit der gedämpften Beleuchtung, dem Champagner im Blut und beim Anblick Jonnas, deren Haare sich auf der Höhe ihres Schlüsselbeins lockten, schneller schlug, als es das sollte.

»Nicht bewegen!«, sagte Jonna, als Louise die Hand nach einem weiteren Pizzastück ausstreckte. Sie war glutenfrei und vegan, und man benötigte ein wenig Fantasie, um sich einzubilden, dass sie wie echte Pizza schmeckte, aber inzwischen mochte sie sie auch, nachdem Jonna darauf bestand, dass es die beste Pizza der Stadt sei.

»Du siehst gerade so umwerfend aus«, sagte sie. »Du siehst ganz natürlich in diesem Licht aus, ich muss eben eine Story erstellen.«

»Was? Spinnst du?!«, rief Louise aus, aber Jonna lachte sie aus.

»Komm schon«, sagte sie. »Du profitierst doch davon, wenn ich dich auf meiner Seite zeige, vor allem so wie jetzt. Das Licht des Sonnenuntergangs ist zu dieser Jahreszeit einfach himmlisch. Lehn dich einfach auf dem Sofa zurück. Und halte das Champagnerglas so, wie du es vor ein paar Sekunden getan hast, die Hand ganz locker lassen.«

Louise spürte, wie ihre Wangen zu brennen anfingen. Sie schluckte. Dann lehnte sie sich zurück gegen die Armlehne und versuchte, ihren Bauch einzuziehen, ohne dass es übertrieben aussähe.

»Schau ins Glas«, befahl Jonna ihr.

Gehorsam senkte Louise den Blick.

Für einen Moment war es still, doch als sie plötzlich Fingernägel in ihrem Gesicht spürte, fuhr sie zusammen. Sie sah auf und bemerkte, dass Jonna sich ganz dicht zu ihr vorgebeugt hatte.

»Du hast da eine Haarsträhne, ich will sie nur zurechtlegen«, sagte Jonna. Ihre Stimme klang tiefer; sie sah sie hoch konzentriert an. Louise nahm Jonnas Champagneratem wahr, das natürlich-würzige Zimtaroma ihres Lieblingsparfüms. Sie konnte sehen, dass die kleinen Sommersprossen auf Jonnas Nase und Wangen mehr geworden waren, jetzt, wo es allmählich Sommer wurde.

Plötzlich wurde ihr bewusst, dass Jonna ihr in die Augen sah.

Louise stockte der Atem.

Louise war ihr so nahe, dass sie das Grün in Jonnas Augen erkennen konnte. Die kleinen grünen Flecken in der Iris. Sie sahen aus wie das glitzernde Wasser der Ostsee im Sommer.

Jonna hielt ihren Blick fest, ohne zu blinzeln. Ihre Lippen waren leicht geöffnet. Louise müsste sich nur ein kleines Stück vorbeugen, um ihre Lippen auf Jonnas zu pressen. Dann würde sie endlich wissen, ob sie wirklich so weich waren, wie sie aussahen.

Doch dann lächelte Jonna und zog sich wieder zurück. Louise schwirrte der Kopf, ihr war schwindelig; ihre Gedanken waren ein einziges Chaos.

»So! Und jetzt schau wieder nach unten!«

Louise senkte automatisch den Blick, nahm dabei die seltsame pulsierende Hitze wahr, die ihren ganzen Körper erfasste. So als wären all ihre Nerven mit einem Mal zum Leben erwacht.

Sie hörte es klicken.

»Siehst du gut aus. Wahnsinn! Und deine Haut erst … Ich tagge dich.«

Wenig später plingte Louises Smartphone, und Louise loggte sich auf Instagram ein. Klickte auf »Story«.

Da war sie, in goldenes Licht getaucht, das ihr eine schimmernde Aura verlieh. Mit geröteten Wangen und zerzaustem Haar, ein halb volles Glas lässig in der Hand haltend.

»Unser Superstar @lolloatserendipity! Wenn du eine von uns #serendipitysisters werden willst, musst du nur eine Direktnachricht an sie schicken, dann wird sie sich ebenso gut um dich kümmern wie um mich <3«

Louise lächelte und sah zu Jonna auf, die sie vom anderen Ende des Sofas beobachtete. Jonna sandte ihr einen Luftkuss.

»Glaub mir, du wirst jetzt in Direktnachrichten ertrinken. Und dann werden wir beide Multimillionärinnen und leben glücklich bis ans Ende unserer Tage.«

Sie lächelte, ihre Augen strahlten. Louise wollte das Herz schier überlaufen.

Diesmal war sie sich ganz sicher, es sich nicht nur eingebildet zu haben.

Und selbst wenn sie noch so sehr an William zu denken versuchte, merkte sie, dass sie ihn nicht richtig vor sich sehen konnte, wenn sie Jonna anschaute.

Kapitel 39

Cecilia wirkt etwas ausgezehrt, als sie Linas Küche betritt. Sie trägt immer noch dieselben vielen dünnen Silberkettchen, scheint aber geradewegs aus dem Fitnessstudio zu kommen; ihr drahtiger Körper steckt in einem passenden hellen, karamellfarbenen Set mit Leggings und Sport-BH, die wie eine zweite Haut an ihr sitzen, und dazu trägt sie einen Kapuzenpulli aus Kaschmir.

»Hallo«, sagt sie und winkt mit einem kleinen angespannten Lächeln. »Schön, dich wiederzusehen!«

»Gleichfalls!«, sage ich.

Lina ist neben ihr stehen geblieben und mustert Cecilia von Kopf bis Fuß.

»Ich hasse dich«, sagt sie zu ihr. »Du und dein Bikram-Yoga.«

»Ich habe dich tausendmal gebeten mitzukommen«, erinnert Cecilia sie.

Lina schüttelt den Kopf.

»Nein, ich habe einen zu niedrigen Blutdruck«, sagt sie. »Ich hab's versucht, aber ich werde von der Hitze ohnmächtig. Ich kann auch nicht in die Sauna gehen, das ist so ungerecht! Eine Sauna im Haus zu haben, ist völlig hirnrissig, wenn man sie nicht benutzen kann. Aber Jonas gefällt sie.«

»Dann achte mal lieber darauf, dass Jonas nicht mit dem Kindermädchen in die Sauna geht«, sagt Cecilia mit hochgezogenen Augenbrauen.

Lina winkt ab. »Ach, Unsinn, Jonas hat doch kaum Zeit, mit mir zu schlafen, und noch weniger dazu, eine Neunzehnjährige zu verführen.«

Cecilia sieht mich mit einem schiefen Lächeln an, und ich erwidere das Lächeln, als würde ich mir auch darüber Gedanken machen, inwiefern ihr Mann eine Affäre mit dem Kindermädchen anfangen könnte.

Als sie sich an den Tisch setzt, sieht sie mich so eindringlich an, dass ich kurz davor bin, Distanz zwischen uns schaffen zu wollen.

»Du hast wirklich schön definierte Schultermuskeln«, sagt sie schließlich anerkennend. Das hatte ich jetzt nicht zu hören erwartet. »Was machst du für Sport? Pilates? Ich habe mich so bemüht, aber bei den Schultern geht es bei mir einfach nicht voran. Ich würde gerne wie Michelle Obama aussehen, muskulös, aber feminin.«

»Pilates«, bestätige ich, ohne richtig zu wissen, was das genau ist und inwiefern es sich von Yoga unterscheidet. Ich gehe mal davon aus, dass Gewichtheben in diesem Kontext nicht so angebracht wäre.

»Ich finde Pilates gut, würde aber nie die Diät durchhalten«, sagt Lina an uns gewandt, während sie den Mixer einschaltet. »Du möchtest doch bestimmt Quark in deinem Smoothie?«, fragt sie Cecilia, die nickt.

»Ja, ich brauche die Proteine«, sagt sie.

Sie senkt den Blick auf die Tischplatte, wo ich einen Tropfen grünen Smoothie verspritzt habe, wischt ihn mit dem Finger weg und leckt daran.

»Sorry, ich bin etwas zwangsgestört, was Hygiene betrifft.«

»Ja, du solltest mal ihr Haus sehen«, sagt Lina. »Wahnsinn, sag ich dir – alles glänzt. Es sieht überhaupt nicht aus, als würde dort jemand wohnen.«

Linas Tonfall nach ist das positiv.

»Wenn man keine Kinder hat, ist das einfacher«, sagt Cecilia und lächelt mir zu.

Ich hoffe, dass sie mich jetzt nicht fragt, ob ich Kinder habe oder verheiratet bin. Ich bin nicht besonders versessen darauf, über diese beiden Dinge zu reden, weshalb ich das Gespräch in eine andere Richtung zu lenken versuche. Ich sehe Cecilia an und frage:

»Du bist doch auch Teamleiterin, oder?«

Sie nickt. »Ja, ich leite im Augenblick ein Team mit 22 Frauen.«

»Wow!«, sage ich, während Lina mit einem weiteren großen grünen, wenig appetitlich aussehenden Smoothie an den Tisch kommt und ihn vor Cecilia abstellt, die ihr mit einem raschen Lächeln dankt.

»Cecilia setzt darauf, anfangs so viele Kandidatinnen zuzulassen wie möglich, um dann zu sehen, wie viele von ihnen den Spießrutenlauf schaffen«, sagt Lina, als sie sich setzt.

Cecilia zuckt mit den Schultern.

»Das funktioniert gut, wenn man bereit ist, aggressives Marketing einzusetzen«, sagt sie. »Ich habe ein großes Netzwerk. Ich habe früher als Verkaufssachbearbeiterin gearbeitet. Viele Frauen bei H&M und Zara träumen davon, eines Tages als Designerinnen zu arbeiten. Ich empfehle ihnen Serendipity als eine Möglichkeit, Startkapital für ein eigenes Label zu verdienen.«

»Oh, clever!«, sage ich.

Cecilia lächelt schief. Sie ist langsamer in ihrer Art als Lina, lakonischer.

»Ich habe auch einmal zu diesen Frauen gehört«, sagt sie. »Deshalb kenne ich mich damit aus.«

»Bevor du Edward kennengelernt hast«, unterbricht Lina sie.

Cecilia rollt mit den Augen.

»Bitte erwähne seinen Namen nicht. Ich habe schon den halben Tag mit dem Anwalt am Telefon verbracht.«

Cecilia sieht mich an.

»Mein Ex-Mann«, erklärt sie. »Er ist Brite. Man möchte meinen, die wären zu fantasielos, um fremdzugehen, aber das ist ein Irrtum.« Sie zuckt mit den Schultern. »Ich habe nach der Scheidung immerhin das Haus bekommen.«

Aha. Das erklärt ihren Kommentar zum Kindermädchen.

Aber meine Neugier ist noch nicht gestillt.

»Diese Frauen …«, sage ich. »Wie können sie sich das Startpaket leisten? Ich meine, ich könnte das Geld von meinem Anlagekonto nehmen, aber ich verstehe nicht, wie junge Frauen in den Zwanzigern es sich leisten können, so viel zu investieren, dass sie erfolgreich sind.«

»Manche von ihnen nehmen ein Darlehen auf«, erläutert Cecilia. »Obwohl sie meistens innerhalb von ein paar Monaten abfallen. Das klingt vielleicht ein bisschen krass, aber … nur mit Geld kommt man zu Geld. Der Großteil meiner Frauen hat es sich von den Eltern geliehen.«

»Verstehe«, sage ich.

Lina wendet sich an Cecilia.

»Ich habe darüber nachgedacht, wie Rebecca ihre Strategie aufziehen könnte«, sagt sie und schiebt eine lange, ziemlich komplizierte Frage hinterher.

Mir will nicht aus dem Kopf, was Cecilia gerade gesagt hat. Und Lina davor.

Nur mit Geld kommt man zu Geld.

Das Startpaket für eine Serendipity-Mitgliedschaft beläuft sich auf 20 000 Kronen. Geld, das jemand wie Lina oder Cecilia ohne Weiteres ausgeben kann.

Djursholm, Lidingö und Östermalm mussten für Jonna die reinsten Goldgruben sein. Wie viel von dem Geld, das sie verdient, kommt wohl aus wohlhabenden Gegenden, wo die Menschen bereit sind, etwas dafür zu bezahlen, um sich Unternehmerinnen nennen zu können? Um auf einer Cocktailparty mit ihrem Entrepreneurship angeben zu können?

Es ist so leicht, sich auf Serendipity einzulassen, auf das, was als tolle Community daherkommt, auf die nette Atmosphäre, die After-Work-Meetings, die grünen Smoothies und die Idee von einem starken Frauennetzwerk.

Aber wenn Louise für Jonna den Zugang zur Oberschicht ermöglicht hat und Louise so ausgebrannt war, dass sie Beruhigungsmittel nehmen musste, um ihren Alltag zu bewältigen … was wäre geschehen, wenn Louise beschlossen hätte, aus Serendipity auszusteigen?

Kapitel 40

Als ich vom Sveavägen abbiege, steht ein fremdes Auto in unserer Einfahrt.

Der Wagen meines Vaters stand schon da, ein blauer Volvo, der vielleicht mehr Kilometer auf dem Buckel hat als jede andere Karre im ganzen Stadtteil. Daneben das Auto meiner Mutter, ein kleiner Toyota Prius, den sie nicht mehr fahren kann.

Und jetzt also dieser elegante, schlichte graue Wagen. Ein Chevy Malibu. Ich war nie ein großer Chevy-Fan, zu viel Design und zu wenig Motor fürs Geld.

Leo wartet neben dem Auto, blickt in die frühe Abendsonne. Seine Körperhaltung wirkt entspannt, aber seine Arme sind verschränkt, und ich kann schon von Weitem sehen, dass seine Schultern hochgezogen sind. Er ist nicht zufrieden.

Ich hebe die Hand zu einem Winken und bin mir plötzlich unangenehm meines Aussehens bewusst – das diskrete Make-up, die erst vor Kurzem gekauften Kleider, der kecke Pferdeschwanz. Ich rieche nach Aloe vera, und meine schmalen blassrosa Sneaker sind so neu, dass sie beim Gehen quietschen. Leo ist nicht dumm. Er weiß, wie ich sonst aussehe, weiß, wie ich aussah, als wir Kollegen waren, und er weiß, wie die Serendipity-Frauen aussehen.

Es ist irrelevant, dass ich entschieden habe, mit meinen

Nachforschungen aufzuhören; für ihn muss offensichtlich sein, womit ich mich befasst habe. Und das gefällt ihm bestimmt nicht.

Verdammt.

Kann ich ihm sagen, dass ich die Gedenkfeier nur besucht habe, weil ich um Louise trauern wollte? Dass ich mich mit Jonna unterhalten habe, weil ich eine Arbeit brauche?

Halte ich mich wirklich für so überzeugend, dass Leo mir das abnimmt?

Nein, das tue ich nicht. Leo ist klug, er hat eine gute Intuition und Menschenkenntnis. Er weiß es schon. Sonst wäre er jetzt nicht hier.

Dieses altbekannte flaue Gefühl im Magen stellt sich wieder ein. In dieser Situation aber kann ich nichts dagegen tun. Ich muss einfach zugeben, was ich bereits die ganze Zeit über gewusst habe: dass es eine verdammt schlechte Idee war, mich auf Serendipity einzulassen und meine persönlichen Recherchen zu Louises Tod anzustellen. Dass ich mich wahrscheinlich nur damit beschäftigt habe, weil mir das Herz blutet und mein Leben aufgehört und sich aufgelöst hat und ich mich mit irgendetwas – was auch immer – ablenken musste. Und herauszufinden, wer Louise ermordet hatte, war so interessant, dass es funktionierte.

Ich muss ehrlich sein: Er wird kein Mitleid mit mir haben. Ich werde nie wieder mit der Stockholmer Polizei zusammenarbeiten können. Das muss ich einfach akzeptieren. Muss ihm alles erzählen, ihm all die Informationen geben, die ich habe, und danach mit meinem Leben weitermachen.

Ein paar Meter vor ihm bleibe ich stehen. Die Fenster in der Fassade leuchten im Sonnenuntergang und tauchen die weiße Wand in einen kräftigen roten Schein.

»Was machst du hier?«, frage ich, als ob ich das nicht

bereits wüsste. Wiederhole, was er an jenem Morgen vor Louises und Williams Haus zu mir gesagt hat.

Leo schweigt.

Ich weiß, dass er darauf wartet, dass ich den Anfang mache. Diesen Kunstgriff hat er von mir.

»Ich will mit dir reden«, erwidert er schließlich, nachdem wir eine gefühlte halbe Ewigkeit hier gestanden haben.

»Ich weiß, Leo«, sage ich. »Das zu tun, war dumm von mir. Okay? Mehr gibt's dazu nicht zu sagen. Ich lasse es jetzt sein. Ich hab's kapiert.«

Es ist ein sinnloser Versuch, die ganze Angelegenheit zu beenden, bevor sie angefangen hat. Ich habe nichts Verbotenes getan. Es ist nicht verboten, mit anderen Leuten zu reden. Aber es ist höchst unpassend, mit den Angehörigen eines Mordopfers zu sprechen, um zu versuchen, den Mörder zu finden, wenn man früher als Beraterin für die Polizei tätig war und wegen persönlicher Verbindungen zum Opfer von den Ermittlungen ausgeschlossen wurde.

Leo sagt nichts, also frage ich:

»Wie lange wartest du schon hier?«

Trotz allem bin ich nicht immun gegenüber seiner Schweigetaktik.

»Ich habe an der Tür geklingelt«, sagt Leo, ohne meine Frage zu beantworten. »Deine Mutter meinte, dass du bald nach Hause kommen würdest.«

Ich nicke. Leo setzt seine Maske ab. Ein wenig nur, aber doch so viel, dass mir klar wird, dass etwas ganz anderes dahinterliegt, als ich dachte. Wut, ja. Aber auch Beklemmung und Erstaunen.

Was zum Teufel ist hier los?

»Kannst du bitte ins Auto steigen, Rebecca?« Es ist eher ein Befehl als eine Frage.

»Warum?«, entgegne ich.

Plötzlich verliere ich den Boden unter den Füßen. Ich verstehe nicht, was er damit bezweckt. Verstehe nicht, weshalb er überhaupt hier ist. Er sieht mich mit einem festen, unergründlichen Blick an und sagt:

»Das sollten wir besser auf der Wache besprechen.«

Kapitel 41

Ich habe schon viele Male in einem Raum wie diesem gesessen. Er ist mir vertraut – die neutralen Wände, der am Boden festgeschraubte Tisch, die nichtssagenden Stühle. Die fehlenden Fenster. Die einzige Lichtquelle sind die Leuchtstoffröhren an der Decke, die kaltes Licht verbreiten, das bei manchen Menschen Migräneanfälle auslöst; deshalb habe ich meine Vernehmungen meistens in meinem Büro durchgeführt.

Nur habe ich nie auf *dieser* Seite des Tisches gesessen.

Leo ist Kaffee holen gegangen. Ich sollte so spät am Abend eigentlich keinen Kaffee mehr trinken und werde später bestimmt nicht schlafen können, aber ich brauche jetzt etwas Vertrautes, etwas Neutrales, das mir hilft, mein Gleichgewicht wiederzufinden.

Was ist hier los?

Ich weiß es nicht. Weiß nur, dass meine erste Einschätzung der Situation völlig falsch war.

Sonst würde ich nicht in einem Vernehmungsraum sitzen.

Ich wünschte, ich hätte etwas, mit dem ich mir diesen idiotischen Lipgloss abwischen könnte. Von dem Erdbeergeruch wird mir ganz übel. Meinen Pferdeschwanz habe ich inzwischen gelöst.

Ich erkenne das Gefühl wieder, das ich gerade verspüre: Angst. Ich habe schon manches Mal Angst gehabt, aber nie in so einem Kontext. Ob Leo wohl vor der Tür steht, um mir Zeit mit mir selbst zu geben, mehr Zeit, um darüber zu spekulieren, was passieren wird, was er mich fragen wird? Wie oft haben wir das nicht thematisiert: dass man manche Personen besser etwas schmoren lassen sollte, sodass sie bei der Vernehmung alles Mögliche sagen, nur um die Angst aus dem Kopf zu bekommen.

Diese Vorstellung macht mich so wütend, dass ich schreien könnte. Ich will nach Leo rufen, will ihn dazu bewegen herzukommen, und das sofort, damit wir besprechen können, was zum Teufel hier los ist.

Aber ich gebe dem Bedürfnis nicht nach. Atme im Quadrat und – als das nichts bringt – nach der 5–6-7–8-Methode, halte für fünf Sekunden den Atem an, atme sechs Sekunden lang ein, halte den Atem sieben Sekunden an, atme schließlich acht Sekunden lang aus.

Dass die Art des Atmens gar keine Rolle spielt, weiß kaum jemand. Es geht nur darum, bewusst zu atmen, damit man nicht hyperventiliert, das ist das Geheimnis.

Die Tür öffnet sich.

»Tut mir leid, dass es so lange gedauert hat«, sagt Leo. »Der Maschine war die Milch ausgegangen, ich musste also erst mal eine Runde drehen.«

Ich sehe seiner Miene an, dass ihm bewusst ist, dass ich die Lüge durchschaut habe. Wir haben uns selbst vor ein paar Jahren auf sie geeinigt. Immer ist die Kaffeemaschine schuld, ein gängiges Ärgernis.

»Was mache ich hier, Leo?«, presse ich zwischen zusammengebissenen Zähnen hervor, während er eine Plastiktasse mit dampfendem Kaffee vor mir abstellt.

Leo nimmt mir gegenüber Platz. Verschränkt die Hände vor sich. Seine Augen sind schmal, sein Gesicht verrät nichts.

»Was hast du am Abend des 24. August gemacht?«, fragt er.

Ich blinzle.

»Das kann nicht dein Ernst sein«, erwidere ich, und trotz meiner Wut schleicht sich Angst in meine Antwort hinein.

»Beantworte die Frage«, verlangt Leo.

»Du spinnst ja«, zische ich.

Leo wendet seinen Blick nicht von mir.

Ich schließe kurz die Lider. Dann sage ich:

»Ich war zu Hause. Mit meinen Eltern.«

»Warst du mit ihnen im selben Zimmer?«, fragt Leo sofort. »Können sie bestätigen, dass du den ganzen Abend zu Hause warst?«

»Wir leben im selben Haus, Leo«, erwidere ich giftig. »Ich bin nicht stolz darauf, aber glaub mir, sie können alles hören, was ich tue. Sie hätten es auch gehört, wenn ich die Haustür geöffnet hätte.«

»Und es existieren keine weiteren Hauseingänge?«, fragt Leo nach.

Das bringt mich zum Verstummen.

Doch, das tut es. Die Tür zum Garten im Erdgeschoss. Unter dem Balkon. Meine Eltern nutzen sie nicht, und ich habe sie nicht ein Mal geöffnet, seitdem ich wieder in Schweden bin. Nicht mehr seit meiner Teeniezeit, als ich manchmal dort rausgeschlichen war, um mich den Fragen meiner Eltern und ihren strafenden Blicken zu entziehen.

Aber ich kenne Leo. Er würde diese Frage nicht stellen, wenn er nicht bereits die Antwort wissen würde.

»Du hast mit meinem Vater gesprochen«, sage ich.

»Es hat eine Zeit lang gedauert, bis du nach Hause kamst«, entgegnet er.

Ich atme tief durch. Versuche, mich zu beruhigen.

»Du kannst doch nicht ernsthaft glauben, dass ich es war«, sage ich. »Habt ihr denn wirklich überhaupt keine anderen Spuren?«

Jetzt streckt Leo den Rücken durch. Man vergisst leicht,

wie hochgewachsen, breitschultrig und einschüchternd er sein kann; sein glattes, kindliches Gesicht lässt ihn so harmlos wirken. Aber ich spüre, wie ich mich jetzt instinktiv vor ihm ducke, und auch das schürt meine Wut. Ich sollte nicht hier sein, und ich sollte keine Angst vor Leo haben.

»Möchtest du wissen, wie ich das sehe?«, fragt Leo. »Aus meiner Sichtweise scheinst du, Rebecca, dich in einer … ja, wie nennst du es immer? … Krise zu befinden.«

Daraufhin kneife ich den Mund zusammen.

»Du bist kürzlich zu deinen Eltern zurückgezogen und hast deine Stelle verloren«, sagt Leo. »Du lebst in Scheidung. Und dann bekommst du eine Nachricht von deiner ersten großen Liebe, in der sie dich um ein Treffen bittet.«

Ich bin sprachlos.

»Sie meldet sich, um dich zu fragen, ob du für das Unternehmen arbeiten möchtest, in dem sie in kurzer Zeit eine außerordentliche Karriere hingelegt hat«, fährt Leo fort. »Du zögerst, bis du dich schließlich meldest und ihr mitteilst, dass du sie gerne treffen möchtest. Sie lädt dich zu sich nach Hause ein. Du gehst hin und realisierst, was sie ohne dich in ihrem Leben erreicht hat. Dein eigenes Leben liegt in Trümmern. Du bist bald 40 und ohne Job, ohne Haus, ohne Partner. Ohne nennenswerte Ersparnisse. Aber Louise hat ein schönes Haus im selben Stadtteil, in dem ihr aufgewachsen seid. Sie ist mit eurem gemeinsamen Jugendfreund verheiratet. Dieselbe Person, mit der sie eine Affäre hatte, als ihr beide zusammen wart. Sie hat alles, was du nicht hast, obwohl sie dich früher so tief verletzt hatte. Und obwohl du nie über sie hinweggekommen bist.«

Ihn das aussprechen zu hören, tut weh. Zu weh, um ihm zu widersprechen. Teilweise ist es wahr. Zu wahr, als dass ich es verdrängen könnte. Zu wahr, um verhindern zu können, dass mir Tränen in die Augen steigen.

»Ihr trinkt ein paar Gläser Wein miteinander. Redet über die Vergangenheit. Fangt an zu streiten. Du bist keinen Alkohol gewöhnt, wirst betrunken und wütend. Schrecklich wütend. Sie hat ihre Errungenschaften nicht verdient, denkst du. Du willst sie verletzen, ihr schaden. Ihr etwas wegnehmen. Du fühlst dich machtlos. Du willst das Gefühl haben, zumindest irgendetwas unter Kontrolle zu haben, egal was. Louise ist ein Symbol für alles, was du verloren hast. Also ziehst du das Messer aus dem Messerblock. Vielleicht drohst du ihr zuerst, vielleicht willst du ihr nur Angst machen. Vielleicht lacht sie dich aus. Das ist irrelevant. Einzig relevant ist nur, dass du auf Louise einstichst, immer und immer wieder, bis sie tot ist. Und erst da erkennst du, was du getan hast.«

Ich sehe ihm in die Augen.

»Du hast für die Polizei gearbeitet. Du weißt genau, wonach die Kriminaltechnik Ausschau hält. Also beseitigst du alle Spuren. Du spülst die Gläser, das Messer und wischst die Handgriffe ab, du saugst Staub, säuberst alle freien Flächen. Du verlässt das Haus und schleichst dich zurück zum Haus deiner Eltern.«

Ich weigere mich, seinem Blick auszuweichen.

»Und als die Nachricht von Louises Tod publik wird, suchst du Louises Freunde und Verwandte auf. Weil du es bereust. Du bist keine Mörderin. Es war ein Irrtum. Der Alkohol war schuld. Du bist nicht zuletzt Psychologin und glaubst, das in Ordnung bringen zu können. Du kannst ihnen helfen, über Louises Tod hinwegzukommen. Vielleicht kannst du sogar ihren Platz in deren Leben einnehmen. Vielleicht so das Leben führen, das du dir immer erträumt hast. Das Leben, das du verdienst.«

Er verstummt.

Ich warte eine gefühlte Ewigkeit, aber er sagt nichts mehr.

»Schön«, sage ich schließlich mit ausdrucksloser Stimme. Mit trockenen Augen. »Eine schöne Geschichte hast du dir da ausgedacht.«

Leo erwidert nichts.

»Du weißt, dass ich deine Methode nicht leiden kann«, fahre ich fort. »Sie ist so filmisch. Du kannst Menschen nicht zu einem Geständnis bewegen, indem du ihnen eine fiktive Version der Geschehnisse auftischst. Man bringt andere zu einem Geständnis, indem man sie erzählen lässt. Hast du das immer noch nicht begriffen?«

Leos Mund bleibt verschlossen. Ich kämpfe gegen meine Wut an.

»Touché«, sage ich.

Dann sage ich nichts mehr, auch ich nicht.

Leo bricht zuerst das Schweigen. Ich wusste, dass er das tun würde. Er war noch nie besonders geduldig.

»Ich habe mit Louises Familie gesprochen«, sagt er. »Und mit William. Er hatte viel über dich zu berichten.«

»Was zum Beispiel?«, hake ich nach.

»Dass du dich bei ihnen gemeldet hast, obwohl sie dich 20 Jahre lang nicht gesehen hatten«, sagt Leo. »Es scheint so, als hättest du in den letzten Wochen sämtliche Leute ausfindig gemacht, die Louise nahestanden, und ihnen deine Hilfe angeboten.« Das Wort ›Hilfe‹ betont er, um es ironisch klingen zu lassen.

Blöder William.

Natürlich hat er Leo angerufen. Ich will mir einreden, dass er das getan hat, weil er sauer auf mich ist und weil ein arroganter Idiot aus ihm geworden ist, kann ihn aber im Übrigen nicht direkt dafür verurteilen. Oder mich selbst verteidigen. Ihm war aufgefallen, dass ich umhergeschlichen und allen in Louises Umkreis Fragen gestellt hatte, selbstverständlich hatte er da die Polizei informiert.

Ich schließe kurz die Augen.

Was für eine Scheiße!

»Hör mir zu, Leo!«, beschwöre ich ihn. »Ich habe etwas sehr Dummes getan. Aber ich habe Louise nicht umgebracht. Ich habe Louise, seit ich 19 war, nicht mehr gesehen.«

Leo hat sich gemacht, kann besser schweigen als früher. Ich wünschte, ich könnte das auch, aber ich muss es ihm erklären. Ganz egal, wie verdreht oder überheblich es klingt.

»Ich … bin an einem schlechten Punkt in meinem Leben, ja? Da hast du recht. Und du hast recht damit, dass Louise mir geschrieben hat. Aber ihr müsst doch gesehen haben, dass ich ihr nie geantwortet habe! Wir haben uns nicht gesehen. Es ist die Wahrheit, dass ich Louise vor ihrem Tod nicht mehr getroffen habe.«

Seiner Miene ist nicht anzumerken, ob er mir glaubt.

»Nachdem du mir von Louises Tod erzählt hattest, konnte ich nicht mehr aufhören, daran zu denken. Also habe ich mich bei Hedda gemeldet. Ich weiß, wie dumm das war. Ich hatte nur gedacht, dass ich ihr helfen könnte. Oder so. Keine Ahnung. Sie lud mich zur Gedenkfeier ein, wo ich mich mit William unterhalten habe. Und Jonna Ek kennengelernt habe. Sie lud mich ein, für Serendipity zu arbeiten. Und wie du ganz richtig festgestellt hast, bin ich gerade arbeitslos. Es schien mir ein gutes Angebot zu sein, weshalb ich eingewilligt habe.«

Ich weiß nicht einmal, ob das eine Lüge ist. Unzählige Gedanken schwirren mir durch den Kopf.

Leo öffnet – endlich – den Mund.

»Auch eine schöne Geschichte«, sagt er, und mein Mut verlässt mich. »Aber das erklärt nicht, weshalb William und Hedda beide ausgesagt haben, dass du ihnen sehr viele Fragen gestellt hättest. Fragen über Louise. Fragen über die Ermittlungen. Als wolltest du wissen, wie viel wir wussten, was wir gefunden hatten. Ob du beim Spurenbeseitigen auch kein wichtiges Detail übersehen hattest?«

Scheiße.

»Ich hab das nicht getan, um über die Ermittlungen auf dem Laufenden zu sein!«, platzt es aus mir heraus. »Sondern weil ich es wissen wollte. Ich wollte wissen, was Louise widerfahren war. Hast du schon einmal daran gedacht, dass mir vielleicht etwas an Louise lag? Sie war meine erste große Liebe. Wie hättest du reagiert, wenn du erfahren hättest, dass deine erste Liebe ermordet wurde? Du hättest es doch auch wissen wollen, Leo.« Ich kneife die Lippen zusammen, kann mich aber nicht zügeln: »Und weil ihr keine Fortschritte macht, ist es mir schwergefallen, der Gelegenheit zu widerstehen, selbst ein paar Fragen zu stellen, um herauszufinden, was ihr übersehen habt.«

Ich sehe, wie sich seine Kiefermuskeln anspannen. Er ist außer sich. Das hätte ich nicht sagen dürfen. Ich muss Leo auf meiner Seite haben, muss ihn dazu bewegen, mir zuzuhören.

»Komm schon, Leo«, sage ich und bemühe mich, meine Stimme weiterhin ruhig und vernünftig klingen zu lassen. »Versuche, rational zu denken. Was erscheint dir am wahrscheinlichsten – dass ich beschlossen habe, Louise aus dem Nichts heraus zu töten, oder dass ich es nicht sein lassen konnte, Detektivin zu spielen? Ich habe seit fast zehn Jahren mit Ermittlungen zu tun. Und du weißt, dass ich euch dabei helfen wollte, den Mörder zu finden. Du warst es, der das abgelehnt hat.«

»Ja, sicher«, erwidert Leo. »Aber wenn du Louise getötet hättest, wäre es schlau von dir gewesen, Teil des Ermittlungsteams zu sein, nicht wahr? Du warst es, die mich immer daran erinnert hat, dass manche Typen von Mördern sich dicht im Umfeld der Polizei aufhalten. Dass sie Beweise ›finden‹, um sich wichtig zu fühlen oder um über die Ermittlungsfortschritte der Polizei informiert zu sein und sie in die Irre zu führen.«

Ich schlucke. Meine Kehle ist staubtrocken. Leos Blick nagelt mich fest, und als ich nichts mehr sage, fährt er fort:

»Wir haben einen Zeugen aus der Nachbarschaft, der gesehen hat, wie eine Frau Louise und William von Aschebergs Haus eine Stunde vor dem Mord betreten hat. Sie wurde als klein und dunkelhaarig beschrieben.«

Ich schüttele den Kopf, aber er spricht weiter.

»Dem Winkel der Stichwunden nach zu schließen, wurde das Messer von unten geführt«, sagt Leo. »Das heißt, der Mörder dürfte kleiner gewesen sein als sein Opfer.«

Er blinzelt nicht einmal.

»Louise war 1,78 m groß«, sagt er. »Und du bist, wie groß … circa 1,60 m?«

»Ich war es nicht«, sage ich, jetzt mit gedämpfter Stimme. »Ich schwöre es. Ich habe es nicht getan.«

Leo lehnt sich auf dem Stuhl zurück.

Schweigt lange.

Dann fragt er mich plötzlich:

»Von wo hast du die Nachricht verschickt?«

Ich blinzle.

»Wie?«, frage ich.

»Die Nachricht an Louise«, verdeutlicht Leo. »In der du sie gebeten hast, von Möja nach Stockholm zu kommen.«

»Ich weiß nicht, wovon du redest«, sage ich. Und dann: »Warte mal, meinst du etwa diese SMS, die William erwähnt hat? Die Louise an ihrem Todestag bekommen hat?«

»Von wo hast du sie geschickt?«, fragt Leo erneut. »Welche App hast du benutzt?«

Ich kann es nicht fassen.

»Leo«, sage ich langsam und deutlich. »Ich habe Louise

keine Nachricht geschickt. Das musst du doch gesehen haben. Ihr müsst doch Zugang zu ihrem Telefon haben.«

Leo sagt nichts.

Aber etwas huscht über sein Gesicht. Für eine Sekunde nur.

Schließlich sage ich:

»Wirst du meine Festnahme verlangen? Wenn das hier alles ist, was du hast, wird das wohl kaum für einen begründeten Tatverdacht reichen.«

Ich lasse meine Stimme reserviert klingen, fast sarkastisch, aber in Wahrheit ist mir vor lauter Angst und Stress ganz übel.

Ich wünschte, ich könnte mir sicher sein, dass die Polizei nie falsche Personen festnimmt, dass nie unschuldige Menschen verurteilt werden, bin aber lange genug im schwedischen und amerikanischen Rechtssystem tätig gewesen, um zu wissen, dass das nicht stimmt. Manchmal reicht es, einfach Pech zu haben. Manchmal reicht es, zur falschen Zeit am falschen Ort zu sein.

Wann immer ich auf der anderen Seite dieses Tisches gesessen habe, bin ich mir meiner Schlussfolgerungen so sicher gewesen. Aber wie wirkt das aus Leos Perspektive? Wie viele Stunden haben er und ich damit verbracht, die Risikofaktoren für Gewaltverbrechen zu erörtern?

Trotz allem hat er recht mit dem, was er sagt. Ich hatte in der Vergangenheit einen Groll gegenüber dem Opfer, mein Leben ist ein einziger Wirrwarr aus Angst und Stress und verletzten Gefühlen, und er hat den Beweis, dass Louise kurz vor dem Mord Verbindung zu mir aufgenommen hat. Er hat eine Zeugenaussage und physische Beweise. Keine DNS, nichts zu Konkretes; aber manchmal ist das auch nicht nötig. Manchmal reichen auch die Umstände.

Wäre ich jetzt an seiner Stelle, hätte ich mich für schuldig gehalten, wie mir in diesem Augenblick klar wird.

Plötzlich muss ich an Maria denken.

Wie kannst du das wissen? Du glaubst, du kannst sehen, wer schuldig und wer unschuldig ist, aber du weißt es nicht sicher. Eigentlich weißt du gar nichts. Das sind alles nur Annahmen. Wie viele unschuldige Menschen sitzen deinetwegen wohl im Gefängnis? Und wie viele von ihnen sind arm oder krank oder haben eine andere Hautfarbe als du?

Gott, ich habe das Gefühl, mich gleich übergeben zu müssen.

Habe ich etwa zu viel schlechtes Karma gesammelt, holt mich das nun ein?

»Nein«, erwidert Leo schließlich. »Ich werde dich nicht festnehmen. Noch nicht.«

Noch nicht.

»Aber dir leuchtet bestimmt ein, dass du Stockholm nicht verlassen darfst«, sagt er. »Und falls du planst, nach Texas zurückzukehren, wirst du das aufschieben müssen.«

Kapitel 42

Der grelle Sonnenschein draußen blendet mich.

Ich bestelle ein Uber, will einfach nur so schnell es geht nach Hause; nach Hause an einen Ort, an dem ich mich geborgen fühle, wo ich zusammenbrechen kann, ohne dass es jemand mitbekommt. Ich schaffe es, mich die ganze Rückfahrt über zusammenzureißen, konzentriere mich auf meine Atmung und das Geräusch des Herzschlags in meinen Ohren. Meine Lippen sind stumm, mein Bauch fühlt sich an, als habe mir jemand bei lebendigem Leib die Eingeweide herausgerissen.

Als das Auto hält, eile ich ins Haus und geradewegs in das nächstgelegene Bad. Spüre, wie sich mir der Magen umdreht.

Nach dem Duschen ziehe ich den weitesten, kuscheligsten Pulli an, den ich finden kann, verkrieche mich unter die Bettdecke und warte auf die Tränen. Aber die Tränen kommen nicht. Mein Gehirn weigert sich zu begreifen, was mein Körper längst weiß: dass ich so richtig in der Tinte sitze und nicht weiß, wie ich da jemals wieder rauskommen soll.

Die ganze Situation ist von einer absurden, eleganten Ironie durchdrungen. Maria liegt mir damit in den Ohren, mir einen Anwalt zu nehmen. Einen Anwalt werde ich auf alle Fälle brauchen. Nur nicht aus dem Grund, von dem ich ausgegangen war.

Ich fange an zu lachen, tief und glucksend, bis mir der Bauch wehtut.

Als es verebbt, liege ich einfach nur still da.

Ich begreife immer noch nicht wirklich, wie es dazu kommen konnte.

Dabei wusste ich ja schon die ganze Zeit, welch eine schlechte Idee das war. Und jetzt, als ich zurückblicke, verstehe ich, wie alles – gleich von Beginn an – schiefgelaufen ist.

Leo hatte sich nicht bei mir gemeldet, weil er meine Expertise brauchte – er hatte sich gemeldet, weil er mit mir reden wollte, weil er meine Reaktion sehen wollte. Er hatte mich sogar gefragt, wo ich mich zum Zeitpunkt des Mordes befunden hätte; ich hatte das als Scherz aufgefasst. Aber Leo ist ein Ass in seinem Job; gewisse Dinge hat er mir erzählt, andere unterschlagen. Er hatte beispielsweise nichts davon erwähnt, dass der Tatort geradezu klinisch rein gewesen war. Vermutlich wollte er abwarten, ob ich mich verplappere, oder aber mich stressen, damit ich mich fragte, was ich übersehen hatte.

Ein klinisch reiner Tatort und eine wütende Ex mit Erfahrungen in der Polizeiarbeit, die in der Nähe lebte? Spuren, die auf einen romantischen Abend hindeuteten, der ein böses Ende genommen hatte? Natürlich wollte er wissen, wie ich auf diese Informationen reagieren würde.

Ich bin so eine Idiotin.

Ich habe ihm gesagt, dass er Williams Alibi ganz genau prüfen solle. Es muss so geklungen haben, als hätte ich ihn subtil in diese Richtung lenken wollen.

Die Dunkelheit im Zimmer hat einen tiefblaulilafarbenen Ton; die Sonne ist schon hinter den Horizont gesunken. Ich fühle mich innerlich ganz leer. Wünschte, ich könnte für immer hierbleiben. Dass der nächste Morgen niemals kommen möge.

Er hat nicht vor, mich festzunehmen. Noch nicht. Vermutlich warten sie noch auf weitere Informationen. Ich argwöhne, dass Leo hoffte, ich würde unmittelbar ein Geständnis ablegen, als er mir seine Verdächtigungen darlegte. Dass er Zeit sparen wollte. Seit Louises Tod sind inzwischen mehrere Wochen vergangen. Vermutlich steht er gerade enorm unter Druck; er muss den Täter finden oder den Fall einstellen, und Leo hasst es, Fälle einzustellen, ohne den Schuldigen gefunden zu haben.

Ob es etwas mit der Nachricht zu tun hat, die Louise erhalten hatte? Nach der er mich gefragt hatte? Und die sie offenbar noch nicht gefunden haben?

Es ist unbegreiflich. Falls Louise eine SMS bekommen hatte, muss die Polizei sie zu diesem Zeitpunkt doch gesehen haben.

Aber danach hat er mich nicht gefragt. Sondern danach, *von wo* ich die Nachricht geschickt hatte. SMS hat er nicht gesagt. Eine Nachricht von einer anderen Art von App. Es gibt heutzutage so viele, und sie hatten Louises Handy nicht gefunden. Darauf kann er also nicht warten; er konnte sich nicht ausreichend sicher sein, die Nachricht zu finden.

Aber Anton hatte gesagt, dass die Polizei seine Wohnung durchsucht hatte. Vielleicht wartet Leo ja auf die Genehmigung für eine Hausdurchsuchung?

Bei diesem Gedanken dreht sich mir der Magen erneut um. Das Haus voller Polizisten, die alles auf den Kopf stellen, um zu suchen, was ich versteckt habe? Meine Eltern, verwirrt, verängstigt und verärgert, die zusehen müssen, wie man in ihr Zuhause einmarschiert?

Meine Mutter, die vielleicht nicht einmal begreifen würde, was da vor sich ginge.

Mein Vater, der so enttäuscht wäre.

Was soll ich tun? Wohin ich mich auch wende, ich sehe keinen Ausweg.

Wenn ich doch nur nicht hier wäre! Wenn doch nur nichts von alldem passiert wäre.

Impulsiv greife ich nach dem Handy, rufe meine Anrufliste auf und gehe auf den Namen, der mir am vertrautesten ist.

Es klingelt. Ich drücke das Telefon an mein Ohr, schließe die Augen. Möchte einfach nur ihre Stimme hören.

Will nur hören, dass sie alles wieder in Ordnung bringt. So wie sie es immer tut.

»Hello?«

Marias Stimme am Telefon, die jetzt schon gereizt und zänkisch klingt. Sie hat meinen Namen auf dem Display gesehen. Ich spüre, wie Tränen zwischen den Wimpern meiner fest zusammengekniffenen Lider hervorquellen.

»What do you want, Rebecca?«, fragt sie, und es ist mir egal, dass sie verärgert klingt, ist mir egal, dass sie voller Abscheu meinen Namen ausspuckt. Ich möchte nur mit dem Telefon am Ohr daliegen und einen flüchtigen Moment lang so tun, als sei alles okay.

»Rebecca?«, sagt sie noch einmal, und jetzt klingt sie anders. »Geht es dir gut?«

Ich wische mir die Nase ab.

»Hey, Sweetie«, sage ich mit belegter Stimme.

»Was ist passiert?«

Obwohl mittlerweile schon so viel Zeit vergangen ist, liegt Besorgnis in ihren Worten. Fürsorge. All das, was immer schon da gewesen ist, all das, was ich von mir ferngehalten habe.

»Hier herrscht ein … großes Durcheinander. Ein wahres Durcheinander.«

Meine Stimme bebt so sehr, dass ich sie kaum wiedererkenne. Ich versuche, so zu atmen, wie ich es gelernt habe, aber diese Sache ist zu weit gegangen. Nichts von dem, was ich die Jahre hindurch gelernt habe, erscheint mir noch relevant.

»Was ist passiert? Sag's mir!«, fordert Maria mich auf.

Sie ist so entschlussfreudig. So sicher, dass sie das, was vorgefallen ist, irgendwie regeln kann.

Inmitten von all dem wird mir plötzlich klar, was schon immer klar gewesen war: Wenn ich es ihr gestattet hätte, dann hätte sie mir geholfen. Wie viele Male hat sie mich doch gefragt, ob sie sich beurlauben lassen und zu mir fliegen sollte, um mir mit meiner Mutter behilflich zu sein? Wie viele Male hatte sie mich gefragt, was sie tun könne, wie sie mich entlasten könne, was ich bräuchte?

Und wie viele Male habe ich das ausgeschlagen, beiseitegeschoben, weil ich ihre Hilfe nicht brauchen wollte, weil ich sie nicht brauchen wollte? Weil ich beweisen musste – mir selbst und meiner Mutter –, dass ich diese Sache eigenständig bewältigen würde?

Und dann, wie aus dem Nichts, nach mehreren Monaten, hatte ich gesagt, dass sie hierherziehen sollte. Einfach so. Als eine Herausforderung. So als wollte ich, dass sie Nein sagte. Und das tat sie schließlich, nachdem ihr klar geworden war, dass sie alles getan hatte, was sie tun konnte, alles gegeben hatte, was sie hatte geben können, und gemerkt hatte, dass ich alle Schotten dichtgemacht hatte.

Und jetzt ist es zu spät.

Ich atme tief durch die Nase ein, halte den Atem an, sage mit zitternden Lippen:

»Es tut mir wirklich sehr, sehr leid, Maria. Alles. Ich war eine Idiotin, eine richtige Idiotin.«

Es bleibt lange still in der Leitung.

»Ich will, dass du mir sofort sagst, was los ist, Rebecca. Bist du in Sicherheit? Bist du verletzt?« Ihre Stimme klingt vor Angst ganz scharf.

Ich nicke, obwohl sie das nicht sehen kann. Spüre den weichen Kopfkissenbezug an meiner Wange reiben und wie er erneut feucht vor Tränen wird.

»Es geht mir gut«, sage ich. »Oder nein, das stimmt nicht. Gut geht es mir nicht. Aber das wird wieder. Ich verspreche es.«

»Wobei brauchst du Hilfe?«, fragt sie. »Kann ich etwas tun?«

Ich lache kurz auf.

»Das hast du schon«, erwidere ich.

Schweigen, langes Schweigen. Ich halte den Atem an. Dann fragt sie: »Sollte ich mir Sorgen machen? Du wirst doch wohl nichts Dummes tun?«

Doch, das habe ich vor. Ich habe etwas sehr Dummes vor. Aber nicht das, woran sie dabei denkt.

»Mach dir keine Sorgen«, beruhige ich sie. »Ich schwör's, ich kann für mich selbst sorgen.«

»You better«, sagt sie sofort, und ich lache erneut. Höre ihr melodisches Lachen am Telefon.

Es ist so lange her, dass ich sie lachen gehört habe.

»Darf ich dich ein anderes Mal wieder anrufen?«, frage ich. »Um mit dir zu reden?«

»Du kannst mich jederzeit anrufen, das weißt du«, erwidert sie. »Du warst diejenige, die nicht ans Telefon gegangen ist.«

»Ich weiß«, flüstere ich. »Das ist eine schlechte Angewohnheit von mir, die ich aufzugeben versuche.«

»Gut«, erwidert sie sanft. »Das ist gut. Da freue ich mich.«

Nachdem wir das Gespräch beendet haben, bleibe ich noch in der Leitung, bis sie aufgelegt hat, sodass ich hören kann, wie ihre Finger über das Display streichen.

Dann schlafe ich ein, mit dem Telefon in der Hand. Und als die Tränen auf meinen Wangen zu salzigen Spuren trocknen, kristallisiert sich allmählich ein Plan heraus, zur Hälfte aus wirren Träumen gespeist.

Es ist Zeit – wie meine Frau sagen würde, meine Frau, deren Obsession American Football ist und die den Superbowl Sunday liebt –, es ist Zeit für einen *Hail Mary pass.*

Eine letzte verrückte Anstrengung, die praktisch chancenlos ist.

28. Juni

Das Haus sah wirklich fantastisch aus! Louise war meistens selbstkritisch, doch sie musste zugeben, dass sie sich diesmal selbst übertroffen hatte. Langstielige weiße Lilien in hohen Vasen standen strategisch hier und da platziert, arrangiert mit schlanken Wildgräsern und schmalen Kiefernzweigen, ein Ensemble, das die Schroffheit des Schärengartens mit einem Hauch von Luxus verband.

In Sachen Catering hatte sie sich für ein veganes Café in Vaxholm entschieden, das ein reichhaltiges Büfett geliefert hatte: Sandwichtorte, Graved Lachs – der offenbar aus Auberginen gemacht war, aber überraschend echt aussah –, ein paar Salate mit Quinoa, Tofu und Granatapfel und natürlich frisches Sauerteigbrot mit einer Fülle von Hummus, Krabbensalat und Aioli auf Basis von Kichererbsensud.

Der vegane Krabbensalat schien am schnellsten wegzugehen; auch der Rosé-Champagner war schon zur Hälfte geleert worden. Die 15 Frauen, die mit der Nachmittagsfähre gekommen waren, hatten offenbar Durst gehabt, und als Jonna vorschlug, doch unten am Steg einen Willkommensdrink zu nehmen, hatte Louise ihre Pläne für den Abend gedanklich geändert. Sie würde ein Auge auf die anderen haben; hatte gehört, dass mehrere von ihnen heute Abend im Meer baden wollten, und dabei sollte sich niemand den Kopf an den Klippen anschlagen und ertrinken. So etwas passierte gelegentlich im Schärengarten, vor allem, wenn Alkohol und schönes Wetter mit im Spiel waren.

Da spürte sie einen leichten Lufthauch an ihrer Seite. Die Härchen auf ihren Armen stellten sich auf. Als sie den Kopf drehte, stand Jonna neben ihr. Sie hatte sich Glitter auf die Wangenknochen und die Schultern gestäubt, die von dem losen weißen Kleid entblößt wurden, und ihr geflochtenes Haar zu einer Krone festgesteckt; große weiße Blüten steckten darin. Es ließ sie jünger aussehen, als sie tatsächlich war, so viel jünger, dass Louise sich schämte, als sie ihren Blick auf die weiche entblößte Haut ihres Dekolletés senkte.

»Was für ein Ort!«, sagte Jonna zu ihr. Sie schaute Louise nicht direkt an, aber Louise sah ein kleines Lächeln in Jonnas Mundwinkeln spielen, weshalb Louise ihren Blick von Jonna losriss und ihn durch den großen weiten Raum gleiten ließ, den William und sie immer das »Wohnzimmer« nannten, obwohl dieser den Großteil des Erdgeschosses einnahm. Einige Frauen saßen auf den Sofas, andere auf den Lehnen. Anna und Cecilia hatten schon einiges intus und tanzten zu den Klängen, die aus dem Sonos-Lautsprecher an der Decke kamen.

Gerade lief Save Tonight, *ein Song, den Louise nicht besonders mochte. William und sie hatten ihn häufig in den Wochen vor dem Abitur gespielt, und nach dem, was an dem Abend nach dem Abi geschehen war, hatte alles, was sie an diese Zeit ihres Lebens erinnerte, einen üblen Beigeschmack bekommen.*

Eigentlich stimmte das gar nicht, wie ihr jetzt klar wurde. Es waren gar nicht William und sie gewesen, die den Song immer und immer wieder aufgelegt hatten. William hasste ihn, hatte ihn immer schon gehasst, vor allem, weil er sich für zu cool für Musik hielt, die nicht nach Getöse klang. Rebecca und sie waren es gewesen. Um ihn zu ärgern.

Aber sie wollte jetzt nicht an Rebecca denken.

Trotzdem war sie in den vergangenen Wochen immer häufiger in Louises Kopf erschienen. So als könne sie, Louise, sie nicht aus ihren Gedanken verbannen. Sie hatte sogar geglaubt, Rebecca letzte Woche auf dem Marktplatz von Djursholm gesehen zu haben, war abrupt stehen geblieben und hatte die kleine Frau mit dem dunklen Haar und den breiten Schultern angestarrt, bis sie sich eingeschärft hatte, dass es nicht Rebecca sein könne. Das Mädel war viel zu jung gewesen, eher in Jonnas als in Louises Alter.

Louise wollte es gegenüber sich selbst nicht richtig zugeben, aber tatsächlich wusste sie genau, weshalb Rebecca ihre Gedanken seit Kurzem wieder beschäftigte. Louise wusste, weshalb sie nachts keinen Schlaf fand.

Es lag an der Frau neben ihr.

Jonna hatte nichts mit Rebecca gemein. Sie war hochgewachsen, schlank und elegant, Rebecca dagegen klein und muskulös; Jonna besaß fein gezeichnete Züge und war immer enthusiastisch, geradezu übersprudelnd, während Rebecca verschmitzt und nachdenklich gewesen war. Jonna lächelte jeden an, Rebecca war zurückhaltender gewesen. Rebecca zum Lächeln zu bringen, war ihr immer wie ein Sieg vorgekommen, weil man sich dafür so sehr anstrengen musste.

Aber das Gefühl?

Oh, es war genau dasselbe. Ein ganz anderes Gefühl als das, was sie William gegenüber empfand, anders als das gegenüber Anton vor der Zeit mit William und gegenüber William vor der Zeit mit Anton. Dieses Gefühl war leichter und zarter, aber es war schwerer, seinen Verlockungen zu widerstehen.

Dass dieses Gefühl – dieses herrliche, aufreibende, schwindelerregende Gefühl, das sie dazu brachte, küssen, schmecken, loslassen zu wollen – immer irgendwem Leid zufügte, das war das eigentliche Problem.

Sie hatte schon lange keine Gedanken an Rebecca mehr zugelassen. Hatte sie absichtlich unterdrückt. Bereits als es passierte, hatte sie gewusst, dass sie Rebecca wehgetan, sie tief verletzt hatte. Rebecca hatte sie geliebt, hatte ihr vertraut, und Louise hatte sich nicht gestattet, sich das bewusst zu machen, bevor es zu spät gewesen war. Sie, Louise, war völlig in dem Berauschenden, Geheimen dessen, was sie teilten, aufgegangen und hatte absichtlich Rebeccas forschende Blicke und unausgesprochene Fragen ignoriert. Hatte Rebecca in diesem Wolkenschloss gehalten und sie Vermutungen anstellen lassen, damit ihr Traum nicht zerschlagen wurde. Louise hatte immer einen Hang dazu gehabt, leicht nachzugeben und sich mitreißen zu lassen, die Dinge zu weit gehen zu lassen. Alles nur, um dieses herrliche berauschende Gefühl nicht zu verlieren.

Als Rebecca damit gedroht hatte, Louise gegenüber ihren Eltern zu outen, war sie, Louise, so wütend geworden, dass sie Rebecca geohrfeigt hatte. Schon bei dem Gedanken daran schämte Louise sich so sehr, dass sie Bauchkneifen bekam.

Sie hatte es William nie erzählt. Es lag nicht daran, dass sie seine Reaktion darauf fürchtete, mit einer Frau, beziehungsweise ihrem gemeinsamen Kumpel, geschlafen zu haben; das hätte ihm vermutlich sogar gefallen, er war der Typ dafür. Die wenigen Male, an denen sie sich zusammen Pornos angesehen hatten, standen meistens hetero Pornostars, die Lesben spielten, im Zentrum. Louise hatte sich nur auf die langen, spitzen Fingernägel der Darstellerinnen konzentrieren können und wie weh es tun musste, sie in sich zu spüren, aber William hatte es gemocht.

Er hätte die Vorstellung, dass Louise mit einer anderen Frau rummachte, sexy gefunden. Ganz sicher.

Nein, das Schamgefühl hatte sich ihr in den Weg gestellt – die Scham, die sie empfand, einen anderen Menschen so übel verletzt zu haben. Manchmal hatte sie sich eingeredet, dass sie zu jung gewesen war, es nicht besser gewusst hatte, aber das war keine Entschuldigung. Nicht wirklich. Es war das Abscheulichste, was sie jemals einem anderen Menschen angetan hatte, und um das zu vergessen, war es am besten gewesen, diesen Part von sich auszuklammern. Den Fokus nur noch auf Männer zu richten. So war es jedenfalls einfacher, und sie hatte Männer immer schon attraktiv gefunden. Sie fand Männer und Frauen nur auf verschiedene Art anziehend. Wenn Frauen der Zucker waren, waren Männer das Koffein, und es war leichter, ohne das eine zu leben als ohne das andere. Seit Rebecca hatte sie keine Frau mehr angesehen, und seit sie 25 war, keinen Zucker mehr gegessen.

Bis jetzt.

Denn jetzt drängten sich ihr jene Gefühle wieder auf und weigerten sich, ignoriert zu werden, und sie war sich ziemlich sicher, dass die Gefühle auf Gegenseitigkeit beruhten. Jonna suchte ihre Nähe, ihr Blick verharrte auf ihr, Jonna berührte sie diskret. Es fiel ihr, Louise, immer schwerer, nicht den Sprung zu wagen.

Und nun würden sie das gesamte Wochenende in den Schären verbringen. Zusammen. William war in der Stadt geblieben.

»Hat es sich eigentlich mit den Schlafplätzen geregelt, gibt es genügend für alle?«, wollte Jonna wissen und trank einen Schluck aus ihrem Glas. Der Rosé-Champagner schäumte. Sie fuhr sich mit der Zunge über die Lippen.

»Wir haben letztlich genügend zusammenbekommen«, erwiderte Louise, nach wie vor, ohne Jonna direkt anzusehen. »Ich musste ein paar Klappbetten von unseren Nachbarn leihen, aber das sollte passen. Wir haben drei Gästezimmer, und alle sind entweder mit Doppelbetten oder Etagenbetten ausgestattet.«

»Brr, ich hasse Etagenbetten«, erklärte Jonna. »Das erinnert mich unangenehm an die Pfadfinderlager meiner Kindheit.«

Louise lachte, aber das Lachen blieb ihr im Halse stecken, als Jonna sagte:

»Wenn es keine freien Doppelbetten mehr gibt, musst du einfach ein Stück rutschen, damit ich bei dir mit reinkriechen kann.«

»Klar doch«, brachte Louise irgendwie heraus. Dass sie überhaupt etwas herausbringen konnte, war ihr ein Rätsel.

Jonna erwiderte nichts darauf. Aber Louise sah, wie sich Jonnas Mundwinkel hoben.

Kapitel 43

Ich bin mit dem Sonnenaufgang wach. Habe nicht mehr als ein paar Stunden geschlafen, aber mein Kopf ist so klar wie schon lange nicht mehr; die Mischung aus Adrenalin und Eigensinn wirkt besser als jeder Espresso.

Mein altes Schlafzimmer sieht aus wie aus einem B-Movie über Serienmörder: ein zerwühltes Bett, dazu die 20 Jahre alten Poster an den Wänden und auf dem Fußboden Unmengen von Post-its und Papieren. Es sieht nach Chaos aus, doch was ich erstellt habe, ist eine Art von Mindmap.

Wäre dies ein Film, hätte ich alles an eine große Pinnwand geheftet und verschiedenfarbige Fäden zwischen den Namen und Bildern gespannt, die miteinander in Verbindung stehen, aber ich muss mich mit dem zufriedengeben, was ich habe. Manche Zettel sind groß, auf ihnen stehen mehrere Punkte, während auf anderen nur ein einzelner Name verzeichnet ist. Ich habe so lange geschrieben, bis ich einen Schreibkrampf bekam und meine Augen schmerzten, aber nun liegt alles hier vor mir.

Alles, was ich weiß und nicht weiß.

Ich habe Louise nicht umgebracht. Es gibt keine Beweise, die mich an den Tatort binden – die kann es nicht geben, weil ich nicht dort war. Wenn die Polizei die wirklichen Beweise findet, wird mich das reinwaschen.

Falls nicht, bleibt das Risiko, dass sie mich festnehmen.

Vielleicht sogar anklagen. Es kommt vor, dass Menschen aufgrund irgendwelcher Umstände verurteilt werden, solange sie nur ausreichend plausibel sind.

Am fatalsten ist meiner Ansicht nach die Zeugenaussage des Nachbarn. Zeugenaussagen sind in den meisten Fällen schrecklich unzuverlässig, das ist das Problem. Erinnerungen werden jedes Mal, wenn wir sie hervorholen, bearbeitet. Es wäre durchaus möglich, dass Leos Zeuge jemanden vor Louises Haus gesehen hatte, seine Erinnerung aber von einer kleinen dunkelhaarigen Frau, die er just in dem Moment des ersten Erinnerns aus dem Augenwinkel bemerkte, verfälscht wurde. Oder auch, dass der Nachbar jemanden tags zuvor bei Louises Haus gesehen und sich im Datum geirrt hatte. Es könnte sogar sein, dass der Zeuge den Poolreiniger eintreffen sah, der am nächsten Morgen den Leichnam fand, und alles in seiner Erinnerung zu einem einzigen Ereignis verschmolz, als bekannt wurde, dass Louise am Abend zuvor gestorben war.

Zeugenaussagen haben keine große Aussagekraft, wenn sie nicht durch externe Quellen bestätigt werden. Und doch könnte dies dazu führen, dass ich im Gefängnis lande. Vor lauter Frustration würde ich am liebsten laut schreien.

Stattdessen konzentriere ich mich auf das, was ich tun kann. Von allen hirnverbrannten Dingen, die ich in den letzten Wochen gemacht habe, ist das hier das Hirnverbrannteste, aber ich weiß mir nicht anders zu helfen.

Leo hat mich im Visier, weil es keine passendere Kandidatin gibt. Ich konnte währenddessen in die Kreise von Serendipity eindringen. Habe einen Einblick und einen Zugang, der ihm fehlt. Und ich habe vor, das zu meinem Vorteil zu nutzen.

Wenn ich Louises Mörder finden kann, bevor Leo sich dazu entschließt, meine Festnahme zu beantragen, komme ich vielleicht ungeschoren davon. Ein guter Plan ist das nicht. Es ist sogar ein ganz schlechter. Privatpersonen lösen keine Mordfälle.

Aber ich bin auch keine reine Privatperson. Ich habe schließlich viele Jahre Seite an Seite mit der Polizei gearbeitet. Und ich habe bei diesem Fall schon die ganze Zeit einen Verdacht, einen Verdacht, der ganz bis zu der Nachricht zurückreicht, die ich damals von Louise bekam, und der sich nun immer stärker zu einer Gewissheit herauskristallisiert.

Es war eine Hypothese, die vor etwa einer Stunde mit Justinas Mail zu einer Theorie wurde.

Hej, Rebecca!
Es war so schön, dich am Freitag kennenzulernen und Zeit mit dir zu verbringen! Ich freue mich darauf, mit anzusehen, wie du loslegst und dir dein eigenes Netzwerk schaffst. Falls du irgendwelche Fragen hast, melde dich einfach bei irgendwem aus unserer Gruppe – der Sinn und Zweck der Teamstruktur liegt ja darin, immer jemanden zu haben, an den man sich wenden kann!
Hier folgt der Link zum Gruppen-Chat. Wir benutzen dafür die Serendipity-App – es gibt eine Chatfunktion für Mitglieder mit einer supersicheren Kryptierung! Ich habe dein Log-in mit dem Benutzernamen RLekman und dem Passwort Serendipity#123 angelegt. Die App findest du im App-Store, du musst sie nur herunterladen. Wir »sehen« uns dort!
Liebe Grüße
Justina

Sie hatte die Nachricht morgens um fünf geschickt. Die Serendipity-Frauen scheinen alle mit dem ersten Hahnenschrei aufzustehen. Kein Wunder, dass sie, bevor der Tag beginnt, schon joggen gehen und sich einen Smoothie und einen Kurkuma Latte mit Sojamilch zubereiten können.

Aber das war nicht der Auslöser für meine Reaktion.

William hatte behauptet, Louise habe eine SMS bekommen. Aber Leo hatte mich gefragt, von wo ich die Nachricht geschickt hatte.

Ich habe mir die App schon heruntergeladen und sie mir genauer angeschaut. Die Nachrichten, die man darüber bekommt, ähneln einer SMS so sehr, dass man sie fälschlicherweise für eine solche halten könnte, wenn man nur einen schnellen Blick auf das Display wirft.

Wohin ich mich auch wende, wenn ich Louises Leben betrachte, komme ich immer wieder auf Serendipity zurück. Serendipity hat ihr ganzes Leben bestimmt; es war ihr Job, ihr soziales Netzwerk.

Und vielleicht hat jemand aus diesem Kreis sie auch mit Tabletten versorgt. Mit zitternden Fingern logge ich mich aus und gebe dann den Benutzernamen *LvAscheberg* und das Passwort *Serendipity#123* ein.

Mein Handy gibt einen Piepton von sich.

Falscher Benutzername oder Kennwort.

Verdammt! Aber was hatte ich erwartet?

Doch das dumpfe Gefühl in meiner Magengrube bleibt. Das Gefühl, dass ich kurz vor einem Durchbruch stehe.

Ich bin mir sicher. Jemand von Serendipity – jemand, der für das Unternehmen arbeitet oder gearbeitet hat, jemand, der Louises Kontaktinformationen in der Serendipity-App hatte – hat ihr am Tag ihres Todes geschrieben. Sie log William an, fuhr nach Hause, ließ ihren Mörder – oder ihre Mörderin – ins Haus, lud ihn oder sie auf ein Glas Wein ein und wurde erstochen.

Ich muss nur herausfinden, wer ihr an jenem Tag geschrieben hat; der- oder diejenige, die sie aller Wahrscheinlichkeit nach getötet hat, kennt das Passwort von Louises Serendipity-Konto.

Und der Mail sei Dank weiß ich genau, wo ich es finden kann.

Die Frage ist nur, ob sie es mir geben wird.

28. Juni

Der Himmel draußen war ein Traum: ein Taubenblau jener Nuance, die man nur im Sommer sieht, wenn der Tag noch nicht richtig in der Nacht aufgehen will.

Ein paar von den Mädels waren nach draußen gegangen, um eine zu rauchen. Louise hatte sie mehrmals ermahnt, auf gar keinen Fall ans Ufer zu gehen und zu baden. Die kichernd hervorgebrachten Versicherungen der anderen hatten sie nicht beruhigt, aber sei's drum, sie war schließlich nicht ihre Mutter. Sie hatte alles getan, was sie konnte, und obwohl sie nach jedem Glas Alkohol ein Glas Wasser trank, hatte sie inzwischen selbst einen Schwips.

Sie war lange nicht mehr betrunken gewesen. Sie wusste sehr gut, dass Beruhigungsmittel und Alkohol sich nicht gut vertrugen, und hatte erst vor ein paar Wochen begonnen, die Tabletten schrittweise abzusetzen. Seit fünf Tagen hatte sie nun keine mehr genommen, und das war gut zu wissen. Es war irgendwie beruhigend, auch wenn sie eigentlich nie allzu beunruhigt gewesen war, nachdem sie erfahren hatte, dass Ärzte diese Pillen ebenfalls verschrieben. Leichter war es allerdings, privat an die Tabletten zu kommen. Vor allem, wenn man eine Person kannte, die dafür sorgte, dass der Nachschub nicht ausging. Trotzdem, es war ein gutes Gefühl zu wissen, dass sie nicht länger auf sie angewiesen war.

Ein paar Frauen waren auf der Terrasse gelandet. Zuerst

hatten sie sich über Serendipity-Themen unterhalten, aber während die Flaschen sich leerten und der Rauschpegel zunahm, hatten sie sich anderen, persönlicheren Dingen zugewandt. Isabella demonstrierte, was ihrem Ex-Mann widerfahren war, nachdem er mit einem Baguette und einem Serviettenring etwas Neues im Bett hatte ausprobieren wollen, und Louise brach vor Lachen zusammen, ja, sie musste so lachen, dass sie kaum noch Luft bekam und ihr die Mascara die Wangen herunterlief. Carina klopfte ihr fest auf den Rücken, was sie nur noch mehr lachen ließ.

Wie lange hatte sie nicht mehr so gelacht?

Sie konnte nicht begreifen, wie sie so lange darauf hatte verzichten können. In der Luft lag eine selbstverständliche Entspanntheit, die einem das Atmen leichter machte, ja, das ganze Leben leichter machte. Sie hatte das Gefühl, keine Geheimnisse vor diesen Frauen haben zu müssen. Sie waren wie sie. Wollten mehr. Wagten es, auf sich selbst zu vertrauen. Hatten ebenfalls Männer, die sie nicht immer verstanden – denn Männer konnten einen nie richtig verstehen. Diese Frauen hatten ihr ganzes Leben mit derselben Last widersprüchlicher an sie gestellter Erwartungen leben müssen: stark und trotzdem feminin zu sein, sexy, aber nie geschmacklos, ehrgeizig, aber nicht so sehr, dass es anderen Angst machte. Hart zu arbeiten, bis spät in die Nacht, ohne jemals seine Erschöpfung oder seinen Stress nach außen zu tragen, niemals zuzugeben, dass man sich manchmal fragte, wofür man überhaupt arbeitete, weil niemand jemals anzuerkennen schien, dass man etwas wert war.

Serendipity bot einem einen Ausweg. Diese Frauen boten einem einen Ausweg.

Jonna war ein Ausweg.

Louise erhob sich vom Stuhl, um in die Küche zu gehen und sich die Augen zu trocknen. Als sie in der Küche stand, hörte sie Stimmen im Flur.

Eher automatisch denn aus Neugier reckte sie den Kopf. Das redete sie sich jedenfalls ein.

Zwei Silhouetten zeichneten sich vor der Wand ab. Cecilia lehnte mit dem Rücken dagegen, Jonna stand vor ihr. Cecilia weinte. Louise konnte die Tränen auf ihren Wangen glitzern sehen, konnte zwar nicht verstehen, was sie sagte, nahm aber den Rhythmus, das Stakkato hervorgepresster Worte zwischen leisen, verhaltenen Schluchzern wahr.

Jonna stand ganz dicht vor Cecilia. Neigte ihren Kopf zu ihr herab.

Als Cecilia verstummte, stützte Jonna eine Hand an die Wand hinter Cecilias Kopf, beugte sich noch dichter zu ihr vor und flüsterte ihr etwas ins Ohr. Sie stand so nahe vor ihr, dass ihre Silhouetten miteinander verschmolzen.

Als Jonna sich zurückzog, sah Louise, wie Cecilia reglos dastand, während Jonna ihr eine Haarsträhne hinters Ohr strich.

Louise wusste, wie sich das anfühlte. Wie dieser lange, ovale Nagel behutsam über die Wange fuhr und einen Widerhall der Berührung hinterließ.

»Geht es ihr besser?«, fragte eine gedämpfte Stimme hinter Louise, sodass sie zusammenzuckte und sich umdrehte.

Lykke stand mit einem Weinglas in der Hand an der Spüle und schenkte sich gerade einen Schluck Rotwein nach. Ihr Blick war auf die Flasche geheftet.

»Wie bitte?«, fragte Louise.

»Cecilia«, erklärte Lykke. »Wir haben draußen eine geraucht.« Sie hielt inne. »Ich rauche nur auf Partys. Verurteile mich nicht.«

»Das würde ich nie …«, erwiderte Louise automatisch.

Lykke lächelte schief.

»Schon gut. Also, sie war traurig«, fuhr sie fort. »Eines der Mädels hat etwas über ihren Ex-Mann gesagt. Was genau es

war, habe ich nicht mitbekommen, aber Cecilia hat schon eine Menge intus und bestimmt nur drei oder vier Prozent Körperfettanteil, der Alkohol steigt ihr also leicht zu Kopf.«

»O nein!«, sagte Louise. Cecilia gehörte zu ihren Mädels. Louise wusste inzwischen, dass es keine gute Idee war, Edward zu erwähnen, wenn Cecilia es hören konnte. William begegnete ihm ab und zu bei der Arbeit – so hatte sie, Louise, auch Cecilia kennengelernt. Sie hatte gemerkt, dass sich geschiedene Frauen mit wohlhabenden Ex-Männern häufig nach einer Beschäftigung sehnten, die es ihnen ermöglichte, sich selbst neu zu erfinden – aber das alles war trotzdem noch ziemlich heikel, obwohl die Scheidung mittlerweile schon ein Jahr zurücklag.

»Vielleicht sollte ich mit ihr reden«, sagte Lykke, ohne Anstalten zu machen, sich in Bewegung zu setzen. »Ihr ein Glas Wasser anbieten.«

»Äh, ich glaube, dass Jonna bei ihr ist«, sagte Louise. Ihre Lippen fühlten sich seltsam taub an. Das Bild der beiden hatte sich ihr unauslöschlich eingebrannt.

Wie Jonna sich vorlehnte. Cecilia etwas ins Ohr flüsterte, die Lippen nur einen Hauch über ihrem Ohrläppchen schwebend. Wie sie Cecilia das Haar aus dem Gesicht strich.

Lykke verdrehte die Augen.

»Ah …«, sagte sie. »Na, dann geht es ihr bestimmt wieder gut.«

Etwas schwang in ihrem Tonfall mit.

»Wie meinst du das?«

Lykke legte den Kopf schief.

»Na, du kennst Jonna doch«, erklärt sie. »Cecilia betet den Boden an, auf dem sie geht, deshalb überschüttet Jonna sie ja auch so mit Liebe.«

»Ach so«, sagte Louise.

Ihr Herz krampfte sich so zusammen, dass sie glaubte, es würde zerbrechen, aber sie ließ es nicht zu. Wollte es nicht zulassen.

»Das macht sie mit allen«, sagt Lykke. »Das musst du doch schon bemerkt haben. Sie meint es sicher nicht böse. Jonna ist furchtbar unsicher, sie mag es, wenn andere sie anbeten, weshalb sie immer dafür sorgt, alle in den Himmel zu heben. Bei denen, die das besonders mögen, bemüht sie sich auch immer besonders. Ich glaube, dass die Hälfte unserer Mädels verknallt in sie ist. Alle halten sich für ihre beste Freundin.«

Louise drehte sich zur Spüle, nahm wie betäubt ein Glas vom Regal und füllte es mit Wasser.

Ihr Herz war erstarrt.

Als sie sich wieder umdrehte, setzte sie für Lykke ein sardonisches Lächeln auf.

»Na, dann hoffen wir mal, dass sich keine ernsthaft in sie verliebt«, sagte sie, von sich selbst beeindruckt darüber, dass es ihr gelang, so vernünftig und trocken zu klingen.

Sie war schon immer gut darin gewesen, die Fassade zu wahren.

»Das würde sonst für jede Menge Unruhe sorgen.«

Lykke lachte auf, jenes herrliche, seltsam schnaubende Lachen, das so typisch für sie war. Louise merkte, dass sie dieses Lachen hasste. Hier gab es nichts zu lachen.

»Aber hey, es gibt doch kaum eine bessere Motivation, als seinen Schwarm beeindrucken zu wollen, oder?«

Louise fiel in ihr Lachen mit ein. In ihren Ohren rauschte es; ein Rauschen, das sich ausbreitete, bis es in ihrem ganzen Kopf widerhallte.

Sie wollte jetzt nicht daran denken, dass sie angeboten hatte, Gastgeberin für dieses Retreat zu sein.

Wollte nicht daran denken, dass sie den Wein, das Catering und die zusätzlich benötigten Matratzen aus eigener Tasche bezahlt hatte.

Wollte nicht daran denken, wie viele Abende sie bis spätabends wach geblieben war, um noch *eine Mail zu verfassen, um etwas zu recherchieren, um auf Jonnas SMS hin Informationen zusammenzustellen.*

Lykke hob die Weinflasche an, die sie immer noch in der Hand hielt.

»Möchtest du welchen? Der ist echt gut«, sagte sie.

»Nein, danke. Ich glaube, ich hab genug«, erwiderte Louise.

Und noch während sie das sagte, tastete sie verstohlen in der Gesäßtasche nach ihren Tabletten.

Als Lykke wieder hinausgegangen war, schüttete Louise sie in das Spülbecken und ließ so lange Wasser darüberlaufen, bis sie sich aufgelöst hatten und nichts von ihnen mehr existierte.

Kapitel 44

Widerwillig ziehe ich die Uniform an. Das schlichte Top unter der eierschalenfarbenen Grobstrickjacke, die mir ständig von der Schulter rutscht, die engen Hosen mit Kordelzug, die flotten Sneakers, die in Wahrheit unbequem sind, aber einen sportlich-lässigen Anschein vermitteln sollen.

Justina war es, die meinen App-Zugang angelegt hatte. Ganz sicher bin ich mir nicht, aber ich meine mich zu erinnern, dass Justina bei dem After-Work-Event etwas über Louise gesagt hatte. Dass sie sie für eine gute künftige Verkäuferin hielt, Jonna sie jedoch dazu ermuntert habe, als Förderin tätig zu werden. Wenn Justina Louise angeworben hatte, liegt die Schlussfolgerung nahe, dass sie auch Louises Serendipity-Konto angelegt hatte.

Wenn mir jemand Zugang zu Louises Nachrichten geben kann, dann ist sie es.

Fragt sich nur, wie viel sie wissen.

Wann immer ich mich mit den Serendipity-Frauen getroffen hatte, hat ein Gefühl an mir genagt: das Gefühl, dass ihre Gruppenloyalität sie daran hindern könnte, ihr Wissen preiszugeben. Dass sie alles, was sie zu sagen haben, in Watte packen, um die positive, unbeschwerte Aura aufrechtzuerhalten, dass sie es vermeiden, etwas zu sagen, um nicht zu riskieren, darauf festgenagelt zu werden. Alles wird in Postkartensprüche und unverfängliche Floskeln gekleidet.

Weshalb man unmöglich wissen kann, was sie in Wahrheit denken. Oder fühlen.

Oder was sie wissen.

Bisher bin ich es vorsichtig angegangen. Habe versucht, das Bild von mir als einer Person, die ein bisschen dazuverdienen und neue Freunde gewinnen möchte, zu bewahren, habe versucht, keine allzu unangenehmen Fragen zu stellen. Aber dafür bleibt mir jetzt nicht mehr die Zeit.

Ich weiß nicht, wie viele Stunden ich noch habe, bis Leo genügend Informationen über mich zu haben meint, um mich festzunehmen. Und wenn er mich erst festgenommen hat, wird es zu spät sein. Dann wäre die einzige Chance herauszufinden, wer Louise ermordet hat, dahin. Niemand würde dann noch mit mir reden; noch nicht einmal, wenn man mich wieder freilassen oder das Gericht meine Unschuld feststellen würde.

Die Leute reden. Sie werden es erfahren. Ich habe gesehen, was aus denen wird, die von der Anklage freigesprochen werden. So eine Anklage hängt einem das ganze Leben nach. Vor allem, wenn die Polizei den wahren Schuldigen nie findet.

Also fort mit den Samthandschuhen. Es ist Zeit, das zu tun, was ich am besten kann.

Ich betrachte mich im Spiegel. Mein Lipgloss ist perfekt, mein Pferdeschwanz sitzt hoch und keck an meinem Kopf, meine Augenbrauen sind in Form gebracht. In meinen Ohrläppchen glänzen kleine Kunstperlen.

Ich hole mein Telefon hervor, wähle Justinas Nummer.

Als sie sich meldet, bin ich bereit.

»Justina?«, sage ich mit fröhlich-sprudelnder Stimme, die gar nicht zu dem Gesichtsausdruck passt, der mir aus dem Spiegel entgegenstarrt. »Hättest du Zeit für ein kleines Treffen? Vielleicht so um die Mittagszeit? Ich habe zwei potenzielle Verkäuferinnen, die sich mit einer höheren Summe als dem festgelegten Startpaket einkaufen möchten, um mit einem größeren Lager zu starten, und könnte Hilfe beim Einrichten neuer Admins gebrauchen.«

»Mein Gott, natürlich!«, sagt Justina. »Wow, du hast es echt drauf! Ich wusste, dass du gut darin wärst!«

Mein Spiegelbild lächelt schmal.

»Könnte ich kurz bei dir zu Hause vorbeikommen? Ich glaube, ich bin in der Gegend.«

»Ja, komm nur!«, sagt Justina enthusiastisch. »Bring deinen Laptop mit, dann helfe ich dir.«

Ich merke mir die Adresse, lege auf und bestelle mir ein Taxi, das ich mir eigentlich nicht leisten kann.

Kapitel 45

»Hallöchen, komm rein!«

Justina öffnet mir die Tür und gibt mir ein Wangenküsschen. Ich betrete den Eingangsbereich.

Sie wohnt in einer Altbauwohnung in Vasastan, ein Viertel entfernt vom Trubel des Sveavägen. Sie lebt wohl allein, nichts deutet auf einen anderen Menschen hin, nur saubere Oberflächen und akkurat gefaltete und strategisch platzierte Decken aus Kunstpelz auf hellen Möbeln sind zu sehen.

»Du hast es aber schön hier!«, rufe ich aus. Es fällt mir schwer, Ruhe zu bewahren, denn in mir brodelt es vor unterdrückter Energie. Aber ich muss mich weiterhin so verhalten, wie sie es von mir erwartet, bis ich ihr Fragen stellen kann.

»Danke«, sagt Justina über die Schulter. Sie beugt sich über ihren Computer – noch eines von diesen ewigen MacBooks –, während sie mit mir spricht. »Das verdanke ich tatsächlich alles Serendipity. Ich hatte es satt, zur Miete zu wohnen, und es ist schön, etwas Eigenes zu haben.«

»Kann ich verstehen«, sage ich, »die Wohnung ist wirklich toll.«

Ich gehe durch das Wohnzimmer und sehe mich um. Justina hatte erwähnt, dass sie zu den Ersten gehörte, die sich mit Serendipity selbstständig gemacht hatten. Sie ist also eine von denen, die an der Spitze der Pyramide stehen. Eine von denen, die tatsächlich reich damit geworden sind.

Ich kann sie nicht gegen ihren Willen dazu bewegen, sich mir anzuvertrauen. Ich bin Psychologin, keine Magierin. Aber wenn ich sie irgendwie dazu bringen könnte …

»Wie hast du Jonna eigentlich kennengelernt?«, frage ich sie, während ich mich auf die gegenüberliegende Seite des runden, weiß lackierten Tisches setze.

Justina kichert.

»Wir kennen uns schon seit dem Kindergarten«, sagt sie. »Haben als Jugendliche mit denselben Cliquen abgehangen. In denselben Bars und so. Du kennst das ja. Zwei abgebrannte Vorstadttussis, die in die Hauptstadt ziehen und welchen glamourösen Job auch immer finden wollten.«

Justina stammt also auch nicht aus der Oberschicht.

Das Bild ist in den letzten Tagen für mich immer klarer geworden: Jonna hat das Unternehmen mit Frauen aufgebaut, die sie kannte, Frauen, die auf derselben Hierarchieebene waren wie sie selbst. Aber die Hierarchie unter ihnen – auf der Cecilia, Lina und die anderen stehen – setzt sich aus Frauen aus der Oberschicht zusammen, die es sich leisten können, jedes Problem mit Geld zu lösen. Geld, das in den Taschen von Jonna, Justina und den anderen landet.

Wenn es dabei geblieben wäre, hätte ich in gewisser Weise Bewunderung dafür aufbringen können – es hätte keine Armen getroffen.

Frauen wie Ester aber geraten durch Serendipity in Schwierigkeiten. Und je länger das System so weitergeht, wird es mehr und mehr Frauen wie sie geben. Mehr und mehr Frauen, die etwas für ihre Rente ansparen oder genügend Geld verdienen wollen, um sich Eigentum zu leisten oder mal einen Urlaub, mehr und mehr Frauen, die in diesen Positivitätskult hineingezogen und dann bis aufs letzte Hemd ausgezogen werden, bis Rache das Einzige ist, woran sie noch denken können.

»Wie cool, dass es sich für dich schon so gut anlässt!«, sagt Justina und klatscht in die Hände. »Ich kann nur sagen, wow, dass du schon zwei neue Geschäftspartnerinnen angeworben hast, die noch dazu bereit sind, mehr zu investieren. Wenn du mir ihre Namen und Adressen gibst, zeige ich dir, wie du sie im System anlegst.«

Ich schwanke.

Aber es bringt nichts, es weiter hinauszuzögern.

»Justina ... Ich bin nicht hier, um über neue Kandidatinnen zu sprechen«, sage ich. »Da ist niemand.«

Ihr Lächeln zerfällt augenblicklich.

»Was willst du damit sagen?«, fragt sie.

Ich lege die Karten auf den Tisch, für etwas anderes habe ich weder Zeit noch Kraft.

»Es geht um Louise.«

13. Juli

Louise wurde vom Klingeln ihres Handys geweckt.

Sie lag allein im Bett, William spielte samstagmorgens immer Tennis. Draußen war es bewölkt, zum Glück. In den letzten Tagen war es so unerträglich heiß gewesen, dass sie kaum funktioniert hatte. Sie hatte das Gefühl gehabt, ihr Gehirn wäre kurz vorm Kochen; sie hatte sich dabei ertappt, wie sie eine Mail angestarrt hatte, als seien die Buchstaben Hieroglyphen.

Aber konnte sie überhaupt sicher sein, dass das nur an der Hitze lag?

»Ja, bitte?«, meldete sie sich, setzte sich auf und fuhr sich durchs Haar. Es fühlte sich verschwitzt und klebrig an. Sie musste vor dem Abendessen heute ausreichend Zeit einplanen, um sich die Haare zu waschen.

»Hi, Louise«, meldete sich Miranda mit nervöser Stimme.

Miranda war etwas jünger als ihre anderen Frauen, hatte die Universität erst vor wenigen Jahren mit einem Abschluss in Marketing verlassen und seitdem versucht, sich eine eigene Firma aufzubauen. Sie war perfekt für Serendipity gewesen.

»Ich störe dich hoffentlich nicht«, sagte Miranda. Louise erstickte mit ihrem Handrücken ein Gähnen und hoffte, dass man es nicht hörte. Als Teamleiterin bis zehn Uhr morgens zu schlafen, war ein echtes No-Go. Am besten hätte sie schon um

vier Uhr morgens aufstehen, drei Meetings absolvieren und einmal rund um Djursholm joggen sollen.

»Nein, nein, natürlich nicht«, erwiderte sie. »Du weißt doch, dass du mich immer anrufen kannst. Was liegt an?«

»Ich habe dich zuerst über die App angeschrieben, aber daraufhin hast du dich nicht gemeldet, und da wurde ich, na ja, nervös. Vielleicht bist du mir ja böse oder so.«

»Böse?«, echote Louise. Plötzlich war sie hellwach. »Weshalb sollte ich böse sein?«

»Es ist nur …«, begann Miranda, dann verstummte sie.

Jetzt war Louise beunruhigt.

»Ist alles in Ordnung, Miranda?«

»Ja, ja, entschuldige«, sagte Miranda, aber ihre Stimme klang erstickt, ihre Atmung keuchend. »Sorry. Alles ist gut. Es ist nur so … dass ich dir ja meine Zahlen durchgeben sollte, und ich … ich bin die letzten beiden Monate durchgegangen, und … ich hatte, ehrlich gesagt, etwas zu kämpfen.«

»Warum hast du nicht früher mit mir gesprochen?«, fragte Louise.

Aber während sie das sagte, schrillte eine Alarmglocke in ihrem Hinterkopf.

Es war doch Miranda gewesen, die sich vor ein paar Wochen mit breitem Lächeln danach erkundigt hatte, ob sie nicht über neue aktuelle Verkaufstaktiken eine Brainstorming-Session abhalten könnten, oder?

In dem Moment hatte Louise das für smart gehalten, das war exakt die Art von Initiative, die sie selbst hätte ergreifen sollen.

»Entschuldige, Miranda. Schon okay. Wir finden eine Lösung.«

»Ich weiß nicht, Louise …«, erwiderte Miranda. »Ich weiß, dass man anfangs noch ein paar Verluste hinnehmen muss, aber ich habe nicht das Geld, für den kommenden Monat das

Minimum zu kaufen. Ich muss dich um einen Aufschub oder so bitten.«

»Wir können die Zahlen ja zusammen durchgehen«, sagte Louise. Sie spürte, wie sich ihr Herzschlag beschleunigte. So ein Mist – es sähe nicht gut für sie aus, wenn Miranda jetzt abspränge. Das wäre die zweite Frau in einem Monat.

»Du verstehst es nicht richtig, Louise.« Mirandas Nervosität war mittlerweile in Verzweiflung gekippt. »Ich musste letzten Monat einen Sofortkredit aufnehmen, um die Ausgaben zu bestreiten. Ich kann mir kaum noch die Miete und die Zinsen leisten.«

Louise öffnete den Mund, aber sie brachte kein Wort heraus.

»Ich brauche einen Aufschub«, sagte Miranda. »Ich brauche nur ein wenig Zeit, um wieder auf die Füße zu kommen, ja?«

Sie war den Tränen nahe.

»Ich habe alles versucht, wirklich. Ich schwör's. Und ich möchte nicht aufhören. Ich brauche nur … mehr Zeit.«

Louise wusste, was sie in dieser Situation hätte sagen sollen. Sie kannte die Regeln. Entweder musste Miranda Verkaufsprodukte für 10 000 Kronen abnehmen, oder sie musste ihre Zusammenarbeit mit Serendipity beenden.

Louise räusperte sich.

»Schon gut, Miranda. Nimm dir die Zeit, die du brauchst«, sagte sie. »Es kann manchmal ganz schön hart sein. Aber du brauchst dir keine Sorgen zu machen.«

»Ich möchte nicht alles verlieren«, sagte Miranda, und jetzt war sich Louise sicher, dass sie weinte. »Bitte sag es nicht den anderen. Sie wären so schrecklich enttäuscht von mir. Ich möchte nicht, dass sie enttäuscht sind.«

»Ich werde nichts sagen«, bestätigte Louise. »Das bleibt unter uns. Ich versprech's.«

»Danke«, hauchte Miranda ins Telefon.

Sie konnte Mirandas Einkaufsminimum ja aus ihrer eigenen Tasche bestreiten.

Miranda legte auf, nachdem sie Louise versprochen hatte, auf sich achtzugeben und sich nicht zu viel Stress zu machen. Louise blieb in dem leeren Bett sitzen, kalter Schweiß stand ihr auf der Oberlippe. Sie hatte mit einem Mal so ein Gefühl in der Magengrube, als nahte eine Katastrophe.

Sie hatte sich die Zahlen in den vergangenen Monaten nicht besonders genau angeschaut.

Anfangs hatte sie es genossen, die Kasse klingeln zu hören: Jede neue Rekrutierung bedeutete mehr Nullen auf dem Konto. In den letzten Monaten aber – nein, in Wahrheit schon nach den ersten beiden – hatte sie kaum noch die Zahlen gecheckt.

Sie hatte sich angesehen, für welche Summen ihr Team Einkäufe tätigte, aber nicht überprüft, wie viel davon sie verkauft hatten. Dafür musste sie sich nicht in die Datenbank einloggen. Musste nur den Bestellumfang nachschauen.

In Wahrheit waren ihr die Zahlen egal gewesen. Es war ihr egal gewesen, wie viel sie verdient hatte. Sie war von dem positiven Feedback so geflasht gewesen, davon, wie stolz alle auf sie waren, wie beeindruckt sie waren und wie froh, sie im Unternehmen zu haben.

Die Tabletten hatten sie so stark sediert, dass ihr nicht aufgefallen war, dass etwas nicht stimmte.

Und sie war zu sehr von Jonna bezaubert gewesen, um sich irgendwelche Fragen zu stellen.

Bezaubert von Jonna und davon, wie sehr Jonna sich darüber freute, sie dabeizuhaben. Wie sehr Jonna sie schätzte. Wie sehr Jonna sie brauchte.

Nach dem Retreat jedoch hatte sie es zusehends vermieden, auf Jonnas Anrufe und SMS zu reagieren. Hatte es darauf geschoben, zu viel um die Ohren zu haben.

Und Jonna schien das kaum registriert zu haben.

Louise wurde das schreckliche Gefühl nicht los, getäuscht worden zu sein. Dass sie dämlich gewesen war. So verdammt dämlich.

Sie erhob sich aus dem Bett und ging zum Esszimmer, wo sie gestern Abend den Laptop hatte stehen lassen.

Sie wollte sich die Zahlen genauer ansehen, die zu überprüfen sie versäumt hatte.

Kapitel 46

»Was willst du damit sagen?«, fragt Justina.

Ihr Gesichtsausdruck ist starr, aber ich kann sehen, wie sich ihre Pupillen weiten.

»Schon okay, es ist nichts Schlimmes, ich schwör's«, versichere ich ihr.

Sie wirkt immer noch wie auf der Hut und beunruhigt, weshalb ich ergänze:

»Ich würde dir nie schaden wollen. Oder Serendipity. Ich bin trotz allem eine von euch.«

Bei Lina oder Cecilia hätte diese Strategie vielleicht funktioniert. Aber nicht bei Justina. Mit eisiger Stimme erwidert sie:

»So. Dann rück doch mal mit der Sprache raus. Zuerst sagst du, du brauchst meine Hilfe bei zwei neuen Mitgliedern, und dann, dass du dir das ausgedacht hast. Das klingt schon äußerst seltsam.«

Ich senke das Kinn, versuche, mit meiner Körpersprache auszudrücken, dass ich besorgt bin, aber mir ihr Wohl am Herzen liegt. Dass ich eine Verbündete bin.

»Ich mache mir Sorgen«, sage ich. »Die Polizei hat mich gestern erneut zur Vernehmung einbestellt. Sie scheinen zu glauben, dass Louises Mörder bei Serendipity zu finden ist.«

Das ist genau genommen nicht mal eine Lüge. Leo geht davon aus, dass ich Louise getötet habe, und ich gehöre zum Unternehmen.

»Ich sollte wirklich nicht mit dir darüber sprechen«, sagt Justina und schiebt den Stuhl zurück, macht Anstalten aufzustehen.

»Bitte, ich mache mir wirklich Sorgen«, bekräftige ich. »Sie haben die Serendipity-App erwähnt. Sie haben wohl versucht, sich einzuloggen, aber es ist ihnen nicht gelungen.«

Ich kalkuliere eiskalt ein, dass Justina sich genauso schlecht mit Computern auskennt wie ich. Dass sie das, was ich sage, nicht infrage stellen wird.

»Sie nehmen an, dass Louise über die App Kontakt zu ihrem Mörder hatte«, sage ich und versuche, einen verzweifelten Unterton in meine Stimme zu legen. »Ich habe Angst, Justina. Okay? Schreckliche Angst. Wenn es tatsächlich jemand aus der Gruppe war, wer weiß, wozu diese Person fähig ist. Wir könnten in Gefahr sein. Wir alle.«

Sie sieht mich abwartend an. Ist aber noch nicht aufgestanden. Das ist ein gutes Zeichen.

»Und was soll ich deiner Meinung nach tun?«, fragt Justina.

»Du musst doch Louises Zugang haben. Oder?«, frage ich. »Du hast Louise akquiriert. Du musst ihr Konto angelegt haben, so wie meines. Und das heißt doch, dass du ihren Zugang hast.«

Justina schließt die Augen und schüttelt den Kopf.

»Ich habe ihr Konto nicht angelegt«, erwidert sie, und mein Herz sinkt wie ein Stein in der Brust. »Auch nicht deines. Ich kümmere mich nicht darum, ich habe keinen Admin-Zugang zum Gruppenchat.«

Ich suche verzweifelt nach einer passenden Erwiderung, nach einer Frage.

Justina starrt mich immer noch an.

»Willst du wirklich Zugang zu Louises Konto haben, weil du beunruhigt bist? Oder willst du herumschnüffeln?«

»Wie?«, bricht es aus mir heraus.

»Hast du mit der Presse geredet?«, fragt sie. »Bist du irgendeine Art von Undercover-Journalistin oder so? Du weißt, dass du ohne meine Einwilligung nichts drucken kannst, oder? Ich gebe dir nicht die Erlaubnis, mich zu zitieren. Und du darfst nicht auf die Frauen hören, die keinen Erfolg hatten und bei Serendipity aufgehört haben. Die allen möglichen Mist erfinden, weißt du?« Letzteres spuckt sie geradezu aus.

Ich hatte nicht angenommen, dass Justina diejenige war, die sich an jenem Tag bei Louise gemeldet hat, und jetzt bin ich mir ganz sicher, dass sie es nicht war. Sie scheint nicht zu befürchten, als Mörderin entlarvt zu werden. Der Gedanke, dass jemand hinter die Kulissen ihres Schneeballsystems sehen könnte, ist das Einzige, was ihr Stress bereitet.

Ich schüttele den Kopf. »Nein, das schwör ich dir. Ich bin keine Journalistin. Ich habe mich nicht an die Zeitung gewandt. Ich mache mir nur Sorgen.«

Was ich als Letztes gesagt habe, klingt aufrichtig. Ich weiß nicht mehr, ob ich die Wahrheit sage oder nicht. Und auch das jagt mir Angst ein.

»Wer hat dann Administratorrechte?«, frage ich.

Justinas Blick ist hart.

»Ich glaube nicht, dass dich das etwas angeht«, sagt sie. »Wenn die Polizei sich danach erkundigt, kann sie den Access bekommen. Dir werde ich ihn nicht geben. Wenn du dir solche Sorgen machst, kannst du ja aufhören. Aber ich habe nicht vor, dir Zugang zu Louises privaten Daten zu geben, nur weil du hier Privatdetektivin spielen willst.«

Ich öffne den Mund, um etwas zu erwidern, aber sie lässt mich nicht zu Wort kommen.

»Du solltest jetzt gehen.«

Ich sehe ihr in die Augen. Ihr Blick ist hart und eiskalt, ich dringe nicht mehr zu ihr durch.

Verdammt auch! Verdammt, verdammt, verdammt.

»Ich dachte, bei Serendipity würde es darum gehen, sich als Frauen gegenseitig zu unterstützen«, sage ich, und Justina rollt mit den Augen.

»Versuch ja nicht, Jonnas blöde Floskeln gegen mich zu wenden«, sagt sie. »Von mir bekommst du nichts. Raus hier!«

Ich hebe die Hände, um zu signalisieren, dass ich kapituliere. »Natürlich«, sage ich. »In Ordnung.«

Ich gehe in die Eingangshalle. Von Justina ist kein Ton zu hören.

Im Treppenhaus stütze ich für einen Moment meine Stirn an die kalte Steinwand.

Das ist das Ende des Weges.

Jetzt gibt es kein Zurück mehr. Ich habe alle Brücken hinter mir niedergerissen. Gleich wird Justina Lykke oder Jonna anrufen, und ich bin bei den Serendipity Sisters eine Persona non grata.

Ich hätte es besser wissen müssen, als Justina anzulügen. Vielleicht wäre es besser gewesen, ehrlich zu sein.

Doch das spielt jetzt keine Rolle mehr, getan ist getan.

Fragt sich bloß, was ich jetzt machen soll.

Als ich unten auf der Straße stehe, vibriert mein Handy. Die Nummer ist unbekannt, aber ich weiß, was mich erwartet.

Ich wappne mich innerlich.

»Ja, bitte?«

»Ich habe gerade eine höchst seltsame SMS von Justina bekommen«, sagt eine vertraute Stimme in mein Ohr.

2. August

»Hi, Süße«, sagte Jonna, schlang die Arme um sie und hüllte sie ein in eine nach Zimt duftende große Umarmung. Louise erwiderte sie, ganz überwältigt davon, wie sehr sie das brauchte, wie sehr sie das vermisst hatte, und versuchte beiseitezuschieben, wie sehr ihr das Herz wehtat.

»Wie schön, dass wir das endlich geschafft haben!«, sprach Jonna weiter, während sie sich auf die Terrasse setzten. Der Strandvägen erstrahlte im Licht des Spätsommers, und auf der Promenade wimmelte es nur so vor Sonnenanbetern, die Eis aßen, sich die Schiffe anschauten oder es einfach genossen, einen richtig schönen Sommertag in Stockholm zu erleben.

»Ja, wunderbar! Ich hab dich vermisst!« Letzteres flog ihr aus dem Mund, bevor sie es zurückhalten konnte. Louise biss sich auf die Zunge, aber Jonna lächelte nur ihr breites, strahlendes Lächeln. Louise konnte die hellen Linien auf ihren Schultern erkennen, die von Bikiniträgern stammen mussten.

»Ich habe dich auch vermisst«, sagte Jonna, und das klang, als spräche sie aus vollster Überzeugung. Und das war schlimmer, als hätte Louise Falschheit in ihrer Stimme gehört.

Sie bestellten sich jede einen Aperol Spritz. Louise zögerte erst zu trinken, wartete darauf, dass Jonna ein Foto von dem Drink machen würde, doch Jonna nippte sofort an ihrem Getränk. Louise sah sie an und zog die Augenbrauen hoch, und Jonna grinste, als sie Louises wortlose Frage erkannte.

»Ich bin sozusagen gerade im Urlaub«, erklärte sie. »Ich habe geplant, ein paar Dinge zu posten, aber im Augenblick bin ich vom Radar verschwunden.«

»Das muss herrlich sein«, sagte Louise.

Jonna seufzte.

»Es ist wirklich dringend nötig, weißt du?«, erzählte sie ihr. »Ich würde mich gern ausschließlich auf Serendipity konzentrieren, muss aber auch das Insta-Konto am Laufen halten, um das Unternehmen weiterhin gut zu präsentieren. Das ist der Preis, den man zahlt.«

Louise nickte.

Eine Sekunde lang dachte sie: Jetzt! Jetzt ist die Gelegenheit, um es ihr zu sagen. Aber sie konnte es nicht über sich bringen. Hielt die Vorstellung, die gute Stimmung zu zerstören, nicht aus. Noch nicht.

Denn sie hatte Jonna vermisst. So sehr. Trotz des Vorfalls an jenem Abend auf dem Retreat. Trotz der Erkenntnis, dass Lykke recht gehabt hatte.

Denn Jonnas Verhalten war ihr vertraut gewesen. So hatte sie, Louise, sich auch einmal gegenüber jemandem verhalten. Gegenüber Rebecca. Sie hatte ihr damals dasselbe angetan.

Trotzdem weigerten sich ihre Gefühle wegzugehen. So saß sie also da, ihren Aperol Spritz trinkend, und sah zu, wie Jonna an ihrem nippte, spürte die Sonne im Nacken und wusste, dass sie sich verbrennen würde, erlaubte es sich aber dennoch, es zu genießen. Nur noch ein Weilchen.

Im Nebel des Alkohols schien die Sonne milder, und die restliche Welt wog leichter. Sie schwiegen, wie es eben manchmal ganz natürlich war.

Jetzt, dachte Louise. Jetzt muss ich es tun. Sonst werde ich es nie wagen.

»Jonna«, sagte sie. Jonna sah von ihrem Handy auf und lächelte sie träge an.

»Si?«

»Ich möchte etwas mit dir besprechen«, sagte Louise. »Es geht um einige meiner Mädels.«

»Ja? Schieß los!« Jonna wirkte völlig unbekümmert.

»Mir sind da in der letzten Zeit ein paar seltsame Dinge zu Ohren gekommen«, sprach Louise weiter, »von Miranda, Klara und Ester.«

Jonna verdrehte die Augen.

»Mein Gott. Ester! Tut mir leid, dass ich sie dir aufgezwungen habe, Lollo. Ich hatte gehofft, dass du sie ein bisschen auf Spur bringen könntest, aber ehrlich gesagt glaube ich, wir hätten warten sollen, dass sie selbst zur Einsicht kommt, dass Serendipity nichts für sie ist.«

»Das meine ich nicht«, sagte Louise.

Sie schluckte. Der bittere Geschmack von Orange lag ihr auf der Zunge.

»Ich habe mich sehr bemüht, damit es für Ester läuft«, fuhr sie fort. »Und für Miranda und Klara. Aber alle drei haben entschieden, keine Serendipity-Produkte mehr zu verkaufen. Und da sind noch vier andere Frauen, die, glaube ich, bald das Handtuch werfen werden. Alles Frauen aus meinem Team, die im Direktverkauf arbeiten, sie sind drauf und dran auszusteigen, weil sich damit einfach kein Geld verdienen lässt.«

Jonna verzog mitfühlend die Miene.

»Puh, es ist immer doof, wenn man jemanden aus seinem Team verliert, ich weiß. Man hofft schließlich, dass sie dranbleiben. Aber nicht alle sind dazu imstande. Dieser Lebensstil ist wirklich nichts für jedermann.«

»Das meine ich auch nicht«, wiederholte Louise.

Jonna strich sich über das Haar. Sie hatte es mit ihrer Gucci-Sonnenbrille aus der Stirn geschoben.

»Was dann?«, fragte sie.

»Ester und Miranda haben mich beide in der letzten Woche angerufen«, erklärte Louise. »Nachdem sie beschlossen hatten aufzuhören. Sie meinten, sie hätten einen Haufen Mails von dir bekommen, in denen du eine Vertragsstrafe von 15 000 Kronen von ihnen verlangt hättest?«

Jonna starrte sie an. Dann fing sie an zu lachen.

»Soll das ein Witz sein?«, sagte sie. »Ich habe ihnen nie gemailt.«

Louise befeuchtete ihre trockenen Lippen mit der Zunge.

»Sie haben mir Screenshots der Mails geschickt«, sagte sie. »Und ich kann verstehen, wenn du in deiner Wortwahl vielleicht etwas flüchtig warst, aber sie klangen ziemlich … aggressiv.«

Darauf erwiderte Jonna nichts. Sah Louise nur mit einem Blick an, den Louise noch nie an ihr gesehen hatte.

»Ich meine ja nur, dass wir, äh … vielleicht vorsichtiger damit sein sollten, wie wir uns in den Mails an die Frauen ausdrücken, die ihre Zusammenarbeit mit uns beendet haben«, gab Louise zu bedenken. »Es hinterließe keinen guten Eindruck, wenn sie die Mails zum Beispiel auf Social Media posten würden. Und ich mache dir keinen Vorwurf, das ist es nicht. Du hattest so viel zu tun, und Ester und Miranda hätten sich an mich wenden sollen, nicht an dich. Ich kann deine Frustration verstehen. Ich glaube nur … dass sie uns im schlimmsten Fall verklagen könnten.«

»Louise«, sagte Jonna, mit einem Mal ganz sanft.

»Ja?«

»Geht es dir gut?«, fragte Jonna. Sie hatte sich ein wenig über den Tisch gelehnt, um Louise genauer zu mustern. Ihre Augen wirkten noch strahlender in ihrem frisch sonnengebräunten Gesicht. Louise war wie hypnotisiert.

»Worauf willst du hinaus?«, fragte Louise.

»Ich mach mir Sorgen um dich«, sagte Jonna. Sie legte ihre

Hand auf Louises Handrücken. Sie fühlte sich überraschend heiß, fast fiebrig an.

»Das ist nie passiert«, bekräftigte Jonna noch einmal. »Alles klar? Ich habe nie irgendwelche Mails an Ester oder Miranda geschickt. Ich wusste nicht mal, dass jemand namens Miranda zu deinem Team gehört hat.«

Eine kleine Falte stand jetzt zwischen ihren Augenbrauen.

»Ich weiß nicht, ob sie diese Mails irgendwie digital bearbeitet haben oder so«, sagte sie. »Aber es beunruhigt mich, dass du wirklich geglaubt hast, sie kämen von mir. Und … was soll ich getan haben? Sie um Geld erpresst?«

Hinter Jonnas Besorgnis ließen sich andere Gefühle erahnen. Gekränktheit, Abwehr.

Louise verspürte einen schmerzhaften Stich in der Brust.

Warum hatte sie nicht daran gedacht, dass diese Mails Fake hätten sein können? So etwas würde Jonna doch nie tun! Sie musste niemanden um Geld erpressen. Sie hatte immer gesagt, dass man aufhören sollte, wenn man meinte, der richtige Zeitpunkt dafür sei gekommen.

Louise schloss die Augen.

»Verzeih«, sagte sie, als sie wieder die Augen öffnete. »Ich hätte wissen müssen, dass etwas mit diesen Mails nicht stimmte.«

»Du kennst mich, Lollo«, sagte Jonna. Ihre Hand lag immer noch auf Louises. Louises Haut prickelte.

»Ich habe Serendipity gegründet, weil ich anderen Frauen helfen wollte. Und das meine ich wirklich so, wie ich es sage. Ich dachte, das wüsstest du.«

Louise nickte.

»Das tue ich auch«, sagte sie. »Es tut mir leid. Ich glaube, die Mädels in meinem Team liegen mir ein bisschen zu sehr am Herzen.«

Jonnas geschlossene Lippen verzogen sich zu einem schwachen Lächeln.

»Schon gut, vielleicht brauchst du einfach auch mal 'ne Pause«, sagte sie. »Lass dich eine Zeit lang vertreten. Fahr in dein tolles Haus im Schärengarten und genieß das schöne Wetter, bevor es damit vorbei ist!«

Louise nickte.

»Das ist eine gute Idee«, erwiderte sie. »Ich glaube, du hast recht. Ich bin zu gestresst.«

Gestresst, verletzt und unglücklich verliebt. Eine schlechte Kombi.

Doch trotz Jonnas Versicherungen hatte sie immer noch dieses flaue Gefühl im Magen.

Sie wurde einfach den Gedanken nicht los, dass etwas nicht stimmte.

Kapitel 47

Ich schließe die Augen. Natürlich hat Justina bereits eine von den anderen kontaktiert.

»Hallo, Lykke«, sage ich.

»Du bist also von der Polizei, hm?« Sie klingt leicht amüsiert.

»Nein, bin ich nicht«, erwidere ich.

»Justina scheint den Eindruck gewonnen zu haben, dass du mit der Polizei zusammenarbeitest«, sagt Lykke. »Sie meint, du seist in ihre Wohnung gestürmt, hättest ihr mit Gefängnis gedroht und verlangt, Zugang zu Louises Serendipity-Konto zu bekommen.«

»Nein, das habe ich nicht.«

»Hm, das habe ich mir schon gedacht«, bemerkt Lykke. »Justina übertreibt manchmal etwas.«

Ich weiß nicht, was ich sagen soll.

»Ich wage mal eine Annahme und gehe davon aus, dass der Part mit Louises Serendipity-Konto stimmte?«, hakt Lykke nach einer kurzen Pause nach.

»Ja«, gestehe ich ein. »Der stimmte.«

»Warum?«, fragt Lykke. Ihr amüsierter Tonfall ist verschwunden, sie klingt, als verlange sie nach einer Antwort.

Nun bleibt mir nichts anderes mehr übrig, als mich auf die Wahrheit zu stützen.

»Justina lag nicht ganz falsch«, erkläre ich. »Ich habe mal mit der Polizei zusammengearbeitet. Früher. Ich bin

Kriminalpsychologin. Und als Louise ermordet wurde, fing ich an … der Angelegenheit nachzugehen. Allerdings nicht absichtlich. Ich habe nur angefangen, Fragen zu stellen. Und ich glaube, die Antwort darauf, wer Louises Mörder ist, befindet sich in der Nachricht, die sie am Tag ihrer Ermordung bekam. Die Polizei konnte nicht an sie rankommen. Ich glaube, dass sie über die App verschickt wurde. Wer auch immer ihr geschrieben hat, es war die Person, die sie in der Stadt getroffen hat. Diese Person hat sie ermordet.«

Stille.

Hat sie aufgelegt? Oder die Polizei angerufen, um meinen Aufenthaltsort durchzugeben?

»Ich weiß, mit wem Louise gesprochen hat«, sagt Lykke mit einem erstaunten Unterton.

Die Zeit bleibt stehen.

»Ist das ein Scherz?«, sage ich.

»Nein, wir haben uns darüber ausgetauscht«, sagt Lykke. »Im Teamleader-Chat. Wenn ich gewusst hätte …« Sie hält inne, dann sagt sie mit schwerer Stimme: »O mein Gott.«

»Wer war es?«, frage ich und muss mich beherrschen, nicht ins Telefon zu schreien.

»Es war eine der Frauen, die aufgehört hatten, für sie zu arbeiten«, sagt Lykke. »Manche Frauen melden sich noch mal, nachdem sie ausgestiegen sind, das kommt ab und zu vor. Ich dachte nur nicht, dass das irgendeine Bedeutung hätte. Ich wusste, dass Ester zu kämpfen hatte. Louise hatte nicht erwähnt, dass sie sich an jenem Abend treffen würden, hatte nur gesagt, dass Ester von sich habe hören lassen und sie um ein Treffen am Wochenende gebeten habe. Ich wusste, dass Louise ein schlechtes Gewissen hatte, wie das Ganze zu Ende gegangen war. Sie mochte Ester und war beschämt, dass sie selbst nicht begriffen hatte, wie sehr die Sache aus dem Ruder gelaufen war. Ester war in echt schlechter Verfassung, und Louise machte sich Vorwürfe, dachte, dass sie das früher hätte sehen müssen.«

Lykke verstummt.

»Verdammt«, sagt sie dann.

Mir schwirrt der Kopf.

Ester. Rakels Mutter. Rakels Mutter, die solchen Groll auf Louise gehabt hatte. Die in der letzten Zeit wieder abends ihre Wohnung verlassen hatte.

Rakels dunkler Lockenkopf.

Der Zeuge hatte an jenem Abend eine kleine dunkelhaarige Frau zu Louises Haus gehen sehen.

Was hatte Leo noch gleich sinngemäß zu mir gesagt?

Du befindest dich im Ausnahmezustand. Du hast selbst erwähnt, dass Menschen dadurch zu Dingen getrieben werden können, die sie sonst nicht tun würden.

Er hatte damit recht gehabt. Ich hatte damit recht gehabt.

Es ist nur so, dass nicht ich es war, die dazu getrieben wurde zu töten.

Es war Ester.

»Hast du Zugang zu Louises Konto?«, frage ich mit Herzflattern.

»Nein«, sagt Lykke. »Die Einzige, die an Louises Konto herankommt, ist Jonna. Nur sie hat vollständige Administratorrechte für die App. Fahr zu ihr, sie kann dir helfen.«

»Jonna wird mir keinen Zugang zu Louises Konto gewähren«, erwidere ich. »Vor allem dann nicht, wenn ich einfach so bei ihr auf der Matte stehe.«

»Ich rufe sie an und sage ihr, dass du zu ihr unterwegs bist«, sagt Lykke. »Ich erkläre ihr, dass es Louises wegen ist. Dann wird sie dir helfen.«

Ihre Stimme bebt ein wenig, als sie hinzufügt:

»Louise hat ihr viel bedeutet.«

22. August

Louise hatte sich ein Handtuch umgewickelt, als sie vom Bootssteg hereinkam.

Im Haus duftete es nach Brot und Kaffee. William hatte heute früh frisches Sauerteigbrot und Brötchen vom Möja-Bäcker geholt. Dies und die frische Meeresbrise ließen Erinnerungen in Louise wach werden; Erinnerungen an die Sommerferien ihrer Kindheit: an die Ostsee, den trägen Gesang der Wellen, die über dic Steine am Strand leckten, den sonnenwarmen Fußboden unter ihren nackten Sohlen.

Trotzdem konnte sie sich nicht entspannen.

Sie waren inzwischen zwei Wochen hier. Anfangs hatte sie ihr Bestes gegeben, um anwesend *zu sein. Präsent. Die Louise zu sein, die William vermisste und die sie sein sollte.*

Doch das Haus wurde von Jonna und Serendipity heimgesucht.

Louise konnte nicht aufhören, an diese Mails zu denken. Ester und Miranda hatten am Telefon so aufgeregt geklungen. Vor allem Ester, die fürchterlich geweint hatte, so wie Louise noch nie eine Frau ihres Alters hatte weinen hören. Ester hatte wieder und wieder gesagt, dass Louise ihr helfen müsse, dass sie keine 15 000 Kronen bezahlen könne, dass sie nicht verstünde, weshalb sie das tun solle, dass ihr Leben ruiniert sei, dass sie ihr Zuhause verlieren werde.

An dem Tag nach dem Lunch mit Jonna hatte Louise eine

Mail von einer unbekannten Absenderin erhalten. Darin hatte gestanden, das Serendipity aufhören solle, Geld von ihrer Mutter zu fordern, sonst würde sie – offenbar die Tochter der Frau – sie verklagen.

Louise hatte zurückgeschrieben und erklärt, dass Ester Serendipity kein Geld schuldete und es sich um ein großes Missverständnis handele. Darauf hatte Ester nicht mehr geantwortet.

Aber hätte Ester wirklich so heftig auf all das reagiert, wenn es alles nur erfunden gewesen wäre?

Und weshalb hätte sie es auch erfinden sollen?

In der vergangenen Woche hatte Louise immer mehr Zeit vor dem Laptop verbracht. William hatte deshalb gestern Abend Streit anfangen wollen. Darum war er auch gerade nicht hier. Er hatte gesagt, dass er das Boot nehmen und nach Sandhamn fahren würde, weil er dort einen Squashplatz gebucht habe, aber sie würde eine große Summe darauf verwetten, dass er in Wirklichkeit mit einem Freund von der Handelshochschule in der Bar saß, Bier trank und Blödsinn faselte.

Dass sie noch nicht einmal Wut deswegen aufbringen konnte, war das Schlimmste. Sie war nur wütend auf sich selbst.

Sie trocknete sich ab und ließ das Handtuch zu Boden fallen, zog sich einen Bademantel über den Badeanzug und ging in die Küche, um ein Glas Wasser zu trinken. Die Küche sah heute ganz anders aus als an jenem Abend ihres Retreats, hell und nüchtern, ohne Lilien und vegane Schnittchen. Aber die Erinnerungen saßen noch in den Wänden, weigerten sich, sich wegschrubben zu lassen.

Konnte sie Jonna wirklich trauen?

Das war die Frage. Konnte sie Jonnas Worten vertrauen? Konnte sie darauf vertrauen, dass Jonna die Wahrheit gesagt hatte, als sie behauptete, nie jene Mails geschickt zu haben?

Konnte sie überhaupt auf irgendetwas vertrauen, das Jonna tat oder sagte?

Williams Worte hatten sich in ihr Gedächtnis eingebrannt. Gestern Abend hatte er sie mit vor Abscheu verzogener Miene angesehen und gesagt:

»Du nimmst dich ja nicht mal mehr selbst richtig wahr. Wie du dich benimmst, das ist doch absurd. Du hast ja völlig den Bezug zur Realität verloren.«

Er hatte sie angesehen, als würde er sie nicht wiedererkennen.

Und William war nicht der Einzige, der sie in den vergangenen Monaten so angesehen hatte.

Louise dachte an ihren Vater, der gemeint hatte, dass das mit dem Direktvertrieb für ihn nicht ganz seriös klänge.

Sie dachte an Hedda; wie Heddas Miene sich verzogen hatte, als Louise sie dazu hatte überreden wollen, sich auf die Rekrutierungsliste setzen zu lassen. Wie beunruhigt sie ausgesehen hatte, als sie Louises Tabletten in der Handtasche erspäht hatte.

Louise dachte daran, dass sie jeder Frau auf ihrer Kontaktliste Nachrichten geschickt hatte. Sogar Frauen, von denen sie wusste, dass sie es sich nicht leisten konnten, das Startpaket zu erwerben. Selbst Frauen, mit denen sie seit vielen Jahren nicht gesprochen hatte.

Sogar Rebecca.

20 Jahre lang hatte sie keinen Kontakt mehr zu ihr gehabt, hatte ihr aber dennoch die »Einladung« geschickt. Weil sie nicht eine Frau hatte in Ruhe lassen können. Weil jeder Name auf ihrer Liste mehr Geld, mehr Anerkennung, mehr Prestige bedeutete.

Wofür?

Sie brauchten das Geld doch gar nicht.

Anfangs hatte Louise sich eingeredet, dass sie mit Serendipity arbeiten wollte, weil es wichtig war, aber das stimmte nicht. Hatte nie gestimmt. Es war dabei immer nur um sie selbst gegangen, das war die Wahrheit: ihr eigenes Bedürfnis, sich wichtig zu fühlen, als kompetent und erfolgreich wahrgenommen zu werden, ja, überhaupt wahrgenommen zu werden.

War es das wert?

War es das wert, deshalb Schlaf- und Beruhigungsmittel zu nehmen? War es das wert, ihren Mann, ihre Familie, alle, die ihr nahestanden, zu vergraulen?

War es das wert, wenn es das Leben anderer Menschen zerstörte?

Louise trank in großen Schlucken. Dann stellte sie das Glas ab und holte den Laptop.

Noch lange, nachdem ihr Badeanzug getrocknet war, saß sie auf dem Sofa. Dann schaltete sie den Rechner aus und loggte sich in die Serendipity-App ein.

Sie formulierte zwei Nachrichten.

Die erste ans Team.

Die zweite an Ester.

Kapitel 48

Der Karlavägen liegt in Laufweite. Ich möchte kein Taxi nehmen, zum Teil, weil ich mir ziemlich sicher bin, dass meine Karten inzwischen alle auf null oder im Minus sind, zum Teil, weil ich nicht zu schnell dort sein will. Ich will sichergehen, dass Lykke Jonna erreicht hat, bevor ich dort auftauche, damit sie weiß, aus welchem Grund ich komme. Ich will, dass sie darauf gefasst ist – dass sie begreift, worauf ich aus bin, und dass wir auf derselben Seite stehen.

Ich hatte angenommen, dass Louise eine Person zu sich gebeten hätte, die ihr nahestünde. Gedacht, dass die ganze Situation intim wirkte. Aber der Wein war eine Ausrede gewesen: ein Versuch, jemanden milder zu stimmen, den sie verraten hatte, vielleicht auch ein Versuch, Ester zu überreden, sie nicht zu verklagen oder sich mit ihrem Wissen an die Zeitungen zu wenden.

Sich vorzustellen, wie Ester – die alles verloren hatte – Louise aufsuchte, fällt nicht schwer. Sich vorzustellen, wie Louise sich wegduckte, als sich Esters Wut über sie ergoss, wie sie ihr auswich und alles beschönigte, bis etwas in Ester explodierte, fällt auch nicht schwer.

Ich komme am Humlegården vorbei. Am Karlaplan. Es ist warm, aber die Brise, die geradewegs durch die unpraktischen Löcher meines bescheuerten Strickcardigans weht, bringt schon eine gewisse Kälte mit sich. Außerdem wünschte ich mir, ich hätte ein Paar richtige Sportschuhe oder Stiefel angezogen und nicht diese lausigen fancy Sneakers!

Als ich schließlich im Karlavägen 127 vor der apricotfarbenen Hausfassade stehe, sind 47 Minuten seit meinem Gespräch mit Lykke vergangen.

Auf der hypermodernen Nummerntafel neben der Tür klicke ich, bis der Name Jonna Ek erscheint, und drücke auf das kleine Symbol für »klingeln.«

Es klingelt einmal. Zweimal.

Es folgt ein leiser Piepton.

»Hallo«, sage ich, »ich bin's, Rebecca.«

Es bleibt still.

Aber dann ist der Summer zu hören, und die Tür zum Treppenhaus öffnet sich.

24. August

William hatte sich auf Sandhamn ein wenig die Nase verbrannt. Es sah irgendwie überraschend süß aus, und Louise schaute ab und zu aus dem Augenwinkel zu ihm hinüber, wenn er es nicht bemerkte. Es weckte Erinnerungen an ihre Teenagerzeit in ihr, wie er sich immer geweigert hatte, Sonnencreme zu gebrauchen, obwohl seine Haut in null Komma nichts verbrannte, kaum dass er den Kopf in die Sonne hielt.

»Möchtest du noch Kaffee?«, fragte sie. »Ich gehe in die Küche.«

William schüttelte den Kopf, sah immer noch auf Dagens Industri *hinunter, bis er über den Rand der Zeitung blickte und ihr zulächelte. Als sie aufstand, streckte er die Hand aus, sodass seine Fingerspitzen leicht über ihren Schenkel strichen.*

Seit seiner Rückkehr von Sandhamn wirkte er ausgeglichener – oder aber sie selbst war es, die sich ausgeglichener fühlte. Sie hatte ihm noch nichts von ihrer Entscheidung gesagt, wollte nicht, dass er es nur für leeres Gerede hielt. Sie wollte es zuerst machen und es ihm anschließend erzählen.

Vieles musste geregelt werden, bis die Dokumente fertig wären, aber sie glaubte nicht, dass es länger als ein paar Wochen dauern würde, sie zusammenzustellen. Sie hatte sich schon entschieden, zu wem sie Kontakt aufnehmen wollte; es war eine Frau, mit der sie während ihrer PR-Zeit hin und wieder zusammengearbeitet hatte. Dies war genau die Sache, auf die Jessica anspringen würde. Sie hatte schon immer einen guten Riecher für Sensationsmeldungen gehabt.

Louise nahm den Kaffee mit hinaus auf die Veranda und stellte ihn auf den Tisch.

William hatte sich in irgendeinen wahnsinnig öden Artikel vergraben. Ihr fiel auf, dass ein paar erste graue Strähnen sein Haar durchzogen. Es stand ihm, ließ ihn reifer wirken.

Jetzt, in diesem Augenblick, fiel es ihr erstaunlich leicht zu glauben, dass alles wieder in Ordnung kommen würde.

Sie würde sich unter der Woche noch einmal bei Hedda melden. Oder sie vielleicht einfach besuchen, mit einer kleinen Aufmerksamkeit für ihre künftige Nichte. Würde Hedda um Entschuldigung dafür bitten, dass sie in den vergangenen Monaten so eine Zumutung gewesen war. Vielleicht sogar zugeben, dass es ihr wegen Heddas wachsendem Babybauch schwergefallen war, sich in ihrer Nähe aufzuhalten.

Vielleicht würde sie weinen. Vielleicht würden sie sich am Ende in den Armen liegen. Das hoffte sie.

Louises Handy meldete sich. Eine Nachricht war über die Serendipity-App eingegangen.

Sie öffnete sie.

JEk:
Bitte, Louise, tu das nicht. Können wir nicht darüber reden?
Ich will dich nicht verlieren. Nicht so.
Können wir uns bitte heute Abend sehen? Bei dir?
Lass mich alles erklären.

Louise schluckte schwer. Zweimal.

Ohne aufzusehen, sagte sie:

»Weißt du was, Liebling? Ich muss das nächste Schiff in die Stadt nehmen. Hedda geht es nicht so gut, und ich möchte nicht, dass sie jetzt allein ist.«

Kapitel 49

Die Fahrt in dem kleinen, klapprigen Fahrstuhl nach oben dauert eine halbe Ewigkeit. Es ist stickig hier drinnen, und mein Adrenalinpegel ist so hoch, dass ich kaum still stehen kann.

Ich kenne dieses Gefühl. Habe es schon tausendmal gespürt. Nur habe ich dem Tatverdächtigen bisher immer direkt gegenübergesessen, ihm mit sanfter Stimme Fragen gestellt und ihn langsam, aber sicher zu der Schlussfolgerung gelangen lassen, zu der ich selbst bereits gekommen war.

Doch dass die Umstände jetzt ganz andere sind, ist irrelevant. Bald bin ich am Ziel. Bald werde ich die Antwort in meinen Händen halten. Ich brauche nur den Beweis für jene Nachricht, die Louise auf Möja bekam, jene Nachricht, weshalb sie das sichere Refugium in den Schären verließ, um in die Stadt zu fahren und ihren Mörder zu treffen.

Der Fahrstuhl ist angekommen.

Ich steige aus und sehe, dass die Tür zu Jonnas Wohnung nur angelehnt ist. Ich öffne sie, blicke mich um und betrete die Eingangshalle.

»Jonna?«, sage ich halblaut. »Ich bin's, Rebecca.«

»Komm rein!«, höre ich jemanden leise aus der Wohnung rufen. »Ich bin im Esszimmer.« Und nach einer kurzen Pause: »Und mach bitte die Tür hinter dir zu, sie schließt dann automatisch ab.«

Gehorsam schließe ich die Wohnungstür und ziehe meine Schuhe aus. Die Wohnung riecht ein wenig muffig; im Licht, das durch die Fenster hereinfällt, sehe ich Staub in der Luft wirbeln.

Ich gehe tiefer in die Wohnung hinein, setze sachte meine nackten Füße auf. Obwohl ich gebeten wurde hereinzukommen, fühle ich mich wie eine Einbrecherin.

Im Esszimmer ist niemand. Verwirrt sehe ich mich um.

»Hallo, Rebecca«, sagt da eine sanfte Stimme hinter mir. Ich wirble herum und blicke in einen Gewehrlauf.

24. August

Es klingelte an der Tür. Louise ging in den Flur. Bevor sie die Haustür erreichte, blieb sie kurz stehen und betrachtete sich von Kopf bis Fuß im Spiegel. Die weiße Bluse und die weiße Hose umspielten locker ihre Figur. Ihr Haar lockte sich leicht in der feuchten Augustluft. Ihr Blick wirkte gelassen, wie sie fand.

Sie wusste nicht, was heute Abend passieren würde. Sie wusste nur, dass das, was in den vergangenen Monaten zwischen ihnen vorgegangen war – was auch immer das nun gewesen war –, hier enden musste.

So konnte sie nicht weiterleben.

Sie musste für die Menschen, denen sie geschadet hatte, alles tun, was in ihrer Macht stand. Musste dafür sorgen, dass Serendipity niemals mehr jemandem schaden konnte. Und danach wollte sie ihrem Leben eine neue Richtung geben.

Trotzdem hatte sie das Gefühl, Jonna dieses Treffen schuldig zu sein. Es ihr schuldig zu sein, sie anzuhören. Es ihr schuldig zu sein, sich unmittelbar gegenüberzustehen, wenn sie zugab, was sie getan hatte.

War das wahr?

Oder wollte sie, Louise, Jonna einfach nur noch ein letztes Mal sehen?

Vielleicht waren beide Gründe gleichzeitig wahr.

Louise trat vor, holte tief Luft, legte die Hand auf die Klinke und öffnete die Tür.

Sie spürte, wie ihr das Lächeln auf dem Gesicht erstarrte. Zuerst begriff sie nicht ganz, was sie da sah. Dann aber öffnete sie den Mund und sagte:

»Entschuldige, ich will ja nicht unhöflich sein, aber was willst du *denn hier?«*

Kapitel 50

Ich habe mich manchmal gefragt, wie ich wohl reagieren würde, wenn ich unmittelbar in den Lauf einer Waffe blicke. Ob ich kämpfen, wegrennen oder zu Eis erstarren würde.

Ich scheine der Typ Mensch zu sein, der erstarrt.

Ich bringe kein Wort heraus. Kann keinen klaren Gedanken fassen. Sehe nichts als die schwarzen Augen, die mich fixieren. Das Gewehr ist klein, kleiner, als ich erwartet hätte.

Ich habe noch Jonnas Worte im Ohr.

Ich habe einen Jagdschein. Um Vögel zu schießen.

In diesem Moment wünschte ich verzweifelt, dass sie es besser gewusst hätte, als das Gewehr in der Wohnung zu verwahren. Oder zumindest einen verschlossenen Waffenschrank besessen hätte. Sodass niemand anderes an es herangekommen wäre.

»Ganz langsam jetzt«, befiehlt Lykke und hebt das Kinn ein wenig. »Ich würde es vorziehen, dich nicht zu erschießen.«

Mühsam ringe ich nach Luft. Mein Herz schlägt träge, wie in Zeitlupe. Vergeht die Zeit wirklich langsamer, oder ist das nur gefühlt so?

»Setz dich an den Esstisch«, fordert Lykke mich auf. Mit einem Kopfnicken deutet sie zu einem der Stühle. Ich ziehe ihn hervor und tue, was sie sagt. Die ganze Zeit über hält sie mit ruhigen Händen das Gewehr auf mich gerichtet.

Als ich den Mund öffne, tue ich das in dem Glauben, jetzt etwas zu sagen wie »Du warst es also, die Louise getötet hat« oder »Warum machst du das?«.

Aber heraus kommt nur ein undeutliches:

»Ester?«

Lykke macht einen Schritt zur Seite. Mir fällt auf, dass sie wie ich barfuß ist. Ihr dunkles Haar ist zu einem strammen Pferdeschwanz gebunden. Sie trägt Einweghandschuhe von der Art, die bei im Handel erhältlichen Haarfärbemitteln mitgeliefert wird. Sie sieht ganz anders aus als beim letzten Mal, hat nichts Feminines, Sanftes mehr an sich. Schlichte schwarze Kleidung ersetzt nun ihre ansonsten neutrale Farbpalette, sie trägt kein Make-up, und auf ihrem Gesicht liegt ein gelassener, entschlossener Ausdruck.

»Ich bin es so leid, ständig ihren Namen zu hören«, sagt Lykke nachdenklich. »Ester, Ester, Ester. Was ist nur mit ihr?«

Plötzlich ergibt alles einen Sinn.

»Ester hat Louise an jenem Tag gar nicht geschrieben«, sage ich. »Du warst es.«

Lykke lächelt starr.

»Natürlich war ich es«, gibt sie zu. »Aber lass uns keine große Sache daraus machen. Lass uns das hier schnell und effektiv erledigen.«

Nickend deutet sie auf die Tischplatte.

Ich senke meinen Blick. Dort steht ein Glas Wasser. Und eine kleine Tablettenschachtel.

»Stilnox« steht darauf.

»Ein Blister sollte reichen«, sagt Lykke.

Ich weiß, was Stilnox ist. In den USA wird das Präparat unter dem Namen Ambien verkauft.

»Aber ich glaube, du nimmst am besten alle, nur um ganz sicherzugehen.«

Kapitel 51

Ich suche verzweifelt nach den passenden Worten. Nach allem, was auch immer mir etwas Zeit verschafft. Zeit, um Lykke irgendwie abzulenken, irgendwie umzustimmen.

Lykke hebt das Gewehr höher, richtet den Lauf auf mein Gesicht. Ich ducke mich. Schrumpfe zusammen, mache mich so klein wie möglich. Meine Angst ist überwältigend. So als hätte ich jegliche Kontrolle über meinen Körper verloren.

»Fang an«, befiehlt sie, und ihr Tonfall lässt keinen Raum für Einwände.

Ich greife mit Fingern, die mir kaum gehorchen wollen, nach der Schachtel und ziehe den ersten Blister heraus.

»Du hast Louise also die Tabletten besorgt«, sage ich, während ich die erste Pille in meine Handfläche drücke.

Sie wirkt klein und harmlos.

Ich habe noch nie Stilnox genommen. Habe noch nie irgendwelche Schlaftabletten genommen. Aber ich habe lange genug in den USA gelebt, um genau zu wissen, was Ambien anrichtet, mir sind genügend Horrorgeschichten darüber zu Ohren gekommen. Es gehört zu den Medikamenten, die man schockierend leicht überdosieren kann.

»Nicht nur Louise«, gibt Lykke einfach so zu. »Aber ja. Sie hatte mir erzählt, dass sie Schlafprobleme hatte. Ich habe mehreren unserer Mädels mit so etwas geholfen. Wenn sie einen kleinen Schubser brauchten, um genügend Kraft zu haben weiterzumachen. Sie sind im Internet leicht aufzutreiben, und ich habe ein gutes VPN. Es lässt sich also nicht zurückverfolgen.«

»Clever«, sage ich mit flacher Stimme.

»Ach, hör doch auf!«, erwidert Lykke. »Die sind nicht gefährlich, solange man die Dosierungsempfehlung befolgt. Du kommst doch aus Djursholm. Wetten, dass die Hälfte deiner Bekannten Valium nimmt? Das Leben ist nicht immer leicht. Manchmal braucht man eine kleine Unterstützung.«

»Um weiterhin hohe Verkaufszahlen abzuliefern, meinst du.«

Ich sehe, wie Lykke die Augen verdreht.

»Lass gut sein«, sagt sie. »Es ist ja nicht so, dass ich sie dazu zwinge. All diese Frauen möchten ihr eigenes Unternehmen gründen, können es aber nicht. Wir geben ihnen die Produkte und das Netzwerk. Was sie damit machen, liegt an ihnen. Ich handele ja schließlich nicht mit Drogen, verdiene auch kein Geld damit. Erst wenn sie auf mich zukommen und jammern, dass sie sich so müde und gestresst fühlen und nicht wissen, was sie tun sollen, biete ich ihnen eine Lösung an.«

Ob sie wohl selbst von dem überzeugt ist, was sie sagt? Aber vielleicht spielt das auch keine Rolle.

»Das Risiko, dass die Polizei das herausfindet, ist nicht gering«, bemerke ich. »Sie wissen, dass es nicht Williams Bruder war, der Louise die Tabletten verkauft hat.«

»Es gibt nichts zu finden«, sagt Lykke. »Glaub mir, ich habe ihr Schlafzimmer und ihr Bad durchforstet, um sicherzugehen, ja keine Spuren zu hinterlassen. Ein ungemein gängiger Fehler. Glaub mir, ich habe mir Tausende True-Crime-Podcasts angehört. Viele meinen zu wissen, wie sie den Tatort reinigen müssen – du weißt schon, Flächen mit Bleiche abwischen, Messer abkochen, um das Fett von Fingerabdrücken zu beseitigen, und so –, bis sie irgendein Detail vergessen, wodurch die Polizei den Schuldigen finden kann. Louise hatte keine Pillen mehr da. Sie muss sie alle genommen haben.«

Ich drücke die dritte Tablette in meine Handfläche. Spüre, wie eine Schweißperle meinen Hals hinunterrinnt.

Die Worte kommen nun wie von selbst.

»Du wusstest damals schon, dass du vorbereitet sein musstest.« Und es ist nicht meine eigene panische Stimme, mit der ich spreche, auch nicht meine Psychologenstimme – es ist Laetitias Stimme.

Vor einer Ewigkeit, als Laetitia mich anlernte, hatte ich sie gefragt, wie ich reagieren sollte, wenn ein mutmaßlicher Mörder oder Vergewaltiger – die wir manchmal vernehmen mussten – gewalttätig würde. Sie hatte gesagt: *»Du wirst auf Psychologen stoßen, die behaupten, dass Menschen wie Hunde seien. Dass es nur darum geht, Dominanz zu demonstrieren. Sie irren sich, so darfst du nie denken. Alle sind Menschen, selbst wenn sie im Affekt handeln, wenn sie krank, aggressiv sind oder sich in die Enge getrieben fühlen. Behandele sie genauso wie jeden anderen Klienten. Höre ihnen zu, stelle ihnen Fragen und validiere sie. Lass dich nie auf ihr Niveau herab. Du bist es, die den Raum kontrolliert. Vergiss das nicht.«*

Erstaunen flammt in Lykkes Augen auf.

»Ja«, sagt sie. »Ja, das wusste ich. Es ist nicht so, dass ich beabsichtigt hatte, diese Sache so weit gehen zu lassen. Ich fand nur, dass du sehr viele Fragen stelltest, hoffte aber, ich würde mich irren. Erst als Justina mich kontaktierte, wurde mir klar, dass ich etwas tun musste.«

Ich halte inne, mein Daumen schwebt über der fünften Tablette.

»Du wolltest genauso wenig Louise umbringen«, sage ich mit ruhiger, beherrschter Stimme, obwohl meine Hände so sehr zittern, dass ich sie in den Schoß legen muss, damit es nicht auffällt. »Sie hat dir keine andere Wahl gelassen.«

Wellen der Frustration ergießen sich über Lykkes Gesicht; Spuren einer Wut, die immer noch nicht ganz verebbt ist. Sie ist nicht gegen mich gerichtet, ich glaube nicht, dass Lykke überhaupt irgendwelche Gefühle mir gegenüber hegt.

Die Wut richtet sich gegen Louise. Immer noch.

»Louise war eine Heuchlerin, weißt du?«, sagt sie. »Es hängt mir so zum Hals heraus, alle von ihr schwärmen zu hören. Die Hälfte der Mädels mochte sie ja nicht mal, und jetzt tun sie auf einmal so, als wäre sie Gott weiß was für ein Engel gewesen. So was von typisch!«

Ich nicke.

»Sie hat diese Arbeit geliebt«, sagt Lykke. »So lange, wie es für sie rundlief. Aber in dem Moment, als sie nicht mehr Everybody's Darling war, beschloss sie, alles für alle anderen zunichtezumachen. Sie war extrem selbstsüchtig. Als sie nicht länger der Superstar war, beschloss sie auf einmal, wie leid einem doch die Verkäuferinnen tun mussten, die nicht genügend Geld verdienten. Dass man ihnen einen Ausweg anbieten müsse. Dass die Welt ein Recht darauf hätte, es zu erfahren. Sah sich selbst als so einen verdammten Whistleblower, der die Wahrheit für die Öffentlichkeit enthüllen würde. Welche Wahrheit? Dass manche Frauen, die sich ins Unternehmen einkaufen und Geld verdienen wollten, sauer wurden, als sie nicht genügend Umsatz machten, und daher Hass auf das Unternehmen entwickelten? Dass manche der Frauen Medikamente nahmen? Dass alle großen Unternehmen Mitarbeiter haben, die verbittert darüber sind, gefeuert worden zu sein? Es gab nichts zu enthüllen.«

»Du hast ihr geschrieben, weil du mit ihr reden wolltest«, sage ich. Die Pillen lösen sich allmählich in meiner schweißnassen Hand zu Pulver auf.

»Nein«, erwidert Lykke, und jetzt nehme ich etwas anderes an ihr wahr. So etwas wie einen Funken Stolz. »Sie hatte schon beschlossen, mit uns allen fertig zu sein. Sie wollte mit niemandem mehr reden. Also habe ich Jonnas Benutzernamen geklont und ihr von Jonnas Konto aus geschrieben.« Mit einem Hauch Abscheu sagt sie: »Louise hat Jonna nie etwas verweigert. Sabbernd hat sie ihr zu Füßen gelegen. Richtig peinlich war das, sie war schließlich verheiratet.«

»Geklont?«, hake ich nach.

Lykke zieht die Augenbrauen hoch.

»Na ja, ich habe die App, die wir benutzen, schließlich programmiert. Bevor Jonna und ich Serendipity gründeten, habe ich als Programmiererin gearbeitet. Ich bin die Einzige, die den vollen Zugang zur App hat. Und zu den Unternehmens-E-Mails. Ich kann jeden Benutzernamen und jede E-Mail-Adresse klonen. So ist das einfacher. Ich bin es, die die vollen Administratorrechte besitzt, und manchmal müssen wir eine Nachricht übermitteln, die dem Anschein nach von Jonna kommt.«

Die E-Mails, die Rakel erwähnt hatte, die E-Mails, in denen stand, dass Ester ihnen Geld schuldete – sie hatte gesagt, dass sie von Jonna gekommen seien und dass Louise das abgestritten habe.

Hinter all dem hatte Lykke gestanden.

»Du wolltest Louise doch nur dazu bewegen aufzugeben«, sage ich. »Alles Geld zu nehmen, das sie verdient hatte, und Serendipity zu verlassen, sodass sie nicht länger Ärger machte.«

»Ja, genau«, stimmt Lykke zu.

Ihr Griff um das Gewehr hat sich ein klein wenig gelockert. Der Lauf zeigt auf eine Stelle links von mir.

»Aber sie ist ausgeflippt«, spreche ich weiter.

Ich weiß noch, wie Louise war. Die Louise, die ich kannte. Wie leidenschaftlich sie war. Wie sie rotgesehen hatte, wenn sie fand, dass jemand ungerecht behandelt wurde.

Sie musste vor Wut völlig außer sich gewesen sein. Darüber, hinters Licht geführt worden zu sein, und über Lykkes Worte.

»Sie war so furchtbar egoistisch«, spuckt Lykke heraus. »Ließ es so klingen, als wäre ich die Böse, ein schlechter Mensch, der schlimme Dinge täte, und sie selbst die Güte in Person. Wenn sie ein so feiner Mensch gewesen wäre, hätte sie das Geld, das sie verdient hat, ja der armen Ester, der armen Miranda oder allen anderen geben können, die ihr so furchtbar leidtaten. Aber nein, sie wollte alles kaputt machen, sodass wir anderen, wir, die sich unseren Erfolg selbst verdient hatten, wir, die das Unternehmen aufgebaut hatten, alles verloren hätten.«

Ihr Dekolleté und ihr Kinn sind jetzt gerötet, unter den Augen ist sie blass. Hinter ihrer Wut steckt noch etwas anderes – Angst. Sie hat immer noch Angst, ist immer noch geschockt, wie weit das alles gegangen ist.

Lykke atmet schwer. Ihre Unterlippe zittert.

»Sie wollte einfach nur über unser Leben bestimmen«, sagt sie. »Ich hatte es einfach so, so satt. Ich habe hart gearbeitet. Ich habe mir meinen Erfolg verdient. Weshalb sollte Louise das Recht haben, mir das wegzunehmen? Es uns wegzunehmen?«

Ihr Blick senkt sich.

Auf meine Hände.

Auf einmal klärt sich ihr Gesichtsausdruck. Sie sieht mir in die Augen.

Die feinen Linien um ihre Mundwinkel vertiefen sich, als sie mich auffordert:

»Na los, nimm die restlichen Tabletten!«

Kapitel 52

Ich sage: »Du musst nicht …«

Doch Lykke macht einen Schritt auf mich zu und umfasst das Gewehr fester.

»Schweig!«, befiehlt sie. »Die restlichen Tabletten!«

Ich versuche, ihr zu widersprechen, möchte sie dazu bewegen, sich Zeit zu lassen, aber ihr Blick ist knallhart.

Also tue ich, was sie sagt, drücke die letzten Tabletten in meine Handfläche, eine nach der anderen.

Ich starre darauf, spüre, wie sich eine Schweißperle aus meinem Haaransatz löst und mir in den Nacken rinnt.

»Runter damit!«, sagt sie.

Ich kann nichts tun. Es gibt keinen Ausweg.

Ich greife nach dem Glas. Ob ich es auf sie schleudern könnte? Wäre Tee oder ein anderes Heißgetränk darin gewesen, hätte es sie vielleicht ausreichend abgelenkt. Aber wenn ich damit auf sie ziele, wird sie schießen, da bin ich mir sicher. Und dieses Vogelgewehr hat nicht genügend Mumm, um mich mit einem einzigen Schuss zu töten. Ich möchte nicht mit halb weggeschossenem Kopf daliegen und verbluten und noch so viel Sauerstoff im Leib haben, dass ich jede Sekunde davon spüre.

Dann lieber einschlafen.

Wenn das nur nicht meine einzigen beiden Alternativen wären!

Ich werfe die Tabletten in den Mund und führe das Glas an die Lippen, trinke und schlucke. Sofort beginne ich zu husten und spüre, wie mein Mund und mein Rachen brennen und sich mein Magen zusammenzieht.

»Es ist Wodka«, klärt Lykke mich völlig unnötig auf. »Das gibt den Tabletten einen kleinen Extra-Kick. Verstärkt die Wirkung.«

Seit über 20 Jahren habe ich keinen Tropfen Alkohol zu mir genommen, und jetzt werde ich genötigt, durch Tabletten und Schnaps zu sterben?

Ironie des Schicksals.

»Brich den nächsten Blister an«, beordert Lykke. »Ich habe gelesen, dass man fünf Minuten warten soll, bis man die nächste Dosis zu sich nimmt. Das mindert das Risiko, alles wieder auszuspucken.«

Ich ziehe den zweiten Blister aus der Verpackung.

Mein Kopf ist jetzt, nachdem ich die Tabletten geschluckt habe, seltsamerweise viel klarer als vorher. Nachdem ich die Grenze überquert habe. Es gibt kein Zurück mehr, ich muss nicht mehr aufpassen. Jetzt ist es nur noch eine Zeitfrage.

»Und wie also lautet dein Plan?«, frage ich. »Soll ich hier in Jonnas Esszimmer verrecken? Wie willst du das erklären?«

Selbst Lykke scheint sich, nachdem das Ende unausweichlich ist, etwas zu entspannen.

»Du wusstest, dass die Polizei dich des Mordes verdächtigte«, sagt sie. »Du wusstest, dass es nur eine Zeitfrage wäre, bevor sie bewiesen hätten, dass du es warst, und du hast keinen anderen Ausweg gesehen. Deshalb bist du in Jonnas Wohnung eingebrochen und hast eine Überdosis von Louises Schlaftabletten genommen, um nicht mit den Konsequenzen leben zu müssen.«

»Elegant«, bemerke ich. »Und das mit Louises Schlaftabletten ... auch eine hübsche Idee. Das erklärt, weshalb die

Polizei keine Tabletten in ihrem Haus gefunden hat, und beweist, dass ich es war.«

»Genau«, sagt Lykke.

Sie lächelt leicht. Das ist das absurdeste Einvernehmen, das ich jemals mit einer anderen Person gefühlt habe.

Inzwischen liegen sämtliche Tabletten aus dem zweiten Blister in meiner Hand. Ich krümme die Finger darum. Lykke wird mir sagen, wenn ich sie schlucken soll.

Bislang merke ich nichts. Ich habe keine Ahnung, wie lange es dauern wird, bis sie wirken. Diese Tabletten können einen vor dem Einschlafen anscheinend in eine leichte Euphorie versetzen; ob das auch stimmt, wenn man sie unter vorgehaltener Schusswaffe einer Mörderin genommen hat?

»Woher wusstest du, dass die Polizei mich verdächtigte?«, frage ich.

»Vor ein paar Tagen kam dieser blonde Polizist vorbei, um mit Jonna und mir zu sprechen«, sagt Lykke. »Er stellte einen Haufen Fragen über dich. Fragte, ob wir fänden, du hättest dich irgendwie seltsam verhalten, fragte, wie du dein Verhältnis zu Louise beschrieben hättest. Es war nicht sonderlich schwer, darauf zu kommen, dass er dich für die Täterin hielt. Ich bin schließlich nicht blöd.«

»Nein, das bist du definitiv nicht«, stimme ich ihr zu.

Ich wünschte, ich hätte ein Glas Wasser, um wenigstens nicht mit dem Geschmack von Wodka auf der Zunge sterben zu müssen.

»Und warum nehme ich mir ausgerechnet in Jonnas Wohnung das Leben?«, forsche ich nach. »Ich bin nur neugierig.«

»Wer weiß?«, sagt Lykke. »Du bist verrückt. Du hast Louise getötet, du bist paranoid, dein ganzes Leben ist gescheitert, und du wirst bald im Gefängnis sitzen. Du bist vermutlich psychotisch oder so.«

»Menschen mit psychotischen Krankheiten sind im Allgemeinen nicht gewalttätig«, brumme ich.

Nebel hüllt mein Gehirn ein. Die Welt um mich herum scheint irgendwie verwischt, als ich mich umschaue.

»Meistens stellen sie eine viel größere Gefahr für sich selbst dar als für ihre Umgebung«, erkläre ich.

»Was hast du gesagt?«, fragt Lykke nach, aber ich schüttele den Kopf.

»Nichts.«

Lykke mustert mich.

»Du solltest jetzt besser die anderen Tabletten nehmen«, sagt sie nicht unfreundlich. »Ich möchte nicht, dass du vorher einschläfst. Du könntest im Koma landen oder Gehirnschäden bekommen.«

Ich verzichte darauf zu bemerken, wie absurd es ist, sich ausgerechnet jetzt über Gehirnschäden Gedanken zu machen, hebe nur meine Hand an den Mund und kippe die Tabletten mit dem restlichen Wodka hinunter. Ich muss husten, spucke auf den Boden, und Lykke stößt einen angeekelten Laut aus.

»Entschuldige, aber ich bin keinen Alkohol gewöhnt.«

Lykke ordnet ihre Gesichtszüge; ihr Ausdruck wird neutral.

»Schon okay, ich hab's kapiert.«

Stille tritt ein.

»Wie lange wird es dauern?«, frage ich.

»15 bis 20 Minuten«, erwidert Lykke. »Na ja, bei einer normalen Dosis. Du müsstest jetzt eigentlich schon etwas merken.«

Ich nicke. Mein Kopf fühlt sich schwerer an als sonst, und in meinen Ohren ist ein leises Summen.

»Ich bleibe, bis es vorbei ist«, sagt Lykke. »Es ist nichts Persönliches oder so. Ich hoffe, das weißt du. Ich habe nichts gegen dich persönlich.«

»Nein, ich weiß«, sage ich.

Meine Lippen fühlen sich ein klein wenig taub an.

Der Wodkageschmack ist immer noch fürchterlich intensiv.

Hätte sie mir doch stattdessen nur eine Tasse grünen Tee gegeben. Dann wäre mir die letzten Minuten meines Lebens zumindest nicht speiübel gewesen.

»Tut mir leid«, sagt Lykke. Es ist kaum mehr als ein Flüstern. Ich will sie ansehen, bis ich merke, dass meine Augen geschlossen sind. Wann habe ich sie zugemacht?

»Schon gut«, nuschele ich.

Doch nichts ist gut. Sie ist eine Mörderin. Demnächst sogar eine Doppelmörderin.

Aber ich habe nicht die Kraft, jetzt darüber zu streiten.

Will nicht daran denken.

Stattdessen denke ich an Maria. Sie wird es schrecklich schwernehmen. Sie wird sich bestimmt Vorwürfe machen. Hoffentlich nicht. Hoffentlich kann sie ihr Leben weiterleben, muss nicht bis ans Ende ihrer Tage die Last meines vermeintlichen Selbstmords schultern.

So schlimm ist das hier eigentlich gar nicht.

Arme Louise.

Lykke hätte diese Mordmethode für sie wählen sollen, anstatt sie zu erstechen. Dann hätte sie einfach einschlafen können, so wie ich jetzt. Dann hätte sie keine Angst leiden müssen.

Da höre ich Geräusche. Weit entfernt. Es klingt wie ein Krachen und wie ein Schrei. Ein Schuss löst sich.

Der Wodkageschmack in meinem Mund wird stärker.

Mein Magen rebelliert.

So etwas habe ich zuletzt mit 14 verspürt. Als ich vier warme Bier in weniger als einer Stunde getrunken hatte und der Geschmack mir zu viel wurde und ich …

Ich versuche, mich vorzubeugen, kippe vom Stuhl. Lande unsanft auf den Händen und dem Gesicht, während ich mich schwallartig über Jonnas schönen blanken Parkettboden erbreche.

Und dann erinnere ich mich an nichts mehr.

Kapitel 53

Mein Rachen fühlt sich an wie von Stacheldraht aufgerissen. Mein Magen schmerzt, als hätte er sich von innen nach außen gestülpt, und meine Nase, als hätte ich einen ordentlichen Fausthieb mitten ins Gesicht kassiert.

Ich öffne die Augen, um festzustellen, was passiert ist – hatte ich einen Verkehrsunfall? Bin ich neben der Autobahn im Straßengraben gelandet? –, bis mein Blick auf die weißen Wände eines Krankenzimmers fällt. Ich liege in einem Bett, und Speichel rinnt mir am Kinn herab. Neben mir sitzt Leo auf einem Stuhl.

Er lächelt. Sein Augenausdruck ist besorgt, seine Augenbrauen wirken streng; es ist eine eigenartige Mischung.

»Du bist wach«, stellt er fest.

»Wo bin ich?«, frage ich. Meine Stimme klingt, als hätte ich 20 Jahre lang tagtäglich drei Schachteln Zigaretten geraucht.

»Im Sankt Göran«, erwidert Leo.

Ich versuche, mich zu konzentrieren. Mein Kopf fühlt sich an wie mit Watte ausgestopft, aber ich gehe dem roten Faden nach. Lykke. Das Gewehr. Die Tabletten. Der Wodka.

Alles ergibt Sinn.

»Hat man mir den Magen ausgepumpt?«, will ich wissen.

Leo nickt.

»Obwohl es eher so scheint, als hättest du das meiste schon selbst erledigt«, fügt er hinzu. »Du hast eine ganze Menge erbrochen.«

Es tut weh zu lächeln, aber ich tue es trotzdem.

»Ich fand Alkohol immer schon zum Kotzen.«

Ich schaue mich so gut ich kann um, obwohl sich mein Nacken ganz steif anfühlt.

»Ein Einzelzimmer?«, bemerke ich. »Was für ein Luxus. In Texas kostet das extra.«

»Was für ein Glück, dass du in Stockholm vergiftet wurdest«, sagt Leo. Sein Ton deutet an, dass er das für kein besonderes Glück hält. Und er mich nicht witzig findet.

»Dein Vater war hier«, fährt Leo fort. »Er musste nach Hause zu deiner Mutter, aber er kommt nachher wieder.«

»Ah«, sage ich. »Schön.«

Leo steht auf, bleibt neben dem Bett stehen.

»Ich sollte mich wohl bei dir entschuldigen«, sagt er. »Aber um ehrlich zu sein, waren meine Verdächtigungen schon berechtigt, wenn man dein Verhalten bedenkt.«

Ich nicke. An seiner Stelle hätte ich das auch so beurteilt.

»Was du da gemacht hast, war echt dämlich«, sagt er. »Und höchst gefährlich. Du wärst gestorben, wenn Jonna Ek nicht die Polizei informiert hätte.«

Ich starre ihn an.

»Jonna?«, sage ich. »Wie meinst du das? Sie war doch noch nicht mal zu Hause!«

»Nein, sie war offenbar auf irgend so einem Yoga-Wochenende außerhalb der Stadt«, sagt Leo in einem Tonfall, der deutlich macht, was er von solchen Veranstaltungen hält. »Aber sie hat erst vor Kurzem Überwachungskameras in der Wohnung installieren lassen. Ein Sicherheitssystem, bei dem man über eine App auf dem Handy die Aufzeichnungen sehen kann. Es war reiner Zufall, dass sie einen Blick auf die

Bilder werfen wollte, zwischen – äh, ich glaube, sie hat gesagt: ›Zwischen der morgendlichen Mindfulness-Einheit und der Yoga-Session am Meer.‹« Er schreibt Zitatzeichen in die Luft. Ich verziehe den Mund.

Dann schließe ich die Augen. Lange.

Jonna hat mir das Leben gerettet.

Wenn sie nicht gewesen wäre, wäre ich tot.

Das zu begreifen, ist beinahe unmöglich.

»Also hat sie dieses Überwachungssystem doch gekauft«, sage ich gedämpft. »Mein Glück.«

»Ja«, stimmt Leo mir zu.

Er mustert mich einige Sekunden lang.

»Ich bin froh, dass du okay bist«, sagt er. »Und ich bin froh, dass du deine Ex-Freundin nicht getötet hast.«

»›Okay‹ finde ich ein kleines bisschen hoch gegriffen«, sage ich.

Es soll wie dahingeworfen klingen, ungerührt, aber so kommt es nicht heraus. Und ich sehe Leos Blick an, dass er es wahrgenommen hat.

»Ich bin froh, dass du lebst«, sagt er noch einmal.

Ich nicke.

Als Leo sieht, dass ich keine Kraft mehr habe, um weiterzusprechen, sagt er, jetzt sanfter:

»Wir werden uns mit dir darüber unterhalten müssen, was genau vor sich gegangen ist. Was Lykke dir erzählt hat, wie sie es angestellt hat … all das. Du weißt ja, wie das läuft.«

»Ja«, sage ich. »Das ist in Ordnung. Aber vielleicht nicht hier. Vielleicht nicht gerade jetzt.«

Leo schüttelt den Kopf.

»Wenn es dir besser geht.«

Er geht immer noch nicht. Schiebt die Hände in die Hosentaschen und sieht mich an.

»Ich bin nicht nur deswegen hergekommen, weißt du?«, sagt er. »Ich wollte nach dir sehen. Schauen, ob es dir wirklich gut geht. Beziehungsweise so gut, wie es dir eben gehen kann.«

Es gelingt mir zu lächeln. »Danke.«

Wir ignorieren beide die einsame Träne, die mir jetzt die Wange hinabrinnt.

»Ich melde mich«, sagt Leo. »Halt mich auf dem Laufenden.«

Das ist seine Version von Anteilnahme. Sie bedeutet mir mehr, als ich zugeben will.

Ich bin froh, dass er gekommen ist. Aber ich bin auch froh, dass er wieder geht. Allein lässt es sich leichter weinen.

Ich weine um Louise und um mich. Um Ester und meine Mutter und um Maria.

Ich weine, weil ich beinahe gestorben wäre.

Und weil ich noch lebe.

Ich wünschte, das würde reichen. Wünschte, dass das alles nur ein Film wäre, mit einer gefühlvollen Szene im Krankenhaus, nachdem sich alles zum Guten gewendet hat. Aber so läuft das nicht. Ich weiß genau, wie es weitergehen wird.

Der Schock wird noch ein Weilchen anhalten. Danach wird er vom Trauma abgelöst. Womöglich droht mir eine posttraumatische Belastungsstörung. Albträume, Schlafprobleme. Angst und Schwierigkeiten, anderen zu vertrauen.

Aber ich glaube – oder hoffe –, dass irgendwann alles wieder gut wird.

Menschen haben eine unglaubliche Widerstandskraft. Solange man ihnen nur Zeit gibt und ihnen hilft.

Und ich bin immerhin Psychologin.

Ich weiß, wann es Zeit ist, um Hilfe zu bitten.

Epilog

Ich gehe nicht zu Louises Beerdigung. Weil ich mich schäme, und auch, weil mir die Kraft fehlt.

Ich will nicht dort sein und auf die unausweichlichen neugierigen Fragen antworten müssen, die mir die wenigen Menschen stellen werden, die wissen, wer ich bin. Und ich will Louises Familie nicht in die Augen schauen müssen. Nach allem, was passiert ist, glaube ich nicht, dass ich das durchstehe.

Denn was ich getan habe, war nicht in Ordnung. Was auch immer ich mir dabei eingeredet haben mag. Gerade als sie einen schrecklichen Verlust erlitten hatten, bin ich in ihr Leben eingedrungen, nur um Antworten auf meine Fragen zu bekommen. Es spielt keine Rolle, dass das letztendlich dazu führte, dass die Polizei Louises Mörderin fasste. Ich habe eine Grenze überschritten. Und sie sollen sich nicht auf der Beerdigung ihrer Frau, Schwester und Tochter entscheiden müssen, wie sie mit mir umgehen.

Ich gehöre nicht dorthin.

In den letzten Wochen habe ich viel an Louise gedacht, aber anders als früher. Meine Erinnerungen an Louise sind immer schmerzvoll gewesen, vergiftet durch all das, was zwischen uns geschehen ist. Aber jetzt sind es schöne Erinnerungen. Sie war ein wichtiger Teil meines Lebens, sie hat mich erkennen lassen, wer ich selbst bin. Hat mir geholfen zu verstehen, was ich vom Leben will. Sicher haben wir einander verletzt, aber gehört es nicht zur Jugend dazu, dass solche Dinge eben passieren?

Der Schmerz, an dem ich all die Jahre festhielt, hatte nichts mit Louise zu tun. Dabei ging es ausschließlich um mich.

Um das zu begreifen, muss man keine Psychologin sein.

Stattdessen gehe ich am Tag von Louises Beerdigung am Wasser spazieren und setze mich auf die Bank, auf der sie, William und ich so oft gesessen haben. Ich schaue hinaus aufs Wasser und denke an sie. Schweigend bitte ich um Vergebung dafür, dass ich sie vor so langer Zeit verletzt habe. Bitte darum, dass, falls irgendein Teil von ihr noch existiert, er sich an einem guten Ort befindet. Dass ich Atheistin bin, spielt keine Rolle. Hoffen kann ich schließlich trotzdem.

Und dann lasse ich sie los.

Als ich aufstehe und zurück zum Haus gehen will, gibt mein Handy einen Signalton von sich. In den letzten Wochen hat es beinahe pausenlos gebimmelt. Zahllose Journalisten, die sich »nur ein wenig unterhalten« wollten, über Lykke oder darüber, wie es mir gelang, den Fall zu lösen, was ich ja gar nicht getan habe. Oder über Serendipity, das vollständig kollabiert zu sein scheint, seit ans Licht gekommen ist, dass Lykke Aussteigerinnen hohe Summen abgepresst und die Gelder auf ihr eigenes Konto geschoben hat. Justina soll bereits einen hoch dotierten Vertrag mit einem Verlag abgeschlossen haben, um über »ihre Zeit in dem schwedischen Influencer-Pyramidensystem« zu berichten, das mit einem »grausigen Todesfall« endete.

Aber diese Nachricht ist anders.

Es ist eine kurze E-Mail meiner neuen schwedischen Buchhaltungsfirma. Sie bestätigen die Registrierung meines Firmennamens.

Vielleicht ist es kein besonders spannender Name. Aber es ist ein Anfang: Rebecca Lekman Consulting AB.

Ich lächle und will das Handy schon wieder einstecken, als mich ein plötzlicher Impuls daran hindert.

Der Herbst hat Djursholm in Beschlag genommen und die Blätter an den Bäumen mit leichten Pinselstrichen gelb gefärbt. Vor dem Strand wandeln sich die Wellen allmählich von Sommerblau zu Herbstgrau. Eine ungewöhnliche und unerwartete Ruhe überkommt mich, als ich meine Kontaktliste durchgehe und auf ihren Namen tippe.

Wir haben in den vergangenen Wochen mehrere Male miteinander gesprochen, aber dieses Mal weiß ich, was ich sagen will.

Es klickt in der Leitung.

»Hello?« Marias Stimme klingt verschlafen.

»Hey, baby«, sage ich, und meine Lippen formen sich unweigerlich zu einem Lächeln.

Vielleicht geht es gut, vielleicht nicht. Aber wenn eine Nahtoderfahrung kein Anlass dafür ist, dass ich eine zweite Chance verdiene, was dann?

»It's time we talk. I'd like for us to try again.«

Danksagung

Ein gefährliches Talent ist ein Buch, das sechs Anläufe brauchte, um sich schreiben zu lassen. Rebecca ist ein störrischer Charakter, weshalb es nur logisch erscheint, dass sie sich mit aller Kraft dagegen wehrt, als Hauptfigur in einem Roman benutzt zu werden. Ich bin unfassbar stolz und froh darüber, dass ich ihre Reise beginnen durfte. Allein hätte ich das niemals geschafft.

Zuallererst muss ich meinem gesamten Team ein riesiges kollektives Dankeschön aussprechen. Immer wieder habt ihr gesagt, das Buch dürfe so viel Zeit in Anspruch nehmen, wie es eben brauche. Am wichtigsten sei, dass es so gut wie irgend möglich werde. Ohne diese Unterstützung hätte ich wohl nach dem dritten Versuch aufgegeben. Nur dank eurer gemeinsamen Anstrengungen gibt es *Ein gefährliches Talent*.

Ich danke meiner Agentin Anna, die blitzschnell auf jede einzelne meiner panischen SMS geantwortet hat und mit mir auf meiner Abenteuerreise als Schriftstellerin durch dick und dünn gegangen ist.

Danke an meine Lektorin Clara, die wohl einzige Person, der Rebecca ebenso sehr am Herzen liegt wie mir, und die mir beim Feinschliff des Manuskripts mit einem Fingerspitzengefühl geholfen hat, das nur wenigen vergönnt ist.

Danke an meine Redakteurin Åsa, du warst absolut unersetzbar im Entstehungsprozess von Rebeccas Stimme und ihrer Gedankenwelt. Ohne dich wäre das hier ein bedeutend schlechteres Buch geworden.

Ich danke auch Erika Degard, deren Geduld und Anmerkungen bei der Arbeit an der Idee, aus der letztlich *Ein gefährliches Talent* entstand, mir mehr bedeutet haben, als ich mit Worten auszudrücken vermag.

Ich danke meiner besten Freundin und treuen Gefährtin Saga, die immer, wenn ich nicht weiterkam, mein Jammern ertragen und mich daran erinnert hat, dass jedes meiner Bücher das bis dahin schwierigste war. Es ist ein Segen, eine Saga in seinem Leben zu haben, und ich schätze mich jeden Tag glücklich dafür.

Danke, Emelie, der kreativsten Person, die ich kenne.

Danke an meine Katzen Rufus und Rizzo, die ihr Bestes getan haben, das halbe Buch zu löschen, wann immer ich meinen Laptop aufgeklappt habe stehen lassen. Ihr habt ein Riesenglück, dass ihr so süß seid, ihr kleinen Satansbraten.

Thank you to Mark, who's more supportive than a romance novel boyfriend, and who brightens my every day. I don't know how you always manage to be interested in my hour and a half long rants about whichever plot twist I'm currently struggling with, but I try never to take it for granted. I love you. I have no idea how I managed to get through the writing process before I had you.

Ich danke meiner Mutter Viveca. Dieses Buch ist dir gewidmet. Es ist schlicht unmöglich, in Worte zu fassen, wie viel du für mich als Autorin getan hast. Du hast mich mit zu Verlagsabendessen genommen, als ich 16 war (was dazu geführt hat, dass ich als 30-Jährige noch immer mit vielen Menschen zusammenarbeite, die sich an mich mit Akne und Zahnspange erinnern), hast alle meine ersten Schreibversuche gelesen, hast mich ermuntert und mir Tipps gegeben, und, am wichtigsten von allem, du hast mich immer –

immer – ernst genommen. Sogar mit Zahnspange. Ich liebe dich.

Zu guter Letzt gilt mein Dank allen meinen Leserinnen und Lesern – auch dir! Ich hoffe, dieses Buch hat dir gefallen und wir sehen uns im nächsten wieder.

Camilla Sten